新水浒传（下）

[日] 吉川英治 著

潘越 褚以炜 肖燕 译

时代文艺出版社

第五十五回　小鱼怪鱼起纷争　再饮美酒琵琶亭

但凡名胜古迹之地必有茶馆酒家之类，犹可为景致增色之风物。琵琶亭正如一个画卷中水亭酒家，一行人亦有身为画中客之心境。

“宋先生，你可知，此店家的酒是江州地界有名好酒！请品此芳醇酒色。天下酒徒无不知‘玉壶春’之名者！必因江州非只鱼米之乡，更是水美之地也！”

戴宗滔滔不绝地兀自夸耀本乡。宋江已是微醺，只有一个黑旋风李逵，仍似不尽兴模样。

“两位哥哥可真是斯文，俺可自个倒酒啦。”

“李逵！”

“何事？”

“这厮如何自尊为客。我和宋兄面前菜肴都被你一人独吞了！”

“如此咸腌的鱼汁，不中宋哥哥的口舌。再教小二来些美味菜肴。”李逵拍拍手道：“咗！那厨下小子，过来！”

“客官有什么吩咐？”

“你这厮便是厨子？你道我等是见世面的乡野村夫不成？”

“客官这是如何说来，可有不如意处？”

“叵耐这厮无礼！在此号称中华鱼米乡之江州，竟把这死鱼、腌汁将来！”

“求饶恕则个。这鱼端的是昨日的，今日的活鱼还未见有。”

“今日却无鱼捕获？”

“眼前港内，渔船已靠岸。等渔牙主人[1]不来，渔市中未敢捞鱼来卖动。”

“既是如此，你这厮为何不早说并无鲜鱼！”

李逵把杯中酒劈脸泼那厨子，跳将起来，道：“我自去讨两三条活鱼来！”话音未落，人已出门。戴宗在后连唤他回来，却哪里回头。

“兄长休怪，引这没体面的人来相会，美味亦成无味！”

戴宗羞惭道歉，宋江只笑道：“这个兄弟生性是恁地，真实不假，我倒敬他。”

却说这黑旋风飞快走到江边渔港来看。

只见杨柳荫下，有人围一圈搏赌的，有睡着的，有打哈欠的。渔船约有近百只，都缆系于岸边。

此时一轮红日将及西沉，染得扬子江赤红。

“打渔的！鲈鱼也好鲤鱼也罢，见有好鱼，把两尾来与我！”

只听众人道：“你作甚？”转眼渔人都奔来，还有客商、行贩也都聚拢来。

“你这混物，快撒开！等不见渔牙主人，谁敢开舱卖一条小鱼！”

“知晓知晓！那渔牙主人来了，便道黑旋风李逵来买了鱼。我便先取。”

“啊，这蠢物！”

五六个人一起扑了上来，李逵一跃而起踢翻众人，径直跳在无数船舟上左看右看。

“恁得哪一条船上都无鱼？”

他却不省得，船底的鱼舱是用竹笆蔑拦住，只放江中活水自由往来。——李逵倒先把竹笆蔑提起了看，将那一舱活鱼瞬间都放走了。

岸边黑压压人山人海，直叹道：“见此蠢物！”“罢了罢了。”终至众人都忍耐不得，发一声喊，匆忙拿起各自身边趁手之物，木桨、竹篙、吊钩之类，都把来打李逵。

这李逵却是最喜打斗，好似穿梭于群舞杂鱼中一般。——这时一个六尺余高身材的白肤壮汉，听闻有事，由别处飞奔而来。这一个便是渔人们敬为渔牙

1 吉川原文对于张顺的身份用了“問屋の親方”，字面意思即批发商社的店主人。问屋是日本江户时代的商品批发经营店，但直接以批发大商人称呼张顺似为不妥，所以仍然使用了原著中的“渔牙主人”这个称呼。——译者注

主人的。只见他上穿一领刺绣短布衫，身形矫健，头上顶黑纱万字巾，掩映着穿心红一点须儿。下面商人模样的八耳麻鞋，绑着黄黑相见腿护膝。

“嗯？”那汉子觑那李逵，慢慢将腰间挂着的买卖行秤，递与一个行贩接了。

“喂！你眼瞎了？痴癫蠢物，过来！”李逵回过身，像头发怒水牛一般气势汹汹，赶上前来。那人蓄势以待，往李逵面上便打。一拳将袖子飞卷于臂，可见用力之猛。但李逵却不以为意，反望着那汉子肋下猛一踢。男子一个踉跄，仰面朝天倒下，李逵一把骑到他身上。这回轮到李逵提起铁拳头，接二连三去那人额头、鼻梁擂鼓也似的打。

此时后面有人喝道：“使不得！撒手李逵！”

“啊？”李逵一回头，道：“原来是两位哥哥！你们莫管！偿命坐牢，罪过我自去承当！”

“蠢物！快走！”戴宗与宋江听闻这边争吵，急忙赶来，把打得兴起的李逵劈腰抱住，又劝又哄，好歹将他带回至琵琶亭。

行往琵琶亭中途未至，只见适才那个一点红俏须儿的汉子脱得赤条条地，露出一身雪练也似白肉，赶将来。他并非走陆路，却把竹篙撑着一只小船先绕过了江岸而来。

“黑旋风你这厮！走得不是好汉！”

“什么！”宋江与戴宗都吃了一惊，哪里来得及阻挡。那李逵已飞扑向小船，口里两言三语恶骂，“呔！”一声喊，已托地跳在对手船上。

“来得好！”船上那人似只要诱得他上船，两手摊开。

李逵也是一心与他决胜负，却一步也近他不得。原来男子立在船尾，嘴里打着拍子：“瞧啊！上啊下啊！上啊下啊！”两脚巧妙蹬来蹬去，那小船左右摇动得厉害。小船宛如一片风浪中被摆布枯叶，一会儿箭也似的投扬子江心里去了。

那李逵慌了手脚，叫声：“卖鱼的！你怕了我啦！不是个汉子！”

“还敢说！你来！”

“你莫要晃，你来这边！”

“好啊！和你见个输赢！”

说完，只见男子单脚立定，身子往船外一斜。这一下小船便毫不费劲船底朝天。李逵和男子两人连个白沫都没激起，一齐都翻筋斗撞下江里去。

宋江与戴宗吃惊不小。——急忙赶至岸边时，江面上早拥上折返来的船只，渔师、行贩们兴高采烈地望着水湾，都道："渔牙主人好一番手段！"

"不愧是浪里白条！"

"真不愧是扬子江之主！那个水牛蠢汉，也须吃一肚皮水！"

只听众人纷纷叫好。

宋江只在岸上叫苦，急忙问众人道："这个白大汉的鱼主人，听人说起他绰号。莫不是唤作'浪里白条'的？"

"正是！正是！唤作张顺。"

"不好！戴院长，却落得这般！"

"如何不好？"

"他若是卖鱼的张顺，我有他哥哥张横家书在身，叫我到了江州定与他相会！"

"哎呀，这可如何是好？！"

却只得在手里攥两把汗，睁眼凝望远处水面，别无他法。

半轮夕阳红日沉江，江水青波碧浪。一个浪里白条张顺露遍体霜肤，一个浑身黑肉李逵却弱于水性，波里浪尖似隐似现。

突闻哗啦一声水响，好似被白龙卷住的水牛怒吼，两个打作一团的身体浮出江面来。陆上的黑旋风在水里手足无措，被张顺提起来又淹将下去，七上八下飞沫四溅，浸得眼白，又纳下去……眼见只往水深处揪去了。

戴宗不由得挥舞两手向众人叫道："各位渔师！我是江州牢城戴宗！快把两人分开，带上岸来！"

听说戴院长在此，听者无一不惊。即有一艘船如飞矢离岸，早将两人分开，带回岸上。——话虽如此，浪里白条张顺如行平一般在水里飞驰，先自赴将岸边，若无其事道："休怪小人无礼。未曾知晓院长大人在此。"

李逵好歹由船上爬至岸边，道："呸！竟敢让俺吃老大亏！"从口里鼻里哇哇吐水，多若三斗。

"且都请到琵琶亭上说话。"

四人既再到琵琶亭上来，这一番大骚动终得平息。

于是李逵、张顺各自替换湿濡衣物，梳光了头。同时店家点起灯来，重整杯盘，再备肴馔酒水。

“来，一同举杯！”戴宗先举杯示意和解，道：“常言道，不打不成交。你两个今后做个至交的兄弟。痛快交手一场，也无遗憾了吧！”

“再无恶意，来，黑旋风大哥！”

“哎呀，是我年长呀！张顺，多指教！”

宋江又恭敬报上姓名，道：“我便是山东的黑宋江。张顺，我曾在揭阳镇得遇令兄张横，多承照应。今后亦多交往罢了。”

“啊，哥哥便是山东郓城县押司，宋公明吗！实叫人吃惊！老实说揭阳镇家兄早有书信寄来，教我拜见押司。”

“如此实乃奇遇！”

“今日此地，我张顺得遇三位豪杰，实乃天幸！今后小弟追随哥哥，请多加鞭策！”

于是各位好汉结下刎颈之交，再叫酒保讨来两瓶名酒“玉壶春”开了泥头，欣然谈笑不尽。

“啊，又忘了！”

“李逵，又有何事？”

“鱼！适才厮打便是为活鱼。张顺，可取两三尾来？”

“何足挂齿！便数十条鱼也乐意奉上席前！”

“那俺去讨一回！”

“等等！”

“如何？张顺！”

“你还得水不快活？”

“哈哈哈！无须三番四次戏弄于我。如此和张顺你一齐去讨。”

“好！请恕我二人暂且告退。”

张顺和李逵两个拉手，便似田野歌唱的牧童一般，亲昵并肩去了。这正是草莽英雄之天真率性吧。

不久两人引旅店里的厨子仆役，挑着桶将来十数尾肥硕金色鲤鱼。亦煎亦蒸，又做辣鱼汤等，却连两尾鱼亦未食尽。将四五尾折柳条穿了，道：“请将回行馆做下饭。”一应张顺都用心安排妥当。

众人正待别过，却闻临近水亭座席上传来琵琶之音。一问之下，原来客人随叫来卖唱的琵琶女娘，宋江倏忽想起曾有一晚，于穆家宴席上闻一曲《浔阳江头》，甚为难忘，便唤女娘过来。

只是这父女两个见可怜是漂泊艺人，弹唱皆无法与穆家娘子相提并论。——问起身世，原是京师人，同姓宋，女儿小字玉莲。宋江不由更觉怜悯，酒入口中亦觉甚苦。他稍有些醉眼惺忪，反安慰他们道：“不用唱了，多谢。……此桌上的可将与你女儿吃。”

李逵却并无怜香惜玉之心。教玉莲斟酒，戏弄玩笑间，不知何故不满，拿指一点那女娘，蓦然倒地。只见那女儿额头微微渗血出来，耳环、玉簪散乱一地。

“你这厮作甚！”

连忙教张顺与戴宗把李逵带走，宋江留下，代李逵向那女儿生父拜罪道：“万乞恕罪。我虽住牢城营，你可跟我到营里，拿银子将息女儿。”

便将琵琶女的宋老父带回营里，这琵琶亭欢聚终落得个了无趣味的夜行道。——那宋老父却从宋江手中得了许多银子，流着泪，拜谢出去回家了。

第五十六回　宋江题壁惹笔祸　戴宗神行如飞马

宋江本亦好饮酒，虽说举止言行文雅，但酒量并不输于人。

前夜饮玉壶春，吃金色鲤鱼，贪爱爽口，下腹太多了些的缘故吧。……破晓时，他肚里绞肠刮肚般地疼。天明时更是剧痛，奔去如厕几十回。

带回的金鲤早都分与了牢城中差拨和众囚徒。众囚徒轮番到他房中看觑，囚徒中无一个不愿报答宋江平日的恩德，都来煎止腹泻的六和汤药或是煮粥。

李逵、张顺也来探望了。宋江只得将息了十余日。一则因从济州被发配江州，长途劳顿，至此一并发作也未可知。

如此将息二十日上下，宋江出营来散步，身体已无事。外面已现初夏季节景象。

“……思量已久不会友。”这一日因想念友人，宋江信步走去城隍庙内的观音庵，寻住在那处的戴院长。不料戴宗出去了。

“去张顺家如何？”他如此思量。却又想卖鱼牙子好生繁忙，如此天晴日朗，只在城外江边的市场吧。又寻思那李逵，不是赌场就是牢里安身，是个没头神。

虽独自一人亦无寂寥之感。大病初愈后神清气爽，宋江不由唇边微作嗯哨声。身上微微出汗，眼见郊外新翠如洗，久违的空腹感袭来，不免一丝欣喜。

“哦……见一个酒旗子……却并非小酒店。好一座酒楼！”

近前一看，酒旗上写道“浔阳江正库”，墙门檐外一面苏东坡大书牌额，上有“浔阳楼”三个白彫字。

“啊，江州有名的浔阳楼原来却在这里？我虽独自一个在此，何不上去自已看玩一遭？”

宋江直来到楼前，只见门便左右涂朱金箔对联牌匾，一边华表上书“世间无比酒”，另一边读作“天下有名楼”。

楼分五层，凭栏望江，风光无限，直令人心醉神迷。远处万叠云山，映照对岸天空青光紫影，由四川下江而来的草帆与近处白帆点缀于水间，悠悠如世外之景。不知何处的雅客，隐约弹奏古筝胡琴，楼畔柳色深深，门前槐树荫下，系留一匹客马。此情此景仿佛一幅唐时山水画。

“官人，还是要待客？”店家里的侍女问道。

“我自消遣，一人便上楼来，可是难成买卖？”

“哪里，哪里。您请慢坐。”

“你且先取酒来。果品肉食，只顾卖来。”

独自一个，一室一桌，宋江倚栏畅饮，将养病后心境。酒水甘醇，刀工精细，杯盘齐楚，不愧“天下名楼”之称。

“……我家乡虽有几座名山名迹，到底不比江州气象。”

宋江心驰云外，猛然故乡的老父亲弟上心来。

独饮易醉，况且又是二十余日未曾沾酒。情不自禁，潸然泪下。

“我今三旬之上，名又不成，家业成空。父母养育长大之身，倒被文了双颊，远流到此。啊，愧疚万分，有何面目……如何见老父！”

凄凄惨惨斟了又饮，饮了又斟，大醉之余，涌起自嘲之意，忽然作了一诗。

眼见一边白粉壁上，多有游子醉客在此随兴题咏。便拿出随身笔砚，将诗书于壁上。——倘或岁月经年，日后再来此处，也是一段佳话。诗曰：

自幼曾攻经史，长成亦有权谋。
恰如猛虎卧荒丘，潜伏爪牙忍受。
不幸刺文双颊，那堪配在江州。
他年若得报冤仇，血染浔阳江口！

一气写罢，宋江闻那泼墨余香，不由心神俱爽。喜上心头，情不自胜，提笔又写道：

心在山东身在吴，飘蓬江海谩嗟吁。
他时若遂凌云志，敢笑黄巢不丈夫！

郓城县人宋江作

“唔，好久未曾如此痛快写来！”

掷下笔，他坐返椅上，只手擎杯，轻敲木桌有如叩击木琴，低吟诗词。总算收拾心情，取些银子算还，踉踉跄跄，取原路回营里来。——这一日间孤愁只影，多情善感，日后想来，如此宋江实属少见。回到牢营中房里，前后不觉，睡卧至翌日天明，前日戏墨之作，不曾记得半分。

且说此处有一野去处，叫作无为军。

便在江州对岸，与江州府街中四时通船来往。有个姓黄名文炳的富户，去往江州，惯使自家华船。

他亦担着个官衔闲职。

他虽在无为军坐拥豪邸，花天酒地，尤为未足，胸中野心勃勃。其证确凿，每每带些四时少见珍物送到江州知蔡九知府私邸去。

那蔡九乃朝廷权臣，蔡京之子。他不加掩饰去浸润那蔡九，可知其心内筹谋。

黄文炳此人风评却是极为不佳。虽读些经书，却是个傲慢自大、媚态陷佞之徒。这一日他又去知府官邸探问，不巧蔡九府里公宴，教他入夜再来。

黄文炳只得再回船上。午后闲来无事，步入江畔浔阳楼。

“来杯小酒，不用什么油腻菜肴，先来碗水泡饭！”他傲慢吩咐道。

虽然吝啬钱财，却是老主顾。侍女腹中亦知，只得顺遂这位客官。黄文炳正对侍女耀武扬威，正看到白壁上诗句。

“这个什么？……自幼曾攻经史，长成亦有权谋？”黄文炳鼻中哼一声又念道：“什么？……此等无礼，他年若得报冤仇，血染浔阳江口！……究竟何人，敢不畏天，不是反诗待怎地？且出自配军笔下！奇哉怪也！”

他击下掌，唤来侍女、帐房，问清题写此诗的客人年龄相貌，将“郓城县人宋江作”署名也一并抄写。至夜，自去船上歇息，等翌日清晨起身。

如此正显出其奸佞之处。果不其然，蔡九知府心情极差。

“这个黄文炳，原道夜来府中，却为何教我空等啊？！”

“乞相公[1]恕罪，只因心忧天下大事，唯恐万一有失，为此奔波查探。”

“哦，今日倒是三番四次听闻所谓天下大事。”

“不敢动问有何新闻？”

“其实家尊着人送来书信，道近日京师太史院司天监上奏。……北斗罡星照射吴楚，其色赤，敢有谋反之人，云云。”

“原来如此。”

“更兼开封东京街市小儿谣言四句道：耗国因家木，刀兵点水工。纵横三十六，播乱在山东。此童谣意义不明，近来流布甚广。”

“哎呀，实为可怖！”黄文炳拍膝叫道。

“所谓上天无口使人言。那童谣中的北斗罡星妖光，也非偶然。”

“可有证据？”

“请看这纸上所抄之诗。此乃鄙人昨日从浔阳楼壁书上抄写得来。”

“嗯。……自称是江州流放之人，只是个囚徒的诗？”

“非也非也，小可小觑了他，请看其诗中充斥不逞叛逆之情，冲天恨意。”

“的确，这厮谋反之意迸出，实乃诅咒世间之声。这郓城县人宋江却是何人？”

“此人应是恩公治下牢营中，由济州配来的囚徒。可命牢营的点帐官人[2]，教检看名簿。”

蔡九唤从人来，吩咐即刻调看名簿，又问道：“那京师流传的奇妙歌谣又是何意呢？无处可解啊。”

“非也非也。这也恰应在此人身上。……‘播乱在山东’意指山东生乱，‘耗国因家木’，家木分明就是‘宋’字分解得之。”

“‘水工’又作何解？”

“合即为‘江’字。”

“原来如此。又何谓‘纵横三十六’？”

---

1 在原著中，黄文炳尊称蔡九为“相公”。——译者注

2 吉川原文“藏帐官”，中国的和日本的官职当中都没查到这个。原著则只说派了个下人去取名册，所以翻为基本意义相同又可理解的“点帐官人”。——译者注

“只此一句，鄙人亦不知。或是罡星六六天数。”

此时，点帐官人取来牢城名簿。

“莫非便是此人？”点簿的姓名处贴朱纸递上，只见上记“五月新配到囚徒，郓城县人，宋江”。事正凑巧，因京师盛传谣言与北斗占星，朝廷警醒诸各州纷乱征兆。因此蔡九知府急忙下决断，差江州牢城的两院长戴宗捕获：

“快去捉那在浔阳楼壁上吟反诗的犯人宋江，不可时刻违误！”

宋江浑然不觉。这一日早起，正喂饵食与笼中小鸟。宋江病中，这窗边一只黄鸟便陪伴身边，视为小友。

“宋哥哥，你怎的还顾得上喂鸟啊！”

从后门边传来气喘吁吁的声音，宋江闻声回头一看：“这不是戴院长吗？为何脸色如此？”

“哎呀！是哥哥做出事来！无路可走了！”

“究竟为何？”

“你却不是浔阳楼壁上，题下反诗？我适才看来。写得明明白白，涂抹不去！”

“……”

宋江听罢，搔首不知痒处，酒醉后记忆猛然想起，禁不住面色苍白，却也并无号啕模样。只愕然坐地，垂首谢罪道：“今番大错也。”

虽向戴宗谢罪，戴总却也不知处地，进退两难。已受蔡九之命，点了牢城中军头以下一队人马，齐聚城隍庙前，教他们权且稍待。

之后得以迅疾奔来宋江面前，只因他会使秘术“神行法”，风一般悄然而来。却也无闲谈及其他。

戴宗持来一计，道：“宋哥哥，别无他法，我只得与人回来捉你，你却可假诈作疯魔。到了蔡九面前，便口里胡言乱语，只做失心疯，暂且欺瞒过去。之后再想法子。”

“不用了，贤弟，我意已决，你绑缚我去吧。”

“这如何使得。如今日在此见死不救，今生永世都要被吴用与梁山泊上兄弟们怪罪。非止如此，亦无颜以对江州界内结义的兄弟们。”

“起因不是别人，正是我宋江，不会有人视你不义。即便假装疯癫，却也非宋江擅长之事，只是平添丑态罢了。”

“请勿轻言放弃。”

“不，听天由命吧，只得如此。如你心中不快，我只得自首出头。”戴总见无法说服宋江，也无他法。只得长叹别去。不久，一队兵卒就押了宋江，直入蔡九知府所在大城中一阁歇下。

各种残忍毒辣的拷问刑具早已备于堂中。此处便是鲜血也可燃尽。只是宋江早决意伏法，亦无须多加苛责。取了招状，将一面二十五斤死囚枷枷了，当夜宋江便被推放大牢里收禁。

唯一庆幸的是戴宗奉命看管他，其后一力维持宋江性命，原来蔡九并未有分毫怀疑戴宗。大牢内对宋江的监视、饮食，一切皆由戴宗掌管。

当夜，蔡九退到后堂，邀黄文炳赴宴，谢道：“哎呀呀，此事已了。未至惹生大事，可喜可贺啊！”

“相公在上，另有事不宜迟。”

“还有何急事？”

“首要之事，相公只好急报与京师尊府知道此事详细，使令尊蔡京大人面奏天子，相公治理江州城的功绩可上达朝廷。”

“有道理。”

“其次，宋江是国之大罪人，应就于本处斩首，抑或着铁锁锁了，押解上京，也应急使人回家，书上尊府询问决断。如此一来，令尊大人亦面上增光，显得相公干了这件国家大事。”

“嗯，所言有理，便循此献言行事。我如得荣升，也必提携你享荣华。……即刻教戴宗来行这差使吧。”

“戴宗吗？”黄文炳稍点怀疑道：“他虽是两院节级，不会有误吧？”

“此人可靠，且他会使‘神行法’，一日能行八百里，脚程迅捷。”

“如此往京师岂不是可旬日之间便回？果是个人物。”黄文炳亦无异议。当夜蔡九自安排书信等，至翌日早晨唤来戴宗。

“戴宗，你可使神行法，急与我往京师走一遭。”蔡九便将出两个美极的祝笼及密信一封。打点金银珠玉在祝笼中。

“戴宗，我父亲七月十五日生辰。我有这般礼物，若不同日送到，便误了事。只有你日夜兼程能去得。”

“小人领命。”戴宗虽心中疑惑，却也推辞不得。急忙来到大牢里，对牢中面色苍白的人影小声说道：“我上京师，旬日间便回。仁兄且宽心，保养身体。”

又唤过李逵，将差往京师之事说了，仔细嘱咐千万看觑宋江周全，又特意道：“我不在时，不要贪酒。”

“哥哥放心。我李逵也是一条汉子。从今日就断了酒，待你回来却开。”

“这便好，我去也。”

戴宗回到城隍庙旁观音庵中下处，即刻备好装束。胸前戴银甲，身穿琥珀色袍衫，使兜巾束整发髻。

脚踩八搭麻鞋，腿上拴咒符，马上鞍皮画有神佛像，骑上马，[1]挑起祝笼，即日离了江州便行。端的是腾云驾雾，飞鸟不可堪比。

这神行法，择时不用马匹，只凭健脚亦可达常人十倍之速，实为道教秘术之一。每日歇宿客店，须烧些金银纸拜祭，斋戒食素，念咒作法，一路繁忙，几无暇安眠。

这一日走到山东一个地界。

只见芦苇平沙，渺渺无尽之水。

戴宗见临湖一座酒店，下马进去歇息，道：“店家，不用酒饭，做一碗葛粉汤吧。”

“什么？葛粉汤？客官说笑了，此间却无染病之人饮的。此处是酒肆。”

“我也知晓，只是方圆几十里内连一户人家亦不见，便煮一碗素汤吧。”

尽管如此，酒保还是嘟嘟哝哝。此时似店老板模样一个人，从店外回来，瞧一眼店内客人，走到檐下拴着的马旁，打量那奇异的鞍皮神佛画像，又回头观望戴宗一身打扮。

“这位客官！”

“店主人，有何事？”

“您从哪里来？既非道士[2]，也非习武之人，装扮颇为奇特呀。”

---

1 这一段戴宗使用神行法的文字直接翻译吉川原文。在《水浒传》原著中，神行法是直接拴在人的腿上作法的，戴宗此行并没有骑马。但是吉川这里是让戴宗骑了马，只是马鞍上也有作法，加快速度。由于这匹马往下也在朱贵茶店里出现，因此无法更改，只好接受吉川的这个比较奇怪的设定。——译者注

2 此处吉川原文是“道人”，在书后的注解中称就是“修道之人，道士”。——译者注

“我从江州来。正去往开封东京路上。”

“诶，江州来者。……兄长莫非是江州神行太保戴院长么？”

“你如何得知？”

“山寨上军师吴用常说江州有这一个奇男子，天下只得他一个会使神行法。”

“好汉，你既非酒店主人，却是何人？”

“既是吴用先生之友戴院长，我也无须隐瞒。其实此处江边茶亭与梁山泊隔水相望，俺是梁山泊旱地忽律朱贵，平常易装在此守望江口。”

“啊呀，原来此地便是梁山泊，则吴学究可在山寨中？”

“正在寨中。先生身为大寨军师，每谈及江州之事，必说起足下大名。又担心断配至江州的宋公明，不知如何，众位兄弟听闻皆抚胸心痛啊！”

戴宗听了亦觉伤心断肠。深感众多好汉一贯义气，无从再隐瞒，便将宋江如此这般遭逢大难，现在身处囹圄，命在旦夕之事，一一说了。

朱贵闻之大惊，便怒气冲冲道：“危亡之际，足下如今却又为何事前往京师呢？”

“适才所言，我奉蔡九知府之命，急送寿辰贺礼到京师蔡太师府上，正行至半途。”

“如何这般行事！宋公明性命又该如何？贺礼都撕下便了！”

“使不得！若有差池，我回不得江州。”

“如此，宋公明岂非便将斩首处刑。什么？着那个黑旋风李逵看护？太小觑此事！一两人怎能成事？万万不可。戴院长请此地稍待。”

朱贵飞奔回屋内，取出惯用的强弓与响箭，便向水岸边紧紧拉弓，放出一支响箭，破开清澄之气，嗡一声射去对港。

戴宗急要赶路，只道：“回程再来，请代问候吴用。”便出酒店解开系马缰绳，“岂有此理，我不答应！”朱贵却夺去缰绳。

“混账，如何称兄弟。难道对宋公明见死不救吗？”

“正因如此，才急行来回，片刻不得安坐。”

“我也心急如焚，请戴院长亲到山寨里，与聚义厅中众位兄弟商议良策。”

“不可再中途耽搁了。”

“什么耽搁？你不愿，也要将你上山！”

“真是不明道理！”戴宗跳上神速甲马。使鞭劈脸打朱贵，却见朱贵放开缰绳，直从马后爬上去，架住戴宗，两人跌落在地。

此时，对岸应响箭，早有十二三艘挂红绿旗的快船现身江面，破开白浪向岸边靠来。

第五十七回　吴用千虑有一失　圣手玉臂亦无全

湖水渺渺，芦苇萧萧。——梁山泊金沙滩上，却常年隐藏水鸟浮巢一般的“隐船”，乍一看并不分明。有事则以酒家处朱贵射来响箭为信号，即靠岸来。

戴宗眼见至此，争亦无用。只得先上梁山泊，细说原委。便对朱贵道：“绝非仇敌，难与你相争。且带路吧。”

于是随朱贵上船。他使神行法骑乘而来的神马，送往京师金银祝笼，自然都郑重放置船上。

“先行一步。”

朱贵先坐前头引路船急行。到对港上岸，飞奔到聚义厅，原委告知军师吴用。吴用见报，连忙转告首领晁盖，聚拢满山首领。

所以戴宗到得聚义厅时，众人对戴宗受命开封之行、宋公明身陷江州牢城狱中性命危殆等，都已知晓缘故。

话虽如此，吴用与戴宗间别已久，两人执手叙礼。

“真乃稀客！却是如此非常之时，可恨可恨！”

“小可亦焦急，不得坐地。今宋先生阳寿见头，如众位已知事情原委，鄙人须奉蔡九之命，急往朝廷蔡太师行差。——之后速返江州，寻尽门路去救宋先生。”

“请勿惊慌”，吴用见他焦躁，安抚道：“晁盖寨主以下寨中主要头领皆在此。请再详尽把宋先生这场大难头尾缘故说明如何？”

“虽急，还请听来。实为……”戴宗急向众头领一一道来。众人听了，悲愤至极，急要去救出宋江。戴宗话音未落，满座尽皆站起，齐道：“便去打江州！打破江州牢城大狱，夺回宋先生！”

“诸位且慢！”吴用止住一众头领。“不可轻举妄动。若‘打草惊蛇’，反送了宋公明性命！不可力敌，只可智取。”

“愿闻军师妙计？”

“尝有一计在此。……先请戴院长伪称已过京师，带回蔡太师一封假回书，巧妙欺瞒蔡九。”

“然则如何？”

“回与蔡九的假书只说教：犯人宋江，正应世间童歌谣言，实为国家大罪之张本，切不可由地方行刑。须一路戒备严密，解赴京师。以此伪命，解出江州。”

“原来如此，这里下山中途夺了。——只有一事，那蔡京的笔迹该如何？其儿蔡九见之，必看破非其父笔迹。”

“不必担心。如今天下盛行四家书体，便是苏东坡、黄鲁直、米元章、蔡京四家，称为宋朝四大家。”

“蔡京书法如此厉害？”

“且听我道来。……小生曾在济州关照过一个书生，那人姓萧，名让，实是伪造笔迹的高人。无论是何种碑文卷轴，过目不忘。四大家的书体皆能原样书写。人都唤他作‘圣手书生’，又会使刀舞枪。”

“军师妙计如此。……也须要个官印吧，蔡太师的印记如何？”

“小生亦有计较。同在济州城里还住一位刻印师，姓金，双名大坚——又称‘玉臂匠’，乃是刻章高手。赚来这两人即可。”

“如何赚上山来？”

“烦请戴院长换服，扮作泰安州岳庙太保，去济州城带出萧让和刻印师两个。对方是工匠脾性，巧言赚来，应不费力。……便道天下驰名的泰安州岳庙要写碑文。须请天下第一的两位巨匠前往岳庙行此事。给付各人五十两银子，作安家之资。”

“妙哉！无须多言！”晁盖及各位头领齐齐击掌称赞。戴宗自然对此妙策亦无异议。急忙打扮作太保，即日把船过金沙滩，拽开脚步，奔济州道上。

在济州城的州衙东首。一路询问的戴宗见这户人家，无须细看也可知其贫苦。圣手书生萧让正自一个人，将吹火竹筒在土灶下生火。

“打扰！小可是岳庙里戴太保。”

“午饭时来做甚？又卖岳庙神符吗？快走快走！”

“特为立碑刻文之事。”戴宗先取出五十两银子，郑重其事地请萧让挥毫作碑文。

“哦，此事甚急？”

“立碑之日已定，因此请您即日移尊步上山，一并作文执笔，庙中共望。”

“虽可即日起程，小生却只会作文，就算有石碑，刻字又如何？”

“本地还有个金石刻印高手，唤作金大坚。小人就要去与其商议。”

“那大坚是吾友，刻得好字。你稍待，我与你同去。”

萧让亦中意此事。便教屋里的婆娘看守土灶家里，即携戴宗走去街上。

行至城中夫子文庙，见肮脏狭窄的巷暗处摇摇晃晃走出个驼背男子，一看便是居家做活的[1]。抬眼见了，道：“这不是萧让吗？你去何处啊？”

“正要带这位庙保去寻你。……庙保大人，来的便是人称玉臂匠的刻印高手金大坚。”

“幸会！”

“不知您有贵干？先请到家里坐吧。”金大坚即刻携二人回家，问其来意。——原是泰安州岳庙要重修五岳楼，趁此机会借得富贵信众之助，建一个石碑。戴宗又将出五十两现银送呈面前，金大坚也吃了一惊，且简单直爽的匠人脾性，更无遮拦，道：“甚好！可亲手刻印供奉东岳大帝之岳庙石碑，实为刻作之幸！须尽力而为！”高兴应承下来。两人都兴致极高，哪里有丝毫怀疑戴宗。

当也，三人在这偏巷陋屋里对饮，次日天明便起程。行了半日，戴宗借口道：“小可先去叫信众一行人来迎。”就此不见踪影。

将近黄昏时，行了七八十里路，两人略感疲惫，拖足前行。忽闻夕雾中一声呼哨，只见模糊一团逼过来。原来是梁山泊上一个头领王矮虎与其手下，封住前路道：“拿钱来！把这两个都扒光！”

“莫惹人发笑！”萧让和金大坚倚仗各人胸中本事，迳与他交手。甚至于

1 这来源于日本江户时代的“町职人”概念，职人分为外出干活的和在家里干活的。——译者注

倒去追逃走的王矮虎，却不承想正中了计。——听得附近山上锣声又响，梁山泊一众好汉，宋万、杜迁、白面郎郑天寿等人左右走出，毫不费力便将二人横拖倒拽，捉投林子里来。

虽说如此，金萧两人也未遭遇磨难，只是抛入山轿，上下绑缚麻绳，连夜至翌日，抬着飞奔，头晕目眩。又只觉坐上船。——只觉此事奇妙，不可思议，不知身在何处。解开绳索，睁眼一看，未想到是旧识恩人于眼前浅笑。

“咦，你不是？”

“先生还曾记得？小可是智多星吴用。此番惊扰，万乞恕罪！”

“先生，此却是何处？”

“此处就是梁山泊聚义厅。”

“啊！”两人齐露出叫苦神色，道：“先生请放我回去！大坚家中老小在彼，如何是好！”

“不必忧心。已教山寨喽啰取宝眷由济州来，明日便有分晓。山寨后已备住处，请在此安顿。”

“胡言乱语！为何将我等裹挟至此？”

“本非一时戏弄，异想天开。久闻二位贤弟技艺，有此恳求。想必二位也早闻郓城县押司宋公明之名，如今他一条性命须靠二位的技艺救回。……如何？此事亦值得能工匠出一回力吧？”

吴用开诚布公道出目的，只因吴用对二人有看顾旧恩，且二人平素亦敬慕宋江为人。萧让胸内涌起义气，金大坚也道：“好，出一回力！蔡京的印鉴，无论朱印白印，诸样都从来雕得，印谱早已熟备。”

于是擅长伪造字迹的萧让即刻入密室，按照智多星吴用与戴宗写就假书文稿，挥毫书写。再捺上金大坚刻制的印章，做出一封任谁看都是蔡京之回书。

“如此甚好，想必宋公明也将行开吉运了。小可即刻出发。”戴宗携假书，与山寨众人告别，议定日后安排，迅速使出惯用神行法，跨上甲马，向江州疾奔回去。

不过，在金沙滩埠头送走戴宗，山寨好汉们回到筵席上饮酒时，军师吴用忽变颜色，叫起苦来，道：“糟了！千虑一失！那封假书倒送了宋江性命也！”

众人愕然酒醒。特别是施展精湛技艺，倾注心血作伪文、刻伪印的萧让与金大坚二人，为自己颜面，极力反驳吴用痛心叹息与后悔之言。

第五十八回　好汉杀伐破刑场　白龙庙前小聚义

“却非他人过错，是我吴用一时疏忽。这是我此生最大失策。”

“军师，如何那封书便送了宋公明性命呢？”

“印章篆文错了。……一时大意，教你刻的是‘翰林蔡京’四字小篆。”

“这如何有错？”金大坚出于一己责任，直言回道：“小弟从来每见蔡京书信，都是用此印！”

“错了！”吴用平素安稳，此时脸色却发白，道：“你众位细想来，江州的知府蔡九不正是蔡太师之子吗？”

“那是当然！”众人异口同声道。

“既如此，如何父写书与儿子，却使个讳字‘蔡京’的图章？要知道，讳字图章是对上自贬身份时所用。更不用说公文书信，大臣下回书与地方知府，绝不用讳字图章！”

众人皆惊，满座不安与焦躁之气。虽有人叫嚷：“快追回戴宗！”只是那神行飞马如何赶得上。还有无他法？众人束手无策。——事已至此，只得选梁山泊精锐即刻前往江州，到底如何弥补这一大差错，只有等军师智多星吴用的妙计了。

这边厢着手准备之际，另一厢戴宗已速速回到江州，向蔡九知府复命，呈上京师回信。蔡九大为满意，先取酒来赏了，又赏赐银子等，道：“节级施行神行法，必然疲累，可休养数日。”

教他退下后，打开父亲蔡京回书封皮。见写祝笼中的各色物件都收了，书尾说：

妖人宋江，是为国贼。应比照朝庙大法，由天子亲裁成例。可令牢固囚车，差使军严加看管，连夜解上京师。

另亦提到论赏之事。早晚奏报黄文炳之功，他日必然自有赏赐除授。如此细细写来。

正当此时，门子报黄文炳来见。连日来黄文炳每日必至蔡府拜见。蔡九一见黄文炳便道："文炳，恭喜你早晚必有荣升之庆！"

"哈哈，相公又说起这美梦。"

"你道我说谎么？戴院长适才回来，带回家父之书，书中已言明此事。"

"呀，却已回了？"

"你的功劳，必禀奏天子，不日即降恩命。"

"则宋江如何处置？"

"已命我速将其解往京师。请看家书便了，你并非外人，就与你看有何妨。"

"属下惶恐。"

黄文炳恭恭敬敬接过来，开始读蔡太师回书。目闪精光，又三番四次低头思索，终断然道："大人，这分明是假造文书！"

"莫要胡说！此是家尊亲手笔迹，并无疑问！"

"非也。这印章是令尊恩相任翰林院学士时使用之物，法帖上多有人曾见。如今令尊已升太师丞相，如何肯使此章。"

"……嗯？"

"更兼是父寄书与子，须不当捺一个讳字图章。虽文辞甚为工整，但近来听闻有善习模仿当代四大家字体者，切不可大意！且再将戴宗召来，细细盘问可疑处。我也在屏风背后坐地，仔细看他神态便明。"

此时那戴宗本人，已放下心来，先秘访宋江牢里，极力安慰宋江一番后，因久不在家，正急欲归去。

途中却接到蔡九召唤之命，正不知何事，便再来到他面前。此时蔡九之口吻与眉眼神色俱已无当初喜色。

"戴院长，你去京师，可曾亲见了家尊？"

“是，下属拜见令尊大人，极为康健。”

“我家万事都由内门通报，门子也出来接你了吧，是个王姓门子吧。”

“是，似曾见了。”

“有髭须吧？王公年岁几何？”

“果然太师府上忠心勤勉之人，年纪已长，敢是有些髭须。”

“来人！将戴宗绑了！”随着蔡九陡然变色一声怒喝，躲在暗处的十几个狱卒牢子一同跳出，不由分说，将戴宗拖翻绑缚。

戴宗大惊叫道：“这是为何？大人，我有何过错？”

“住口！老门子王公因年老已于今春辞去，如今只是他儿子小王看门，哪里来的髭须？”

黄文炳也转过屏风来，追问几个关键所在。终于戴宗支吾不得，由阶下踹落至庭内，遭严刑拷打。

拷打至夜间，戴宗终也捱不过。昏死过去，又泼水醒来，只得虚实相间的招认这封书端的是假的。只因中途被梁山泊强人劫了，强换了文书去。

戴宗即刻被枷了颈枷，投入大牢。既已判明书翰真伪，蔡九翌日便唤来大牢孔目[1]，果断严厉处置。

“把这狱中宋江与戴宗一起教同日同地处斩。法场上写犯由牌，示此二人勾结梁山泊，谋叛为党，是为大贼。”

那孔目平日与戴院长颇好，受了他许多好处，只得禀道：“请问……斩首行刑定于何时呢？”

“何须多问？便于明日行刑！”

“不巧，明日是个国家忌日。后天又是七月十五日中元之节，大后日又是天子景命（诞辰日），因连是盆节祝日，便是地下大牢，牢子囚徒也都不得擅动！”

“罢了罢了！便于六日后行刑！”

虽属偶然，此亦是天幸于宋江、戴宗之明证吧。

直待第六日，由牢城去往江州野外法场路上，异常拥挤热闹。闻讯拥来观

---

1 此处原文日本官吏职名“与力”，采用原著的“孔目”（原著中是黄孔目）。——译者注

看行刑的人可谓人潮如涌，搅得黄尘飞扬。

这日早晨，两个死囚按例穿着白衣死囚服，不用油，将胶水刷头结了个髻，并在髻根插上一朵红绫子纸花。

驱至青面狱神庙前，各与了一碗长休饭、一杯永别酒，罢，两人骑上裸马背。沿路众人注目下，扮作牛头马面的狱卒牵着马，前后众多兵卒围住，直向处斩刑场而去。

刑场广大，围着竹栅栏。栅栏两处口子打开，分为官家门和死囚门。死囚门旁供奉一对白莲花，数个白米团子，宋江、戴宗两人拽下裸马，享用这死宴前，时辰尚未到午时三刻。监斩官一列马队还在途中。

“喂喂！怎的此处强入！快退出栏外！”观刑人潮的推挤下，栅栏摇晃不休。守护兵卒嚷得声嘶力竭。

却如何弹压得住。一伙卖艺模样的叫道：“便是后面的冲撞！”

“军哥，莫小家子气！看看打什么紧！青天白日的！”

这时官家入口处一伙挑担的脚夫又要挨将入来。

“这里刑场，你挑什么物件入来！”

“我们挑东西送知府衙门去的。”

“胡说！喂！快把担子放下！”

“军哥却无情面！不与人通融！”

“这里杀人，如何放你！”

此时，又有一伙行商推三辆江州车过来[1]，横冲直撞分来人群挨入来。

“嘿哟！嘿哟！”

“止步！”兵卒使力往回推去，叫道：“如何乱走？未见这栅栏？”

“我们要去中间开阔处！”

“尔等也着急斩下头来不成！”

“嘿！”行商们笑道：“这便免了吧！我们只来看一看热闹！”

边说边爬上车，隔栅栏举手遮额向内望去。一伙奇异弄蛇的、丐者、卖风车的、卖气球的[2]，杂七杂八，四下里一起拥将过来，哪里阻挡得住。

1 独轮推车。——译者注

2 日文稿是如此，但此时代应没有气球。——译者注这一伙，那一伙，到处闹嚷嚷不比寻常。时刻却早到，法场中央监斩官以下公人现身，宣罢罪状，教开取两人颈上枷，两个粗壮的刽子手，执定法刀在手，大喊一声："认命吧！"

远远只见有一物闪过。

说时迟那时快，便是法刀落下一瞬间。只见持法刀两个刽子手，已被飞来两支箭射倒伏地。

"镗镗镗！"却听一阵小锣儿乱响。

敲锣的脚下踏车，高高立在车子上的一个行商客人，其他同伴皆不见踪影。

原来他们如同飞鸟一般直奔法场中央去。不过更快却是另一路挑担脚夫、使棒的一伙。各个转眼将大刀、棍棒、短枪、薄刃尖刀、秤杆，凡是趁手之物都使来，追着刑吏狱卒都打翻了，杀得血肉横飞。转瞬间，宋江与戴宗便形影无踪了。一场混战后法场中只留下两张死囚席，好似卷过战场腥风。

只觉坐于怒涛之上，又被怒涛卷走。宋江终苏醒来，口中只道："各家兄弟！"

此生绝望后又得生还，却不知眼前真假。戴宗亦是如此。

如同一场幻梦，眼前所见众人，都是梁山泊好汉，晁盖、花荣、吕方、郭胜等以外，还有燕顺、刘唐、杜迁、宋万等英雄，朱贵、王矮虎、郑天寿等豪杰。

又有阮小二、阮小五、阮小七、白胜等共计十七位头领，率部下喽啰百余人。不必说，便是众好汉扮作行商、脚夫、使棒的，一举达成目的，劫下法场。

"各位兄长终不忘在下，义气相救，宋江无以言谢。"宋江怅然泪下。戴宗也喜极而泣。众人百感交集，以往诸事，今后前程，一时间言语不尽。

"话说此是何处？"

"江边的白龙神庙。"

"可有追兵？"

"追兵自然已至。却有个抡两把板斧的黑大汉嚷道'俺来殿后！'，横冲直撞，如入无人，将追兵都驱走了。"

"使两把板斧的大汉？那却是何人？我们兄弟中无此模样的啊！"

“啊，定是那黑旋风李逵！须知李逵虽只一人，想必亦等待今日之机。”

此时犹如恶童般的李逵，犹如飞毛腿奔至庙门外。门外便对众人叫道：“此地不得留夜！城里蔡九、黄文炳集合军马，有数千大军，须快快渡江逃命去！”

宋江和戴宗庙里唤李逵道：“李逵，且来这里。——先与各位梁山泊头领相见。”

“噢！正有此意！”

时机凑巧，又见三只船来靠上江岸，一伙人登上岸来。原来是浪里白条张顺与张横、穆家兄弟、病大虫薛永，另有李俊引着李立及童威、童猛，这一伙号称“扬子江三霸”，也带私盐贩子聚拢，皆为救宋江而奔来。

宋江却已获救在此，道：“多谢各位兄弟，在下安然无恙。众位即至此处，决非徒劳之功。请都来庙里叙礼则个！”

宋江居中，将三霸一伙向晁盖等人引见了。所在正是白龙庙殿中，大回廊上。初次相聚的众豪杰，又加黑旋风李逵，后世将此唤作“白龙庙小聚义”，称颂此日壮观阵容。

不觉日近黄昏，城内骑步军兵千余人追来。众好汉只得再起迎战，厮杀相搏，沐血夜战，终将官军远远击退，众人都于白龙庙旁上船。

不一会儿船帆风胀，船只如箭一般顺江而下。行至揭阳镇郊外穆家庄，即穆春俩兄弟宅院。

穆太公摆手相迎。庄客与妇孺都来排筵席。牛羊猪鸡鸭，园菜家畜出尽，都放入灶间锅里。

大摆酒宴。如此大庄院亦只恨狭小。便将桌席置于中院，星夜之下催开盛宴景象。

饮酒凯歌后，又旋即叫道：“放不得那奸人黄文炳！”

本卖膏药的病大虫薛永正思寻机报答前恩，便道：“小弟先往无为军城中打探一番如何？此处地理人情最熟，亦有同伴在彼。”主动要求去探听一遭。

举座皆击掌道：“好也！请兄弟速往！”

去了两日后，薛永带将一个短矮身材汉子回来。据他介绍，这人是洪都人，人送妙称“通臂猿”，本名姓侯名健。

“带此人来做甚？”宋江问道。

薛永微微一笑道："此人做得第一手裁缝，端的是飞针走线，技艺神乎其神。"

"裁缝确是少见。带个裁缝来却为何用？"

"其实直至今春，他还作为专雇裁缝，见在黄文炳家做生活。现今已被辞了。"

"果然熟知黄家周详？"

"正为此小弟带将他过来，请您亲问侯健详细吧。"

侯健端的说起许多要紧详细。

那黄文炳虽是恶名昭彰，其兄黄文烨，当地人都叫他作"黄佛子"，是个有名的大善人。

每每怜贫抚孤，修桥架路，每遭风灾水灾都不自顾，只扶危济困。与其弟黄文炳有云泥之差，令人不能置信是一母所生二子。

因此虽是黄佛子亲弟，城中都将恶文炳叫作"黄蜂刺"，家中虽有男女仆役四五十人，却无一人由衷敬重文炳为主人。

"只因如此……"裁缝侯健抿着嘴说。"我与薛永只佯装随兴去他家仆役房中玩耍，与众人说笑，当夜张开菜园木门放入众位兄弟们，他家里看似护卫得紧，如此杀入里去可谓毫不费力。"

"他哥哥黄文烨又住在哪里？"

"他兄弟两个分院隔大道，在其弟弟文炳宅院斜对面。"

"黄文烨既然仁德，亦不可害他这般善人。"

宋江虽言语平缓。憎恨奸恶文炳的众人却怒火升腾，定要去江州送一份大礼，并教世间警戒，定要驱逐黄家。

梁山泊头领二十九人，部下喽啰一百四五十人分坐大小七条船上，逆江而上，到潜入无为军城。翌日白昼间，裁缝侯健与薛永已找个缘头，巧妙潜入了黄文炳宅院内。

深夜，一轮夏日圆月下。

城中大火四起，直如战火熊熊。

到四更时，城中各处化为灰烬，骚动不已，但烧作一片白地只有黄文炳宅院。斜对面其兄文烨府邸却无事，完好无缺立在原地。

一时间亦见有火星飞去黄文烨家里，不知哪里来的一群怪人，既非城中百姓也非黄家人，却罢手袭扰，转而将他家火势灭了。天明时分，众邻都奇怪道：“到底何处拥来那许多人，转眼又不见了？”

不知谁暗中流言道是这些人乃四日前将江州府搅作修罗场的山东反贼，梁山泊一伙，吓得众人汗毛直竖。

当日拂晓，早有大小七只怪船摇向布满浓雾的江面。——事虽毕，遗憾的是最大目的未达成。怨敌黄文炳当夜正在江州，不知是在知府衙门抑或蔡九官邸里，总之被他逃过一劫。

第五十九回　奸人血祭大江流　梁山喜贺众人还

俗话说“隔岸观火”，只对黄文炳而言，听报对岸无为军大火，犹如晴天霹雳，几乎惊厥晕倒。绝非他人事，直说是己家被烧。

他慌慌张张禀告蔡九，坐自家用的一只雕船渡江而去，心中没个着落。

贪婪、残忍、吝啬、奸佞，漠视世间口舌，倾注毕生之力积蓄金银财宝，充溢库房，如今却怎地了？

忽闻铁笛一声穿水而响，吓得他胆战心惊。只见不知哪里来的三艘小船正靠拢来。

“啊！”黄文炳一下子吓瘫坐地。见最近船头上立着戴宗，另一只小船上是手持两把板斧的黑旋风。

“呀！反贼！快回头！”

但为时已晚，另有五只大船逼迫近来。

狼狈不堪的黄文炳望江里踊身便跳。只见当面又一只小船，船边溅浪。原来是浪里白条张顺，好似大鱼戏水般早钻过水底下，毫不费力就捉住黄文炳，扯上大船来。

“活该！”

“众位来见此人！”

“活剐恶人黄文炳啦！原道是个交贼运的恶人，果然贼运倚靠不得啊！该知晓了吧！”

船上众人因活剐血祭而沸腾。一寸、五分地手割了黄文炳，终将他抛入江中。那厮毕生悭吝积蓄得来金银财宝，昨晚已丝毫不剩由库房搬出，抬入三只大船上。

“起航吧！趁天色未暗！”

此日围绕着江州城，江岸一带亦不时可见官军飞旗，马蹄飞扬。眼见已大举云集军马。使者驰往京师申奏，公文飞驰于各州府，梁山泊之名已使天下震动。

“事已至此，此地已住不得，携老父随哥哥去吧。”

穆家兄弟、扬子江三霸诸人，连薛永和裁缝侯健都如此表明心意，一齐去梁山泊落草。

众人先回穆家庄暂歇。再次举杯，重提之前白龙庙结义之誓。穆家庄除余下土地未处置外，应有家财用十几辆大车尽数装载。于是极尽神出鬼没之能事的这一百七八十人，一日之内，如同一阵疾风，奔回梁山泊去了。

山寨中此番又多增人口，同时库中财物亦见充盈。

在此前后，人称黄门山四头领的一伙山贼闻风而来，归顺梁山泊，都誓盟入伙。

说起四头领原是何姓氏，又是何方好汉呢？

为首的姓欧名鹏，人称摩云金翅，原是守江官军，落魄至此。

第二个姓蒋名敬，湖南潭州人氏，是个落第举子。——其人颇有谋略，精通书算，又称神算子。

第三个姓马名麟，人称铁笛仙，籍贯南京建康，善使长刀，亦吹得好铁笛。

最后第四个好汉，祖贯光州，庄家田户出身，有的是力气，能使一把铁锹，兼又善使刀枪。诨名亦是怪哉——唤作九尾龟——不过既有本名陶宗旺，毫无疑问他也是凡人之子。

“各位兄弟！”一日，吴用提议道：“如今各路豪杰，各有所长，有如天上繁星齐聚与此，为保山寨安泰，须得谨立上下之序，以顺礼数。……首推宋公明，梁山弟兄一同敬仰，理应坐第一把交椅。”[1]

---

1 在原著中，是晁盖本人向宋江推让寨主之位。实际上，这只是个场面功夫，晁盖当然并不是真要让出最高领导权，正如日后宋江也无意要将最高领导权让与卢俊义。但即使只是个场面功夫，也须由晁盖亲自提出，吴用作为梁山上晁盖一党二号领袖，越

众人皆无异议，齐举双手，围绕宋江道："说的是，请上座！"

宋江坚辞道："不可！感蒙诸位兄弟救拔宋江性命，感恩不尽，不才徒耗米粮，这第一把交易只合晁盖大人坐，小可到底胜任不得。"

众人虽一力推举，宋江坚不从。

终是晁盖坐了寨主[1]之位。——宋江坐第二把交椅，第三位是军师吴用，第四位是公孙胜，众人如此一番合议，宋江亦推辞不得，坐了第二位。

宋江本未曾想有今日。

他只爱结交豪杰，感怀世事，深深同情坎坷不遇之人，却做梦也未想过有朝一日，混迹于贼寇行列。——自从任官，亦得良吏美赞，在家事父纯孝，读经修身，爱护四邻街坊，本欲就此安稳度日终生，人生目的原尽于此。原道人生只此一途。

事到如今，却落到这般田地。今被朝廷视为不逞逆贼，难容于天地。苟欲偷生，只好与梁山泊众好汉们守护这一方水泊。

"以下座次请晁天王排定！"

吴用提议，晁盖便道："请各位听我排来。"

便虑及豪杰本领与年齿，顺序唤名次。

——首先第五把交椅由豹子头林冲坐了。

然后左边一带座次为：刘唐、阮小二、阮小五、阮小七、杜迁、宋万、朱贵、白胜。

右边一带座次为：花荣、秦明、黄信、戴宗、李逵。以及李俊、穆弘、张横、张顺、吕方、郭胜、萧让、王矮虎、薛永、金大坚、穆春、李立、欧鹏、蒋敬、童威、童猛、马麟、石勇、侯健、郑天寿、陶宗旺。——山寨大小一共四十位头领坐下。

聚义厅中大香炉香烟缭绕，祭星坛前摆放供品，大吹大擂，且庆喜筵席。依例庆贺，连着三日。其后山寨中喽啰，与山后几十户家眷宅里，也都吃酒

组代庖提出让宋江当寨主，属于严重背叛，有可能引发火并。吉川在这一处进行改动时，可能是没有意识到这个问题。下面又说众人都同意宋江立即上位，但实际自智取生辰纲以来结成的晁盖一党此时是不可能同意的。——译者注

1 吉川原文，晁盖成为"统领"。这个称呼在后文也许多次出现，翻译还是应该采用原著中每个读者都熟悉的"寨主"称呼。——译者注

快活。

山寨中有老有少、爷婆儿孙，都勤耕庄田，忘却世事，只享受这一方慵懒日头下的土地。

宋江目睹此情此景，又猝然挂念音信全无的家中老父，不觉垂泪。

当夜便在筵上对众人道："不可自蒙救护上山，今又须下山去，数日后便会，望祝兄弟见谅。"

"兄长下山，却因何事，去往哪里？"

"实乃老父留于家中，甚是挂念。"

"哈哈哈，先生又来了。"

众人尽皆大笑。见宋江热泪盈眶模样，虽心下同情，不免大笑。

第六十回　九天玄女天上梦　宋江身悟凡间命

宋江孝顺老父之情原非寻常堪比。晁盖与吴用亦劝他不得。只顾及一个人独去，甚为危险，道："虽放先生去，点十余人马护卫左右。……若不如此，兄弟们必然担心，无法安心待先生归来。"便即刻教点人马。

宋江却坚辞。道是家乡还有兄弟宋清，搬取老父上山来，路途上只三人，如此反能不招人耳目，亦教老父安心来此。

宋江无论何事，本不愿假于人手，只亲力亲为，果是宋江为人性情。梁山泊一众好汉强不得他，只得于翌日为宋江设宴践行。

"兄长路上万事小心。"

目送他独自一人过金沙滩上路。

数日后，宋江终奔至家乡郓城县宋家村。——却风声鹤唳，且伏了，等待到晚，投庄上来敲自家后门。只见兄弟宋清出来开门。一见面，兄弟二人抱头痛哭，好一阵无法言语。

"哥哥，如此危险之时你回家来怎地？"

"唉，宋清啊，哥哥我除了梁山泊，天下已无容身之处。……因此特地来取老父与你去往山寨。快，速作准备，去告知父亲！"

"这哪里使得！"宋清连连摆手，且道："自从哥哥在江州做了事，早已遍地价悬榜捉你，县内亦遍布罗网。管定了家里，不得转动。县衙差下都头赵能、赵得这两个，每日教部下来巡逻查看。"

"如此说来，正不知何处有巡逻公人窥探。"

"便拿我们诱你落陷坑。只因宋江孝名在外，故此料定你早晚来自投罗网，所以教我们不得转动。如因此被捉，老父和我，甚至哥哥俱临大祸。……若一心要救我们，索性请梁山泊众头领来。若无军马相救，便插翅难飞。”

宋江听了，后悔不迭。

悔不听晁盖、吴用苦劝，果有今日。却无主张，只得返回梁山泊求援。于是宋江连父亲亦未拜见，与宋清定约定后日再来，急循原路奔回。一路奔走，一路自责。浅虑妄为，徒费时日。

一路奔得汗水湿透罩衫，又见道路昏暗，月色凄凉。不知已走几时。却听身后传来纷沓脚步声，有人叫道：“宋江休走！”

宋江不知高低。重重吐息，一颗心似将倒出口来，吓得魂飞魄散。只得气喘吁吁只顾走。身后呼喝声却越发近了。

“菩萨救我！”少间，风扫薄云，现出那个明月，宋江方认得仔细。原来他左来右去，这里却是个唤作还道村的去处，四面团团丘陵，树木深掩。

“那厮已无处可逃了！”

追赶过来的四五十个捕手，纷纷冲入树林里四散搜查。——宋江正道没生路时，早看见一所古庙。顶肩撞开庙门，入进庙里来。

不知是蝙蝠还是鼯鼠由眼前掠过。追兵的火把古庙照耀如同白日，这里也躲避不得。

宋江正叫苦道：“吾命休矣。”

往后坐倒，他的身体竟整个跌入木栅里。那处不知是内庭出口抑或木壁破败[1]。仔细一看，左右两条回廊环抱，青瓦埋草，落叶遍地，面前有一座寂寥冷清的神殿。——宋江只顾爬上阶来，越过腐朽的栏杆，拂去面上异样霉尘与蛛网，作一堆儿躲伏在最深处的神厨内。

只听许多人吱吱踩踏木板而来。偷眼看时，赵能、赵得二人引着手持松明的手下，直踏入来。这一处正殿也不大，宋江心想罢了，闭目等死。

正在此刻，只见卷起一阵山风摇晃。吹得飞沙走石，摇得那殿宇岌岌地动，房顶罩下一片尘埃来，墨汁一般正落在捕手所持松明里，都熄了。赵能、赵得二人遮了眼，叫道：“啊呀……那里起这大风？”

---

1 这两句话，在吉川原文中是后一句在前，前一句在后。但从事情发生的顺序看，应该是跌落以后再疑惑这是跌在哪里。日语中经常有这样前后倒置情况。——译者注

“莫非是……”二人都毛发竖起，脸色惨白。手下有七八个人已经飞往外逃去了。口中惊叫神殿之内，亵渎了神威，神明不乐，教人吐血瞎眼。却如何理会都头惊喝怒骂，一哄都飞奔逃走。但是赵能、赵得却逃不得，只能咬牙又踏入来。

“一伙蠢材！可是狐狸之类吧，若神佛在此，倒想求得一见。兄弟，你揭开那个神厨帐幔，宋江那厮多是躲在那里。”

“也是。”

却又不知如何，一阵凄风卷起，一道如闪电般青光一闪，同时一阵沉痛难耐之眩晕袭来，二人抱着头好似陀螺一般旋转着昏倒过去。适才还道见有神佛亦求一拜，此时赵能、赵得却果遇真神，魂飞出窍，不知飞往哪里去了。

却不止此事惊异。宋江刹那间自感一道紫电通身，仿佛劈作两半，伏倒在地。绝非落雷后异臭，却是馥郁芳香之气越发浓重。无疑此气息发散于人身。

“星主，星主！”

却见两个青衣童子分从左右呼唤宋江。

宋江眸中恍惚，只看着两个童子。

见是两个天竺髻头，戴琅玕耳环，穿凤头鞋的童子。青色绫衣上绣花鸟，系一条浅紫色迎风带。

“二位自何而来？”

“我们是女神使女，特来迎请宋星主赴宫。”

“星主？此言差矣，在下不是什么星主。”

“如何差了！请星主便行。”

“且往哪里？”

“娘娘久候于神座所在。”

一阵清风托起宋江凌空。见一轮明月好似近在咫尺，照样从未见过的珍珠色。

莫非已身处月宫中？宋江心下疑惑。自出生以来，从未曾听老父说起在家乡宋家村附近竟有这个去处。

“星主，请入来！”

只见银柳金花，翠霭绕楼的一个宫殿。

玉阶诱人而上，却是谁家府邸？

宋江猛省此处莫非是天上仙府。

"……果然那童女是仙童。"宋江心中思量，跟上楼台来，到深处殿前，躬身拜伏。不知何处传来仙乐袅袅，非比世间寻常。朱柱上雕飞龙舞凤，直似欲引颈鸣啸，却闻珠帘内熏然香气扑鼻。

"吾与星主久别重逢。既已来此，不必多礼。可近前来。"

悦耳清声，几分亲近赐问候，那廉子徐徐卷起。

宋江俯伏在地，越加惶恐。

"臣乃下浊庶民，不知如何误闯神界。伏望天赐怜悯，令归下界。"

娘娘几声欢笑[1]，仿佛珠玉滚动般悦耳。便命四位仙童请宋江入御帘内，扶上锦墩坐。

宋江略平复，望四壁龙灯凤烛之光，金碧交辉。两边仙童女各持笏捧圭、执旌供华。

七宝玉座上坐着那个女神娘娘，高髻上戴飞凰九龙的七彩珠玉金冠，天然无双眉目，微笑间眼光流转，神色四溢。肌肤赛雪，香气美妙。穿银纱之衣，系蓝田玉带，饰佩白玉，其身在光耀中。

"星主别来无恙？"女神娘娘似不以宋江为初见，只道久别重逢之喜，即命侍女献酒。连斟了三杯仙酒，宋江不敢推辞，饮了。女神娘娘又道："可以仙枣下酒。"

又以仙枣来劝宋江。宋江取来吃了，却无处吐核，只得怀核在手。

口中如含麝香。感觉有些微醺，身子轻飘，道："只觉身似蝴蝶，飞舞花丛。已不胜酒量，望乞免赐。"将琉璃杯奉还侍女。

"既不能饮酒，可止……"女神以晶亮眼眸[2]望向侍女，吩咐道："取那三卷天书赐予星主。"

便以此为送与宋江礼物。

只见黄纱包着三卷书，长五寸，厚三寸。——女神将书授予宋江，道："星主，今传汝天书，汝可替天行道。除汝之外，无人可胜任。望汝怜悯众生，为

---

1 此处吉川原文有几声"嚯嚯嚯"的发笑拟声词。但无论是翻译成嘻嘻嘻、哈哈哈还是呵呵呵，都嫌对女神来说不够庄重，干脆删除。——译者注

2 吉川原文是"黑曜石一般眼眸"。黑曜石大量生产于美洲，以这个打比喻似乎比较奇怪。——译者注

国除邪去奸，虽身处浊世，亦不可忘情义诚信。大义行之，不必怯为。吾并授汝四句天机：‘遇宿重重喜，逢高不是凶。外夷及内寇，几处见奇功。’后必应验。汝须牢记于心，终生勿忘。”

宋江凝神静气，九拜叩首，谨受天机。

女神复又道：“天庭玉帝因汝魔心未断，道行未成，暂罚下方，如逢天缘，必召汝重登天界紫府。话虽如此，若是他日犯下罪科，录于冥府罪簿，吾亦不能救汝。……三卷天书为汝助力，可善观熟视。只可与天机星（智多星吴用）同观共习，其他皆不可见。所梦所记，休要懈怠。语虽不尽，目今天凡相隔，难以久留，汝当速回！”

宋江拜谢娘娘。又听得女神道：“他日玉帝庭园，再当重会。勿忘下界宿命，早日功成！”

……宋江忽心中大叫一声“啊！”，见周围涌起黑涛碧浪，二龙正要拿己身戏耍。顿觉慌张，逃跑挣扎间水却涌入口来……念想至此，忽然惊觉。

乃是南柯一梦。

“啊，原是一场梦！”

知晓己身所在，顿觉疲累，果是一场奇妙幻梦。黄纱包着的三卷天书摆放于膝上，且手内握着三粒枣核，又觉口中尚有馥郁酒香。

“奇怪，似梦非梦。这岂非便是世间常道神圣灵验，显化托梦？——只是不知我宿命如何？”

他已混不觉惊怖，转出神厨，立在庙外。这时他才见庙前牌额上，清楚刻着四个青金大字，道：“玄女之庙”

“玄女，九天玄女！”他口中念道，仰面望天。正是午夜时分，一轮明月挂于天上。虽小，虽远，却悬于天。

宋江解下腰带，将三卷天书贴身缠于腰上，寻月下小路飞奔而去。

离去玄女庙不多时，似已有人尾随而至。他身后有六七名男子，林木之间如同犹如豹子一般迅捷追来。

“喂！等等！”非仅是身后，三面都有呼喊此起彼伏。

“又不济了！”

宋江苦叫一声。听前方断崖处传来瀑布声。此路向前落水。

然而，正可谓天降神助。出乎意外，后面乱哄哄追来的汉子们齐唤道："这不是宋先生吗？"

"是宋江先生！"

立定茫然不知所措的宋江面前，各人纷纷开口。

"可安心了。我是梁山泊来的赤发鬼刘唐。"

"我是石将军石勇。"

"我是催命判官李立。"后面又有欧鹏、陶宗旺，都一一报了名姓。最后稍稍来迟的一条大汉，手里拿着两把板斧飞奔而来，抖落斧上血渍叫道："宋哥哥！哎呀！这下俺们可安心了！刘唐，快去山后告知！"原来是黑旋风李逵。两把板斧上都是鲜血淋漓。

宋江终于安心，满怀死而复生之感，又恍觉仍在梦中，站立不稳，环顾众人问道："这是为何？诸位如何到此？"

"哎呀，哥哥虽时常训斥我李逵，论及招惹麻烦，却是哥哥最甚！"

李逵照旧大咧咧的调子，痛快地道出原委。

原来之前宋江独自一人下得梁山泊，晁盖头领与军师吴用即刻点起一队人马，潜入郓城县。

只恐宋江有难，时运不济，则陷于官军陷阱。若如此，探得消息后再赶去也误事。——如此料想，果然料无差池。

当夜，众人分为两拨人马，一拨人马去还道村，于山中解救宋江危急，又一拨去往宋家庄，将宋江老父及弟宋清救出，已即刻派人紧护了，先行送往梁山泊了。

"哥哥尽可放心……"李逵先教宋江解了这一个忧虑，终放下心来。

"还有县里追捕的赵能、赵得这两个鸟人，却才被俺黑旋风于玄女庙旁，吃这两把板斧收拾了。哥哥须再无忧心……山头那边众人正一同等候急报。哥哥，我们便去吧！"说完已当先奔出。

不久宋江便望见山岭上一簇黑压压人影。众人已听闻刘唐传来消息，报宋江平安无事，月下众人俱摆手欢呼。

这一行好汉以晁盖统领，还有花荣、秦明、黄信、薛永、蒋敬、马麟等寨中兄弟。其后加入李俊、宋万、穆弘、张横、张顺、穆春、侯健、萧让、金大坚等人，与李逵这一拨人马会合后，约有三四十人聚在一起。

“叫众位兄弟忧心了！”宋江向众人作谢，又特意拜谢晁盖道：“老父及弟皆早已承仁兄安排，送往梁山泊，如此施恩永不敢忘。”

宋江喜极而泣，哭了一阵。晁盖也为宋江平安喜悦，既已事罢，尽快撤回山寨为宜，众人皆骑马，调转马首向东而去。——宋江也骑了一匹马，在马上悄然下望山中林间的玄女庙顶上青瓦，心中反复念道：“日后必来叩谢今日之恩！三卷天书、四句天机，一并铭记在心，终生不敢忘！”

时有夜鸟鸣啼，翔于月空。或许是山家牧童吟歌，一篇古调诗词，犹如月魂所在隐隐传来。诗曰：

昏朝气运将颠覆，四海英雄起微族。
流光垂象在山东，天罡上应三十六。
瑞气盘旋绕郓城，此乡生降宋公明。
幼年涉猎诸经史，长来为吏惜人情。
仁义礼智信皆备，兼受九天玄女经。
豪杰交游满天下，逢凶化吉天生成。
他年直上梁山泊，替天行道动天兵。

第六十一回　苦念百丈村中母　李逵人子亦感孝

智多星吴用此次留守于梁山泊，得报宋江无事之前，宋清与宋太公已被送入山寨中。便将宋家安置于梁山泊中好所在，建一个小巧精致屋舍居住，只待众人归来。

过得数日，金沙滩对岸驶来船队，晁盖一行于欢呼声中回来。又得见神色欣喜的宋江，梁山泊中可谓山水沸腾，都来相迎。

一行迎接之人中，走出老父宋太公，不顾众目，与宋江忘怀相拥，泪流满面，直教众人感动泪流。亦自此日起，宋江之弟铁扇子宋清，也入伙成为山寨一员头领。

宋江终实现多年“父子团圆”之夙愿，却又因此生余波。——为贺宋公明父子相聚，翌日且做庆喜筵席，突有一人起身。

“晁寨主，各位梁山泊兄弟，鄙人有一事相求，还请听之。”

这出言之人，正是道行身后的一清道长公孙胜。

“贫道久未尽孝，久来弃老母于家乡而不顾。亦与我真人本师久未报知音信，故愿一并回家乡探望，以偿平日不孝，胸中已不能平复。暂别众头领四五个月，再回来相见。”

“哦……道长泪如雨下。”众人皆为其感动。

无一人有异议，众人都道：“此情可敬，且待相送一清道长。”

公孙胜大为高兴。翌日，他依旧作过往云游道人打扮了，腰配戒刀，头戴棕笠，一身白道服，脚上白布绑腿，背木箱，往故乡蓟州去了。

待众人鉴别公孙胜后待回山上，却不知因何念头，见那黑旋风李逵不时以拳头揉眼。

众人皆怪，有人取笑道：“李逵，被蜂蜇了吗？”

“哈哈，是吃了辣不成？”

见平日易怒的李逵却毫无怒气，此为奇事。不仅如此，当夜聚议厅宴席上，他也不吃不喝，不说不笑，也不曾醉酒，只一味抽泣。

“李逵，你如何烦恼？”宋江凑近问道。

只因是宋江来问他，李逵便毫无顾忌地放声大哭起来，又吼叫一般哭诉道：“俺……俺也不是树缝里钻出来的。虽这般模样，却有一个老娘在家乡！只羡一清道长，又羡慕哥哥你。……只愿将我老娘取上梁山泊来，让她在这里快乐几时也好。如此一想，眼泪不听使唤了。”

“如此，你也想回乡去，取令堂上山来吗？”

“哥哥便助我吧？只愿如此……俺，俺求求你了！”

“哎呀……”宋江也为难了。虽难掩同情，看众人面色却欲不教他去。互使眼色，齐齐摇头。

事出有因。因黑旋风李逵蛮勇之名，声震江湖。又大闹了江州，此后官府必在其家乡布下了罗网。让这蛮汉去往那里，谁都道必然生事。

李逵异常固执，哪里肯听，倒好似以为担心者皆不对。李逵脸上好似涂墨汁一般涕泪纵横，终于顶撞起宋江来。

“哥哥也是个不平心的人！难道俺就不是爹生娘养的吗？混蛋！你的老父与兄弟都上山了，为何只有俺……”

“莫要焦躁，”宋江抚李逵的背，道：“你也休哭，李逵，你一番孝心也令我欣喜。不过寨主、军师及众头领不愿你去，只怕万一生事呀。……如你能应我三件事，我宋江便为你向众兄弟求情。”

“你且说那三件事？”

“其一，途中不可吃酒。”

“好！戒酒！”

“其二，你一人回去不知闯出何等祸事来，需教一人暗中跟随你去。”

“也依得，那第三件如何？”

“你平常惯使的——那二柄板斧——休要带去，回到水泊之前，先寄放于军师吴用那里。”

众头领听了都笑起来。想必只此一条不会答应，这李逵直把那两把板斧当贵子一般，抱着同眠。确实出乎意料，李逵也允了这一件。事已至此，又加宋江求情，众人只得同意放李逵下山去。

原委如此，李逵不久也暂别梁山泊众兄弟，只提一条朴刀，一身爽利打扮，便启程回故乡沂州沂水县去了。

李逵走后不久，众人商议道："却派何人暗中随李逵去走一回？"

杜迁道："只有在对岸管酒家兼打探消息的朱贵大哥最宜，因朱贵亦是沂水县人，与李逵同地出身。"

"此言极是。"宋江点头称道："是了，前日浔阳江白龙庙聚会时有所耳闻。有何人坐快船，速去请朱贵来吧。"

朱贵飞快到来。对所吩咐的差事爽快并不二话，爽利应承，并道："其实在下有一个兄弟，见在沂水县西门外开着个酒店，这李逵是百丈村住，相距不远。……李逵家里？确有个瞎眼老太，常在屋檐晒日头，拉车纺线，果是李逵老母吧！有一个儿子照顾瞎眼老太，道是李逵亲兄。……终究是贫苦人家，现今亦这副模样吧。"

"此事托付于你了！"宋江仔细叮嘱朱贵道："虽不至于公然违了我那三件事，只是李逵性情，诚恐路上生出事来。"

"小弟亦就要回家探望一番。自万分小心看顾李逵，请勿忧心！"

这差事对朱贵而言也是趁了他心意，因此踊跃，李逵下山不久，他随后出发也奔沂水去了。

这里梁山泊上，安稳无事。初秋大寨上，山清水秀，美酒醉人。宋江常与晁盖谈些时事，又于凉爽夜间，书窗下看习天书，并与吴用一起用心研习。

话说李逵，这日来到故乡沂水县界，欢喜道："俺也不赖啊！到底未破戒，走来这里，还未饮一口酒……"

走到沂水县西门外，见人头攒动，围着县城里随处可见的告示张榜处。李逵也毫不在意，立在人丛中。

有好事者出声读榜上道："第一名，正贼宋江，系郓城县人，极恶之徒。共犯戴宗，原江州两院押牢节级。同处牢头李逵，系本地沂州沂水县人……"

“说什么呐！”李逵嗤之以鼻，忽有个汉子道：“过来这边。”一把拽着李逵臂膀，拉到路口。

“哎，你不是金沙滩茶亭主人，旱地忽律朱贵吗？”

“嘘！……蠢材！隔墙有耳！你如何傻愣在那里看榜？”

“不要老叫俺蠢材！只因多年未回乡来，见闻都觉可亲罢了。”

“你莫犯傻了！那榜上明明写着拿获宋江者赏钱一万贯，戴宗五千贯，李逵三千贯。你一颗首级价钱都公示了！”

“如此，却为何俺脑袋最廉价？”

“便因你如此，宋先生只怕惹事，命我朱贵随你来看顾。……此地非说话处，去那个店里吧。”

“莫要取笑。”李逵好似立鬼门前，畏缩不进。

“那不是个酒店吗？唔，香气忍受不住。罪过呀，哥哥！”

“好了，只管入去！”

朱贵径直入到后面一间静房中，点菜也纯熟无比，独自吃起酒来。李逵只得将出汗巾，捂住口鼻。

不一会儿，店主过来招呼，原来是朱贵的弟弟朱富，与李逵亦是老乡，当时便无拘束了。难相处的是明晃晃便在眼前的酒水、杯盏。

“哥哥，既然哥哥你已在眼前看顾，俺吃一点酒也不打紧吧？俺已头晕目眩，将要死去了，让俺吃点吧！”

朱贵忍不住笑起来。他虽听说李逵嗜酒勇猛，但其实也不明实情，终禁不住同情，道：“如此，你只可在这里吃一些。”递过酒杯与李逵。

咂着舌，李逵享受地眼眯成缝。酒下肚便止不住了。他吃了一碗又一碗，直到夜半四更，说话酒醒正浓。店主朱富催促多回，至五更夜尽时分，才抬起了屁股。此时一轮残月已淡淡升在屋顶上了。

“无事吧李逵？行得稳吗？”

“唉，这点酒算得什么？不值一哂！噢，忘记斗笠了！”

“瞧你这模样！我来给你戴上笠吧。”

“老娘见到我将道怎地？啊，明晚上便可贴着老娘安眠啊！哈哈哈！再会了哥哥！”

“喂！李逵！不是那条路！那路虽近，却是翻山越岭的小路。只投大路去！”

“不！”

“你不知吗？自小这条路上便有老虎出没，是有名的老虎盘踞之地啊！最近又说见有剪径贼人！”

“这可有趣！便是怪物，也是家乡的更亲！哥哥！我后日背负老娘回此店来，多关照！”

“……这厮便走了！”朱贵、朱富两个呆立当场，醉酒的李逵毫不回头地去了。摇摇晃晃地行走，拂晓时分来到雾色笼罩的山路深处。

不知什么鸟儿发出“呖呖”啼声，在密林深处回响。树林中时值新秋，叶儿正红。忽见林中跳出一人，如同红叶精怪一般，又似恶鬼，戴红绢角头巾，身穿粗陋皮甲，脚踏草鞋。

“哟呵！这钻出一个什么古怪？是面妖么……”李逵酒仍未醒。不过虽醉眼惺忪，但也没醉到看不清对方面目。立在路上当住去路的大汉，把黑墨涂在脸上，手里提着两把板斧。

“早啊！你这厮什么人？”

“喂，你却不知爷爷我吗？”

“别说梦话了！如何知道你这鸟人。见你脸上涂锅底灰，带个红头巾，哈哈！是百丈村年节时来的卖艺班子里一个丑角？”

“混账！醉酒了吧？把全身上下钱财留下，快走吧！你见此物也晓得了吧？”

“哦，你两手上拿两把板斧嘛！好吓人的兵器啊！你唤作什么？”

“知道百丈村的铁牛吗？现今有名的黑旋风李逵，便是老爷！”

“哈？你是李逵？”

“没错！听闻老爷名姓，十人里边便有十人都吓碎心胆！你是蠢材还是外乡来的？”

“俺到底是谁呢？自己亦不分明了。你猜猜？假铁牛！假李逵！”

“什么？竟敢说我是假李逵？”

“你倒睁狗眼，看清楚这张脸！俺正是百丈村人，诨名铁牛，江湖上又称黑旋风，李逵是也！”

“啊？！”

“有趣！到底哪个真伪，便来赌一赌！赌上命来！”

“爷爷饶命啊！”强盗一屁股坐到了露水中。抬头望着捧腹大笑不已的李逵，合起粗糙的手，像蚱蜢似的猛拜。

第六十二回　野花妇人藏祸心　虎啸怪风吞盲母

“混账！竟敢辱没老爷名字，在老爷家乡剪径胡行！坏我真李逵的名目，且吃我一斧！”

李逵边说边劈手夺过两把斧头中的一把，将要落在那厮细长脖子上。

只见假李逵哀号着拼命求饶，一把涕泪哭诉道家中因有九十岁的老母，无人赡养，虽一没力气二没胆量剪径，但有客人听说“黑旋风李逵”之名，便撇了钱财行李逃奔去了。从此，便半分戏耍般盗学高名，以此维系母子两人的贱命而已。——像一只蜘蛛一般趴地上拼命赔罪。

“唔，家有老母啊？”李逵肚里寻思起来。自己也是愧于多年不行孝，才向梁山泊头领告假归故乡来。正因自己无事便张显名号，才出这厮来假倚黑旋风之名。如此想来，这小子亦有可取处，倒不值便杀了。李逵便取出十两银子，扔到那厮面上，道：“喂！这银子你取了，自去吧！须改做正业，好好孝顺老母！再教老爷见你行恶，小命不保！”

“银子？啊，善人大恩，小人终生不忘！”

“叫什么呐？老爷可不是善人。也罢，且报你真名实姓来。”

“小人自己的贱名叫李鬼。”

“果真？连姓带名都跟爷爷我相似。亦有同乡情分，只得饶你这一回。”

午后李逵仍在山道上行走。七月的山路教李逵双腿疲乏，酒醒后更觉口渴。想起前夜在朱富酒店里，只吃了酒未曾进米饭。

“咦，前面有个俊俏妇人。”

见山坳里有一个独户人家，门前挂酒幡。一个妇人头上胡乱髻鬟，插着朵野花，看见李逵，启朱唇笑。

“嫂子，有酒吗？”

“不巧没有。”

“如何这般冷淡。饭便做些与我来！下饭菜总有一些吧！”

“客官可否稍待。”

“行，俺小憩片刻，凉快一下。”

拿了条长板凳在屋旁，李逵听着蝉声中迷迷糊糊，起了困意。若非此时有一只树梢上的松鼠，把核桃给碰落李逵面上，便不知他性命将如何。

李逵由此醒觉，便起身去净手。转过屋后，却见厨房入口外有一对男女正在窃窃私语，那女子便是适才头戴野花的妇人，那汉子却教李逵吃惊，却正是今早他在山头放过一命的李鬼！

“……原来如此，却好险啊！”那妇人野猫似的眼眸滴溜溜转，又传来惊异吞口水之声。

“那真李逵回来了？正是黑旋风？”

“果真是他，教我大吃一惊！我却假意骗他说家有老母，无人赡养，做天见可怜模样，那个蠢物混账，竟与我十两银子放走了！哈哈哈！”

“嘘！……刚才一个大汉路过，想必便是李逵，教我做饭，如今在屋旁睡午觉哪！休高声！”

“啊！那厮来了？事不济！如何是好！”

“亏你是汉子！做何慌张？干脆一不做二不休，寻些蒙汗药来放在菜里，麻翻在地，便是黑旋风也对付了……”

“对对！他身上果然还怀有金银，加上咱两人身上的资本，便足够离此乡野，去做些买卖。果然是好运撞门了！”

李逵躲在暗处已听得了，忍不得更多言语，直跳出来怒吼一声：“喂！何事如此高兴？”

“啊！”那妇人慌忙往崖下逃奔滚去，直似飞鸟般，转眼消失于山谷河流那一边。

李逵也不去追。——却见手中血刀，滴下血来，那李鬼头颅早飞出五尺，骨碌碌地滚。

“竟敢戏弄我！”李逵胸中生一股魔气。再入屋内来，翻倒两个箱笼，搜些银两都塞入怀中，见锅里的米饭已熟，都吃尽了，悠悠然出门去。一身血污，慢走过西面山麓，望见他出身的贫苦故乡百丈村，由远至近，点起几盏灯来，雾色暗夜中恍恍惚惚。

“却是未变，依旧这般的贫乏。”李逵到生家门前立住脚。红土砌的一个小泥屋子，围着破旧石墙，攀越屋顶的一棵瘦长松树，都未改变。

“……娘！”

他一声喊，正在土房角落里支了纺车，一心一意纺线的老母却哪里信得自己耳朵。

老娘双眼都盲了，因此不知日落，亦无须点灯照亮线箩与纺车。

“娘！你在哪？老娘！”

“是……是谁啊？”

“是俺咧！”

“这说话的是？”

“是李逵啊！铁牛回家来了！”

“诶，是我儿吗？”

“啊，好险！”

李逵慌忙抱住老母。老母瘦小的身体依靠了李逵，止不住发抖。

“多少年没见我儿了！这几年正在哪里安身？平日止不住思量你生死如何……”

“……老娘，你且宽心！多年不孝，饶恕铁牛则个！今日只为教老母此生可享清福，特意赶了远路来取娘去！”

“哦，赶了远路来取我啊？……却要去哪里？”

“便去梁山泊。不，去往梁山泊所在山东地界，其实如今俺要去那里做官！”

“恁地不假？”

“绝不假！从今往后与老娘不分离，享一辈子清福啊！来，铁牛背娘，先到大路上，觅一辆车儿买来让老娘坐，俺推你去！”

“哎呀，却无须如此匆忙！你等大哥回来后再好好商量。”

“说到大哥，只在路上给送个书便好了。俺急着要走！”

恰待要行，只见兄长李达归来。李达和李逵不同，乃是彻头彻尾的老实汉子。虽自十年来弟弟李逵音信全无，但江州衙门派来抓捕逃犯的人手早已遍布李逵原籍乡里，如今又风闻李逵在梁山泊落草。

“什么？你这混账要取娘回去？又来负累人！你这厮无恶不作，敢信你行好？”

“大哥，你不由分说就骂俺无恶不作，可铁牛也是爹生娘养，亦挂念老母。”

“放屁！你这厮自小便教老娘流干了泪，如何一转变孝顺儿！”

“哥哥若是不信，一发和俺同上梁山泊，我们娘仨都在山上快活，如何？”

“你这个贼！要让我这个做哥哥的也做贼寇吗？罢了！今若不献出逃犯，日后村里众邻都要捉去问罪。虽说是亲弟，也放不得！娘，莫教李逵走了！”

话音未落，李达已奔出去了。一直奔来平日做长工的地主家告发了，领着一伙年少庄客，赶回到家里。

看时，家中早已不见老娘和李逵。佛龛上留下一锭五十两银子，似是赔礼。这一举动却教李达心中转念，如此看来弟弟果真已痛改前非。便把老娘托付与他，倒也不用忧心。——如此想来，便对众人谢道：“诸位，难得请诸位来帮忙，这头牛倒警醒，见他早走去了。这厮腿脚飞快，定已远走高飞去往他县。虽然可恼可恨，今夜还请暂回吧！”

众人见没理会处，也各自回去了。

——另一厢，那李逵正飞奔乱跳，正如走兽一般。背着老母亲，夜中星影青空，不一会儿便奔至邻县山界沂岭。

“儿啊，儿啊！”

“娘，何事？”

“我好辛苦，莫奔走了。”

“啊，是俺不好。铁牛也精疲力竭，走不动了。不过越过此山，就有人家。到庄里，俺让老娘好吃好喝！”

“我想喝水……儿啊，我口渴得当不得，米饭尚好，无水却捱不过！”

“水？”李逵也正觉喉咙里渴得烟发火出。旋即把老娘放一块平坦大青石上，道：“老娘，俺下去谷里使竹筒取水来，你一步亦莫踏出这里。娘的两眼不明，教你独自坐地，却是忧心。”

“你去吧……李逵啊，伸手过来与娘。”

“作甚？一本正经的。”

“不知为何你已长成恁地孝顺儿子，为娘的高兴啊！”

“莫说了，老娘。却好没人望见，谁信老娘抓着这俺这不成器的东西两手不放。……娘你莫哭！可不吉利！你可在此千万莫动！”

依稀借得星光，听得溪涧里水响，李逵闻声寻路下去。谷底四处是乱岩怪石，犹如地壳开裂，河流急速奔湍，教人瞬间忘怀夏日炎热。

李逵将手支于一块大石上，俯下身子，先咕噜咕噜畅饮谷水。

“啊，好生甘美！此水冰凉！”他便使腰间竹筒装了水。走回下山来时绝壁，攀附藤蔓，倚靠岩石，一步一步登爬，待回到原先大青石处，却心中惊叫怎地？只见老娘一只补缀鞋子与拐杖，却四处不见有老娘身影。大声叫了几声，山谷回音，却未闻老娘答应。

“哎呀！地下有一团血！”李逵顿感毛骨悚然，几欲哭将出来。

“老娘！……老娘！”顺着那血迹地面转来转去。他眼中充血，只顾徘徊。

终寻到一处大洞口。这洞在山坳阴处，前方一片草地。只见两只小虎崽，正舔着一条人腿，好似猫玩木天廖草一般，边嬉戏边舔舐模样。——李逵心头一股熊熊怒火升腾。——畜生！畜生！竟将老子的娘与你吃了！——一跃而起，先一刀砍死了一个，又将另一只追到洞穴深处也搠死了。怨恨哪里能平，李逵放声大哭，呼喊老母，满地翻滚恸哭。

——此时，洞外传来一阵怪异呜咽声。原来是归来的母虎，却闻洞里怪味，瞪了镜面般闪亮虎眼来看。

“嗯，最初把我老娘捉来吃的，便是这只母虎吧！”

李逵屏住呼吸。那母虎小心翼翼，先用尾巴去窝里剪一剪，便把后半截身躯往洞里将入去。——李逵拔出短刀，看得仔细，手头一闪，把刀朝那大虎粪门舍命一戳，刀把也直送入肚里去了，那虎吼了一声，带着腑脏中一把短刀，翻滚奔到草地上，跳过那边树林去了。恰待要赶，整片树林都似摇动起来。

李逵反身张望，惊道：“啊，又一只老虎！却还有一只！”

这回大意不得，李逵忙摆好架势。

一阵风起处，跳出一只血盆大口，吊睛白额雄虎来。李逵为老母被吃怒火攻心，这只雄虎却也怒于人类残虐。吼声震天，张开大口扑来，便要寻仇。

“他娘的！”不知手起一刀搠中那虎身上何处，那虎尾却一剪，将李逵身子击飞落地。那虎腾空向他身上扑来，露出下面软腹。一瞬间山鸣谷吼，黑风卷起飞叶，眼前迷离辨不清何物。

过了好一阵，李逵才回神过来。那只雄虎满身血红倒在一边。李逵自己亦不知自己身体何处吃他伤了，不过好歹能起立，勉强也能行走。……话虽如此，遍身关节疼痛，软绵困乏，拄着朴刀，一路行去犹如一个幽灵，也不知茫然走到何地，见天色发白。

“呀！你这客人如何这般模样？你又从何处过来？”

见有四五个猎户吃了一惊，李逵自己也平复醒来。

“噢，这条道原是下山来啊！诸位本地老乡，昨夜俺和老娘过沂岭上，老虎却把我老娘咬杀了。”

“什么？你过沂岭而来？不可思议，如何没被吃了？一说到沂岭老虎，可止小儿夜啼。”

“我便砍杀了一公一母两个大虎和两个小虎，方下来。为老母报了仇。”

“喂，好好听你说话，你便说谎起来！便是古时李存孝和子路，只打得一个大虎，便闻名一世。你一个人如何杀得四个虎。……哈哈哈！这个客人眼见疯了！”

“没来由哄你们！若不信，可去岭上泗州大圣祠东边树林和洞穴那里，见个分明再来说话！”

李逵心中愤怒，实也极为易怒。失了老母，遍体老虎鲜血，被奇异虚脱感与空腹裹挟了。便不屑理睬这些蠢物，踉跄走山路下去。

但是当他看到山脚村庄时，刚才的猎户们，再加上几名乡亲，一群人追了上来，“客人！客人！”一伙人又追他来，转眼间把他前后簇拥敬奉，寸步也不离。——不仅如此，不久又聚来三十个村里人，把索子绑缚李逵杀死的四个老虎，像扛神轿一般扛下山去。逢人便叫道：“壮士！壮士！独自一个打死沂岭四只老虎的英雄在此啊！快去告知曹太公家！”

那村里人称曹闲人的，皆道是个极为贪婪的小富户，听闻消息，亲自开门迎道：“英雄，请到寒舍休息！”

便将李逵请入自家里。李逵却把夜来一番遭际说了一遍，也不由咋舌。于是平日坚吝的曹太公也因察觉此人必是个大英雄，便在庭院里安排酒食，管待李逵和众猎户。

“可请壮士高姓名讳？”

“俺那里是啥英雄壮士！……嗯，名字便有，姓张名大胆！”

“原来唤张大胆！真乃人如其名啊！”

顷刻间只见曹家院外黑压压人山人海。蜂拥而来看老虎的村坊男女老幼，哪顾得庄客阻止，都趴在内门墙边。

“看！那个便是！沂岭上两只大虎和两只小虎崽！”

“好生厉害啊！”

“不，真正厉害的是那人仅凭己力杀得四只虎！”

“那人在哪里？”

“就是那个，那边厢，曹太公相待着吃酒呢。那个一身黑的英雄便是！”

众人热闹喧哗，直比过节还热闹。

其中一个头上插野花，却是李鬼的相好。昨日方才在山里小酒店认得李逵模样，被杀了相好，连箱笼里钱财一并盗走，此恨极深。一眼见是李逵在此，连忙奔到村里报知里正。

里正大惊，早得移行文书，那梁山泊黑旋风大闹了江州，如今官司出三千贯赏钱拿他，竟走在这里，自然耽误不得。

他急忙暗地使人去请得曹太公到来，如此这般附耳商议，那曹太公也大吃一惊，道：“啊，那厮便是捉拿逃犯黑旋风？大事不好！他要闹将起来，谁挡得住！”

虽惊得发抖，却又想拿了李逵送官，便有三千贯赏金。与里正分了，也是一笔横财。这个坚吝财主心头一把欲火那里忍得。

谚语有云：“芥子虽小，穿针正适。”由头戴野花的妇人一双眼中引发之事，惊动起来。沂水县衙门听得里正的密报，急忙谨慎布下安排。随即叫唤本县都头李云，带三十个强壮士兵，吩咐道：“犯人虽与四虎相斗，似已疲乏，却毕竟是闻名的黑旋风。切不可仗着人多大意！”急令李云奔赴沂岭山脚去。

“既然青眼虎前往捉拿，任你何人亦要束手就擒！”

李云一马当先，走沂岭近道火速赶去。——这个青眼虎李云，人如其名，碧眼高鼻，是一个壮年西域番人，红色髭须，四肢长大。使一手西番流剑术，在沂州颇有盛名。

第六十三回　杀虎英雄醉入笼　失陷人犯丢军马

如今李逵却早忘却答应宋江之事。梁山泊下山时，一口应承路上不沾酒水，手不持杯，发得誓才下山来，或许是酒病称病，或是他生性单纯，一见到酒便不管不顾，无法管束自己。

再加上曹太公心存恶意，口中“英雄英雄！”地奉承，举家轮换把盏。虎血脏污的衣物都换了，又在曹家客楼上排筵席，新点灯火，晚夕时分又只顾置酒，不知喝空多少酒瓶。

“英雄不妨在此多住几日。鄙人也可剥了那虎皮，作礼呈上。为乡里除了这一个路上大害，早晚县衙重赏。”

拍马屁却是过犹不及。曹太公无意讲起“县衙”两个字，教大醉的李逵也面现惊色。

“实在抬举，县衙，却不须去那里请功！虎皮只谁要便取了罢！你将去做围兜也好！”

“感激不尽！想必壮士今夜已困乏，且往后堂休憩！”

“后堂在哪里？……却在何处睡下？这屋宅如此广阔！”

“则引壮士去。尔等作甚发呆，快扯住壮士！哎哟危险！小心脚下！”

曹太公亲自看顾，直送到院中走廊拐角处，交由仆人引李逵，目送他往后堂去。不觉间，李逵由众人围了，一路摇晃入一间空屋去了——却是被推进入去。——就把门由外迅疾关闭。又听咕咚一声，怪声响起，接着便又听得吱呀、扑通一声，怪异震动，瞬间由地摇晃整栋房子。

“好，事已成了！”曹太公发笑吗，自回屋里。这一夜中，与里正和李鬼相好两个作一堆，耐心等候官衙处置。

稍待片刻后，只见那都头李云带大队人马来到门前。三个人齐齐出迎，道："都头辛苦了！小人方才报得，那个官司捉拿的逃犯黑旋风，小人却已将他灌醉，扶将入空屋，却推入那屋内早挖的一个陷坑里。请都头引兵捉他去！"

"那间空屋何在？"

李云在前，入屋内，教士兵把地下坑内，兀中口中嘟囔仍未酒醒的黑旋风李逵拖将出来，背剪双臂着实绑缚了。好似拖来一只活虎，一片吵闹骚动下解他到村外。

此时天色泛白，村中喧嚣更胜昨日。众人簇拥下，李云手下士兵，押解被缚的李逵，与证人曹太公、里正、野花妇人，得意扬扬越沂岭，往那边厢县城行去。

这小小一个县城，如何掩饰得过。朱富在西庄门外酒店里自然也听得了这个消息。

前夜一个客人口中讲起，朱富惊慌失色，慌忙寻藏在后面的兄弟朱贵商议道："这可如何是好？"

"兄弟，果然送一场横祸与你啊！"事到如今，朱贵亦无从宽慰。

"既是如此，对不住了。你可收了这个酒店，带领老小，一发上梁山泊入了伙，除此别无他法！江州府衙的海捕文书不久必至。"

"哥哥说的是。只是哥哥得令下山，今那李逵被拿了，怎的回寨去见头领？"

"此事我也苦思焦躁，怎生是好！如今说来追悔莫及，想当初便不该放由那黑厮自去，这一夜间又做出事来！"

"大哥，我却见有一计，如何？反正行前关店卖地，却不是五十步笑百步。虽有些莽撞，也是事非得已。"

"是何计策？"

"说来正巧，那都头李云常来我店里，也教我些剑术。虽然诳他心中不安，不过人称青眼虎的李云也非仕途中人，他也不堪受那官场腐败、朝廷苛政。"

"那倒便于我等行事。"

"一时行个计策构陷李云，日后兴许遂了他意呢。……商议即定，只需如此如此便叫他着了道！"

朱富是个小酒店主人，平日多见三教九流，可谓洞察世间人情世故，一望而见根，又谋略过人。他与朱贵耳语的这一途穷之计，究竟有何道理，暂且不表。先关了店门，深夜中避人耳目，先收拾整顿，准备夜逃。

朱富叫店里火家帮手，先将妻儿老小觅了辆厢马车装了，又将细软行李都用马车、推车装了，趁夜未明，便送出镇郊林外，过岔口走去了。

如此，又至翌日，小酒店照常开门，前头清扫了，西门外闹市中，若无其事只做买卖，更高声招呼客人，只等午后的太阳下山。左邻右舍虽在拂晓时分多少听到奇怪声响，却哪里料想到那整家老小将要移去梁山泊。

“听说逮到黑旋风了。”

“休要扯谎，却不是沂岭上的老虎！”

“唉，黑旋风降伏了四个虎来，如今自己倒成笼中虎。那贪钱财的曹太公秘将他告发了，正解去县衙呢。”

沂水县此时正值七月猛暑，飞火一般的县城里，流言讲动，沸沸扬扬。

天色微暗时，那李逵和证人们，又走出县城衙门，列成一队，押解犯人，向街上走去。亦有好事的纷传李逵即将发往刑场处斩，却并非如此，将使系在江岸上一条牢船，把李逵押送去江州府。

“师父，且住！”

正见队伍前头走到西门外岔口处，那店主朱富飞奔出来，拦住李云马前拜礼道：“如此炎炎夏日，师傅着实辛苦。听闻沂岭上残害往来客商的老虎已杀了，且又拿捕得逃犯黑旋风，坊间众邻家无不称快道谢！个个手舞足蹈！既已近小店，不如吃些酒，暂歇一回。”

“朱富，你一番好意我心领了，只需于天明之际，将此极恶之徒押送上牢船，肩上重担方可放下。”

“可休要如此见外。县民聊表孝顺之心，早晨起便温一壶酒在此[1]，泥封已开，只待师父。”

“有劳贤弟费心，只是重任在身，好意亦受不得。回程必再来。快走，快走！”

1 此处吉川原文如果照实翻译是“凉一瓶酒在此”。这里“凉一瓶酒”，则是日本酒的饮用方法，原著中一般是温酒来吃，也符合中国人喝酒习惯（可参见《孔乙己》）。——译者注李云回望队列，只见那些嘴馋贪婪的士兵与牢子，闻着醉人酒香，垂涎三尺，如何动得。非仅如此，许是受年少的店小二挑唆，队列早一头散开，几个伶俐的早躲去暗处，举碗痛饮。

“这些蠢物对不得！”

李云无奈只得下马。若使硬偏行，对其他士兵实为不公。失了酒肉快乐，此恨深埋心底，终使得士卒怀恨上司官，原非少有之事。因此，李云只得与士兵一道吃酒。

“如何，师父，再来一杯！”

朱富特意亲为李云斟酒。——其余数十个士兵，却无须斟酒相劝。这伙人好似蜜上聚集的苍蝇，拥作一堆，争酒夺杯，眼见内讧起来。

此时，绑在路旁槐树下的李逵却哀声叫唤道：“官人！官人！行个善，也请我吃上一碗吧。这索捆得紧，往俺口中倒一碗吧。”

李逵故意向朱富这边发喊。虽未见朱贵在此，但朱富既在此地，必有计策可将自己救脱出来，便暗用言语招呼。

“你是歹人，哪里有酒肉给你，那沟便有孑孓污水将与你吃，快闭了口！”朱富故意喝骂道。

众士兵听了哈哈大笑，口中一边粗言污语，一边吃喝不休。李云虽催促速整队列，却无人愿意放下酒盏。

却见一个士兵在路旁树荫下叫一声苦：“啊，混账！”便瘫倒了。

众人回头望去，也只喊一声“啊！”，其后便空余怪异静默。——只见一个汉子走到李逵身旁，把绑缚他的麻绳解了，又递过一把朴刀。好似猛虎出笼，只见这一只将持朴刀的猛虎，与那汉子一同阔步朝这边走来。

“朱富，走吧！”解开李逵绳索的汉子正是朱贵。弟弟朱富，嘲弄地四顾众人脸色，冷笑道：“好，便上路去。——稍等，李逵！”

“什么？”

“如何？壶里余下的酒，先吃一杯再上路？”

“岂有此理，那掺了蒙汗药的，便是俺也吃不得！”

原来众人都吃了蒙汗药。只见酒店里里外外，满地士兵横七竖八瘫倒，或是口吐白沫，手脚如那海参般乱扒拉。

“混账！竟敢谋我！中，中计了！”

只有一个人，口中喊叫，起而复跌，死命追去。此人正是都头李云。然而，时已近黄昏，县里灯火昏暗，李逵、朱贵、朱富及一伙年少伴当的身影已飘然远去。

走出县来，前方只望一片原野。岔路口上一丛繁茂树木，遮了荫头。

早晨便有数辆装载行李的推车，朱富家小乘坐的马车，忧心慢等。

“事已了，今只逃去便可！”朱富飞奔过来，宽慰车上的女眷小儿，又吩咐道：“将推车都舍了去。只挑些精贵的值钱货儿移置马车上，只管驱赶那马，奔往山东，哪怕损了车轱辘亦可。我两个先探知追兵，稍候便来！”

“明白！”话音刚落，那朱富家的年少火工们，飞身跳上马车驾座与车尾，挥甩着鞭子，眨眼间消失于原野中大道尽头。

……眼见马车远去后，李逵终于搔着头道起歉来。

“兄弟，见谅！又只顾吃酒，惹出这场祸事来。”

“李逵，你休忘了！”朱贵只为留个教训，故意威吓他道：“回到山寨，此事头尾便都告知寨主、宋江先生、吴用军师。”

“哥哥你饶了我吧。千万莫如此，放我一马！早答应路上不饮酒，男子汉大丈夫的颜面已是荡然无存。若事不济，不堪逐出山寨。”

“你既知自己本性，为何还吃那有名刻薄的曹太公家里酒肉，好生快活！”

“莫要了！那里得什么快活。千辛万苦取老娘到沂岭上，倒被老虎吃了。豁出命去，砍死四个虎来，终耐不住吃了许多酒，结果如此。……唔，说来都是曹老头这刻薄无情的老驴可恨！哥哥，我且折回一趟，将那厮一颗头拧下来。且稍待！”

“不，我也去……”朱富也回头向后望去，道：“我想李师父的恩义，如何教他回县受苦。如此说来，李师父的酒里小弟只掺少许药，此时药效已过，他定追赶而来。”

“若与李逵相遇，两个必有冲突。既如此，我也返回去！”朱贵如此道来。

于是二人一溜烟循原路返回。果然，路上只见远处黑暗中奔来一人，有如飞毛腿般，正是青眼虎李云。

“强贼！竟敢陷害我！”李云随即拔出长剑来斗。

朱富忙扑倒在李云身前，先叫道：“且待！师父！此事有个天大缘由。虽无礼，请按下怒气。”朱富便将原委，李逵返乡，哥哥朱贵又是梁山泊义士，为照管李逵而来，以及李逵孝心成空，痛失老母等等，一一都说了。

“师父，此情此理，如救不得李逵教他返回山寨，我哥哥朱贵如何回去见人？实属无奈，才出此下策，甚而教恩人饮下药酒。只师父杯中放了少许蒙汗药而已，这也是无心之错。万乞师父饶恕则个！”

李云犹豫道：“嗯，原来如此……”

追来一股力道，面皮上一股怒气，都在体内消解了，直感无可奈何。

“且慢，若教尔等走脱，我李云也将被视为贼人同党。如何去见得知县！”

“果如师父所言。师父，虽话出冒昧，但幸得您家无老小，独自过活。”

“此话怎讲？”

“不如我三人合作一处，一同上梁山泊如何？您平素亦道厌倦当今苛政、官吏贪腐。定可与梁山众兄弟意趣相投，志同道合。”

“只是，山寨中虽有江湖闻名的晁盖、吴用、宋江等好汉，还有众多各有所长的豪杰，只怕不肯收留我李云。”

“这却无须烦恼，”朱贵从旁劝道：“梁山泊众兄弟听闻兄长多年看顾朱富，又兼剑术高强，必举双臂相迎。”

一番口舌急转直下，众人议定上山去时，却不知何时已不见李逵踪影。大家都怪道：“那厮又去哪里了？”

又见李逵行如疾风般归来，一手提着曹太公的脑袋，另一手拽着戴野花妇人头颅上黑发，一副欣喜若狂模样，道：“害我的便是这两个鸟人！此恨我也解了来！加上沂岭上老虎，可正是六头畜生！必教我那个被野兽吞食，正在六道轮回[1]中彷徨的老娘欢喜！”

给三人看了手中之物后，李逵正如扔破草鞋一般，将之抛弃于路旁灌木丛中。又道：“好，此地已无甚牵挂了！”

“与此地别过！快走吧！”各人忙上路急行。

李云又环顾四周，叫道：“慢着，稍等片刻。”不知又耳语何事，便行去三人前方，奔入灌木丛中的岔道。

---

1 六道轮回是佛教概念，介于生界与死界之间，人死后灵魂在此轮回后转世投胎或坠入地狱。在六道轮回中彷徨是在日本文学作品中经常出现的说法，就等于是说人死后仍不得安息。——译者注

原来那路尽头，有一处州府放养马匹之牧场。李云唤来牧场小屋中的牧民，令其即刻牵来八匹骏马。李逵、朱贵、朱富及李云，四人骑乘于四匹马上。

“便以此为鄙人初到山寨的见面礼。除各位胯下四匹骏马外，各自再牵一匹走吧！这一份礼如何？”

“果是一份好礼！师父，只是另牵四匹马同行，是否多此一举？正要急行，岂不累赘。”

“并非累赘。先行的马车上又坐着几个朱富的年少伴当，可教他们使此马即可。”

一旁听见的牧民惊叫道：“都头，此马却不是县衙里唤去使用么？”

“哈哈，今夜我等将驰骋万里而去。县城追兵必来此处，如至此间起李云去向何方，尔等可告知，李云正如其名，踏云而去了。”

“万万不可，都头，如此这官马小人可不得交与你。”牧民当在马前挥舞双臂，顷刻间骚动起来。

“胡说什么！谁敢阻挡便踢杀了！”挥鞭驱赶众人。

牧民如何阻挡得住？转瞬间便躲开了。茫茫草原之上，只见四人八马向东方驰骋而去，宛如夜空中的流星渐行渐远。

不多时，四人便于夜中追上了前行的马车。虽说并未日行万里，不出一日，也已奔至山东梁山泊水岸边。夏风清风吹拂而来，旅途劳累便一扫而空了。

第六十四回　病关索鼓乐游街　美巧云生于七夕

无论是无赖之徒还是流浪儿，所谓天涯沦落汇聚一处，终究亦望寻一个心灵之依靠吧!

不知何时，在梁山泊聚义厅内厢，为祭祀罡星所在，匾额上书写天星地契，做一道教祭坛。

一众志同道合的兄弟们比为天象星数，点起等数之灯火，且迎接新入伙兄弟时，按例一盏盏地添加灯火，此星数已近凑齐天罡星、地煞星之合一百零八，聚于凡间而成就辉煌功业之宿命时刻已近。

“哟，李逵！朱贵终无事归来了！”

且说山寨众人迎李逵、朱贵二人，大为高兴。二人详细诉说了旅途中诸事。之后，向众人推举同行而来的青眼虎李云和笑面虎朱富，道：“请让这两个好汉一同入伙！”

众人自然点头称是。此时伴随梁山泊不断壮大，将怀才不遇、打抱不平的天下英才与侠骨豪杰们纷纷招揽上山入伙，梁山泊兄弟们如此盛情炽烈。

“原来笑面虎便是朱贵之弟，青眼虎李云是西蕃流剑术宗师，实可与托付。说来只因黑旋风李逵在沂水县沂岭斩杀四虎，却又结交两头猛虎啊！”

于地契庙中新增两盏星灯，循例庙前摆下筵席，庆贺新头领入伙。

正在筵席上，军师吴用以一件提案文书交与晁、宋江二位头领。是何提案？原来是山寨任职令。

如今山寨人才充裕，俨然一个小国，应对官兵进剿，只以山贼乌合之法必不可行。不立秩序，防备亦不得严密，此悬案迁延至今。

因此，渡口那处打探消息的茶店，除朱贵掌管那处以外，又增设三处。

令童威、童猛兄弟二人带领其手下负责往西口道上开店，又教李立往山南那里开店，又在北山口由石勇新开一店。

如此梁山寨四方道路之哨岗可谓足矣。又须加固宛子城本身的正门、中门、内门三道关。开凿运河、环造护城内河等，此工程营造一切事宜委与陶宗旺与杜迁二人。

库藏仓廒——支出纳入之事务——此最要紧事便以蒋敬为首掌管，令萧让职司通行关牒及各类文书，令金大坚刻造一应兵符印、信牌面等项。又令侯健管造五方旗号、衣袍、铠甲等，将士军装上下齐备。

令马麟监造大小战船。令宋万去金沙滩下寨。令王矮虎、郑天寿去更远处鸭嘴滩，亦扎寨守备。

穆春、朱富管收山寨钱粮。吕方、郭盛两边守卫聚义厅。令宋江之弟宋清监管酒库及筵宴。

“如此分拨可有异议？其他水陆守备另行造表。”对吴用提案，晁、宋二位头领均无异议，当即予以公布。自然还有其余详细职务不提。

自此梁山泊呈现兵强马壮之面貌，水寨教习驾船赴水，陆上教演练骑射刀武艺，自不必说。列阵操练之阵鼓铁笛声，朝夕共闻，无一日止歇。

却有一人着实令人担心，众人闲话道：“为何？那一日别来便无消息。”心下不安。

原来那人便是公孙一清，他回蓟州探母访师，期约百日便回。

众人议道：“虽不至背叛兄弟，但至今未归，教人忧心。可派人去探听下落如何？”——翌日，飞报游军中之一星，神行太保戴宗由众人举荐，任探查使者。

“戴宗兄弟，只有你十日之中便可寻遍蓟州各地，可烦去走一遭探听？”

“好，我去去就来！”戴宗立刻飞驰下山。正当此任，戴宗使用神行法符咒，梁山泊内论飞奔行走之术，无人能出其右。他照例将甲马咒符拴在腿上，只食洁斋，第三日便入沂水县境内，疾驰飞奔过一座山头。

在山坡路上与一人擦肩而过。此人腰如女子般纤细，膀如鹰隼般宽阔，眉秀目疏。只见他将手中浑铁笔管枪往地上一杵，回头叫道：“可问是神行太保戴宗？”

如风般疾驰而过的戴宗，突闻此言，回应道："这位盛年壮士，如何认得戴某？"

"足下果是神行太保戴宗！"

"足下高姓大名？"

"小弟姓杨，名林，彰德府人氏，江湖上都叫小弟作锦豹子杨林。……实于两月之前，遇见公孙胜先生，他为小弟写下一封书，教小弟日后去投梁山泊。"

"亦闻鄙人贱名？"

"正是，听闻山寨中亦有神行太保戴院长，日行八百里路。"

"真可谓无心得遇。其实是如此这般，小可特为寻公孙胜先生而来，足下可否告知如今公孙先生身在何处？"

杨林道："小弟在路上酒肆里与公孙胜先生一别之后，便未听到音信了。小弟在这蓟州管下地方都走遍了，熟知地理。倘若不弃，就随带兄长同去走一遭。"

"有劳贤弟。若有心上山，小可愿带贤弟一同回梁山泊去。"

"如此幸甚！戴院长，只是可怜小弟，原不会神行法术。"

戴宗笑道："莫担心。我这法诸人都带得，你只需随我作法，自然身轻如燕，日行八百里不在话下。"

戴宗教杨林手持神行法咒符，吐出一口丹田之气，抓着杨林胳膊飞驰而去。杨林吃了一惊，既未费力奔驰，亦未气急，只见道路草木如急流般飞闪而过。凉风掠过双肩，面上清爽，舒畅无比。

望山上日照，山下飘雨。

行过蒙蒙云雾缭绕的千山万水。于大陆道中，又行羊肠小道，蜿蜒曲折，未见人烟袅袅的村庄已有二日了。

"戴院长，此间便是有名的饮马川。"

"果是一番美景。"

"去探访一番如何？"

"探访何处？"

"如此美景中，住着蓟州为首的三个绿林头目裴宣、邓飞和孟康。小弟曾与他们相识，三人都非等闲之辈，再者说，或许还可打探公孙先生的消息。"

“如此，便去察看其山寨情形吧！同是绿林中人，便望见同色之候鸟去向，亦未可知。”

这番心愿却也破灭了。入此山寨询问，却无人知晓公孙胜的踪迹。终未打探到消息。

虽说如此，这一番探寻也绝非徒劳。此地三贼之宿命，亦合位列地契庙星灯之数。正乃天幸偶遇，饮马川山寨中摆开一夜筵席，众好汉互诉衷肠壮志，自报家门身世，终缔结兄弟之义。

首先是双目血红的邓飞，如此报名姓道：“戴院长名声远扬，小弟在此拜识尊颜，实乃万幸。小弟原是襄阳人氏，无赖一个，因食人肉而遭谴，江湖上都唤我做火眼狻猊，能使一条铜锁链。虽自恃有几分本事，但与那边两个哥哥相比，实属微不足道。请兄长也自报名姓吧。”

“贤弟如此说来过谦，教人喜欢也有几分惭愧。——不瞒诸位，小弟姓孟，名康，真定州人氏，本职是造船木工，擅造出入大江所用大船。……却与朝廷官船的提调官不合，大闹一场后逃走在江湖上绿林中安身。因天生白净，人称玉幡竿孟康。”

“幸会。”戴宗还礼后，又转向了另一个头目。一见此人便觉不同凡响。论年齿，三人中最年长。姓裴名宣，都称他铁面孔目。

孔目乃官衙中刀笔职务。其人原是京兆本府出身，每及公事诉讼，总教为民众主张，为人忠直，分毫不肯苟且，反倒招致上司官及贪滥公人陷害，寻个小事便拷问重罪，刺配沙门岛。——流放途中，经过此地，邓飞、孟康二人出于义气，杀了押送公人，救了他上山安身。

裴宣自嘲道：“哈哈哈，这也无甚可夸耀。”便不再多说，更显其谦恭。

戴宗早已从同行的杨林那里听说了。——这裴宣亦会使双刀，武艺高强。原任孔目时，刚直不阿，不知有多少人因他秉公处事而获救。

真乃豪杰！

戴宗心中暗喜，当下邀请他上梁山入伙。说起八百里梁山泊如何广阔，中间宛子城、蓼儿洼如何雄壮，四下里军船环绕，兵马充实，天下四方之奇才齐聚，如此只管把热心言语来说。

裴宣道：“梁山泊大名声震天下四百余州，小弟久仰。实小弟早已相盼机缘道来。……不怕耻笑，这个寨里也拥兵三百余，财赋十车，武器马匹无算。愿将此作礼奉上，请允我等一同上山入伙。拜托兄长相助则个。”不论何时裴宣都是如此谦恭有礼。

戴宗大喜道：“若得此吉报，梁山泊上众好汉必定欢喜，更得诸位相助，有如锦上添花。……只今还须去寻那公孙先生，待小可寻他回来，归程再来拜访，引领一同前往山东，诸位意下如何？”

“如此甚好，恭候大驾。今仁兄务必多留一日！”

裴宣诚意挽留，次日又在断金亭楼台上，眺望饮马川之美景，置酒送别，结交兄弟之义，畅饮不住。——如此，戴宗和杨林动身，不一时便来到蓟州城内。

只见城中一男子胸前挂小鼓，臂系铜锣，手持喇叭吹奏。正是一人奏三人乐的吹鼓手，喧嚣而来。观其装束，一看便知是个狱卒。

又见另一个狱卒扛一把处刑用的鬼头刀。离这两个稍微远处，别几个狱卒手持长柄青罗伞，伞下一个仪表堂堂汉子迎将来。

街坊众人指点道，那个便是刽子手杨雄。——正是人称作病关索的两院押狱兼充市曹行刑刽子的杨雄。如此鼓乐齐鸣而过，威风凛凛。

原来如今日这般，杨雄将一个欺民恶霸决刑了回来，城中男女老少都纷纷献上红布、花束、绸缎等许多贺喜之物，以示感谢。后面又有随行的狱卒，只顾将百姓赠礼收拾来，肩上扛胸前抱，勉强随行。

“喂，节级，等一下。”

“是何人唤我？”

“我是军汉张保，踢杀羊张保啊。”

“我还道是谁呢。”

“尊兄这副面色，似不喜见小弟？这蓟州一城平安都倚靠小弟维持，却没人说我好话啊！”

“不用客套！今日处刑那个恶霸，亦多亏得兄弟将他捉捕。……便请大哥来吃杯酒。”

“我不要酒，我特来问你借一百贯钱使用。”

“好个说笑！”

张保道：“你竟敢笑我？你这厮原是外乡人，因前任知府是你叔伯哥哥而随来，不知何时又拍上了现任知府的马屁。偶尔孝敬下我们军汉实乃理所当然。”

“我倒可与你便宜，只我背后的字不允。”

“背后？……什么字？”

“这个字。”杨雄转过身去，教他看背后。

见他猩红袍服上，又穿着件草绿缎袄，其背后用金丝线绣着大大的一个“刽”字。

杨雄道：“如何，看仔细了吧？”依旧背向着他，特有的淡黄面色上现出嘲讽笑容。

——河南人氏与生俱来的俊秀面相上，两眉入鬓，凤眼朝天，细细有几根髭髯，流露出睥睨神色。

那踢杀羊张保怒道：“好个傲慢之徒！”

突然上前由腋下劈胸带住杨雄，向着岔路口阴凉处大吼道：“快快趁这厮动弹不得时结果了他！”

只见张保带着的部下蜂拥而至。原来便做如此打算。对狱卒拳打脚踢，把狱卒手中花红缎子都抢了去，又向挣扎中的杨雄扑过来。

“竟敢如此无礼！”

戴宗和杨林二人直立于路口一角张望，已忍无可忍，两个交换下眼色，便要出手教训行恶军汉。

未及动手，忽见一大捆柴胡乱扔在二人脚下。——细看一看，原来是一个身旁的年少担柴汉子，作下人打扮，分开众人入来，好似拨弄鸡蛋一般将那几个军汉都打翻在地。又去相助杨雄，一双脚撺梭相似，都往踢杀羊张保的腿胫、腰腹处招呼。

戴宗故意候在一旁，观望形势，赞道：“不义、残忍无情、恃强凌弱！见有跋扈恶行绝不饶恕，路见不平拔刀相助之铁火般义气，却未湮灭呀！瞧，那些恶兵恶卒各个争相逃命去了！啊，刽子手杨雄追过去了，那个卖柴的壮士也一并去了。”

不知何时街上围观众人都散去了，只剩下一捆薪木。

“杨林，挑起柴担，却到那个酒店里去吃酒吧。片刻之后，那个壮士定会折返来寻这柴担。”

不出所料，俄而那卖柴汉子便折返来。

戴宗邀其入酒店里来，称赞他的豪侠气概，便问及其身世境遇，心中暗想此人忠直。便心中打定一个主意，道："原来如此……壮士原是金陵人士，云游诸州县。只因贩卖马匹的叔父半途亡故，无以为生计，流落在此卖柴，岁年齿不高，却有决断。"

壮士应道："小可因消折了本钱，又生性愚钝。叔父生前经常责骂小人，道如今这般时节，如你这般十足老实的却如何得过。"

"但壮士也说自小熟习驭马使枪，适才已亲眼看见壮士义行，既有此等武艺，可以入仕当官吧。"

"小人原本厌恶此事。"

"何出此言？"

"一者朝廷不明，二乃奸臣闭塞。眼见此蓟州之守军，亦是那般滥污。虽小人是此等愚笨凡夫，却还有几分骨气。"

戴宗道："深有同感，真是英雄所见略同啊。只是天下仍有净土。人道那山东梁山泊，专结纳英雄好汉。"

"如此，不敢拜问阁下尊姓大名？"

"这位随我同行的是我贤弟杨林。说起小可……姓戴名宗。"

壮士惊讶道："咦？原是江州之戴院长，江湖闻名的神行太保戴宗，莫非正是足下？"

戴宗道："小声！"回头张望。正由酒店窗口望见有二十余人，都是做公的打扮，吵吵嚷嚷地赶入酒店里来。戴宗急忙取出十两银子交与卖柴的壮士手心里，道："壮士，日后再见！……微末银两，权解当下之急。"

"不敢当，小人怎能收下这银子。"却未及挽留。眨眼间，店中已挤满了人。戴宗、杨林二人乘闹哄里，慌忙一阵风般走去了。

"恩人原来在这里饮酒。"

迟一步入来的却是方才的刽子手——病关索杨雄。

"多蒙足下出手相助。……不胜感激。那厮们当街吃了一顿耻笑，暂且无颜趾高气扬。却未曾料想大哥卖柴为生，这一身本事实在教我钦佩。可请足下高姓大名？"

"小人姓石，名秀，金陵建康府人氏，人称'拼命三郎'。"

“石秀兄啊，今日有缘结识，我虽不才，可远与我杨雄结义做个兄弟如何？我今年二十九岁。”

“小弟二十八岁，请受小弟拜为哥哥。”

“喂，店主人，寻个静房再安排酒果来，今日连同我手下牢子，定要尽醉方休！”

正饮酒之间，只见杨雄的丈人潘公，直寻到酒店里来。原来听说女婿和人厮打，便唤来左邻右舍飞奔来救护，听得经过，便道：“哎呀，这便安心了。各位尊邻，且入来饮碗酒。……恕老汉冒昧，壮士便是救了我女婿的石秀？”

“是的，鄙人石秀适才与杨大哥结拜为兄弟，今后请多照应则个。”

“果然是豪迈汉子，女婿有你做结义兄弟，我也欢喜。”

“潘公，我敬你一杯。”

“恭敬不如从命。敢问叔叔原曾做甚买卖？”

“原跟着叔父做操刀屠户，去年方止。”

“如此，果然省得宰猪解羊么。其实老汉原也是屠户出身，只因这个女婿入牢营差遣，今只在家逍遥快活。”

不知不觉，已是掌灯时分。——三人酒兴未尽，先与店主赊了酒钱，便往蓟州城边杨雄家取路回来。杨雄醉步蹒跚，兴冲冲入门便叫：“娘子，娘子。快出来迎接这个义弟。快来见见我家义弟！”

只见厨房玉帘起处，走出一个细腰美人来，面露无奈神色。端的是月眉星目，莞尔一笑，露出的白牙犹如石榴子般光亮。口中道：“官人！想来又诳我，你却如此欢愉！”

“却不诳你，巧云，这果真是我义弟，你可好生照应！”

杨雄新婚之妻名唤巧云。原来是七月七日，七夕节时生的，生来性奇，不知是否此因，这妇人天性肌肤之中有某种无法道明之物潜存，说来便似气息馨香之风情。小时便因美貌无双，远近闻名。十六岁未结发时便先嫁了一个蓟州的王押司，却于两年前身故了，方晚嫁给杨雄，未及一年夫妻。

第六十五回　美僧原来俏公子　法事色染曼陀罗

却说戴宗与锦豹子杨林。

此后又去四处寻访，终不知公孙胜的下落。

商量了姑且回去，先投饮马川来，按约定与裴宣、邓飞、孟康一行人马扮作官军，蜿蜒望梁山泊来。

虽说戴宗未寻公孙胜回来，却纠合得四个新头领，三百余人马，十车财赋上山，可谓一份大礼。

梁山泊自做庆贺筵席，新添一份气势，上下热闹热闹。诸事暂且按住不表。

话转回来，这一日蓟州城里，杨雄家中。

“石秀啊，是否觉无聊？”

“潘公，并非无聊，只是哥哥嫂嫂对小弟如此关照，实在过意不去。”

“无须如此客气。听闻你大恶于仕途，因此女婿也道无法帮顾你发达。”

“小弟原无意衙门里当差。”

“如此，开肉铺营生如何。——我家后门头是一条短路小巷，有一间合适空房在后面，便在我住下斜对面。”

“噢，那个空房吗？如此，小人必尽力经营，以报大恩大德。”

“哪里的话，应老汉谢你才是。赚的钱来，只教循股分了。待女婿自衙门回来，即刻与他商议。”

此商议便如已成了一般，杨雄夫妇也非常赞同，过了数日，便张贴“开张贺喜贱卖”，燃爆竹，挑起庆贺红灯笼，这一方街角锣鼓喧天，热闹非常。

肉铺生意见好。石秀也颇勤快。且潘公又找来一个旧时熟识的屠夫，教石秀只管收支经营，如此一来生意日渐兴旺。

不知不觉又早过了两个月，时值秋残冬到。

“听说远处有个村里颇养得好猪羊，我去个三日便回来，店铺就托付你了。”

“请路上小心。掌柜的，你那头巾与新衣真是合身，果然是有那家里青春嫂子看顾。”

“蠢物，胡说什么，一个屠夫，有那闲工夫多研习刀解技艺。不要啰唆些无聊的马屁。”石秀说罢便忿然出门去了。却因路途中诸事不顺，买猪之事也着实教人失望，于转去了邻县一回，到得第四日方才回来，只见店门竟然紧闭。

“唉，到底如此……自古常言道‘人无千日好，花无百日红’……也是人之常理。哥哥每日出外去衙门点卯，不管家事，恰巧我一个单身汉，有个如此美貌如花的嫂嫂，且又给我做了这腰带、头巾、贴身衣裳，受得如此关照，必然有左邻右舍搬弄口舌，实在可怖。我自先辞了回乡罢了。”

石秀便去房中，连现钱一并细细写了本清账，放在账房。又另外留下一封书，便匆忙要出门去。却被一旁暗处的潘公一把抓住衣袖，道：“留步。请不要误会，先进屋说——请仔细听老汉讲明缘由，这一两日间为不得已歇了买卖。石秀啊，你也太过性急。”

一听缘由，只是石秀会错了意，反教他羞愧难当。

“潘公，原是今日有法事？未想到是这个缘故。”

“不瞒叔叔说，我这小女巧云先嫁得本府一个王押司。”

“我也曾听说。”

“今日是小女先夫的二周年忌，所以女儿说要为他做法事积功德，便请下报恩寺的僧人来。”

“因此歇了买卖，这也是理所当然。我看店里没人，收了家伙什物，心里只道不开店了，因此要去。”

“哪里的话，老汉我已上年纪，熬不得夜，女婿又当牢，就要央叔叔帮衬着法事，管带则个。”

“晓得了，凡事必定尽力。”

"叔叔今后并不要再起离去之心。老汉孤独，女婿也要哀叹的。"

杨家上下一片繁忙。由菩提寺搬运来各种法事道具、佛器。石秀与寺里众僧都来铺设法事道场，布设佛像、灯烛、供器、钟、鼓、磬、香花等，又帮忙厨房排下斋饭，各种事务忙得不可开交。

"多有劳你了，石秀贤弟。"

"大哥，你回家来了。"

"并非回家，我只是趁衙门里空闲，前来看一遭。"

"则哥哥又要出去公干？"

"今夜便轮我值守。刚与你嫂嫂说了，凡事拜托你了，你也不曾料理过法事吧，哈哈。"

"哥哥尽管放心自去，做过一次便晓知经验。"

"如此，拜托你了。"

杨雄为尽夫妻情分，过午时家里露了一下脸，又即刻出去了。几乎是擦肩而过，见一乘法师抬轿，随行两个供僧，悄然由前门入到庭院来。

潘公慌忙上前迎接，道："方丈大师，百忙之中光临寒舍，不胜荣幸。"

"哦，潘老丈，别来无恙啊。"

从轿子里走出来一个主僧，约三十来岁。新剃一个青溜溜光头，麝香松子的香味冲鼻，唇色发白，嘴下又一颗招人喜爱的黑痣，是个乍眼看去好似尼姑的俊俏和尚。

"请入房内。"

"老丈啊，无甚罕物相送，聊表心意，请当作给王押司的供品。"

"啊也！如此贵重的香包和京枣。……石秀，快收了去灵前供起。"

"好，好。这就叫茶出来。"

石秀手持物事急往内厢法事道场里去时，见有人轻轻走下楼来，原是那巧云穿着淡紫长裙，足上一双刺绣花兔的鞋。

"哎呀，石秀啊，这是谁送的物事来？"

"原来是嫂嫂，有个方丈已在这里。"

"我这便去见。"巧云颇有些喜悦模样。因是做法事的装扮，不宜浓妆艳抹，只是涂了点胭脂口红，淡淡轻抹，犹如白珠圆润，反比平日艳妆更显娇媚。

“是何物？教奴家看一眼。”

“是香包吗？”

“呀，好香啊。石秀，这必是沉香或檀香。那个方丈，原是京师绒线大铺子的小官人，凡事伶俐，只见此物便也可知。”

“世人称他报恩寺的裴如海……或称海阇梨[1]的高僧吧。”

“那法名好生艰涩，奴家却只叫他作师兄罢了。因家父早归那寺中做门徒。因此，如海师兄位升方丈前，多得我父关照。”

正立在那里会话，巧云也有些心神不宁，担心鬓角发乱，唇红褪色，又忽然转回去梳妆台前重整妆扮，然后才去见如海，嫣然一笑，行个万礼。

“失礼！”

裴如海起身如高僧仪态，深深俯首行礼。

他身着福州染深绿法衣，紫印金袈裟，腰间细带上也细化西域唐草纹。

——却不甚言语，只打个问讯道：“贤妹一向安康。”便眉目传情，那眼眸中流露出激情似火。

巧云便亲昵道：“师兄却何故说见外的话。”

“敢问节级呢？”

“他说今夜直宿，请恕失礼。”

“果是不巧。如今敝寺山上新造了施饿鬼堂[2]，特请贤妹来拜诣，只恐节级见怪。”

“我早晚来寺里。如今家下拙夫那里恁地计较我去往何处。……我娘死时，我也曾许下血盆愿心，早晚也要到寺里相烦还了。”

可巧此时，丫鬟送上茶水。巧云接过茶碗，放在茶托上，把白绢去茶碗边摸一摸，然后送到如海手中。借茶碗为媒，如海的手指与巧云白嫩的手指相触。又把两只眼好似化了一般瞪瞪的只顾那妇人的眼，一股危险的春情荡漾，教那茶杯也摇晃。

“……哈，原来做法事只是为此。”

---

1 阇梨，“阿阇黎”简称，梵语，意为“轨范师”、“导师”。

2 水浒原著中是“水陆堂”。吉川写的这个施饿鬼堂，可能是给饿死者鬼魂做法事行善的，意思读者应该能理解，就采用了吉川的。——译者注石秀在客厅窗口挂布后一眼张见。

忽被如海察觉，道："哎，那是谁啊？"

巧云也吓了一跳，道："哎呀，石秀，莫呆立在那后面，快入来。"

"是家里人吗？"

"是拙夫认义的兄弟。"

"如此，勿要多虑。我是报恩寺的住持如海。"

"请恕无礼。"石秀便入来，道："我是金陵人氏，人称'拼命三郎'，是个粗鲁汉子，礼数不周，和尚休怪。"

"不敢。时辰已晚，小僧去接在外候着的众僧来赴道场，再行法事。"

如海连忙起身走出去。

许多晚来的作法和尚已在门外等候时刻。

——众口饶舌商议法事准备，啰唆不休。只见叫人言语不得的市侩气。

古人云："不秃不毒，不毒不秃，越毒越秃。"

还有这样一段风趣的古语："一字曰'僧'，两个字'和尚'，三个字'鬼乐官'，四个字'色中饿鬼'。"

为何古来如此看待和尚和情色呢？说来，有钱人虽然有钱，却有财货与家内争执的诸多烦恼，纵妻妾成群，也无法沉溺于情色。而穷人，整日劳作疲累，不知明日所食，住狭窄屋檐下，又有病人小儿等纷扰，也无法痴迷于妻子颜色。

却说和尚，一身肉体到底生于父精母血，与常人无甚不同。又身穿绫罗绸缎，一日三餐，吃了檀越施主的好斋好供，未尝饥饿，身居高堂，不知人间疾苦。伽蓝精舍犹胜宫殿，整日端坐禅房。自然，脑中生有种种淫念，见了门外参拜的女儿妇人，无所事事的他们只在脑中充满对女人的妄想。所以世人只道那些和尚无处空耗去体力，只将这般色欲激情投没于女体，却是精力充沛绝伦。

如此想着，石秀对这对男女已瞧科了几分。又不能不替大哥杨雄名声着想，不由怒火中烧，直想当面唾骂他们。

"怒上心头，险些发作出来，虽这么说，却又逮不着个见证……"

此时，众僧早在如海引领下，赴内房法事道场。香烟缭绕，磬声响起，合掌礼拜。佛堂上“王押司灵位”之牌位于烛光下若隐若现。石秀却不知如何看待这场法事，只坐末座上见之，禁不住冷笑。

先是行献斋礼，供奉茶汤，那一堂十个和尚一齐诵经，歌咏赞扬。场景越是庄严肃穆，石秀面上冷笑越甚。

——这时，见巧云作为主家，楚楚可怜，上前拈了香，煞有介事地合掌礼佛，久久不放下。白襟下透着娇媚风情。见此，众僧经文便念得七颠八倒。和尚们都拿眼偷看巧云，似乎愉悦地想象着她衣下玉乳或臀股间模样。相比佛香，女人脂粉香味更加浓郁，如海和尚越发马虎地摇晃铃杵，法坛上这一番场景，好似心猿意马，狂舞曼陀罗曲之图画。

入夜时分，法事终毕。

“今日深谢诸位高僧辛劳。想必先夫九泉下亦欢喜，得此超度成佛。”

巧云道谢后，石秀、潘公与仆役引领众僧，去往别室，道：“请各位入席，随意用斋。”

那如海却让在最后行走，青色光头上冒着热气。巧云往他身边并肩行去，从袖子里将出散发一股香气的绢布，递与如海道：“师兄，可擦了汗。”

只见他二人浑似退下舞台来的名伶，与痴爱他的女看客。巧云为催情，将汗水浸湿的手帕沾了下嘴唇。红兰花似一双媚眼只诉春心荡漾。

用斋一刻已毕，众僧多饮数杯般若汤（酒），又回道场里诵经。休息之后又诵经。如此反复至将近天明。

佛经念得越发散乱。和尚也都饮至烂醉，多在谈论些淫猥之语。巧云唤人应酬众僧，却不知何时把如海拽去昏暗小房内，说起了情话。

“师兄……却不歇一歇。”

“只为来到施主家中。”

“哎呀，何故这等见外。我意却非为此，如何不明？”

“师妹……究竟何意？”

“唉，好生可恶，明明知晓我意。早来便去寺里还血盆愿心，如何？”

“只是方才见你家这个壮年叔叔，一双眼好生利害。”

“呸，那厮不值什么，只是闲吃白饭的。”

“边是那杨雄，时常亦见面色不善。”

“不妨，说起家下拙夫，只以承当官府为乐。且我说什么，他只是听从。”

“既有如此好相公，为何撩拨此已断欲之身……”

“不可吗？你呀，要害杀我，不顾我死活了吗？却是谁将我一个心来撩拨的？唉，悔死我了！”

“嘘，悄声，你这人儿……”

“嫌烦么？”

“反是惹人爱怜。”

“骗人。果如此，却寻个计策。”

“却无法可想！”

“不行不行……啊，胸中好闷，究竟是害得我苦！”

便要流出甘美泣泪来，一时安静。却未料想到廊下不知何处传来众僧呼唤声，教这对男女吃一惊。

“海阇梨，海阇梨，送佛化纸了，已近天明。”

天明时分，于法坛焚化纸钱，道场便满散了。

伴随青烟，如海坐上轿子与一行十个和尚回山寺去了。家中一片狼藉，还得费力收拾。正巧此时，毫不知情的杨雄自衙门归来了。

“哎呀，有劳有劳，此番辛苦兄弟了！”

“哪里，并未料理多时，好歹无事。”

“你嫂子呢？”

“却未见大嫂？如此便在楼上卧房里，似亦疲乏至极。”

“过意不去，事后收拾都托于你了。说起你嫂嫂身体，并不十分健壮。亦明道理，虽楼上休息，心中必存歉意。请你见谅则个。”

究竟自家老婆，喜爱的妇人，似不愿给见耻于义弟。杨雄口中为巧云辩解，往楼上行去……哥哥恁地豪杰汉子，恨撞了这个淫妇。石秀立在楼下望他背影，只觉义愤填膺，眼角发热。

第六十六回　寺中密会犹不足　淫僧从此夜夜来

小巷角落里店铺——前度关门的肉铺又开张了——石秀只愿把那些无聊烦恼尽皆抛开，早晨起来便立在店头，好意招揽客官。

至晌午时，见巷子深处抬出来一个美丽的女乘小轿。小婢女迎儿与丈人潘公二人都作出门打扮，上下整齐衣裳，却不常见。

“哎呀，潘公，去何处？”

“石秀，烦你照管门前，今日是为我那过世的内人，还些血盆愿心便回。”

“咦，是去报恩寺吗？”

“前次行法事时，拙女巧云与住持海阇梨已约定，女婿杨雄亦爽快答应道既如此便走一遭。却须至晚才回家来。”

“如此，请路上小心！”

石秀交叉双臂，怒目瞪着巧云乘轿离去。淫妇！只腹下暗骂道。又对着切肉案板轻声吐道：“……着实可怜。哥哥良善，不晓得实情！”

巧云只道石秀是丈夫捡拾来一个破落户，还予他一个店铺，实为累赘。她根本不在意石秀眼色，一颗心早欢欣雀跃，直往远处去了。海阇梨裴如海，曾是绒线铺的少爷，如今摇身一变报恩寺住持——这个女人魂飞体外，早奔朝思暮想的情人去了。

蓟州城外一座古刹，见之果然古朴，峰峦如聚，松涛阵阵，青苔点缀着闲寂美景。

“啊，施主到来！请移尊驾往正殿。”先在山门下苦候的海阇梨如海，当先与众僧一道引到正殿。

巧云已然神不守舍。她为今日成事，费心思洗漱打扮了，跟随而来的楚楚身姿，好似楣窗雕刻上的吉祥天女降落凡间。

只碍于众多僧人在场，两人也只以眉目传情。原本在寺庙中男女幽会，只教那神秘春心与激情更添几分炽烈。把释迦经文、华严咒文与真言密宗念来，本能相抗如火燃。这离反世间的叛意快感却也催得情起吧。

先请在客堂，饮一碗兰花茗茶。

饮毕便往已布设的施饿鬼堂，众人于神妙的面壁座[1]上坐下。看经二刻，那巧云恍惚间把堂上本尊地藏菩萨都看成了裴如海的一张白面皮，乱舞的熏香亦觉妖气，心中如何还有故人还愿之念，只道已身美愿成真，神魂颠倒。

诵经终毕。

“请移步后院房内，稍作休息。”一个僧人来请。巧云满心欢喜。潘公伸腰叹老，沿回廊，移行去内院一厅。

只见已排下素馔斋饭。轿夫和侍女迎儿也在别厅享用斋饭，潘公取出携来银两布匹等，呈进与如海道：“莫责轻微。”

“啊呀，如此客气！”如海收下钱物，忙道：“今天请慢慢游玩便了。潘公，再饮一杯？”

“不，老丈今日已饮多了。海阇梨方丈，这究竟是何好酒？”

“山门内自酿之酒罢了。”

“……却是了，端的味重，未曾尝过。”

“嘻嘻，您如何饮得这许多？”

“巧云，不如你也品尝一口。”

“另有美酒，”如海取出另一个酒樽来，道：“请夫人饮此盏。此酒正合柔弱女子。”

“却还特意为我筛酒，着实过意不去。”

渐渐地巧云满怀沸腾欲念展露体外，只见她眼神迷蒙，肤如凝脂，散发一股艳香。

淫僧裴如海内心之中亦焦躁不已。前次只于夜色中交吻便作别，今日一番

1 吉川日文原文是“回向の座”。虽然已搜索，但查不出来这究竟是什么佛教用座。因这时众人所行的是诵经，以“面壁诵经”而命名为面壁座。——译者注

良机绝不可再行错过。正是为此，他在潘公酒盏里混入微量的蒙汗药，把劝巧云饮下酒中却早混了春药。用药施法如亦是佛家所云“未见真实”，则淫僧借此之便教女体开光，对于淫僧来说倒也是一番教女人得济的慈悲。

“啊呀，如何是好，这老爷子……果然饮多了，眼见口水垂下。”

“夫人，便教潘公歇在这里，我二人说话岂不是好？”

“只怕迟了时辰……啊，我这又是为何？挡不住有些醉了。”

“且去此房外教凉风醒酒。不远处便有个所在，平素绝也不教人入去。”

“却有清净出，那回廊尽头也有房吗？”

“是小僧住处。”

“教我看一回……不行吗？”

“夫人的话如何不可。”

“真见外，还叫甚夫人……师兄于那夜里，岂不是呼我娘子吗？”

情欲烦恼之火直可烧铁融化，更不用说贼秃曾是绒线铺里少爷。出家前也因痴迷女色，抛下色道与债台纠葛，逃遁尘世。——前身如此的裴如海，所谓烦恼绝非只在眼前。虽背着巧云家里官人杨雄与其私通，禁不住心里恐惧，却又敌不过秘密欢愉诱惑，由巧云身子里闻嗅出好似熟透的果实一般异香。

巧云亦心酥身软，直倒向男人怀中。

“师兄，我……”

“呀，却如何？”

“我已受不住了。”

“却未曾饮得许多，片刻便可酒醒。先横卧下来休憩吧，莫慌。”

于是裴如海撩起偏房的帷幕，山中僧人独居的床铺，本应是三皈五戒、菩提入梦、云清风冷之地。却见这房里刺绣迦陵的被褥，画有红莲白莲的屏风，何等妖媚。巧云只顾把袖兜遮住脸颊，蜷曲着身体，“啊”的一声，像一捆熟绢似的横倒在床上。已不顾此身世间之姿态。此时女人肌肤中散发出奇异香气，好似于体内有烈火熊熊燃烧蔓延。

床边宋青瓷的小香炉里，一股催情香的青烟，细得如同看不清的蒙蒙细雨，袅袅升腾而起。有此催情，又有饮下酒中混入春药，这妇人体内五脏乱成一锅，便是平稳吐息亦不可得。只望有人吸吻口唇至窒息，用死力对体内深处以肉体束缚，以血拷问。只见眼角亦高高吊起，身体扭动不止。

“夫人果然难受？睡不着吗？解了上衣如何？”

“如此害杀奴家，薄情寡义的人！”

“哎，你却哭甚？”

“却是你害我哭的。”

“何解？”

“你如此害我。”

“我又未将你如何。”

“便因你未将奴家如何。师兄你果真害我。”

“啊，好痛！”

“真想咬死你，晓得奴家心意，却教人焦虑。无论如何，我与你再不分离，再不分离了！”

“如何使得？”

“有何使不得？”

“你的老公[1]杨雄如何。”

“说这些作甚。”

“还有，那个汉子，哦对了，那个石秀，一双锐眼果然可怕。”

“那厮值当什么。……啊，你便是怕了吧。因为害怕，便拿些借口搪塞我。”

“你恨我吗？”

“看你这一副若无其事的脸色，果真是恶魔，白皮恶魔。”

“如今可知晓了吧。我如海和尚，便是色道之魔，真我如此，我所害怕的只我自己，即便如此？……不走么？”

“才不管。”

巧云飞快地把脸侧过去。翡翠耳环在充血的脖颈上轻微摇晃，眼角里浸润着久待的喜悦泪光。夹杂着恐惧和喜悦的甘美泪滴，将鬓角的柔发也浸湿了。

如海慢慢地消除了女人的羞耻之心。巧云一身肌肤无法抗拒那般抚摸，头向后仰着，一次又一次向前挺起雪白乳房，好似渴望对方嘴唇似的喘息着。但是，如海并不急于凑唇去回应。既没有咬也没有舔，而是用牙齿玩弄着巧云海棠花般的耳垂，一边轻声说道：“诶，平日杨雄如何做来？”

1 水浒原著在这里有出现“老公”的称呼。——译者注

“真残忍。”巧云生出一丝怒气来。

“方才你却不走了去。”压在巧云上面的如海把下半身抬起来，把脸埋进巧云的腋下，舍下那对玉乳，只顾用舌头品味周边柔软的肌肤。女人极力扭动着身体，紧咬牙根忍住痛苦的呻吟，大口吐出火热气息。刹那间一切如死去骤然止歇。巧云抬起涂雪般的长腿缠绕如海脖颈里。那贼徒的面目已遮蔽不见，好似一个津津有味地舔食地下泉中涌水的野兽，姿态古怪。

此时女人鼻腔中发出痛苦闷声至几欲昏厥，而如海把上肢游移向巧云红唇。女人痴狂地吻上含有自体津液的男人口舌。刹那间，这兴奋使得女人面目剧烈颤动起来。女人用力吮吸，直入男人舌根，几乎令他疼痛。如海仍旧吝啬施舍，只以残忍之情居高觑那女人眼睑。女人双目中迷蒙，罩一层怨气，恨恨地反觑那厮居高眉目。细长而艳丽无比的彩虹与女人双目中绽放光芒，释放出生命极美之色。见了此色，如海终将心中引以为傲之物悠悠填入女人期待之所。

“叫绝一唤”，这是古代中国描述此类表情之词，并不如我国（日本）之春语，以哭泣称之。

“大哭”、“啜泣”等词是日本特有闺房话，情到极致，叫唤一声又一声，似为彼处中华男女行事之感受。常可见类似文字，“啊呀一声，身子已是酥麻了。”前戏，后技也是如此，世界万国于色道哲学上均有人钻研，如此看来似无不同，不过以究极程度与不弃之情论之，则多少有些国情及体力方面差异吧。“一研、一擦、三深、九浅、紧紧缩缩”，单看这些文字，可知并非只裴如海一个如此厉害的淫僧。倒不如说关键却是四周环境，通奸之隐秘与此时巧云之身体状态等。

不论如何，巧云把此番幽会烙印于心底不忘。事已至此，这淫妇更比男人大胆。离别之际，巧云便邀约次回相会。只为此处乃寺院，却无借口常相往来此地。淫妇却寻思一条妙计，如下道来。

家里老公杨雄，一个月倒有半月不得回家，须在监牢里当牢上宿。可教侍婢迎儿在后门里伺候，若是夜晚杨雄不在家时，便于门口烧夜香为号。

却又怕万一云雨过后疲乏，早晨便是鸦鸟叫声亦唤不醒便生出事来，又寻得一个报晓的头陀（为唤早起做事而在城镇各家各户门前边走边报晓的行者），教他每日早来那里后门头把木鱼大敲报晓，如此可保万无一失。

“如此可好？”巧云美目流盼道。

“妙哉！”如海也忘不得巧云湿润肌肤之深处，道：“我寺中便有一个伶俐的胡道，我便笼络了他，用他充作头陀。你只不要误约。”

“贼秃，你却莫误了！”妇人嫣然一笑，再整云鬟，下山去了。回到家里，翌日便为侍婢迎儿添置了珠宝华服等，暗中收买迎儿。无论何处人家里的奴才侍婢，但得些小便宜，如何不忠心随顺了。

——如此，但只要杨雄不在家里的夜晚，便点夜香，教小婢迎了，那贼徒戴上头巾遮眉，无所忌惮，几乎每隔一也便往来他家妇人之密室，纵情偷欢。

第六十七回　友情一片话真言　红泪怨语反成仇

世上无论何处亦有眼目。

何况那石秀于此一月有余中常有这件事挂心。终觉察到，心中暗道：“……哼，果有奸情。”

时至十一月初。清晨已降下白霜，却有个报晓的头陀，每日天色将亮时，好似特意直来巷里，只顾咚咚地敲木鱼。今日早晨亦如此。天色仍暗时，便传来头陀的报晓声：“普度众生，救苦救难，诸佛菩萨……”

“……又来了！哼，烦心。吃他惊醒了，可睡不着了。”石秀便在肉铺窗户后面窥伺小巷，正想大喝一声，只见一个戴顶奇怪头巾的人，忽从杨雄家后门闪将出来，和头陀作一处，只往大路上走去了。

“啊，果是那厮！……哥哥却这等可怜！”

石秀忍不得只作视而不见。心中闷闷不乐，店铺里来客人，亦无法笑颜相迎。日中前后，他走去州桥前街上踱来踱去，寻思着用什么法子把哥哥杨雄从衙门里请出来。

“喂，石秀，哪里去来？愁眉苦脸的。”

“啊，哥哥。正想拜托衙门里出来的……”

“为我么？你来见我吗？”

“嗯，有事寻你。”

“与兄弟在家里尽可见面说话，为何特意到此？”

“哥哥，这里不方便说话。寻个去处饮一杯吧。”

“却不可教你破费。此处是兄弟的地界。来来，去那个酒楼。”

桥畔处有一个酒楼。杨雄看似熟客，率先入去，酒保便引到楼上。

“酒菜先排这些便可。不唤你莫要来。”说罢，杨雄又问道：“石秀，兄弟义气并非用来摆门面的。你不乐我亦不乐。但凡有话只管说来！”

“哥哥，却不是兄弟的事。其实是哥哥家中——嫂子却有事。”

“什么？巧云的事？”

“哎……兄弟却不敢说……也忍耐不得。哥哥，我便说了，你莫气急啊。”

“嗯，便是巧云做什么无趣的事？”

“可是大事。实话说，今日教哥哥听入耳却也迟了，嫂嫂与那报恩寺的淫僧，早就勾搭上了。……哎呀哎呀，千万莫气急啊。且请息怒，我这双眼是看错了，或果真如此，你是嫂子的丈夫，须静心细思啊。”

石秀又把那海阇梨裴如海请来家里做周忌法事当夜之事，以及其后诸多可疑，最近察觉那头陀古怪，又加亲眼见一个戴头巾可疑男子于天明时从家里出去，诸般事体一五一十都告知了杨雄，并忠告道：“哥哥，毕竟是哥哥钟爱的嫂子，兄弟只怕坏了一对好合夫妇，因此实难开口。可这个嫂子，绝非心善之辈啊。”

“……多谢！”

“啊呀，哥哥……你急去哪里？”

“还须问！快放手。”

“哥哥却不听兄弟言语。此事只能先藏心里，佯装不知，只待捉奸当场，却再理论。你是公门中人，须顾及世间口舌，此实是男儿难处啊。”

正安抚杨雄时，只见衙门里几个属下来唤。当夜杨雄并不当牢，却是知府唤去自家里请吃祝酒。

便与石秀街上相别，杨雄自往知府家里去，心情烦闷，心下如汤煮。终于饮至烂醉，令知府与众同僚侧目，纷纷劝他莫要再饮，却是憋一口气，越劝越饮。

酒毕，杨雄只得由众人扶将归来。到家门口一阵骚动，潘公、迎儿，连妻子巧云也出来搀扶，直将他搀上楼梯去，至卧房里，吵闹方止。

“究竟为何，如此烂醉……”

“说什么！你这贱人！”

“哎呀吓死人来！快除了衣裳，卧床上休息吧。”

“莫碰我！肮脏泼妇！”

杨雄仰面躺着，却抬起脚，将巧云踹倒。

“臭死了，臭男人气，快滚开！”

“浑身酒气的却是你自己，却不知为何撒泼，你这人！”

“你却管我！见你就气不得。快滚！从俺窝里滚出去！敢在这房里睡下便饶不了你！”

“随你的意吧，染上风寒我也不管。”

巧云嘴角轻蔑哼了一声，打开门，走去隔壁房内。杨雄仰躺成个大字，却如何入睡。睡不着时，心中怒火越盛。终于起身来，把脚踏地，恨恨叫道：“巧云，巧云。……淫妇过来！写封休书与你！教你剃发与那和尚结亲！”

巧云自然无法安睡，只好又战战兢兢入丈夫卧房里。只听房内传来妇人尖声悲鸣。过了片刻，尖叫渐渐变成甜蜜的低声啜泣。夫妻密语间悄然持续至五更残灯时分，其中混杂妇人断续的抽泣声。

“……却是如此？巧云，我所说的这番事体都是空穴来风？”

“呜，我好生委屈！……全是说谎，净是些没影的事儿！都是那个吃闲饭的石秀搬弄口舌，污我清白！”

“如此……石秀诬陷你了？”

“自然是了。本来不知你从那里寻此来历不明的汉子，认了义弟，让他叫我嫂子，却教他向后便放肆起来。我实在忍不得了，定要说与你……”

“说什么？”

“我直忍他至今时今日。……畜生！竟让我背此污名，坏了我与你夫妇情分！”

“那石秀却不似那专坏夫妇情分之人。”

“只因你待他这般好，他看透了你，便连我也想诳骗。我一个妇道人家口中实在难以言尽，只隐瞒至今亦是不对。你说与你，你却不要气苦。”

“他做什么了？”

“初时只拿艳书递来烦恼我，向后便越发无耻。”

“啊？艳书？”

“岂止艳书！见你不归时，他便于夜晚竟然偷偷从后院走来。”

“来房里？”

“他不止一次要行非礼于我，我也暗下决心，你可看那个梳妆台的抽屉里，备一把护身的短刀。前几日某夜里，我终拔得刀了，道再行非礼之事，便自裁了，我丈夫定会寻他报仇，他见此方才断念去了……”

“莫要哭了。……是我不好。”

杨雄口舌干燥，吞下一口气。他原本便是急性人，真听信了妇人的话，又全倒向妇人这边。

杨雄急匆匆下楼来，唤隐居的潘公起来，三言两语吩咐了，天未明时又急赴衙门。

潘公茫然失措，原来杨雄吩咐道：“——今日起里巷肉铺休要买卖，店中诸物都收了，猪肉羊肉放入库房，挂谢客牌子。”杨雄往牢房当差已毕，又急与几个牢子里的手下赶回来，即把肉铺门撬开，亦不教潘公插手，都处置了。这几个公人便肩扛背拉着猪大腿，大笑走去了。

石秀那时还在店里睡着，只见事变，惊于眼前一团乱麻。不愧是拼命三郎石秀。虽怒上心头，又转念一想，抚胸安慰自己：“……错不在哥哥。虽当时一口答应，不当场捉奸在手绝不提此事，定是一见那淫妇便气愤难忍，出言责骂。倒这婆娘使个见识，定反说我无礼。哼哼，这世上常有道是做犬理不得，做人辩不得。我且退一步，自散了。”

思己本是天涯沦落之身，飞快收拾了包袱，将店里的现钱、收支账目等仔细备齐，送到潘公的住处放下，未食早饭便夺门而出，飞奔离去了。

正要就此离开蓟州，却又转念道：“不，等等……”

去郊外寻个客店安歇，又自寻思了一日。

虽说是天性淫荡，这个巧云确实不一般，且情夫裴如海并非善辈。万一事有不顺，要排除杨雄阻挡，与他腹中下毒亦未可知。即便事不至此，也免不得外头风言风语。那时杨雄名誉扫地，蓟州一个豪杰便毁了。

“且不提一宿一饭之恩亦当报，我们两个又是结义兄弟。”

石秀这番寻思之后，便改了主意，他自定下一计。原晓得杨雄当牢上宿之日。——当夜，半夜出客店来，赶在五更前径去从前曾住的后门巷内，伏在黑影里，只等那厮来。不出所料，之前那报晓的头陀又敲着木鱼，来巷口探头探脑。——石秀暗喜，这厮来得正是时候，便猛跳出来，车主头陀衣襟，低声喝道：“莫出声！”

“你自昨夜起便在此地吧！”

“施主，甚，什么事？与我何干？”

“还佯装不知！我问你，作奸的如海和尚，莫不是混入巧云卧房里去了？”

“啊，这，这，我不知啊……”

“也罢，把衣服脱了，头陀袋和木鱼都与我，快脱个赤条条！”

那头陀吓得直打战，忙按石秀所说，好似一团赤溜溜章鱼，瑟瑟发抖瘫坐地上。

石秀换了头陀的衣服，道一句“你且睡去”，便勒住头陀脖颈，头陀眼白翻出，昏死过去。便将他掷在肉铺后门口地下，自己却假扮了头陀，沿着巷子房屋木栅，去杨雄家后门旁转来转去，咚咚敲起木鱼来，口中叫道：“普度众生……救苦救难……诸佛菩萨……”

第六十八回　蓟州童谣道真相　淫妇裸死翠屏山

“噢，听那头陀敲木鱼了，原来已近天明。”

由于昨夜的风流韵事，累得酣睡的裴如海慌忙起身，披了衣服，戴上头巾出门去。

妆容都已不见的巧云亦瘫了，只一团沉睡，值分别之际，又似不足吐出痴言秘语，往男人怀里纠缠。

“过得一日便可再相会，又非分别多日……”

裴如海飞快下楼去了。楼下侍婢迎儿正提着灯笼伺候——每回都是同样行事。迎儿去后门咯一声开了门闩，裴如海钻缝便走出巷来。

咚咚，咚咚，此时头陀闪在木栅角落里，兀自把木鱼敲响。

“——咦，这个头陀，今日古怪？与往日不同。”如海急向那头陀奔去。

“只顾敲木鱼做什么，快快回去！”裴如海斥责一声，便在前走到巷口，欲往大路上去，却忽被扯住衣领，往后直拖来。

“和尚，且住！”

“啊？”

“不要挣扎。吃我逮到了，决计逃不开。可还记得我吧。”

“呀，施主是……”

“这是你活在人世的最后一眼了，给看个仔细，我便是杨雄义弟，拼命三郎石秀。你好生大胆，竟敢玷污我哥哥颜面！”

“啊，救，救命啊！”

“你这为非作歹的贼秃，却假扮高僧，背地里做些见不得人的勾当！”

“只听咐咐！便从此不见那妇人！”

“混账！醒觉已迟！”

石秀从背后钳制住和尚，教他挣扎不得，右手拔出短刀来，从他腋下扎入腹中，又搅一搅，将尸首抛下。

降霜小路上，鲜血流了一地。石秀把裴如海的头巾和法衣剥了下来拿在手上，如飞鸟一般出巷口奔大街上走去了。……片刻后天明，四坊街邻打开门，车马来来往往。

“不好啦！杀人啦！有个赤条条的和尚死在巷口啊！”

最先撞见路边的尸体，大叫起来的那个人，便是每日价推着车、敲着铃，四下里来回叫卖饼粥的一个老头子。片刻骚动开来，路上堵一个人山人海。衙门亦遣忤作官人来。众都头讯问邻舍诸人。

随即查明被杀尸首系报恩寺如海。另有一个头陀，因只是一时昏厥，不久便清醒过来，裸形赤体扯住到官。这头陀乃是报恩寺后胡道人。衙门便取了他供词，作了一个公文。

此事却颇为棘手。命案起因于押狱节级杨雄之妻与人通奸。知府判断定是杨雄知晓了，借他人之手杀死奸夫如海。

知府一时不知如何处置。平日通过私交，也知巧云乃是杨雄心爱的娘子，心下同情不已。那头陀的首尾都供来如海诸多恶行，便思莫要牵连出来，大事化小，小事化了罢了。

于是，虽依了成例，叫拘来报恩寺内众僧，搜查犯人，却只向杨雄取一回证词，便撇清了关系。

潘巧云听得，目瞪口呆，潘公想必也是肝胆皆寒，却毕竟是亲生女儿，潘公从此自是闭口不言，只防世间口舌悠悠。只是世间有眼能看，有口能传。

蓟州城巷里巷外，便传唱开一支俗曲。道是：

罗伞沙沙，铜锣铛铛。

意气风发病关索，难斩娇妻威严丧。

和尚鸳帐暖，头陀木鱼响。

空门刎颈见相交，拼死争同穴，血泊横里巷。

酒馆妓女也唱，路口小孩也唱，条条巷都唱动了。免不得传入杨雄耳中。杨雄听得曲中嘲弄己身，亦感悲哀，又想去寻前日来不见踪影的义弟石秀道歉。

“定要寻见我兄弟。”

便每日在来回衙门的路上，到处打探他所在。终有一日得知石秀住在城郊一个客店里，急忙奔去相会。一见石秀，杨雄泪流满面，道：“石秀！……哥哥认错了。我竟然把你一番忠告只作驴肝肺，实在愚蠢之极。兄弟，你休怪我。”

“只要哥哥明白了此一事便好。兄弟心想莫不是哥哥被那妇人哄骗，反误会兄弟不是，便暂留此地，只望再与哥哥相会时，将如山铁证教哥哥看，便可去也。……为教哥哥分明，且看此物。”

说罢，石秀将出粘有如海干涸血迹的头巾法衣，交予杨雄面前，只道如今心愿已了，不枉一场兄弟情义，就此别过，去往他乡。

“兄弟且住！”杨雄勃然变色道：“你我兄弟情义岂是如此轻薄？就算你不介意，我心中这口恶气当不得！又教我杨雄做不得好男子！你且再等我一日。”

“哥哥，你要怎地做？”

“我要教那婆娘巧云向你当面谢罪。明日午时，请兄弟到城门外翠屏山上一见可好？”

“翠屏山？那座人迹罕至的山上？”

“我便在那里候你。你我兄弟已许久未共饮一杯。但是若心生嫌隙，却不得尽兴畅饮。待到明天冰释前嫌，再与兄弟把酒言欢。石秀，休要误了。”

杨雄再三嘱咐之后方才离去。

翌日，石秀斜背了包袱，还了银两与客店，道：“老爷子，承蒙您关照。小可又须远行。再相会。”无论如何，似已打定主意要离去蓟州。

翠屏山在蓟州东门郊外二十里，满山乱坟，一望尽是萋萋青草，桦树白杨。路上尽是石块，并无庵舍寺院，只听闻在山上有一处破旧的岳庙……

“喂，那边的是轿夫吗？”

“小人是轿夫，抬了杨家官人与他夫人来此。……他们似是要去岳庙祭拜，教只在山脚下等候，因此小人几个正准备在此优哉地吃会儿小酒。”

“如此甚妙。偶得今日风和日丽，饮酒作乐真乃风流。……那杨雄夫妇已经先到了吧？”

“已走去山上了。”

“来迟一步。”石秀不由加快脚步。

山谷和鸟鸣都渐落于身后。

“哥哥。”

“石秀，你来了啊。”

“久等了吧，实在抱歉。嫂子呢？”

“巧云啊。”

“如何不见来？”

“已来了，却稍候教与你见来。只此寂静美景，不如先饮一杯酒解乏？”

“山脚下轿夫们也在交杯。我见了一时馋得紧，那就恭敬不如从命了。”

两人在岳庙前面并肩坐下，杨雄把来两葫芦酒，两人不一会儿便吃尽了。

此时杨雄站起身来，“石秀，便教你见一见巧云。”

“好。她在何处？”

“在这里面。”

只走几步——石秀顿时惊呆了。

只见大树的树干上绑着一个半裸女人。

正是巧云。那个侍女迎儿也被捆缚了，抛在一旁灌木丛中。

“哥哥，这是？……”

“只为与你有约，令巧云来与你赔罪。……只为把她带来此处，却寻不得个缘头，只好借故说自己接连两夜梦中岳庙神显灵，告诫我忘记过往邪魔，与家妻重修旧好，须一起来岳庙里还愿……才诳至此地。”

“即是如此，又为何如此残忍相待呢？”

“残忍。……只是你为了我杨雄之义理而言，实则石秀，你心中定恨不得要将淫妇五马分尸吧。城中传曲你也应有所听闻，病关索杨雄，在蓟州已不算个好男子。你也不用再顾及什么义理了。……喂，巧云！”说罢，迫近那个妇人。

“你好生忏悔来，先向我义弟赔罪。你不仅三番两次欺瞒于我，又莫名冤屈石秀兄弟，始终说道石秀多遍把言语调戏你。”

“……我的不是了！我只是一时胡言乱语。……石秀，你快劝劝我家官人，行个好吧！”

“不要再信口胡言了，娘子做出的错事就该做丈夫的赔罪。就算石秀在此说情，却也饶不过你。……石秀，可将证物带来了？”

“便是此物。”石秀将背上包袱解开抛出，却原来是如海的法衣头巾。巧云只看一眼，吓得雪白肌肤上起一层鸡皮疙瘩，头发直竖，将脸转向一边。

“你认得此物么？该不会推说不知道吧，巧云！”

“饶恕我吧。……我与你旧日夫妻，念及亦曾恩爱，饶恕了我这一遍罢。”

“正因念及于此，才不可饶恕你。你竟然做出此等事来令我蒙羞，还坏我兄弟情分。这些个物件，也不需要插在你头上了。”说罢，杨雄把妇人头上珠花、金钗、簪子等首饰尽数拔了抛于地下，飕地挚出腰刀。

眼见一口白刃，巧云吓一个魂飞魄散，悲鸣起来。拼命挣扎绳索束缚，却那得挣脱，一个半裸白躯体，却被绳索越勒得紧。

“石秀，此刀与你。只管泄你怨恨来。”

“不可！”石秀摇头道：“这妇人如何歹毒，究竟是哥哥家里的，何况只是个不得自由的妇人罢了。”

“你又心生怜悯了。这正是兄弟善良之处啊。只是若饶这贱妇一条性命，久后必然祸害他人。不如我今日亲手伏侍了！”

被白刃刀尖顶着，巧云一头乱发散开，只顾悲鸣狂叫。足尖微弯，眉头紧蹙，狂叫连连。如此狂乱模样，正如燃着春情香的淫妇，狂喜至极，一唤疑死息，一叫汗润凝脂。一刹那像极了那末那识[1]中意乱情迷的模样。或许在丈夫杨雄的脑海里，旁人无法窥看的幻影与眼前此女身影重叠在了一起。

他大喝道：“鼓噪！”叫声一出，刀尖便抵着她上下鼓动着的乳头，只刺入将将少许，红绢一般飞出一条鲜血来。妇人撕心裂肺般地叫唤道：“救命，救命啊。我不要死，杀人啦！快来人啊！”喊得嗓子嘶哑也不止住。

见头势不好，那小婢迎儿不顾绑缚，挣扎起来纵身入灌木丛中，便要逃走。寒光一闪，杨雄一跃而起，将其挥作两段。说时迟那时快，又举血刃，口中叫道：“贱人，去死！”

便向巧云心窝里一刀捅透了。见鲜血横流，杨雄似乎被血雾迷了心神，从

1 末那识，第七识。佛学用语，有情之心识共包括八种，“末那识”是八识中之第七识。译为意，意有思量之义。

半裸的上身一直割到小肚子下，都染作朱红。之后就如同中了邪一般茫然提血刀，呆立不动。

“……哥哥，做得好，终于出了这口恶气！”

“这早有准备，今早出门前便打定了主意。”

“虽只杀了个贱妇与婢女，这蓟州却也住不得了。”

“既杀了人，我早有决心，索性去出首。”

“岂有此理，哥哥切勿愚钝至此。如哥哥般这等英雄豪杰，怎可为一贱妇埋没一生。”

“我杨雄却投那里去安身？我未及而立，不曾为世间做得什么，也不曾经知晓世间模样。”

“我和你莫不如去投梁山泊入伙。”

“投梁山泊？”

“如今天下江湖上皆闻山东及时雨宋公明为首，英雄豪杰如云，齐聚梁山泊，且近来听闻他们招纳贤士，结识天下好汉。”

“虽好，却无相识之人引见。”

“教哥哥一发放心。哥哥认义兄弟那一日，先在街边酒店里和我有点头之交的那两人，一个是梁山泊神行太保戴宗，另一个则是锦豹子杨林，可去投托他二人。”

“此话当真？可没看错人？”

“话说那时，戴宗给了兄弟十两一锭银子，尚兀自在包里。哥哥，如今寻思起来，却好似有冥冥中引线，我二人命运指来？”

“上路吧！详细路上可商议。”

“好，这就出发。”

“此地不宜久留，恐怕山下等候的轿夫不见人下来，却上山来寻人。你把那贱妇跟侍女的钗钏首饰给拾了去，足用路上盘缠。”

杨雄说着，将刀上的血拭去，插入鞘里，石秀也便背结了包裹，二人顺着蜿蜒的山路，正要迈出步子望山后探路走去。

“我可好生瞧见了，这可是蓟州押狱杨雄啊。——却要去投奔梁山泊入伙！我可在此听得多时了。哈哈哈哈……”

到底是何人笑得如此猖狂，说话也如此嚣张。

第六十九回　祝氏三杰遇时迁　偷得鸡来落贼手

真是不巧，究竟是谁？杨雄和石秀心中一惊，向身后树丛里回头望去。——看时，那人仿佛鱼儿游泳般飕地窜出来，向前纳头便拜。

“原来是你这臭小子，如何吓人。”杨雄似怒非怒地说着，反而咧嘴大笑起来。

“我还道原来是谁，却是你这偷鸡摸狗的鼓上蚤。”

“没错，小人正是鼓上蚤时迁。哪里料想到在这里撞见节级哥哥。”

“你小子，躲在暗处，都瞧见了吧。”

“不可以么？——两位哥哥商议今后投奔梁山泊入伙，我可是一字不落都听到了。”

“说不可也无法子。……石秀，我们该把鼓上蚤这小子如何是好？”

“鼓上蚤，此名巧奇，究竟是何方人士？”

于是乎，杨雄便娓娓道来。

——话说杨雄至昨日仍执掌牢狱，多年以来经手形形色色的囚犯亦数不尽。这个姓时，名迁，绰号鼓上蚤的贼人，却着实少见。

据说他是高唐州人氏，过往不详，沦落在此，却是蓟州牢房里头的常客，屡抓屡犯，去了又来。——说起原因，只为此人做得些轻罪，与其他犯事的人不同，没个苦主出头诉讼。

那他小子靠啥吃喝呢？只掘些坟墓，盗取殉葬（与死者一起埋下的生前爱用之物）的金银珠宝，将去集市卖些钱。盗墓当论重罪处，因并未抓过现行，只有以其他小罪名目将他捕来。此人却在狱中亦逍遥自在，牢房坐得腻味，便自顾自忽的消失不见。好似牢房没有禁锢一般，其实并非如此，而是原本这鼓上蚤可说是世上罕有的“柔术”高手，骨软身滑，体如海参，直可伸缩自如。因此他有兴致时，便好似牢房是自家，又折回来，因他也从未曾加害于人，牢头与狱友也只在一旁见了发笑，此人便是如此古怪。

“原来是这般，可谓奇闻。”石秀听罢，再次细看时迁上下，一张小脸确招人喜爱。双目常闭气一条缝，好似怕阳光耀眼。满脸淡淡的茶色汗毛，露齿笑时，牙齿仿佛明晃晃的白刀子般吓人。

“哥哥，”石秀凑到杨雄耳朵边上悄声道：“……这也不愧是个有能耐的汉子，杀了可惜。放他回去，那我两个在这里勾当与投奔去处，却教他向世间说了去。……如何？干脆携他一同去投梁山泊罢了。”

按说旁人听不清此低语，却见时迁乐得直蹦起来。

“请一定带小人同去吧。这正合小人所愿。——小人认得一条往梁山泊的近道，往山后走，不过蓟州地面。教俺时迁在前引路吧。”

“哎？……”两人吃了一惊，道：“时迁，你这小子连我两个如此悄声耳语也听到了？”

“嗯，也不知何故，说起小人这耳，自幼入神，连蚂蚁搬家的声音都听得。”

“真叫人毛骨悚然。却亦是有缘。此地不宜久留，那条近道却往何处走？”

“既已决定便上路吧！”时迁指着条小路，抢先走去。

——过不多时，这翠屏山上“活割潘巧云”之景象，将蓟州满城闹了个沸沸扬扬，却按下不表。

却说杨雄，石秀和时迁三人日夜兼程，一路奔至郓州边地。这一日，过得一个名唤香林洼的村落，炊烟袅袅之远处，仰头又望见一座高山。

“哎呀，前面却有一个看似干净的客栈嘛。”

正走得腿脚疲乏时。三人便走近前去仔细打量，毕竟还是乡野处，此客店虽向着路，却是泥筑门墙茅草屋顶。然而，门前自有数百株垂柳环绕，宛如画卷一般。门首的柱子上，左右挂着副对联，写道：

庭幽暮接五湖宾　　户敞朝迎三岛客

“……客官哟，瞧这副模样，这对联可看分明？”

一个门前扫地的店小二说道。

“就算看不懂，又如何……”杨雄忍着口气，反问道：“这字却写得甚好，是谁写来？”

“此乃祝朝奉庄主亲笔题写。”

“可是书法大家？”

“客人说笑！他可是方圆三百里大庄的庄主，即此地头上大太公，客人可拜见了。”

“哈哈哈，未曾见如此客店。”三个人发笑，只往房里去安歇。大约当时客人住店，只自去灶下打火生饭。米、酱料、肉、菜、想饮的酒，须将出现银来买。

买来了，借用店里的锅釜来蒸煮。

杨雄便取出一只从巧云头发上摘来的钗儿，当作预付钱先给过了。而那个年少的店小二也颇有意思，一同坐下了，四个人如同坐车般围在一处饮酒[1]。

正饮酒时，石秀忽看见奇怪之物。——见厨房前的细小土间[2]中，摆放着十来把朴刀。

石秀十分在意，不禁问小二哥道：“你家店里真有些好刀呢。路上不带军器难免心慌。与你些银两，回与我一把朴刀用如何？”

“这可卖不得。”小二哥笑道：“——那些器械上都编着字号，若有遗失，法度森严。本不是可卖之物。”

“为何摆放此处，难不成为了装饰用？”

“客官，你如何不知此地周详。此间离那有名的梁山泊不远，只恐他那里贼人不知何时袭来，因此小心准备下。”

三人不禁互打个眼色。

那店小二并未注意，凭酒劲儿，兀自喋喋不休地自吹自擂自个儿故乡，又

1 吉川原文“让他也加入成车座的四人”，理解是以现代汽车的四人座位在进行比喻。这也和原著中“请小二哥一处坐地酒”相符。——译者注

2 土间是日本旧式房屋紧挨着厨灶，没有木地板，只平整泥土的一块区域，大多用于屠宰等较为脏污的作业并摆放刀具等。——译者注

吹嘘自家上头的地头主人。

听店小二所讲，适才三人于黄昏时分，从这家店望见前方一座高山，便唤作独龙山。半山腰上面便是统御此地的祝朝奉为首、一家豪门旺族世代宅地。

祝家有三个好生厉害的儿子，世间敬称为“祝氏三杰”。山脚下的庄前庄后，教把百户、两百户，还有六七百户各做一堆，自成各部族村庄。又将一二百里开外的佃户农家聚拢了来。说起这祝家强势也好，财富也罢，围作一城，便是一国王侯亦难匹敌。

“……唉，不好，吃多酒来啰唆不休，告饶则个。客官自便。”

小二哥便回房自睡去了。这三个人若也乖乖地去歇息，便无日后一场祸事来。——却不知何时不见了那个形似蝙蝠的时迁踪影，忽又见他飘然回来，手里提着一只鸡——已拔了毛，赤裸裸的，也不知是在何处烤得熟来，却提将过来。

“哎呀，鼓上蚤，你又哪里得来此物？”

“嘿嘿嘿，话说方才去茅厕时，从小窗望见。……还道是养鹌鹑的笼子呢，没想这只鸡养在笼里。近旁也不见人，便捉了，洗净烤熟了。”

“自作主张捉来的吧。你这厮，早晚教你回蓟州牢里。”杨雄信口说笑，石秀也笑了。

“唉，说什么无用，哥哥。本行如此，只是未改。”

眼见如此佳肴，三人又催动酒性。把这鸡手撕开来吃了，豪饮许多酒来，酒足饭饱后终沉沉睡去。

不知不觉到了五更时分。

“喂，客官，起来！还不起来！喂！”只听有个男子大声在枕边扯起嗓子怒吼。三人同时睁开眼来看，原来正是那个店小二，手持棍棒，厉声喝道：“你们这伙儿如果偷吃我店里的鸡！”

“这与我等何干！”时迁因是下手人，慌张失措的神情溢于言表。

“喂，我们是客，你可莫找碴儿！”

“你这混账，还不认来！”

“不知道，何曾见你的鸡。”

“诡辩！你藏得了头，藏不住尾。那里岂不是你们吃剩下的一地鸡骨头。”

“哦，那个啊。”

“还有何可辩得？却如何还我那只鸡！”

“唉，这不就是边饮酒边吃了呗。昨夜原记不得那许多。一只鸡而已，值得几钱，赔了你便吧。”

“我的鸡可不寻常，是一只报晓鸡，每日五更时鸣晓，雷打不动，此间临近处共养此鸡。快还我这活鸡来！”

“你莫瞎缠，我们又使不得巫法！”

“那好，便做你是梁山泊的小喽啰，来此探路！”

“你说什么？”

“果便是如此！近来庄里贴出来告知，道是有些形迹可疑的家伙出没在祝家庄附近。拿你三人到庄上，送你们到独龙冈祝家公那里去！”

“捉我？”时迁手起一拳，把店小二打翻了，连忙起身来飞快向外逃了去。却见从屋外又走入来一伙邻近处赶来的汉子，个个手持兵器。

一番激烈拼斗，杨秀和石雄手起打翻数人，由小土间架子上各拣夺了一条好朴刀，夺门而出。——奔了许久，却不见鼓上蚤时迁从后跟随而来。莫不是被捉去了？二人担心起来。回头一望，那个客店已燃起了熊熊大火，且有数十人发着喊敢将来。

“罢了，若去救那只虱子，却反教你我二人都被祝家庄绑缚了去。”

二人弃走官道，只拣小路逃去。却反失了方向，乱转了多时，终又望见一座村落酒店。二人未食早饭，饥肠辘辘，顾不得那许多了。

“——打搅了。”探头进去，只作无事人模样，填饱肚子，向店主人问路程。

问毕，口中正道：“便上路吧！”立起来时，正撞见一个大汉走入来。此人单有一只眼生得鲜大。颜面中间至眼脸都吊起，丑得可怖。

“咦？”这汉子回头望见杨雄背影，立即高声唤道：“这不是蓟州府的押狱节级么？正是人称病关索的杨节级来到小人眼前。”

唤杨雄之名的此人，祖贯中山府人氏，只因片目长得丑陋，人都唤他作鬼脸儿，叫作杜兴的便是。

这杜兴曾在蓟州地界上闹事被捕，杨雄救了他出来，又好生关照。

杨雄将此事全忘了，说话间终回想来。

“啊，那时兴事时被捉的其中一人，不想今日在此相会。”

“小弟正是鬼脸儿杜兴。那时与人纠结犯事，而恩人是蓟州府的刽子手。原以为将成病关索刀下鬼，心灰意冷，不想得恩人维持救了性命，其后亦得恩人眷顾多时。”

“原来曾有这些事。”

“恩人不记得不打紧，小弟片刻不敢相忘。……对了，堂堂病关索杨雄，为何来到此地，又如此慌张？”

“实不相瞒。我已不是蓟州府的公人。由诸般事体，教我杀了贱妇巧云，和两个兄弟逃亡至此，一个携来的伙伴时迁那厮，昨夜里却在祝家庄的客店里偷吃了一只报时鸡，一时闹将起来。”

“原来如此。今儿一早那场火我已听闻。那个兄弟却把灶火掀了满屋。”

“后来如何我们虽不知，只留他一个在后，逃不过被那许多赶将来的捉去。”

“果然是捉去了。我来此地路上，见一个汉子人捆作个球儿，押送往独龙山去了。请二位放心，既是恩人的伙伴，我自有法子救他。”

“贤弟在此地可有何事？”

“忘说了，当日亏得恩人相助，漂泊来此地。现在得独龙山中的一个地头大官人施恩，以流人之身谋了个护庄客的名目，受大官人差遣。”

“莫不是祝朝奉族中一家吧？”

“正是。待我细细道来。这祝朝奉是此地土豪[1]的本家，西边山脚还有个扈家庄，东边是李家庄，三处庄把持着这方圆三百里地。”

“这势力非同一般啊！”

“且那祝朝奉膝下有三子，人称祝氏三杰。西边扈家庄有个儿子唤作飞天虎扈成，也十分了得。扈天虎还有个妹妹，名唤一丈青扈三娘，可在马上使两口日月双刀，实乃当世罕见的女中豪杰……”

“那施恩于你的东家是？”

“还有一处，东边山脚下居住的一族之主，便是李家庄的庄主……他善使一条浑铁点钢枪，与人交手时又背藏‘飞闪刀’五口，百步内取人性命，神出

---

1 吉川原文在此用了“土豪”二字。土豪这个称呼尽管又在中国流行语中盛行，但实际早在中国古代和日本古代都有使用，含义接近。不过日本由于古代较少中央集权色彩，地方农村的土豪从掌握权势的角度看比中国地方农村土豪要厉害很多。——译者注

鬼没。”

“啊，这李大官人说来。……莫不是江湖上闻名遐迩，人称扑天雕的李应？”

“正是他！”杜兴一脸得意，道：“李大官人天下豪杰，世人皆颂侠肝义胆。必引二位与他相见了。如此，恩人同伴之事，只求了大官人，必答应下书去搭救。”

“只是，我们与他素不相识，你也不过是一介食客，可托得？”

“实不相瞒，大官人李应与我杜兴，已深结同心共意。虽在老管事面前，我不过是个护庄的食客，庄里但有吉凶，无论何时，李官人只千万托付于我杜兴一人。……请二位便随我到李家庄，见了官人再想法子。”

杜兴便引了恩人杨雄与石秀二人，来到所住在的李家庄。

“真是个好山庄。”杨雄石秀来到庄前，不禁感慨道。

此庄倚靠山脚，一遭阔港环绕，千松万柳合抱不交，庄外一座吊桥接着庄门。入了正门又是内门，白壁高耸，楼阁林立，大抵是些兵器库房和马厩，无所不备。只见那李应果然是个好人物，一如传闻所言。

“适才从杜兴那里已听说了原委。既是杜兴旧时恩人，我少不得要代杜兴还了这个旧恩。”

李应入来堂上见了，便如此说道，教杨、石二人安心。

当下便唤了门馆先生来，请他代笔。

“此书要送往本家，言辞恭谨些。”将所求的事口述了，门馆先生修了一封书毕。填写名讳，封缄了，差个副主管持书，火速送往本家祝家庄。

“料想二位的伙伴，即刻便当放来。无甚好招待，且请休息片刻。”

李应吩咐备好午膳。——李应听杜兴所言，已爱杨雄义气深厚，又观石秀之人柄，果然也是一条好汉，便将些棒术枪法闻他，兴趣盎然，问不止歇。

谁曾想——终于待副主管归来，报回消息却叫李应好不气恼。——那般言辞恳切的书缄竟被那祝家三子扯得粉碎，还放话道：“我家手下人于客店里捉得那贼，乃是梁山泊的细作，如何还与不相干的！我家正要解上官府去。”又将刀剑在来人颈上比画，只得空手回来。

“这定有什么误会吧。我三家以祝家为中心，西有扈家庄，东有我李家庄，素来一族同体。……如此，杜兴，怕是那送信的说得不好。你须自去走一遭，亲见朝奉，说个仔细缘由。”

“是，小人这就去。”

“且慢，以防万一。”

李应急取一副花笺纸来，亲自又修书一封，言辞较之前更为恭敬，又捺了章字，交于杜兴。

杜兴上马加鞭，直奔山腰上独龙冈的祝家庄去了。之后，李应虽仍旧一脸不快，教添酒茶，与二人山南海北地闲聊。

“怎生去了这么久？”李应心中略感不安，等了许久，愈发焦急了。

此时，只见一个庄客慌张滚爬了入来。——急报说，杜兴驰马回来了。

李应忙问道：“两个人回来？”

“只杜兴一人。”庄客颤声答道。

“作怪！”三人齐站起身来，走到中门一看，杜兴似是遭了群殴，脸肿得青一块紫一块的，齿边还留着血迹，正下了马，拍打身上污泥。

第七十回　穷途奔入梁山泊　宋江兵发祝家庄

独龙山并非距离梁山泊遥远之处，自有两相对峙之势。

且见那梁山泊声势日渐壮大，祝家庄一干人等便疑心终有一日将遭其蚕食，严密防备。

尤其祝朝奉统领下的老大祝龙、老二祝虎、老三祝彪——这三兄弟视梁山泊为眼前死敌，传令庄下各村，但凡见着了可疑人物，一个也不许放过，只顾捉来。

李应又遣杜兴再充使者，那般意气风发再去走一遭。却未得见祝朝奉，只与人称祝氏三杰的三兄弟相见。——这一回，亦是不拆开李应亲笔书信来看一看，便只顾叫道："说了不还便是不还！"

末了，又无礼道："莫非你们结连梁山泊贼寇？若非如此，却如何仰那梁山泊的鼻息！"

杜兴虽是懊恼，但对方毕竟是祝家公子，敢怒不敢言，只得细细陈明情由，恳求宽恕。

"少啰唆！"老三祝彪是个急性子，猛地一脚踢开杜兴，只赶他回去。杜兴亦怒上心头，据理指三兄弟恁得不顾独龙山三家情谊和同族义气。

这一说反倒激怒了血气方刚的祝家兄弟，老二祝虎将李应的书信撕了个粉碎，将杜兴直打出来。

"……实在欺人太甚！"杜兴的脸肿得发紫，又恼得红涨起来，在李应、杨雄、石秀三人面前哭诉。

"……我岂能默默受辱！第一，辱我岂非形同侮辱主人李大官人么？我只道不换人便不回；他们便道，既如此，只得请你上马了。当即便唤来一伙庄客，把我围住了猛打。又把我绑缚在马背上，因此只得忍辱含羞回来！”

李应一五一十都听了，禁不住怒发冲冠。

“简直忍无可忍！近来祝家这群小崽子，叫称什么祝氏三杰，便得意忘形，对同族长辈也敢出言不逊。——来人啊，备马！”

即刻便换了身装束上马。只见他胸前狮面掩心，身披一副黄金钢甲，背胯边插着五把飞闪刀，手持一柄长枪。正似一只怒火凤凰，径奔独龙冈而去。

“愿为庄主赴汤蹈火，在所不辞！”二三百名悍勇庄客兵也紧随其后。杨雄、石秀又岂能坐视不理，跟着李应也奔去。

山腰上的祝家庄早探得来袭消息，将三层城墙里两面城门紧闭，急急擂鼓鸣笛。——不多时，便以吊桥为界，与奔至桥边的李应对峙。

“快叫祝家小儿出来！我有话要说！”李应大喊道。

“我道是谁，原来是东山脚的伯父啊。”只见那老三祝彪坐一匹红缨白马，头戴缕金凤翅荷叶盔，身穿连环锁子梅花甲，手上明晃晃三叉大枪，率部众百余人出城门来。

“你便是阿彪吧！黄口小儿何时也学得口出狂言？你这厮口边奶腥未退，头上胎发犹存！你爷与我李应本系同族，生死之交。论家柄，只尊你祝家为本；论亲缘，你兄弟几个也算是我的世侄。可你们……”

“哈哈哈，李家老伯，莫要逞强了！见你这口气喘急！其后我替你说了吧！——落在我们兄弟手里那个梁山泊细作，长得贼眉鼠眼的时迁，要讨他去。为何这般没羞没臊只顾来讨人！梁山泊可是我祝家庄的死对头。”

“休得胡言！你这愚蠢小儿！”

“你道谁愚蠢？李家老伯何时起也利欲熏心，却与偷鸡盗狗之徒撑腰！”

“你给我听仔细！那个叫时迁的绝不是梁山泊之人。”

“你道他不是，贼人却已自招了。受不住我们拷问，已招认他是受杨雄、石秀二人相邀，正欲投奔梁山泊。绝无错了！——如今你竟来讨人，可见李家也不干净！莫不是做了梁山泊的爪牙，心怀叵测要来谋我祝家？”

“黄口小儿，胡说乱道！”

“那又怎地？老顽丈！”

祝彪一身猩红装束，好似飞腾火焰，直奔李应。——李应长枪与祝彪三叉相交，铿锵声响，只见银光闪闪相斗。两边庄客尽皆擂鼓呐喊，一时哄动，二人斗得胜负难分，皆难以脱身。正值此时，城壁高楼上，老二祝虎觑放一支长箭飞来，将李应射坠下马来。

杨雄、石秀大吃了一惊，急奔前来喝道："不好！不可教庄主为你我送了性命。"把李应扶上马背。这李应为人好强，口中兀自叫杀，终见势不妙，叹道："今日姑且撤退。"一行人向山脚退去，疲乏走回庄里。

李应所受箭伤颇深，万幸的是性命无碍。石秀、杨雄整晚守在李应房中，只把"请恕罪"反复说。

病榻上的李应虽皱眉蹙眼，痛苦呻吟不止，却道："二位休怪。我应承你们所托，事竟不成，还叫二位看这一番同族之间显露丑态，惭愧惭愧。"

真是不测祸端皆由琐事生，当日鼓上蚤时迁盗了客店里一只报晓鸡，三人只做下酒菜吃了，不曾想竟招惹这许多是非——杨雄、石秀二人心中自是悔恨不已。

此事却未竟，祝李两家同族交情也生了嫌隙，其中又牵扯与梁山泊，教两家彼此争气，对立更难以收拾。祝家三兄弟对李家心存疑虑，暗地里蠢蠢欲动，似是要追加打压之策对付李家。

"事不济了！你我二人又不可就此抽身而退。如何是好？石秀，事由我们所生，如何坐视不理？"石秀见杨雄一脸为难，叹气不止，便提一计。

"事已至此，哥哥与我只得上梁山泊去投奔，恳告众头领来相救。毕竟对头是祝家庄，单凭你我二人之力，不过是以卵击石。"

"唔……投梁山泊搬救兵么？好吧！不过得和杜兴、李应商量一番才是。"

二人忙去寻着杜兴，请他向病榻上的李应转达。李应思量了一日，心想若任由那厮们猖狂，李家恐怕来日不长，便没有反对。只为未能救出时迁一事，有损江湖之义，病榻上向二人深深谢罪。

且说这一日梁山泊聚义厅上，众好汉如群星汇聚，依席就座，商讨杨雄、石秀二人上山投奔，并乞求救兵一事。

寨主晁盖先表态道："如此甚好。可容这两个兄弟入伙。只是杨雄、石秀的身份来历与人柄，可有人推举担保么？"

"是戴宗推举的。前日，戴宗旅经蓟州，结识了石秀。而杨雄又是石秀的义兄，便一道前来投奔。”军师吴用在一旁解释道。

“只是，”晁盖又指道：“却另有一个同伴，人称鼓上蚤的时迁，今未随来？这个同伴，我却不喜。……那等偷食人家报晓鸡的偷鸡摸狗之徒……不晓道理的乞食破落户，如何允得入梁山泊？”

“但细听个中情由，倒像是有那么一身本事，心性也是好的。”

“兄弟，”晁盖脸色稍变，反驳吴用的劝解之言道：“难不成忘了咱们梁山泊众位兄弟，自从火并了王伦，便于天星地契庙前一并作誓？从今往后崇尚忠义，以世间仁爱为旨，决不行招民怨忿的不义之事，新旧上山的弟兄们不分彼此，以和为贵，豪气相交，直如自家人般甘苦与共。……那鼓上蚤却是个蚤子般龌龊汉子，却如何入得我梁山泊？……为那等鼠辈，却教弟兄们下山去打那庄，更是无从谈起。此事我断不答应。”

“虽说如此，”一直在旁沉默的及时雨宋江开口劝道：“但不可一概而论。即便此鼓上蚤，也是一条人命……再者，他不过是偷了只报晓鸡来吃，不值一提的戏耍之事而已，那祝家庄竟捉了他去，还口口声声污蔑说是我梁山泊的细作，教我等受辱！”

“贤弟，”晁盖拿眼看觑一向敬爱的宋江，嘴边浅浅笑道：“你却与平日里不同，对这事颇见热心。不过小事一件，为何故？”

“非也。此事看似微不足道，却关乎俺山寨将来大计。——早闻那独龙山三庄势力，以祝氏三杰为首，察其距离、地势及诸多条件，将来总要与我梁山泊一决雌雄。”

“嗯嗯。”列坐在一旁的吴用、戴宗、秦明、林冲等人点头附和。

“不仅如此。……祝朝奉身为地方土豪头领，榨取庄内百姓血汗，只顾充入自家库仓，更贪得无厌，意欲谋求官位作威作福……待到那时，必将引领官兵前来，围剿我梁山泊，向朝廷邀功请赏。——只可先发制人，挫伤他的锐气，如今正是天赐良机，借鼓上蚤的事做个说辞，反教我等师出有名。”

“……”

“再者，尔来此梁山泊寨中已群雄云集，兵马舟船数多，却从未行不义掠夺之事，如今，库中粮草和储备钱财已是所剩无几。此番若打得祝家庄，取他万贯家财，此后数年倒不愁收兵买马之资。正可谓一石二鸟三鸟之计。……况且小弟又有一愿，愿请李应上山入伙。虽说他被祝家小子所伤，定是顾念同族晚辈，手下留情，却反吃了亏。扑天雕李应亦是英雄豪杰，世间罕有。便低头顺目去邀他入伙，有何不可。仅是为此，此番出兵亦值得！”

在座一众人等皆听得聚精会神。寨主晁盖一语不发。眼见众人已合意赞同，晁盖终发话道：“明白了。如此，首尾便托付贤弟。”

“多谢大哥。此番出战乃小可一力主张，自当毛遂自荐，亲领军马出战。至于出战准备、队伍详细编制，还请大哥托付与军政司裴宣。”

便定下出战计划。

翌日，行出战祭旗仪式，杨雄、石秀二人入伙之事也于同日公布。

那对头的祝家一族势力雄厚，可与一国王侯相比，必得引五六千精兵下山方可。——除晁盖头领镇守山寨不动外，刘唐、吕方、郭盛等人也留下护持大寨；出战的头领大抵是名声在外的豪杰，集于宋江麾下，踏上征途。

宋江挂任主帅，吴学究吴用任军师。

头一拨，花荣、李俊、穆弘、李逵、杨雄、石秀、黄信、欧鹏、杨林，领三千小喽啰作一军。

第二拨便是林冲、秦明、戴宗、张横、张顺、马麟、邓飞、王矮虎、白胜，也领了三千小喽啰作一军。

于两军中各部署三百马军，作为游击，战马踏蹄嘶鸣而出。

全军与粮草船随行，从金沙滩岸边与鸭嘴滩埠头陆续登上船队，直送到对岸，又重整三军行列，急向西行。不日便到祝家庄前。

当日，只见敌之本庄所在独龙山，于彼处天空下，早晨雾霭之中渐显影来。

“先得派人前去探听虚实。”扎下主帅营帐，宋江坐于一个便椅上，便与花荣将名为独龙山庄图之军用绘图铺展开来。

“花荣，单凭此简图，却不知庄内底细，实不可以此定下作战之策。”

“这是自然。毕竟此图非依照实地看测，不过是匆忙赶制而成的粗略草图。”

“我听江湖上传言祝家庄里路径古怪异常，堪称魔道。为防万一，怕是早做万全提备了，因此不可鲁莽越此线而进。”

“不如派遣人马先行去探知路径如何？”

“不可，人多怕是要打草惊蛇的。且先使人乔装进去探听。”

忽帅营帐幕揭开，一条面色黑红的大汉入来叫道：“便教我去！凭他什么路，都去问来！”

“是李逵啊，你去不得。且退下。”

“哥哥，却是为何？”

“此时未到你两把板斧上阵时，人各有其能。”

“却道我黑旋风无能么？”

“如需上阵杀敌之时自然用着你——对了，唤石秀和锦豹子杨林来。”

便唤二人，即刻入宋江帐内听令。

杨林善使长枪，前日与神行太保戴宗，还有半途相遇的裴宣等人一道新上梁山。

宋江有意试一试此人本事，便遣他与拼命三郎石秀同去探路。

“遵命！”杨林得令而颇得意，又道：“我自扮了游方和尚去，藏把短刀在怀里，石秀你只消听我锡杖法环声响，于我身后暗暗跟随来便可。”

“只是如此随行却无趣。我在蓟州原曾卖柴，挑担柴进去卖便了。有些缓急，扁担也用得上。”

二人当晚，打点好装束，一早便上路了。

且说二人进得山中深处，心下疑惑，有些着了慌。本欲进庄去的，却连一户人家也没碰见。

“此地甚是奇怪？”石秀百思不得其解。便是李应的山庄也没见着个影儿。乱转半日，仍难认路头，一双脚也走痛了，仿佛进了连环阵、迷宫林……最后只得在路旁的大树底下，歇下柴担揉脚。

忽听身后传来锡杖法环摇响。石秀望向那人身影，不禁好笑。只见杨林一副狐仙上身的模样，头戴破笠，无精打采，四下张望着一路走来。

“杨林，如何了？”

“啊，是石秀啊，如何是好……凭我如何走，只见树木丛密，连条狗也不曾见。”

“这里究竟是何处？即有此路可行，定不在深山中。”

“莫非听说我们梁山泊来袭，全庄连人带猪狗都逃散了吧？”

“那怎地不见村落屋宅？”

“如此说来……我们不是被什么魔魇迷惑了吧？”

"休要胡说，教人寒毛竖起。……哎，怪了，这风声之中依稀夹杂有人声。"

二人将信将疑，再往前走，越一条丛林间小道，眼前忽现一个人口众多的村落，喧嚣热闹。

终于寻见，二人瞬间交换了下眼色。只见路上来往行人身上皆穿着一领黄背心，背面中心染印了个大大的"祝"字。——不仅如此，众人鞋履装束皆是一副备战模样，路旁的肉铺、酒馆、私塾、木工屋、梳头店前都并排插着朴刀、枪叉。

更叫人匪夷所思的是，村公所栅门边还布置刺叉、铁钩之类物什固守，望火楼[1]上有人守备，向四方小路张望。——祝家庄内一派全民备战之景，年少男女个个都做民团军人模样。

1 望火楼是日本旧式町街里面具备的登高消防设施，晚上有人值守，看见火起就报警。祝家庄作为一个村庄，平时拥有望火楼，比平时就拥有作战用的箭楼来的自然。——译者注

第七十一回　易守难攻独龙冈　迷阵红灯戏义军

“如此不寻常，不可冒失入那庄里去。千万要小心，石秀。”

“杨林，你便在那暗地里稍等片刻。我自去探了路就来。”

“你一个人去可无事？”

“无须担心，倒是你，切勿鲁莽行事，叫人识破了。”

话音刚落石秀便走去了，只将柴担交予杨林，只身混入村中。见着一个面善的老人家立屋檐下，便上前折腰拜揖道：“……丈人，烦请与小人一碗水。”石秀弓着腰走近前来。

“要饮水么，你且入来，可自去土间水缸里舀来。”石秀跟那老人入到屋里。——“你莫不是何处行来的客人，这个村里未曾见过你。”

“小人是打山东来贩枣子的客人。”

“是了，也知蜜枣产于山东，如何不见你的挑货担子？”

“说来话长，老人家，我于路途上遭了大难。”

“你莫不是撞上梁山泊的贼寇了吧？”

“好似准备行军打仗模样。冷不防撞上那厮们，挑货担子与一应细软都被夺了个精光……老人家，此处却有何事？”

“客人不知？你瞧，这村子里从村公所到望箭楼，精壮汉子个个都披挂，正集结准备。”

“怪不得……我还寻思如何四处都插着枪啊棒的。”

“俺这里唤作祝家庄，后面山冈就是独龙山。亦可说这冈子上下便是庄主祝朝奉老爷的宅邸。如今梁山泊那群贼寇不知天高地厚，竟要来攻打此庄。”

“那不是真要打将起来？我怎地便撞入此地！抵挡却也不易吧？”

“不过是梁山草寇，如何唬得住老庄主。只这里村庄就有一万多户人家，山冈东西还有两村人接应，东村唤作扑天雕李应李大官人，西村以扈太公为首，还有个绰号一丈青的女儿唤作扈三娘，此女将本事十分了得。”

“女儿家却一身武艺。可是小人方才起便两腿打战不休啊，敢问老人家如何寻得去路走脱此地？”

“问路么，”老人家口气含混道：“……你先入屋里来，请你些饭再走。”

“承蒙老人家眷顾，感激不尽，敢问高姓大名？”

“这村里姓祝的最多，唯有我复姓钟离。”

“祝氏一族统领此地原不稀奇。说起来，从这祝家庄出去可有直道走？”

“此间道路恰似蛛网，外人不识路的，容易入得来，只是出不去，只原地打转。”

“路径竟如此复杂么？”

“此亦为要紧时先做准备。贩枣的客人，我只悄悄说与你一人知晓。——你走去不问道路阔狭，但见有白杨树，转弯便是活路；没那树时，都是死路，如何兜转也只在原地。更兼死路地下挖了陷坑，埋了竹签、铁蒺藜等机关。”

正说之间，街上一阵吵闹。石秀只听得人叫唤：“细作！细作！拿住了一个梁山泊来的奸细！”

顿时吃了一惊。莫不是杨林被捉了去？“这可如何是好？”他跟老人一齐走上街来看。只见杨林被剥得赤条条的，五花大绑，被民团军人拿枪棒抵着走了过来。石秀见状却也无计可施。

正当此时，又有一队精锐庄兵列着整齐队伍，从眼前行过。当先几个人骑着马，手持缨枪，后面几个人弯弓插箭，中间拥着一个英姿飒爽的壮士，坐在一匹雪白马上。老人家远远地朝那人行了个礼，转头向石秀道：“瞧见了吧？方才过去的相公正是祝朝奉老太公第三子，唤作祝彪，定着与西村扈家庄女将一丈青婚约。祝氏三杰，只有他第一了得。”

不多时，见村庄里群情激昂，如同鼎沸。如此一来，恐路上危险，老人家引石秀去后面一个茅草屋里，留他在此歇上一宿，待得情势平息了再去。石秀拜谢：“那便恭敬不如从命了。”当晚自去草窝里睡了。

暮色方至，只听得门前来传庄主号令，一家一家走过大声吩咐道：“今晚夜半，只以红灯——魂魄灯为号行事。民团壮丁都要去策应，将梁山泊贼寇宋江一干人等引入死路，必要生擒活捉了！听明白了吗？魂魄灯必要看准了！一切皆依素日教习暗号行事！

却说七千多梁山泊军马驻扎在祝家庄入口前，天色已晚，遍地插着刀枪，星光泛白，隐露杀气。

“两个兄弟都陷了么？”

宋江听得细作回报，悔不该派杨林、石秀深入敌营探路。

“既已陷了，不可舍了他两个！由我打头阵，先杀入去。宋大哥随后率兵将那二人救出吧。”

这黑旋风李逵素来豪言壮语。倘是平日，宋江还劝他一劝；今日宋江却只叫声道：“好！”一跃而起。——传将领令教李逵、杨雄一队做先锋，李俊等引军殿后。

宋江又以穆弘居左，黄信在右，花荣、欧鹏等引数队合为中军，摇旗呐喊，擂鼓鸣锣，直杀奔独龙冈而去。——谁都不曾料到那石秀并未遭难，当晚在村里一间茅草屋内屏息凝神，寻思对策。

众人杀到祝朝奉家大寨，盘踞独龙冈之山庄前，一路上竟无甚阻挡。——只见沟上吊桥已高高地拽起了，庄门紧闭，山庄里悄然无声。

“胆小鼠辈！可是怕了黑旋风爷爷！”先锋李逵只顾破口大骂，手持双斧就要下到沟里，蹚水过去。杨雄见了大惊，忙一把拽回来道：“哥哥莫逞蛮勇，叫人笑话。敌军必有轨迹。且先退来。”

“什么混话？已杀来这里，岂能退兵？你若怕了，只在后看着！”

二人仍在争辩时，宋江所领中军陆续到来。宋江闻得二人争执，道：“杨雄言之有理。至此我方想起，天书上明明戒说，‘临敌休急暴’。今夜奇袭实乃冲动之举。快教三军且退。”

“军马皆已至此，竟无功而返么？”

“正是。军令严明，违者斩！”宋江言辞严峻。只是为时已晚，一个号炮轰然直飞起半天去，自然是由对岸庄内打出。千百把火把一起点着，满城尽是火光。门楼、高台、石墙上，火箭、石炮、弩箭齐发，如雨点般射将来。

“不妙！”宋江自知如此深入重地，必须退军，高声嘶喊道：“全军快取旧路回去！小心提防沿途伏兵。”

只是，兵马已乱作一团，收拾不得。不断由意想不到处射来火箭[1]，火焰喷涌得林中大震，大树上又不断落下乱箭。

“四下里皆是伏兵。教军马莫慌，切勿四散奔逃。只合作一处，寻路冲杀出去。”话音刚落，全军忽然停下，走在前头的又折返了回来。

“为何不向前？”队伍后方一阵骚动，前头回应走到了死路上。

“既如此，寻别路走。”全军改道而行，不料又没了去路。只见一遭空壕，围着铁刺栅栏，欲寻小道亦是遍地插满苦竹签，眼前只见林深，竟是走也走不得。

“竟惨败如此，宋江莫非命竟于此！”宋江只叫得苦。正当此时，只听得殿军那里闹动。

“是石秀！”“石秀回来了！”众人皆喊道。

“石秀回来了？”宋江正不信间，果见石秀奔到宋江马前。

石秀速将日间遭遇细细道来，说起庄内迷路，大吼道：“如此盘陀路上乱走，任是怎地也走不出庄外去。只以白杨树为正路标识，但有白杨树的转弯便是活路，如此行去便可。”

军马照此循了方向，终顺利向前行进。然沿途又遇伏兵，纠缠不休，越添越多。

宋江又向石秀问道：“怎地四下里走去都是伏兵？以他祝朝奉的兵势，怎么如此众广。”

“正是。其军兵并非正统，皆是祝家庄的民团壮丁。以那红灯为号，忽儿往东，忽儿往西，其阵千变万化，好似便是人多势众。”

“竟是那红灯引得来？”

“哥哥请看，那丛树上高挂的鬼火似的那碗红灯，可见便在传暗号。”

“原来如此。花荣，花荣！”

“哥哥有何吩咐？”

“方才的话你可听见了？你善使弓，空中飞雁亦可一箭射落。那碗红灯虽

---

1 此处吉川原文是“石火矢”。这是一种日本古代的火箭兵器，尺寸比一般的火矢要来的大。——译者注

远，可将其射灭否？”

“这有何难？我来。”花荣拈弓搭箭，只听弓弦咻地一声，远处那星火光便倏忽灭了。庄里的民兵本非严训精锐之师，不见了那碗红灯，便自乱窜起来。不多时便如风中落叶一扫而空，其所在传来一阵马蹄声，正是李俊和秦明率游击军各队赶到，杀散民兵，与中军合于一处。

天明之际，全军于村外一山丘上集合。众人好容易逃脱死地，庆幸无事，教整点人马。

“怎么不见黄信？”

“黄信怕是战死了。”

众人听闻，悲从中来。

此时，昨夜跟着黄信的手下兵卒来禀报道：“黄头领并未战死。昨儿夜里在芦苇丛中，伏兵用挠钩拖住头领马足，黄头领翻身落马，被众数敌军给活捉了去。”

“混账，如何不早报来！”

宋江听罢大怒，只是方才答话的不过是个最低兵士亦称不得的小喽啰，与其计较无益，只思如何救得黄信回来。昨日又被捉了杨林。——便教军马在野地里造了饭，便聚拢众头领商议。此时，病关索杨雄走上前来，献上了一策。

“独龙冈之强，乃三家鼎立所致。小可前日已有言，东村的扑天雕李应与祝家生隙，故而此番不曾助阵。……既如此，哥哥何不去与他计议？”

“所言极是，我倒忘了。”宋江依杨雄所言，忙赶往东边李家庄拜会，欲拉李应入伙。

第七十二回　女中豪杰一丈青　双刀生擒王矮虎

宋江便亲自上门去求见。

杨雄在前引路，花荣、石秀领二百马军随后，众人来到李家庄前的护庄沟前。只见门楼上早擂起鼓来，吊桥高拽起了，戒备森严。

“俺是梁山泊义士宋江。此番来访，并无敌意。只一件，特来求见扑天雕李大官人，烦请通报。别无他意，休要防备。”

宋江坐在马上，向沟对面大声叫了数回。——不多时，护墙处放来一只小船。船上正是与杨雄交好，奉他为恩公的李家食客鬼脸儿杜兴。

“好兄弟！”——杨雄忙上前引他与宋江相见。

杜兴一脸歉意，道：“承蒙诸位光临，只我家东人李应中伤在床，不能相见，心中亦觉苦楚，容日后拜会。今日只得请诸位先回了。”

“早闻你东家受了箭伤，正在疗养。只是今日难以相见，个中缘由怕不止如此。莫非是顾忌族长祝朝奉？”

“或有此缘故。再者，我东家性情耿直，梁山泊上诸位不过是无赖之流，且是造天下之反的人，并非全无卑劣之气。”

“说得好！”宋江道，“果如扑天雕如此直爽。既如此，强要他违背道义也是无趣。既不肯出来相见，我等只得作罢。”

“实在对不住。”

“既如此，我等亦不期望李应相援了，便凭我军自力打下祝家庄。……日后有缘再会。”

“俺东人李应本应出于三家结交，为守护独龙冈出力。今番被那本族的祝家恶了，故自不去救应。——只恐西村扈家庄上的女将军一丈青，使两口日月双刀，是个举世罕见的女中豪杰，再者独龙冈易守难攻，千万要小心提防。那祝家庄上前后两座门，唯有兵分两路，前后两个夹攻，方可破得。”

杜兴继而向宋江进言，将所知地形地势、攻城路径乃至庄中巨细一一说与宋江听得。——宋江拜谢了杜兴，一行人马回到营寨来。宋江即把李应不肯相见，并杜兴所言对众头领说了。

“这叫什么话？”话到一半，李逵怒气冲冲插口道：“哥哥也是滥好人，恁地那般唯唯诺诺，就此回来？李应这厮，定是脚踏两船。不如先去打下这个鸟李家庄！”

“不可。李应是条好汉！不可与他为敌。倒是被捉去两位兄弟不知生死。众兄弟可愿再从我宋江号令，去打那祝家庄。”

话音刚落，只听得一阵铠甲铿锵，帐内众人都起身来说道：“哥哥将令自当遵从，只不知叫谁打头阵？”

“自然是俺去。”李逵正要出头，宋江瞪眼叱道：“退下，你这厮做先锋不利，今番你押后阵。”李逵只得低了头忍气。

宋江便点马麟、欧鹏、邓飞、王矮虎四个，道：“你们跟我亲自做先锋去。”

第二拨点戴宗、秦明、杨雄、石秀、李俊、张横、张顺、白胜。

第三拨点林冲、花荣、李逵。标拨已定，随即全军进攻。前面打着一面红底白字的“帅”字大旗，阵鼓惊天动地，直向祝朝奉家山庄杀奔来。

那独龙冈庄门口大道旁，立一块大青石，上刻一篇颂文。

墙内森森罗剑戟，门前密密排刀枪。
绕冈一带长流水，周遭环匝皆垂杨。
对敌尽皆雄壮士，当锋都是少年郎。
祝龙出阵真难敌，祝虎交锋莫可当。
更有祝彪多武艺，叱咤喑呜比霸王。
朝奉祝公谋略广，山林镇日会豪强。
久共三村盟誓约，扫清强寇保村坊。

“那桩子上写的又是什么？”

宋江走上前一看，上头墨迹未干，写着两行诗道："填平水泊擒晁盖，踏破梁山捉宋江。"

马麟、王矮虎一见，顿时怒发冲冠。

"竟以此相辱！此番若打不下祝家庄，永不回梁山泊！"

宋江倒颇为冷静。

教第一拨和第三拨军马绕侧首潜行至后门把住，只留第二拨攻打前门。

不料正看之时，只见侧首坡道上一彪军队杀将下来。——由后门而出，往正门中军背后直突而来，其人马五百余，当中簇拥着的正是扈家庄一员神秘娇娃，诨名一丈青之女将。

宋江见状，即对左右言道："刚说有个扈三娘，想来正是此人。谁敢上前迎敌，将这如蝶之女中豪杰擒来？"

话音刚落，便有人冲出阵来道："小可来战！"

众人道是谁，原是单使一杆出众长枪的王矮虎。"矮虎！矮虎来战！"众人助威呐喊道，对面敌营也传来呐喊声。扈三娘早已坐上一骑青鬃，单骑向前恭候多时。

只见三娘妆容娇艳，貌压海棠。她一头香发用黄金兜巾簪收束了，鬓压一对翡翠蝉。脚踏镶珠宝镫，身穿银铠甲衬红纱袍，腰系绣花锦带。一双玉手中轮两口日月双刀，马上左右前后舞得密不透风。

"……事不济了！"

宋江远远瞧见对阵一丈青的王矮虎枪法一反常态，兀地想起一事来。

那王矮虎本就是个好色之徒，教他去对阵如此一位窈窕美娇娘，他一颗猥琐心如何把持得住。只见王矮虎近前去，抵着扈三娘的双刀，战意便只与色欲半斤八两了。只是，王矮虎也自知稍有不慎便要沦为人家刀下鬼，倒也拼死相扑，刀枪相会，挥汗如雨，已战数十回合，未分胜败。定睛一看，真是个美娘子啊！王矮虎心中思来，渐渐刀枪相交之火花中，亦流露一股淫邪之气，枪法也乱了。

此时，一丈青心下明白过来，道："什么敌手？这厮无理！"

三娘憎恨起来，倒竖柳眉，将手中双刀使得出神入化，只见一阵千变万化之疾速光轮闪过，忽止了，王矮虎手中单枪便已利索地卷落在地。

"……不好！"

王矮虎于马鞍上急侧身躲避，说时迟那时快，一丈青已单手使尽力道，一刀直向他肩头砍去。只听得一声金铁之声清脆，幸得身上的铠甲救了王矮虎一条性命。只是这一击力道之大，却教王矮虎翻身跌落马下。

“来人！把这厮给我捆了！”一丈青冷冷向身后众庄客道。言罢，又手持双刀出战迎敌。原是欧鹏见王矮虎危急，赶忙来救。

却未赶得及，王矮虎已被众庄客五花大绑活捉去了，敌军愈发气焰高涨。欧鹏按捺不住，向前交战，手中的铁枪亦如同被蝴蝶戏耍一般，只觉出招空洞无力。

“可恶！”欧鹏发起狂来，喘着粗气，猛上前去，把个马儿也累得不行。

宋江见此景，急叫道：“邓飞、马麟，你二人上前助阵！”

已非稳坐军中观战之时，祝家庄之侧门中有祝朝奉的长子祝龙亲自引了手下三百余人杀出来，欲从侧面来捉宋江。——顿时，宋江身旁立现杀气。只见中军阵中秦明引一彪军马前来救应。宋江大喜，即下令道：“且不要管我，秦统制，快去助马麟、邓飞对阵扈三娘。矮虎已叫他们生擒了去。”

“遵命！”秦明军马只顾猛冲而来，口中叫道：“来迟了！”

途中正从侧面撞上祝龙军马。

却说秦明的狼牙棍四下舞起，无人敢接。若不是此时祝家庄内武艺教师栾廷玉杀将出来相助，祝龙恐怕性命不保。

“我来替你！你可先退，休憩片刻。”

栾廷玉又引一队军马，挡住秦明面前。两人交战数十合，栾廷玉佯装力尽，拨马便逃。秦明不知此乃埋伏计策，乘势追入去，连人带马都被荒草中的马索拌翻了，四下皆是伏兵。

那邓飞也一样中了计。他与一丈青的手下周旋多时，回头一看，惊道：“秦明何在？”见秦明陷入危难，顾不得自己飞身来救，却是自投罗网，邓飞一近前，便被那马索拽绊住，就马上活捉了去。正可谓是损一个又带一个。

且说欧鹏和马麟心中纳闷，“这小娘子究竟是何方神圣？”两个大汉仍是敌不过那女将一丈青。

扈三娘不仅武艺高强，更身手敏捷，马上迎战，正如掠浪飞燕，雪撒琼花。稍有不慎，玉手中两口双刀便砍将入来，忽左忽右，丝毫不得停歇。二人招架不住，累得喘气不止。

正当此时，栾廷玉飞马赶来助阵："小姐，且把一个交予我对付。"欧鹏与他交马，却不知身上何处正中栾廷玉一记铁锤，跌落下马，口中哼叫，动弹不得。

正在此时，于全军之前当先的宋江，乱军之中指示道："快，快把欧鹏扶上马去！"总算是救了欧鹏一条性命。这边马麟被一丈青追赶，正是一败涂地，自相推挤着顺坡道而下，望南面逃去。

此时第二拨军马中杨雄、石秀、花荣等人，见此惨状，恨得咬牙切齿道："又非三头六臂的夜叉！我来战这可恨的小娘子！"

欲替败将而出战时，却已不见一丈青和祝龙的身影。敌军阵营中又杀出祝家老三祝彪，引五百余军马前来。

今番敌军又将乱箭射来。箭矢如雨，竟是丝毫近前不得。又见二百余持枪兵马突进而来，那祝彪跨骑骏马，疾如雷电，神出鬼没。

日近黄昏，晚霞赤红一片，正映着这一片乱战之景。——祝家庄正门旁，李俊、张横、张顺、穆弘等都顺下护城沟过来，企图偷取敌军壁垒。无奈头上飞镖、乱箭、石炮射来，近不得。岸上的戴宗、白胜也是瞠目结舌，束手无策。

"怨我！怨我！我宋江胸无将才！不能再教兄弟们命丧于此！"

宋江急命鸣锣退军，这正是他仁义之处。薄暮之下重整三军，抚慰过悔恨泣泪的众将士，始朝村口方向退军。然则退军亦非易事，一面要反身迎战追击的敌军，一面又要寻得退路出去，吃尽了苦头。

况且敌军熟知地形地势，只一味地穷追不舍。宋江军马只在夜色中彷徨踱行。正在此时，前路上出现一队敌军身影，先行绕至此处。当先一将，犹如璨璨耀眼之夜光虫，披坚执锐而来。众人不禁肝胆俱裂，那正是女将一丈青。

第七十三回　小张飞不负盛名　美将娘马上受缚

一丈青扈三娘前番战罢，先进庄歇息片刻，换了副妆容。

只见她披一身嵌玉磨银铠甲，裹一席花枝素缎战袍，一身清爽，道："快快交出宋江及众贼性命！"夜色中只见她白净的花颜上一抹笑容绽放。……宋江一干梁山好汉，虽也称得上久经血海沙场，亦不由自主勒住军马，惊道："咦？又是一丈青！"各人倒吸一口冷气。

却也有人不为所动，那便是黑旋风李逵，叫一声道："哪来的鸟婆娘如此猖狂？"便轮两把夹钢板斧跳到她面前挑战。却只听一声响，好似一阵风倏忽而过，李逵视线所及之处已不见一丈青的身影。

李逵见四下里皆是敌军小卒，不禁大怒，轮起两把板斧只顾砍，又打作一团乱战。

"后面又跟来敌军！"

宋江惊怖敌军诡计无数，身边众人也纷纷不可恋战，请速撤兵。

往前急行，却只行得数步，又听黑暗中传来曼妙动人的揶揄声，道："至此已插翅难飞。宋江等贼且留下命来！"

宋江未及拨转马来，那扈三娘的日月双刀寒光一闪，掠过他衣角，身旁护卫宋江的一个人却不知是谁，当即被斩断落马。戛然一声，只见戟柄亦被挥作两段。四下里仍漆黑不见人影，宋江性命只悬一线。

正在此时，只见一个好汉如疾风卷浪飞奔而来。只见他双目灼灼，头戴狮子头巾，坐一匹霜花骏马。宋江见之便如地狱之中遇佛陀，大叫道："豹子头！来助战的可是豹子头林冲？"

“在下林冲！且看我来战，请哥哥安心！”

听此一言，一丈青哪里还顾捉拿宋江，急伏身于马背上，往岔道里飞奔而逃。

林冲之勇名远在梁山泊之外，号称“当世小张飞”。一丈青一介女流，闻之吓得魂飞魄散。

“兀那婆娘走哪里去？”

林冲岂能放过，随即拍马追赶。一丈青见逃不过，拨回马来直奔林冲。林冲挺丈八蛇矛相迎。交手一合，一丈青双刀便打落一个，丈八蛇矛吐着白色火焰频频逼近眉前，一丈青只得将柔软腰身如同柳枝一般反复起伏躲闪。

她忘记了生死，恍惚入神，被林冲玩弄于股掌之间，以至于忽觉甘美上涌。甫一清醒，手上另一把刀也已不见，林冲轻舒猿臂，已将她从马鞍上活挟过来。被大汉粗壮臂膀卷于空中，一丈青无奈地闭上了双眼。陷入窒息境地，却又似入美梦中。

“宋大哥，我已将扈三娘活捉。”

一丈青又被抛下马时，已至村口梁山泊军营帐中。宋江已无事先到，其他的幕僚头领都陆续赶来。

“林冲，若非亏得你，好歹这一战可稍有颜面向梁山泊众兄弟交代。”

话虽如此，宋江终夜仍在帐中纳闷，一夜不睡，坐而待旦。逃散的部下军马三五成群陆续聚拢来，虽一一去迎接着来，仍叹兵员不足，难免忧心忡忡。

此战损伤甚居。翌日回到帐中，宋江仍辗转反侧，自责不已。终垂目出帐，令道：“女子不可拘于此处。着四个头目引兵三十，将一丈青拴于马背上，连夜送上梁山泊去，便来回话。”

又担心遭栾廷玉重创的欧鹏，便令一道送回山寨去将息。

选派回去的小头目坐快马离了村口，相视窃笑，道：“这可不寻常。宋大哥原本便与众人不同，只为犯了女难而入山寨来的，果然对这一丈青亦有意。……哈哈哈！”

且说祝氏一族，虽欣喜此战大胜贼军，只有独龙冈之花一丈青扈三娘落入敌手一事，教人万分懊恼，忍不得呼天抢地。

“真是千虑一失，后悔莫及。”

祝朝奉三子祝彪从小与扈三娘定下亲事，更难咽下这口气。心中对天起誓，定要活捉那宋江来，与已捉入手中的黄信、邓飞、秦明、杨林等众多俘虏一并押解去京师出首，幸得朝廷赏赐，闻名于天下，方解心头之恨。如此想着又重整兵矛弩箭。

这边厢，宋江则苦于无计策去三打祝家庄。帐中冥思苦想了两日，却一筹莫展。正在这时，村口探子来报道："军师吴用先生来了"。

"吴学究来了？"正在此刻前来，不知如何。

宋江下山岗来，迎接吴用，询问何事前来。

见一行来了五百人马。吴用为首，引阮家三兄弟、吕方和郭盛等人。一行中拽了车，带将美酒、肉干等大量军资，当晚便以此好好地犒劳全军，营寨中又复见久违的生气。

"山寨里晁盖寨主与其余头领都忧心哥哥安危。"吴用说道。

"一言难尽，好生惭愧。"宋江越发气色低沉了。

"今日胜败如何？"

"已吃了两遭惨败。不仅如此，杨林、黄信，还有秦明、邓飞四人都失于敌手，沦为阶下囚。"

"果是如此，我途中从押送一丈青的头目那里都听说了。"

"若不是林冲，也不得擒获一丈青之功。宋江果然是个愚将啊，让军师见笑了，现在已无面目再见得晁寨主了。"

"哈哈哈，不必如此妄自菲薄。无论何人引军攻此山庄，只因这祝氏于独龙山防备严密，这一番损兵折将实难避得。……宋大哥，今却恰好有一个机会。"

"机会？"

"必可破了。"

"可破独龙冈吗？"

"正是，我给你道个分明，你自会赞同。"

"到底有何妙计？"

"可知留在山寨里的石勇吧。"

"石勇自是晓得。"

"今有好汉，是他面上来投山寨入伙的人。——却又与祝家武艺教师栾延玉那最好。”

“哦？”

“且他又是我寨中杨林、邓飞的旧日交情。……他知道哥哥打祝家庄不利，便自来献这条计策。这非奇缘而有奇谋么？”

“原来如此，的确奇妙，但不知此奇谋究竟如何？”

“果然奇妙！却无须焦急，今晚先与哥哥饮酒，将此吉报从头与你道来。……他本人稍晚赶来，五日之内可至此地行计。”

以下本应吴用来说，但借用他口中言语，则说来话长。且先放下祝家庄之战，将舞台转向此献计之人的来龙去脉吧。

原来山东一角，有一处叫作登州的海滨州郡[1]。

只因靠海而居，也无甚名物特产。州城外山上多有豺狼虎豹等猛兽，年头至尾，伤害人畜不在少数。

近日闻说有巡视各州府的大官人要从此处经过。登州知府为此颁发文书，严令各地村庄官吏，务必“限期内教各村百姓猎户，杀灭虎患”。

且说此地有家猎户，兄弟两个，哥哥唤作解珍，弟弟唤作解宝。父母双亡，兄弟两个相依为命。

解珍诨名两头蛇，解宝人称双尾蝎。两个都是人如其名的七尺壮汉。州里的猎虎提起“解氏双雄”无不畏惧。特别是弟弟于腿上刺有飞天夜叉，他一上山，鹿与狼皆销声匿迹，鸟儿都惊得跌落。

“大哥，我由村公所回来了。”

“是为那甘限时日的捕虎文书吗？”

“没法啊，还不是当官的吩咐下来。”

“究竟那文书中如何写来？”

“令于期限内要纳猎物。迟时不受。又要受罚绞首之刑。……但得捕获上等猎物，则受赏赐。……唉，无非官府文书。”

“绞刑可受不得，好歹得些赏赐。”

1 吉川此处原文是“海滨村庄”，但把登州说成村庄与下文都不符，改为原著的州郡。——译者注

“便往我两个早已看觑的那老虎出没处走一回吧，务必将那岭上老虎捉来。”

“正合我意。今夜须携带窝弓，毒箭还有弩弓、刺叉，都备好了便走。”

捕虎文书期限为三天。

翌日天明，二人早将薄刃山刀插了腰，手携各捕猎工具，腰系虎筋带，穿了豹皮裤，走到山上踏云迎风处，道：“此是老虎出没之所。”

不分昼夜四处搜寻，却未撞见老虎，只见有虎粪在地。翌日食了干粮，舔牛骨度过，又搜寻了，仍一无所获。

“大哥，明日便过期限了。”

“难不成老虎也知此事？”

“着实可恶，过往空手来时，那虎倒常身后跟来。”

“如此是怎地好。心中苦虑无法安眠啊。”

两人只得露宿在野地里。时过夜半。

林中不能生火，寒雾袭人。两人背靠着且睡。不知何时睡深了，发出响亮的鼾声。

“啊！”两人突然惊醒，跳将起来，见天色渐明。

“大哥，不会错了！正听那窝弓弹起之声！”

“捉住了！且去看看。”

两人走去一看，黑暗中见一个硕大怪物滚着挣扎。那只多番追捕不得的大老虎，正中了窝弓药箭。

两人近前去，只要将钢叉杀那虎时，那老虎却猛吼一声，弓起脊背，上面带着药箭，大虎身影骨碌碌滚将下山崖去了，轰隆隆好似雷云作响。

“啊呀，这下糟了。”

“弟弟，你且莫慌，这厮身体里毒箭药力透来，必定于跌落处呜呼哀哉了。绝逃不得性命。”

“哥哥，我认得这里山崖下是那个悭吝的太公与他儿仲义所住庄上。”

“混账，又非欠那毛老爷什么，只不过托他允我两个入去他庄后园子里，难不成偏不允我们？”

二人绕道下行，敲开山腰间这一处豪华财主庄门。早晨天色仍暗。庄丁们睁开惺忪睡眼出来应门。随即等候片刻，毛太公也出来，道：“这等早时，你二人有甚话说？”

“惊动伯伯睡寝，请恕罪。小侄实奉上官严令，以三日为限，要捕获老虎去。”

“啊，那文书之事。可捕得猎物来？”

“已射得一个，不想那虎挣脱窝弓，滚下在伯伯园里。望烦借一路，允我二人至贵府后园内，地面上寻那虎来。”

“此等小事何足挂齿，尽可入来。两位解家贤侄，今天色尚暗，不如先坐下饮碗茶如何？”

“承蒙厚意，不敢相扰。”

“无妨，我也一同去看，先不妨早茶，稍待便可。”

却不料伺候许久。那毛太公方叫庄客把钥匙来，走到后园木门前，此时山岭上已升起朝阳。

“老爷，此门平日难得一开，怕是锁锈了，开不得。”

听庄客如此言道，毛太公道：“如何开不得。锁开不得，只管取铁锤来，打开罢了。”

如此打开锁入内，将山边后园搜了个遍，却寻不见老虎踪影。

第七十四回　铁叫子守牢重义　顾大嫂开店有情

这可怪了！解氏兄弟百思不得其解。毛太公所住庄子后园中靠山边一带都寻过了，已无他处可寻。

毛太公面上显露不耐神色，道："解氏兄弟一一都寻遍了，亦未见滚落下来的虎尸，许是落在别处山里了吧。真是无故扰人，麻烦之至。"

"恁地只落在此地。我二人在这山上高原处设套，虽被老虎挣脱去了，实中了一支毒箭。"

"此处只不见，既寻不见也只得罢了。"

"毛太公，且慢。……请来看，这里一带有斑斑血迹。那上方山崖的灌木丛至此处草地都倒了，中了毒箭的老虎定是滚落至这里。"

"莫要胡言。什么野兽猛禽在此撕咬留下血迹，亦未可知。你二人天未明来我庄上，如何这般胡搅？"

"岂敢，我等并无意颠倒作弄，实关乎性命之事。限定今日，登州府衙强令交纳老虎，否则必受严惩。太公既居于此村中，想必也知此文书。"

几番口角下来，毛太公早已翻过脸来，只道是解氏兄弟来此寻衅，不再理睬。

解氏兄弟二人自是满腹怨恨，思道："必是这毛太公也须今日内将虎交纳衙门，却把逃去他家里园中的老虎强夺了去，如今矢口否认。"

争至终了，两边仍互不相让，只顾叫道："家里随你去搜！"

"自然要搜！"

解氏兄弟便将可搜之处都搜便了。因此处乃村中第一的大庄，很是宽敞，且后头还有雇来的两个庄客紧随，半步不曾离开。搜屋之举终毫无所获，兄弟二人不管三七二十一，发怒骂道："你候着！赖我大虫，和你官司里去理会是非！"说罢便飞奔出毛家庄。

出门走了数步，途中偶遇毛太公之子毛仲义。见仲义引一伙陌生汉子，听解氏兄弟二人讲述遭遇，满面同情之色回道："两位安心，且随我来。老爷子必是被不知那个作恶的庄客瞒过了。随我到家里，便寻来还你。"

二人自是万分感激，便跟随仲义返回去。却不知此番更入险境，原来毛仲义已在五更时分，自家后园里拾获了大虎，即刻解上府衙，且为防他二人来争，便恶人先告状，道："村里有猎师两兄弟，为了此虎前来刁难，又是威胁放火，又是扬言要杀尽毛家老小。此两人为患甚于虎。请相公老爷发令捉捕刑罚……"一番巧言令色，知府当即派遣若干公人捕手跟他回来，却正于途中遭逢两兄弟。

如此一来，解氏两兄弟直似自投罗网。待入得毛家门来，早已埋伏伺候的捕手与庄客一齐上，将二人绑了。毛太公引了公人查看二人搜家之后一片狼藉模样，又写下一书胡编乱造的诉状，交于儿子毛仲义，稍后便煞有介事地解去登州府衙出首。

知府只道此乃村中小事，并未亲赴公堂断处。

一切交由知府最得力的一个手下，六案孔目王正处置。然这王正却是毛家的女婿，因此敷衍解氏兄弟取证，只顾严刑逼问，强按了手印，教把二人钉下大牢。不过两日光景，便将此案了结。

"待日后定下流地。"押入大牢时只如此告知。

这里的牢头节级是一个姓包名吉的，牢中犯人皆畏之如阎王。更何况毛家已对知府及以下公人皆打点过了，又有王孔目已悄悄吩咐道："寻机下毒药结果了他两个。"因此自打照面，包吉便耀武扬威，道："那跪着的，抬起头来！"

手持两人的案宗，道："……叫什么？两头蛇解珍，双尾蝎解宝，哥哥是蛇，弟弟是蝎？"

"诶。"

"叫什么诶，如何分得？"

"小人便是官人所唤的解珍，别人叫'两头蛇'。"

"那你是弟弟，'双头蝎'吧？你两个须认得我这张脸，入来这里，不管是蛇是蝎，都别想横行霸道！喂，牢子。”

“属下在。”

“把这两个带去最底阴湿的牢房里！”

“遵命！快起来！”那一个小牢子把他两个带在牢里，看觑没人，忽改换一副脸色，压低声音对两兄弟道：“……你两个认得我么？”

“啊？”

“你两个是孙提辖的什么人？”

“说起孙提辖，他是我们表哥，家母这边的表哥。”

“我是孙提辖的小舅子。”

“啊？”两人细看了牢子道：“莫非足下便是乐和？”

“对，我便是铁叫子乐和。两位莫要发愁，我在此必设法相救！”

真是天无绝人之路。原本因那恶庄主却在衙门里有个毛家女婿，两人自以为命尽于此，未曾料到大牢里也有一个解氏兄弟的远方亲戚做牢子。

乐和祖贯茅州人氏，生来聪明伶俐，特别是有一双好耳朵，诸般乐品听闻一回便可牢记，唱起曲子来抑扬顿挫，实乃佳音。

铁叫子这一绰号，即缘于此。

又说在那登州城东门外，有一处地界叫作十里牌，开张一个生意兴隆的酒家。坐在柜台后管账的老板娘，诨名母大虫，人称顾大嫂。

这个半老徐娘看似心平气和，人人都只叫他道：“大嫂！大嫂！”只是这位顾大婶并非寻常妇人。在酒店里间赌场里的无赖们只需顾大嫂扫一眼，各个不敢出大气。只要母大虫那磨盘大的屁股沉甸甸地往柜台后面一坐，店里的伙计自不用说，恁是那个饮得烂醉的客人，既不敢攀关系挂账，也不敢赖账不还。

“打扰！此间酒店姓孙么？”

“正是，客官欢迎光临。我家丈夫便姓孙。我自道这酒店招牌是我这老板娘呢，这位客官却来问姓孙的，好生奇怪。客官随便坐！”

“小人便借坐于此。”

“哈哈哈，客官如何多礼。请问客官要沽酒，要吃肉？如要赌钱，后面请坐。”

“都不用了，顾大婶，小人便是尊夫孙新的哥哥——孙提辖的妻弟。”

“哎？如此说来，你却是乐和舅？”

“正是乐和。”

“真乃稀客。闻知得舅舅在登州府衙里勾当。”

“久疏问候，着实抱歉。……今日实是有事，特意到此。”

“有何急事吗？”

“急如火烧，关乎两条性命，因此来求相助。且这两个又是你家堂兄弟。”

“哦？……莫非是登云山脚下村庄里做猎户的解家兄弟吗？我小时得他兄弟两个的双亲抚养长大，嫁了如今的丈夫孙新，这两个人实似我亲弟弟一般。”

“兄弟两个亦如此说。见下在牢里，哭诉有个在十里牌开张酒店的姐姐。”

“且住，如何见下在牢里？”

“请听我将原委道来。”铁叫子乐和把周详及暗中受两人委托前来求助一事都说了，又道：“……如今上至知府下至牢子，毛家都于袖下使了钱物，早晚这数日间，便要吃他使毒结果了性命。”

“啊呀！……这可如何是好？”顾大嫂急的脸色煞白。顾大嫂眉淡眼大，算不得美女。倒不知她本人承认与否。脸上脂粉涂得雪白，只留面颊上一个大黑痣，如同半裸般显露出手腕来，上戴着无垢金色的镯子乱闪，头发上胡乱插几个簪钗。不单家里丈夫，即便是店里赌徒、滥饮的酒鬼，一个不对惹出气了，便被拽起直扔出去，传言如此彪悍的顾大嫂，到底还是个女人。听闻兄弟有难，早已泪下如雨，呜呜咽咽。

又冲着立在店隅的小二叫道：“不晓事的！只顾张大了嘴看我做甚？还不快去寻了二哥家来！便道急有要紧事！”

几个伙计赶紧飞奔而出。其间顾大嫂向乐和道谢，并央他千万看顾好解氏兄弟，抹泪发誓定要救得二人出来。

乐和因在牢里有勾当，即便回城去了。他走了片刻，顾大嫂的丈夫孙新便气喘吁吁奔回家来，询问何时。这孙新长得眉清目秀，身长体壮，颇有武士之风。

其先祖是琼州人氏，军马子孙，其兄孙立正在登州守军中做提辖。世人多把他弟兄两个比为唐代勇士尉迟恭，弟弟孙新叫作小尉迟。

“……嗯，不期遭遇如此大灾祸。”孙新听老婆把这件事听说，闷哼一声，抱着胳膊，思量一番后小声道：“对了，有没有多把些银两付与乐和？可不要吝惜。”

“此事我那里忘得。有钱能使鬼推磨，牢里上下都靠银子打点。”

“甚好。如此我等去救他两个出来之前，必可好生周全他两个弟兄。只需寻一相救计策。”

“计策？你有什么计策，救我两个兄弟？”

“蠢材！如何这般轻易得来妙计。那毛家有钱有势，若用寻常的手段贿赂，决计比他不过，只得动武。说要动武，又须教邹渊、邹润叔侄两个来相助才好。”

“便是惯常由登云山下来，便在咱家赌场里游乐的那两个山上好汉？”

“正是。总须他两个来相帮。”

“今夜他两个必来。”

“果真？”

“那两个人最是好赌，不顾性命。上一回下山来便是前天。说是隔一日再来，才回山上去了。”

“既如此，你可后面安排下酒食。那两人也曾酒醉时向我抱怨过如今世道不公，贪官恶吏横行。或许愿助一臂之力。”

果然，当夜两个天生异相的大汉便慢悠悠踱来店里。因是赌场的常客，只管引二人入去里面。顾大嫂赶紧对丈夫孙新使了个眼色。孙新口中礼数言语，跟着二人入去。——顾大嫂自己寻着招待客人的间隙，过不多久也入去里屋。

赌场旁一间房里，邹渊、邹润二人坐在上座，孙新作东与二人交杯饮酒，一见母大虫探头进来，便道：“大嫂，可先称谢两位好汉。两位已答应相助我们，同去救得解氏兄弟出来。”

“好！……感激不尽！”顾大嫂说。

“顾大嫂，”邹渊从旁插话道：“我两个相助，却教你这般欢喜！如此可爱的大嫂，却未曾见识过。如何，邹润？”

“正是如此。只为大嫂，也须一口应承了。叔父，方才已告诉孙新的，又告诉顾大嫂一回吧。”

“实不相瞒，大嫂，我们早有这般打算。”如此这般，这叔父侄子两个人，道出平日来早有心意。

原来两人如今在登云山聚有八九十个手下，避开近处村庄，专去稍远处村里做打劫的勾当。其志原本却不在此。

如今听闻山东梁山泊中有三个相识在彼。一个是锦豹子杨林，一个是火眼狻猊邓飞，一个是石将军石勇。——多有听闻宋公明手下众好汉誓盟结伙，早已羡慕不已。只愿舍去此地粗鄙的打劫勾当，也去那梁山上入伙，却未寻着机会。两个人都坦言已毕。

无论如何，这一番心意可信。这二人虽为叔侄，年纪却是相仿。叔父邹渊诨名出林龙，侄儿邹润因脑后一个肉瘤，被世人唤做独角龙。皆是莱州人氏，武艺高强。因愤世嫉俗，却是狷介孤高，反不为世道所容。尤其是侄儿气性易怒，有个使性起来便无论何物，只顾一头撞去的怪癖。传说其脑后的肉瘤便是从前撞折了一株松树留下的。

邹渊、邹润虽称二龙，也并非无所畏惧。只忧心城内守备军马。

两人面露少许畏缩之色，道："若军马追来，如之奈何……"却见孙新拍着胸脯担保道："无须忧心。其实我的亲哥哥便是守备军马中孙提辖。待我唤哥哥前来说明此事便了。既是血肉至亲，决计不与我等为敌。"

当夜，孙新便使一个年少伙计去了城里。推说母大虫顾大嫂突害急病，危在旦夕，只愿一番相见，请他夫妇两个须是便来。——以此胡乱将哥哥孙立与嫂子引来，叫夫妇二人吃惊不小。

第七十五回　众人打破大牢去　齐齐逃亡落山东

病尉迟是孙立的绰号。

孙立生得脸色青白，好似青土般暗沉，眼仁如鲤鱼金瞳，络腮胡须如涂黑漆，身材高大，射得一手硬弓，使一管红缨枪，也非平常武艺。莫说城内，便在守备军马中，孙提辖亦教众人敬畏。

听闻弟媳病危，孙立心中思量道："这病得蹊跷，莫非是小鬼作怪？"

便用车载着娘子，孙提辖骑着马，带着十数个军汉，匆忙告了上司官，天明时分望十里牌奔来。

到了弟弟的酒店前，见出来迎接的竟是本该病危的母大虫顾大嫂，弟弟孙新亦是若无其事。

孙立夫妇待了片刻，又惊又气，叫道："顾大嫂、孙新，却如何要弄我来！可知官衙里差遣繁忙！"

"万乞恕罪，若非撒个大谎，见不得伯伯便来此。"

"唬人也要有个分寸。却为何事唤我过来，连你嫂嫂也戏弄了！"

"实言相告哥哥，不日将有意外之灾，弟兄夫妇二人，不得已关了此店，投梁山泊入伙去。"

"什么？"病尉迟孙立摇身一变，以军官身份道："你哥哥我却是州城里的提辖军官！"

"哥哥，兄弟我自然知晓。因此特意先来与哥哥商议。……做弟弟的去劫打破州城劫牢，又投奔梁山泊去入了伙，自然要负累哥哥，想必日后免不得受责罚。"

“弟弟，你这话我可不能佯装未闻，究竟为何要行此等无法无天的暴举？”

“请哥哥见谅。其实是幼时抚养过我家娘子的恩人之子——此生只做猎户度日——却被人罗织罪名，陷害入狱，非止如此，那奸恶的毛太公又上下使钱，教女婿王孔目与知府、牢子等都沆瀣一气，意欲暗中谋解氏兄弟两个性命。”

孙立沉吟道：“嗯……解珍、解宝二人，于我也非陌路之人。”

“你却未听闻这个官司么？”

“委实不知。那知府与孔目，行事颇为隐秘。”

“那是自然。这一干人等都被毛家的贿赂收买了。”

“如今这衙门里怎生如此！虽说我也食官俸，却不想竟腐败黑暗至于斯。”

“哥哥，如今天下官家衙门，尽皆如此。上至大宋宫廷，下至地方小吏，有何清白？”

“孙新，你欲投奔梁山泊的心意，我已知晓。但是，未有人引见，恐怕难以入伙，却有引见之人么？”

“有！却叫我娘子及邹渊、邹润过来！”

“且慢！”

“哥哥何事？”

“你所提这两个，却不是登云山上草寇？平日里与我登州官军是仇敌啊。”

“哥哥，如今便引见了，不妨推心置腹坦诚相待。他们亦非一般草寇。与我等同是疾恶如仇的好汉。且他二人在梁山泊中有石勇、邓飞和杨林三个相识。——因此我们与他二人相约一同投奔梁山，并得相助救出城内的解氏兄弟。哥哥，原委至此道明。我夫妇二人今生便求哥哥这一回，请助一臂之力。”

“嗯，待为兄计较一番。”孙立抱了双臂，陷入沉思。如今他被逼立于人生岔路口上。见局外人邹渊、邹润都来相助于弟弟，作为亲哥哥，怎可袖手旁观呢？且他对官衙内部之腐败也早觉心灰意冷，终下了决心。

诸事已定，皆按计划顺利进行。

孙立与邹氏二人亦和气相见了，随即秘议劫牢之事，邹渊先返回山寨。收拾起财物人马，手下里面挑选二十个心腹的，约好再来店里取齐。孙新则悄入城内，与乐和约会了，谈妥计划周详，又带几个伙计去孙立家中，将值钱货财都搬走。因弟弟孙新说道：“哥哥吩咐如此。”家中仆人也无人起疑。

至辰时万事蓄发。

次日早晨，顾大嫂换上出门的衣裳，精心打扮一番，教年少伙计挑了好似礼箱之物，先行入城去了。

店里面留下孙立、孙新、邹渊与邹润叔侄及手下、店里的年少伙计，孙提辖带来的十个军汉，共有四十余人。关了店门，天明前便大碗喝酒，待顾大嫂走后，人马分作两路，由前门后门风一般走了个干净。

话说登州大牢节级，阎魔王包吉，这一日于心中念道："……今日内便将此事了结了吧。虽小有麻烦，只怕那毛家女婿王孔目又来啰唆什么还不行事。"

他看独自一人时，从看守亭中一个桌案小抽屉里面悄悄取出一贴毒药来，分出两人份药量，用药纸包了。一番动作娴熟，好似药剂师手腕。

"咦？"

他慌慌张张把毒药送回小抽屉，向窗外窥视，不知看到何物，匆匆快步走出去了。牢内过道拐角处，一个打扮得花里胡哨的壮硕妇人身影一晃便消失了。由此往深处去便只有关押着解氏兄弟的大牢。包吉急忙赶去，见当值的小牢子乐和拿着水火棍正立在那处，一照面，包吉便向他喝道："如何不防人！那妇人却敢进？"

"啊，那妇人是送饭来的，"

"送饭？……既是送饭的，为何要你与他送，却不先去看守亭交接？"

"我正欲去交接。"

"那个妇人却不见了？"

"诶，不见了？已教那妇人先在此等候的。……莫非是小解去了吧。"

正当此时又一个牢子人来报道："节级大人，那孙提辖只顾打门，叫说要入来见节级。"

"先问他来此有何事干！此处原非守备营管处！"

如此吩咐了，他便大步流星直往大牢入口奔去，却又向身后的乐和怒声咆哮道："呀，门上锁打开了？这锁如何敢开！"

"咦，锁如何开了，着实奇怪。"

"蠢材！你立于此处是作甚的？没个鸟用！"

"小人原不记得开了锁呀。"

“混账！还敢说！——见你做得好事！”

包吉凭着怒气，咚地一声把厚实的大牢门撞开了。却立见其中模样颇为古怪，只将腰上半身往里头一探，便惊叫道：“啊，妇人！”

叫声未毕，他便前蛐着一头滚入大牢里去了，吃惊不小。不用说，便是身后的乐和使足了吃奶力道，正把他一屁股踢飞进去。

随即乐和也跳入去，压住那厮巨体，令其不得起身。

“畜生！”乐和却猛然间反被抛开了。

一刹那间，只见母老虎顾大嫂直向包吉正面冲去，一把明晃晃的匕首突刺入那厮侧腹。解宝由身后抱定了他，令其动弹不得，解珍又拔出包吉的佩刀，于胸口狠狠戳入。

“干得好！”

“快杀出去。”

此时，牢狱中已如捅了蜂窝似骚乱起来。孙立与孙新打破牢门闯入来，与顾大嫂、乐和与解家兄弟合于一处，另一伙邹渊和邹润两个好汉早已突袭州衙，将毛家女婿王正的头割下，提来会合。

“好了，上路吧！”

“既已达成目的，多杀生无益。”

城中已一片惊慌失措，街上店铺人家都关上门。听闻消息追来的州府公人与官军，见贼人中殿后者骑马引弓，不由惊道：“岂非孙提辖么！”无一人敢向前来拦当。趁此机会，顾大嫂、解家兄弟与其余各人如旋风一般奔城门外去。

孙立随后骑马亦追至十里牌。店前年少伙计把财货都装上了车马，准备已毕。众人早已耐不得要上路便行。

“相较马车，莫如骑马。”顾大嫂也上了马。扶孙立娘子上了车儿，车夫便扬起马鞭，驱马前行。

走至二十里处，解宝与解珍对众人道：“绝境之中得遇诸好汉相助，救得这一条贱命，却恕我吐露执念。叵耐那老贼毛太公，他贼儿毛仲义，思及这对父子，怒不可遏！我等必要报了仇再往山东追去，请各位好汉先行一步。”

“不，解家兄弟，你两个不愿就此放过那两个贼，我意亦同。我孙立便与你一同去打破毛家庄！”

邹家二龙也道：“那庄子在登云山脚下，说来靠近与我二人的老巢相近，也同去便了。”便途中拨转马头。

这一拨人马虽只是中途变道，却非同小可。那一夜中，毛家之惨状可谓目不忍睹。毛太公与他儿仲义都被乱刀砍死，庄院转眼间把火放起烧了。庄客仆人虽多，并无挺身而出为毛家殉难者。见房里积蓄的金银财宝，邹氏叔侄两个道：“留着亦可惜。”便都载上马背带走。一行人抛下身后一片冲天烈焰，疾行四五十里，终追赶上先头众人。

路上行数日后入得山东地界，终来到江岸便一个酒店，对岸便可望见梁山。这一处孤亭中把风的便是石勇。邹氏两叔侄和石勇是老相识，余不多叙。

——且说石勇向一行人说起一番紧要话来：“万分抱歉，难得各位来投奔，不巧宋公明大哥已离开山寨一段时日，如今见不得他。杨林和邓飞也都不在山上。……若问缘由，不知诸位可知，众位头领与祝家庄的祝朝奉几番恶战，正胶着难解。……且听闻战讯，于我方不利。实话道来，杨林和邓飞二人俱被陷在那里。备闻祝家庄三子豪杰，又有教师铁棒栾延玉相助，使尽全力亦胜不得，这段时日于梁山泊而言，实千辛万苦。”

第七十六回　宋江愁眉一朝展　病尉迟潜入敌庄

这一日，军师吴用正引军下山去。

吕方、郭胜并阮氏三雄带领五百新锐军马正启程去支援祝家庄的苦战。

这一行人已上了船，准备整队上路时，石勇从江岸边酒店急奔过来。

“军师，可否稍待片刻？”

兵马即将出发，一片嘈杂中石勇将一行人前来望投托入伙之事略说了。又道：“这其中有一个人叫作病尉迟孙立，说道若可带他一同上阵，正有一条计献上。”

“病尉迟？……则其弟莫非便是小尉迟孙新？好，待我见上一见。”军师早已听闻其名。

不多时，那出林龙邹渊、独角龙邹润、解珍、解宝等都引来吴用面前。又有铁叫子乐和、母大虫顾大嫂与孙立家娘子等，吴用望之可见良善。

“这位好汉便是病尉迟？”

“是，在下孙立。”

“小可愿闻仁兄良策。”

“此计须得军师携我等上阵。”

“自然，各位好汉志同道合，必喜迎上山！良策究竟如何？”

“那栾延玉和我是一个师傅教的武艺，技出同门。”

“哦……是师兄弟啊。”

“因此，他的脾性、学的武艺，我也尽知。虽与他分别后多年未见，若今日我只做登州守备军马处调来郓州这里守把，中途经过，只因旧谊，来此相望，他必然出来迎接我们。”

“可进身入去，里应外合，使我等在外寻得破城良机？”

“便如深入肺腑，内破而出。”

“好计策！”吴用观此计必然成功。

吴用吩咐孙立等一行八人休憩一日，随后跟来，便引了军马即刻先往祝家庄进发，来到祝家村外营寨——宋江之主帅军帐中，即把事情原委及这一条计策作为参战之大礼，备细说与宋江。

翌日，孙立男女一行人也来到此处营寨。宋江忙叫寨内安排置酒相待。各自都报了名姓。

宋江终于舒展愁眉。

连番交锋不利，不仅颜面扫地，又陷了帐下四员大将，遭敌掳去。又有许多部属战死，因此日夜闷闷不乐，只愁无计可施。今日终得身心畅快。吴用军师已至，未料想他又带来新投伙好汉。先献来一条奇计，亦正如天来救星。宋江不禁拜谢上天诸星。

又翌日，吴用唤来军中的戴宗，使他一件急事托付，道：“启动戴院长急赶回梁山泊。快与我取这四个头领来。”

“遵命，却是那四个人？”

“便是铁面孔目裴宣、圣手书生萧让、通臂猿侯健、玉臂匠金大坚。”

“都是各有所长之人。”

“正是。你可教他们携带那般假扮所用伪装服饰，星夜赶来。此书中已写明备细。”便将一封书交于戴宗。戴宗得令便去，寨栅外值哨的军士即来报道：“扈家庄的扈成，牵牛担酒，特来求见主帅。”

“扈家庄，岂非敌营环绕独龙冈之连枝三家中的一个么？”

“正是。扈家居于西边山脚处，与祝氏同气连枝。”

宋江走出帐外，道：“请他入来无妨。传令下去。”

扈成来到中军帐前，弯膝跪下，再拜宋江恳告道：“我家小妹便是扈三娘，亦即一丈青，还望将军饶放。”

“哦，你是那个英姿飒爽的女将家兄啊。”

“一个小女人儿，不合奋一时之勇于乱军中闯荡，如今陷于贵军，羞愧万分。”

“哪里，你我交战互有擒获，无须羞愧。”

“虽说如此，只是……”

“有何难言之隐？”

“小妹一时鲁莽，误犯贵军，只因小妹早与祝氏长子约婚在身。”

“这便如何？”

“若蒙将军宽宏大量，谅我家小妹年幼不省人事，允饶放回家，但用之物，当依命拜奉。且今后绝不敢兵锋相向。”

“如此可饶放得。”

“啊，将军应允了？”

“只是我军中王矮虎，亦被捉了，且放回还我。”

“那位好汉王矮虎……”

吴用从旁插问道：“矮虎今在何处？”

“如今那个好汉拘锁于独龙冈上祝家庄本寨里，我却无法讨得他来。”

“哈哈哈，如此便还不得令妹了。虽如此说，你我只依此约定：今后扈家庄切不可出兵救护祝家庄。倘若祝朝奉庄上的人投奔你处，你可就缚在彼。——若守得今日之约，日后定将令妹奉还贵庄。只是如今令妹早已使人送在梁山泊，你且放心回去，我定保令妹毫发无伤。”

扈成只得立下誓约，拜谢后垂头丧气回去。营寨是这般景象，另作别处，得了吴用指令，孙立一行人马亦顺利施行计策。先做了个旗号，大书“登州守备军提辖孙立”，领了二十余人马，七个伙伴，前夜悄然离了营寨，远处绕行了来，终到独龙山后，祝家庄城池之后门前。

“先生！”庄兵赶紧来报。

此时武术教师栾廷玉正在庄里弓箭场中，与祝氏三杰——祝朝奉的儿子祝龙、祝虎、祝彪立定了说话。

“何事如此慌张？”

“有一个自称是登州守备军马孙立，带着一行二十七八人前来求见先生。”

“他今在何处？”

“便在后门护庄沟外等候，见一行人中还有两名女子。”

“这可怪了。此事当真？”祝龙一旁质问道。

“师父，来的是何许人也？”

“昔日曾与我同门学艺的师兄弟。”

“既如此，相见了即可知来意。其中又有女子，可见非持敌意而来。”

“可先放他们入来。教放下吊桥，开庄门迎接。”

孙立一行都在廓门边下了马，走入庄内。两人一见面，栾廷玉便上前执了孙立双手，孙立也举手相迎，互诉久逢怀念之情。

“许久不见贤弟啊！”

“确是许久不见！”

“闻得贤弟在登州守把，如何到此？”

“总兵府急行下文书，调我来此间郓州驻守。”

“郓州却与那梁山泊接近。”

“正是。近来梁山泊强寇人马剧增，风闻临近州县不得太平，故调我来此地。”

“实告于贤弟，便是这几日正与梁山泊强寇厮杀。贤弟途中未遭梁山贼军拦当，实属万幸。”

“正因有此风闻，我特意改道，绕行山后来拜望仁兄。……方才走去那边厢的三个却是何人？”

“贤弟觑见了？那是祝氏的三位公子。”

“便是那三位方才向这边觑看一回便走去了，原来那便是闻名的祝氏三杰啊。”

“贤弟，”栾廷玉把手搭孙立肩上道：“你且来此助战一回如何？于你这番调任也属锦上添花。来犯贼人由那宋公明统领，只需生擒了他解往京师，再一举攻下梁山泊，这等功名至大，将军之印绶可引富贵。”

“嗯。如有一日，可与同门之友一齐统领大宋禁军，坐白马乘金鞍齐行，那可真是痛快！”

“快请来厅里，我向三杰引见你。”

众人都相见行了礼，当夜做筵席管带，很少出面的庄主祝太公亦临席。

栾廷玉于席上欣喜不已，道：“相公，这位便是先前提起的故交孙立，绰号病尉迟。”

“在下孙立，得见庄主相公，不胜荣幸。”

“你便是孙提辖啊，闻说你奉总兵府之命，来镇守此间郓州？”

“正是如此，还望相公早晚提携指教。”

“这从何说起，我祝家也是提辖治下，还望提辖多予关怀。请问这位是？”

乐和见被问起，顿时着慌，孙立忙作中介绍道：“这位是此间郓州的公吏。”

又指着邹渊、邹润、孙新、解珍、解宝等兄弟道：“这些都是登州送来的军官，我的心腹部下。”如此机智地应付过去。听他介绍明白，竟无一人有疑心。

那祝朝奉并祝氏三子虽非平庸之辈，因见孙立一行人中有顾大嫂与乐大娘子等女眷老小，心中便不疑有他。眼见这许多行李车仗，只道是移地赴任的军人。

祝朝奉道：“女眷可作一处！”便将一众女眷领至后堂，招来自家妻妾、侍女等来相伴解闷。又返回席上与众人道：“请各位共举杯饮尽了！”一派欢天喜地之模样。众人相谈甚欢之际，孙立以言语打探邻座的祝龙道：“这祝家庄真是固若金汤，不论贼军是否攻城，此间都毫无动静，浑然不闻。”

“想必梁山泊强寇亦昼夜咬牙愤恨，寻隙攻入庄内。”

“区区梁山草寇，如何入得来。”

“只是一时之间也难断胜负。不可鲁莽与他一气决胜负。若被那厮们逃去了，必渡河躲入那无边芦苇荡之彼岸，实难捉得。”

“到那时，小可既然镇守郓州，便引官府水军尽数前来。”

“那就有劳了。”

如此过了三日，祝家望楼、庄门外传来一阵不寻常的响动声。身着铁甲，衣束鲜明的一骑庄兵急入庄内厅前，报道：“宋江自率军马又杀奔来庄前了。”

“什么，宋江又来？”祝龙便要起身，被祝彪止住，争道：“此阵我去。只管放心，必将那贼擒来。”说罢一跃而起，喝叫放下吊桥，引部下百余人马当先杀出。

第七十七回　百年恶财济穷困　群英凯旋梁山泊

祝家庄城楼、城门、城壁之上，伸出无数张面孔来，俱张开口来齐声呐喊，鸣锣擂鼓，犹如万千雷霆，为出到庄前门外的军马声援。

——只见祝彪一行军马已如大获全胜一般，得意地叫拽起吊桥，回到庄内。待得庄里人马都入内，吊桥又嘎吱嘎吱地高高拽起了。

“宋江那厮胆小如鼠，不成体统！”祝彪回来前厅，见了众人，便道：“只道宋江便在那阵中，几番叫骂欲激他来决战，不料来出战的是梁山泊上素以使箭闻名的小李广花荣。他虽不是我对手，却不想交手数合便逃走了。……实在是扫兴。”

这边一排座上，以祝朝奉为首，号称祝氏三杰的祝龙、祝虎，还有武师栾廷玉。其他祝家庄一众人等都披挂甲胄齐坐地。

而另一旁，可巧的是，俱为栾廷玉的旧日相识，冒作山庄客人混入来的一干人等，即病尉迟孙立、孙新、邹渊、邹润、解氏兄弟及铁叫子乐和等七人，为不招人注目，只静候一旁。

此时那一行人中，孙立忽开口道：“三公子此言差矣。贼人宋江不敢应战，那善使箭的花荣亦落荒而逃，都为寻常之事，我已预料到了。”

“什么？孙立，此话怎讲？”

“那贼不至愚笨如此，直来白白赴死。祝氏三杰大名鼎鼎，而三公子尤以勇猛著称，出至阵前，横扫敌军如秋风扫落叶。如此何人敢当？”

“哈哈哈，原来如此！”祝彪大笑，其父祝朝奉与满座皆拍手叫好，只道：“想来便是如此！”

排下筵席庆贺，众人席上商议如何克敌。铁叫子乐和道："与各位助兴。"便将最擅长的曲儿唱来。之后又应众人喝彩所求，以口笛吹一曲诸葛孔明的《五丈原赋》。

"好生了得！绝非闲暇耍子技艺！竟得遇如此有趣客人！"乐和为众人所喜，喝彩声不断。

如此，孙立一行七个客人，加上住在朝奉夫人屋里的孙立娘子及母大虫顾大嫂，此二人亦受众人关照厚爱，庄内于他们已毫无隔阂。

又过七日，忽有庄兵报道："报！只见梁山泊贼军比前更增兵马，攻打本庄，已至沟前！"只闻门郭外喊杀声四起，庄兵频频来请示祝朝奉以下坐镇首脑指令。

念及三番两次被贼将宋江逃走，祝氏三杰今日齐号令道："不要惊慌，随贼军叫阵，见他们如何！"

令贼军随意攻打，却令形势大坏。敌军于庄外射来火箭，又破堤填沟，并砍倒大树做筏，不知为何。

又闻得战讯，祝龙、祝虎、祝彪三兄弟道声："可恶！"勃然大怒，喝叫放下吊桥，如一阵疾风出庄门来。

敌方一名战将阵前呼喊："我乃豹子头林冲！"，祝龙、祝虎急呼喝，策马而上，林冲身影却隐于乱军之中，好似海市蜃楼。几番追逐至精疲力竭，兄弟二人忽猛醒道："啊呀！大事不好！"

已离庄太远，深入敌营，连忙拨转马头奔回。

祝家老三祝彪，亦在敌阵怒涛中四面冲杀，却不见宋江身影，只得悻悻撤回庄内。——第二日、第三日皆是如此。只反复袭来，打完便撤，战况一味胶着，毫无变机。

话说第三日傍晚，大地上一片夕阳红光映天，好似烈焰熊熊之时。见贼军前锋之后阵容，编为一团车马阵，直押向庄外护沟来。见一面夕风中飘扬之大旗，庄兵叫道："那定是宋江。今日必来决战！"

"宋江，有种你上前来，与我决一死战。"

祝氏三兄弟呼喝大开庄门，放下吊桥，摩拳擦掌，早按捺不住，正待厮杀。只见一个庄内客人，病尉迟孙立在前止道："且慢。若是诸公子先去迎战，这一条大鱼又将逃遁。我与孙新先借贵庄一队军马，前去迎战。三位公子只在庄门后等待，见我等将宋江后路阻段，便一齐杀过吊桥来，一举都包围活捉了如何？”

“嗯，此计甚好。便请先生打头阵。这匹马借与先生坐了。”

长子祝龙便将自己的爱马予孙立坐了。此马一身漆黑，号“乌骓马”。

擂鼓呐喊，孙立与孙新引一队军马，奔出敌军阵前，喝道：“梁山泊贼兵，可知这祝朝奉家庄内，有我登州军马提辖孙立与一干好汉正于此间作客？定把尔等贼将一个个都绑了，上献朝廷，今却仍不知将死！”

孙立这番怒吼不仅闻于敌阵，亦要教庄门后等候诸人都听得。

两军交战，狼烟四起。

只见无数厮杀军马卷作漩涡，无数刀枪剑戟闪寒光相交。

宋江阵内一骑跑将出来，叫道：“若要活捉老爷，老爷我没遮拦穆弘便在此！”

又见一将出马，叫道：“我乃病关索杨雄是也，曾任蓟州刑吏，今改心换面，只做梁山泊好汉！”

又见一人骑马，猛然突进而来，马上自报名姓道：“拼命三郎石秀在此！”

只见猛将如云，阵如磐石。

石秀和孙立刀枪相交，各不相让，火光四溅，枪身缠络，激战数十回合，不分胜负。

另一边孙新也陷入苦战。

穆弘、杨雄两队人马将他围了，且这两个两汉直迫近来，眼见形势已至危急。

祝氏三杰在庄门后眺望观战，按捺不住，叫道：“此事不去相帮，更待何时！”

祝龙当先引前军急奔过吊桥。

正在这时，孙立从马上将敌将石秀生擒，挟在马鞍旁归来，往祝龙马前撇下，道：“大公子，请把此贼绑缚了送入庄内吧！”

“什么，活捉了一个贼人，干得好，孙立！”祝龙即吩咐部下，将石秀绑缚了，将其送回庄内，又拨转马头杀入敌阵中。

祝彪、祝虎亦不甘落后于兄长。忽见宋江军马鸣金收兵，因已近薄暮之时，虽然得胜，却追不得，宋江又遁去了。

庄内凯歌声四起，明晃晃点亮篝火，喜迎得胜之军，里面齐叫道："又捉得一个贼人！"

置酒设宴庆贺，好不热闹。

祝奉朝亦欣喜万分，道："客人果然是万人不可敌！"有问道："——诸儿，自交战以来，共是捉得几个梁山泊贼人来？"此问似为饮酒助兴。

老二祝虎答道："加今番捉得的石秀，共是七个了。起初捉得时迁，次后捉得一个细作杨林，又捉得黄信、王矮虎、秦明、邓飞——无论哪一个，都是梁山上头面人物。"

"好，早晚都做囚车装了，一并去开封东京解上朝廷，皇上必加上次；此前却休教饿损了他，不好看，将养他便了。"

"正应如此！俘虏贼人亦须将养得好看了！"随声附和的是坐于客桌的孙立。

"三位公子，只需日后生擒了宋江，便可解上东京。如宋江也解去了，祝家三杰必于京师传名！只是押送前，却要好生看管，绝不可大意！"

"无须忧心，已将他们各自装入囚车，置于庄北角十八栋仓库中的三号藏房里。毕竟交战时便无多余人手看管。说来启程解上京城前，须将养得好看些，明日起与他们些肉吃。"

之后数日，梁山泊军队并无攻来。

在此期间，孙立一伙人将庄内的路数、密道、口令都打探得清楚。母大虫顾大嫂和乐大娘子也看了个通透。乐和还避开祝家耳目，时时从城壁土堤后向护庄沟外，逍遥自在打呼哨。自然，绝非是他闲来无事戏耍而已。

这一日终至。

此日，宋江将往日军阵改换面目，分兵做四路，从四面攻打祝家庄。各路军马前都打出中军主帅旗，敲鼓呐喊而进，那一路亦看似是宋江所领中军。

自然，梁山泊贼军并无如此众多兵马，定是那宋江纠合本地乡民闲汉，令其敲动战鼓，虚张声势，却也叫祝家庄内一片恐慌。

祝朝奉亲自登上将台指挥，道："敌军似由梁山泊引来援军，欲毕其功于一役，全军杀来。栾廷玉，请与犬子们并力，将贼军一举扫灭！"守城庄兵投入四面严防。祝氏三杰各自分兵，出庄门外奋战。从未离开主帅祝朝奉身边的栾廷玉，也引一路人马出后门，与贼军厮杀。

由此必然使庄内兵力薄弱。见此情形，病尉迟孙立大声叫道："大伙久等了，已备下酒菜，留于此间的各位客官，请随意享用！"

这一声未落，又听铁叫子乐和忽尖声呼哨，教祝朝奉吃了一惊。朝奉怪道："这是作甚？"

未及惊慌，只见孙新、乐和、邹渊、邹润四人手中各持刀剑，只顾往朝奉所在将台之阶登来，叫道："朝奉！你死到临头了！"便举刀剁来。

左右庄兵大吃一惊，于乱刃之下边战边守，朝奉见势不好，急翻过栏去，向将台下躲藏。孙立手持一支长枪，早于台下等候多时，朝奉见终难逃一劫，奔入女眷后院，纵身投入深井。

随后孙立追来，单足踏于井台上，向井中看觑了，叫道："吃我一枪！"倒转手中钢枪，使尽全力投下井去，将井底中祝朝奉扎死了。

转向追来的乐和急道："铁叫子，你快去后面相帮顾大嫂和我家娘子。祝夫人及侍女等人不用杀，都押入一个女眷房里看住了。"说罢，他便向庄北角十八栋仓库中的三号藏房飞奔而去。

把守仓库的一队哨兵已被砍翻一地，三号藏房的铁门被打得粉碎。

袭击此处的是解珍、解宝，引了先前一同暂住于庄内，打扮假装随从的心腹手下。自不用说来此囚禁于此的便是时迁、杨林、黄信、王矮虎、秦明、邓飞、石秀七人。

"放火！"

"慢着，仓库不可烧，钱粮都要取了去。"

"那便烧望楼！"

"不如先打破庄门！"

"把军马草料撒了，火烧将台！"

如此多强悍之人于庄内正中四下砍杀，其声势以鼎沸形容之亦嫌不足。与此同时，后院中母大虫顾大嫂、孙立之妻与乐和等人也奔来会合。

此时栾廷玉以及祝氏兄弟，各引军兵在庄外交战，直感惊愕万分。

"如何火烟升起？"

先奔回来的栾廷玉正要过吊桥，却于庄口被孙立等人拦住，后面又有追兵，两面夹击，终在吊桥上丢了性命。祝龙、祝虎兄弟同见庄内火气，仰天跌倒，急引军返回，不料斜刺里中了吕方、郭盛的埋伏，一个个都死于马下。

只余老三祝彪惊道：“这可是庄内作乱？”见回庄不得，奔脱死地，直望扈家庄投奔，即一丈青的哥哥扈成所掌管一族的庄院。

却未料到，扈成为保妹妹一丈青的性命，早与宋江定下不战密约，只顾紧闭大门，不放祝彪入来。祝彪已失了力气，穷追不舍的黑旋风李逵赶上，挥动两把板斧取了他性命。

李逵如就此罢手，亦不失一条好汉。却杀得兴起，早把宋江与扈成之间密约抛于脑后，劈开庄门而入，将扈家庄一门老小良贱尽数杀了，不留一个，放一把火烧了庄院。那扈成千辛万苦逃出一命，流落投去延安府，后来宋朝中兴时，他也做了个匡扶的军官武将。不过那是往后之事了。

且说此日，宋家坐镇中军，闻人报道消息，便命道：“叫李逵来见！”

甫一见李逵，便大发雷霆，喝叫道：“你这鲁莽蛮夫，无知蠢物！你也须知扈成日前牵羊担酒前来，已自投降讨和了！你把他的酒肉也吃了，这誓约如何不知！竟擅自去杀他降将一家！”

李逵道：“求哥哥恕罪。我却想有何杀不得？那扈家庄叫一丈青的鸟婆娘，前日只顾赶着哥哥要杀，叫哥哥吃尽苦头，便忘记了？”

“既已投降，便应忘却恩怨，以和为贵。你杀了祝彪有功，却违我将令，功过相抵罢了。你自退去寨后禁闭反省！”

李逵撅了嘴道：“却又吃禁闭？为何我来去杀敌，所得奖赏总归是禁闭？”生了一肚子闷气，自顾自走开了，形单影只的却只他一个。

过不多时，孙立、孙新便带着被祝家庄掳去多时的众好汉，都到宋江面前，道：“可喜可贺。”众人皆为重见天日，再次重逢而雀跃不已。

宋江特意感谢孙立等人功劳，道：“今日破得此庄，只因病尉迟以下众位兄弟，行妙计而成此大功！”宋江即命取出庄内金银财宝。

这祝朝奉家积蓄得无数钱资，直堪比万户王侯。武器、火引、米粮、车马，更有藏于庄内深处的绢、线、油、金银，牧场里还有牛羊、骡马、鸡鸭等，应有尽有，都聚拢来，足足用了七日。

军师吴用便道：“都教搬入梁山泊去吧。”

宋江却面现反对之色，道：“我等虽于世人口中乃是贼盗之徒，却不管他人如何说，虽身为贼徒，不可只行恶事，需行善举回馈世间，此应为铁一般的原则。祝家庄多年来鞭打苛待庄内农奴，得此富贵。今番打破祝家庄，须是替天行道，既是如此，理应将所获大半之财分与穷苦百姓。”

“好，既是行善施德，我吴用与梁山泊诸位好汉绝无异议。”

“便如此。……之前石秀入祝家庄探路时，有位钟离老人不计得失，亲切相待，教他躲藏了一夜。便着他为头给散于穷苦百姓如何？”

宋江即遣石秀为使，寻来钟离老人，将给散钱粮于穷人之事托付于他。这桩事亦行之不易，仅是谷物粮食，其数便多达五十万石有余。这等善举，于独龙冈祝家统制下数万户庄民而言，便是做梦亦不可得的恩惠，庄民皆道：“头领有令，敢不效劳！”

便于一片喜气中以劳力回报宋江麾下义军。

得此相助，多余战利品亦顺利装载上路了，宋江便领全军，收拾了全数起身。一路往山东梁山泊途中，凯歌声阵阵，队列蜿蜒而行。

此地只留下一个不得志的贤人，他便是扑天雕李应。

李应乃是已亡故祝朝奉家的亲眷，也属祝氏一族分支。

事发源头，李应为宗族考虑，只在冲突两方间斡旋，极力息事宁人。事与愿违，却反遭祝朝奉之子无端怀疑，从那以后，便闭门不出。这一番两军大战，李应只顾置身圈外，静养箭疮康复。今日却听闻本族祝朝奉及祝氏三杰，一家死绝，祝家庄化为白地。

李应不禁惆怅，独自叹息道：“啊啊，世事无常。骄奢淫逸之人不会长久，这便是天理循环吧！”

却未料想到一波未平，一波又起。这一日，七八十人的一队兵马气势汹汹拥至李应庄院门口来。

第七十八回　松江守约嫁花娘　别芸题秀英登场

“登州孔目裴铁面在此，奉知府大人捕状前来。唤当家的李应出来！如有不从，我等权宜捉拿便是！”

来者高呼恫吓。

宅邸中顿时乱成一团。

李应一条臂膀上还把条白绢络着，挂于颈上。听见响动，便换了装束，悄悄起床去见官人。

“小人便是李应，官人所为何来？小人不曾做犯法之事。”

“住口。俱见有祝家离散的遗孀和家丁写来状纸，告你原本祝家一族，却故意与梁山泊贼寇间挑动纷争，并与贼寇结连灭了宗家，前日又与贼约定将庄内土地金银分了。如要申辩，去知府大人阶下对个明白！”

“此实怪事！必为小人谗言，望明察！小人斗胆，祝家遗孀写来之诉状，及知府亲笔所写捕状，请借与一见。”

“噢这便是！怎样，还有何说？”

“嗯……哦，此确为登州知府官印，捕状也是知府真迹。”

“无甚可说了吧。来人！绑了！”

一旁的公人道：“此家中还有个食客名唤杜兴的，也一同捉了去吧。”

便向身后众人下令，即刻将杜兴也绑下。眼见至此，李应也叹罢了。无缘无故冤罪蒙身，不如去知府公堂上堂堂申辩。

一行人俱上马，捕手、巡检、都头等团团围住李应，李应便面上挤出一丝笑容来，对门前一列哭泣的老人妇孺道：“去去便回。”便离了李家庄，行不过八九十里，只见一片杂木林子。

“止步！”

一声大喝打破寂静。

却见那林中，撞出一人乃是豹子头林冲。接着便是宋江、花容、杨雄、石秀一班人马跃出。

那孔目一干人等，只是高呼：“啊呀！梁山泊贼人！”如白昼见了妖怪一般，便将李应、杜兴撇下，惊鸟般自顾逃命去了。

宋江道：“两位官人受惊了。”即解绑两人，道：“实已等待多时，且请扑天雕李先生与我等一同共上梁山，绝不与大官人为难。”

“哦，这位英雄便是及时雨宋公明？”

“不才便是在下。”

“久仰大名。我李应虽卑贱之身，上梁山去落草却是使不得。”

“大官人今日即使脱逃，将来也必为官府缉拿，却又如何分辨？官府管辖地界上，我梁山泊大军这般骚动，其罪必然负累大官人一人身上。”

“这却如何是好？”

“大官人不需多虑，且入山寨中避过风头，打听得没事了时，再下山来也不迟啊。”

杜兴也赞同此说，吴用也以其一流辩才，从旁苦劝。李应终不得拒之，于是加入一行人等中，迤逦回到梁山泊去了。

这扑天雕李应终究自恃乃正道之士，只将梁山泊做临落脚处，也不来聚义厅上筵席上喝酒。

这一日，李应拜见梁山泊首领晁盖，涕泪纵横的苦苦哀求道：“大寨主，小人到得贵寨已有五日，不知家中老小如何，求教小人下山归家则个。”

晁盖瞥一眼旁边宋江、吴用，面上露笑，回道：“两位，这却如何？扑天雕李先生三番四次，如此求说了。”

“哈哈哈，李大官人差矣。”

“吴学究，你却如何说？”

“宝眷早已不在李家庄了呀。”

“哎，不在李家庄，却在何处？”

“在此处。”

“此处？”

“自然是在梁山上。适才金沙滩对岸的茶店已有报来，顷刻将之吧。”

何等胡言，耍人也有限度。李应一股怒气升腾，却也没有现出不快之色，其心中明知此非虚言。片刻之后山寨下却见一行人蚁列而上。这行人中李家妻儿，姑舅亲眷乃至长年庄客俱在其中。家私用具都在，百余人肩挑背扛，又拿数十匹骡马牛背驼着，直上山来。

“有这等事？”李应连忙奔出，劈头便问娘子。娘子与老人们夹杂嘴舌道：“你无事便好。那晚你被官府捉了去，随后又有百十来个官人到来，抄了家私，曳来此地。想回却也没有回处了。刚出得门，庄院整个放起火来都烧了。”

李应听罢心中叫苦，也只得唯唯随顺了。从后追来的宋江扑通跪下，两臂叉于地，服罪恳求道：“见谅！此皆为我等之计。兄弟们端的久闻扑天雕李应大名，倾慕无方，日夜想请大官人上山，万望大官人情恕。我等真切恳愿，请大官人入伙。”

“如是计，那晚官人却是何人？”

“那扮作知府差遣来的孔目，乃是我家兄弟铁面孔目裴宣。”

“啊！久仰贵名。”

“扮作两位巡检的，是伪书名人萧让与篆刻名人金大坚。其他各位都头，乃是李俊、马麟、张顺等人。各位兄弟俱脱去假装假面，今夜又做一席酒宴，为大官人压惊。尊夫人与一族老幼，山寨中绝无为难之处。一同山寨中快活便了。李应先生，今后还请有所觉悟。”

“罢罢，事已至此。”

李应终于软下腰杆来，取了宋江之手，执于胸前道：“士为知己者死。既为兄弟，便在此山寨中至死便罢了。”

“我等兄弟，俱为天星宿地的宿缘，大官人也乃坠落凡尘之天星，须是如此。”

这般言语，李应听得也只作是一般奇闻，或是宋江一人之觉悟宿命观吧。宋江曾见不可思议之梦境，梦中又得九天玄女[1]授予天书，并在此梁山泊中得如

---

1 吉川原文只写为一般的“神人”，带有日本宗教意味。此处采用与原著相同的，向宋

此多奇异兄弟云集，便笃信不可思议之事了。

山醉水歌，马羊家鸭俱上桌，此“宴游之日”，一日之中将寨中化为欢乐天地，不知人间几何。

此为欢迎李应及十二位新头领上山入伙。且众兄弟也有共庆克服祝家庄，取来大量丰年钱粮之意。

这十二位新头领又是何人？

李应除外，这十二位打首的是孙立、孙新，其后有解珍、解宝、邹渊、邹润、杜兴、乐和、时迁。另外还有二位女头领乃是一丈青扈三娘、母大虫顾大嫂，与乐和的叔母、亦为孙立之妻，以上人等。

在此新头领入伙大酒席上，宋江突提起话绪道：“各位，值此良辰吉日，我便做一回媒人，立一对新郎新妇结成姻缘。”

“哎？何人结亲？”满座皆惊。在此少有色香之梁山泊内，顿起赏花之心。

“新娘便是一丈青扈三娘，而新郎嘛。”

却住口不语。席下却是不知何处冒出一干汉子叹息声。

“与这新嫁娘比较，武艺人品，新郎却有所不及。却还望新娘看在我面上与他结为夫妇，这新郎便是王矮虎。……这好色王矮虎……实不相瞒，当初便为杀他色心，我曾许他一门好亲事。大丈夫一言既出驷马难追，此山寨中却难觅良缘，平日里总是我心中憾事。可否答允，扈三娘？”

众兄弟至此不得叹服宋江有德有义。这扈三娘自从被捉上山来，众人却也曾背地里怨过宋江。定是宋江对此女子有意——如此谣言四散。今日宋江一番表白，众人皆称颂拍手起来。王矮虎泪下握拳，扈三娘却也两腮羞得通红，如那红叶一般，俯首不语。然却深感宋江令人敬佩，便即刻答允了婚事。

却说寨中大事欢庆至午后，从泊对岸酒店中，朱贵派出使者坐一扁舟飞告而来道：“有位郓州捕头雷横，见在店里，求见寨主与宋江头领。”

“哦是郓州雷横官人，乃是我等的恩人。快快去迎上山来。”

晁盖、宋江、吴用等人听得此信大喜。这位好汉，定是苦于官途腐败，终下决心来上梁山入伙了吧。

这欢喜中却稍稍会错了意。见到雷横，方知事出误会。

江梦中送天书的“九天玄女”。——译者注

“小弟实蒙县令差遣去往东昌府分干回来，经过路口，于朱兄茶店中小饮一杯，却觉怪异，被小喽啰拦讨买路钱，小弟提起贱名，因此惊烦各位头领。”

“却是这般原委……众兄弟常提起恩人之名，万般想念。朱贵那方无礼，见谅则个。天幸恩人强健，小弟实喜不自胜。”

宋江提起话绪来，吴用、晁盖等人便一同道：“请上山寨。在此与恩人相见实为缘分。”

“盛情难得，但小弟确有公务在身。”

“嘛，恩人赐个人情便了。”

“那么，便叨扰贵寨一晚。”

“多留几日吧。”

“万万不可。”

“确为不可？遗憾遗憾。”

立时置酒管待，宋江席间宛曲拿话来说雷横上山入伙。雷横无意上山，便推辞道：“老母年高，不能离乡。”

便将话绪引去如何如何思念老母。

如此过了一日，至次日又推辞道：“如有缘，定来相投。”

雷横便脚穿草鞋，前来拜辞。再三苦留不住，众头领都送至金沙滩，又出路口，分手之际道：“区区贱礼，送与令堂大人。”便以一大包金银相赠。雷横口说如此贵礼受之不恭，便要推却，三大头领强赠之，雷横终将金银放入怀中，自回去了。

三位大头领送雷横远去，还入朱贵店中商议道：“此处应添乐和来相帮。再有犯错，须不好看。”

三位大头领便在金沙滩坐船回去途中，商定值此新头领入伙之际，定议山寨执事调配。东西南北，各设一座茶屋，那母大虫、孙新等人必要令其入店掌事。

新婚夫妇王矮虎与一丈青，后山下寨监管马匹。

杜迁、宋万把守宛子城第二道门，刘唐、穆弘把守大寨口第三道门，南山的水寨由阮家三兄弟把守。

其他造船厂、锻冶房、钱粮局、织布舍、铸造队、酒水加工所、瞭望台队、仓库房、巡警部等，均安置适才头领专管。至此梁山泊巍然齐整，寨中无有游闲之人，各人才智正如自然之水充盈四方。

再说雷横回到郓城县家中，参见了老母，次日一早又出门，径投县里来复命公差，完毕后身轻心驰，逛了街市，乘着晚夕凉风，便回家去。

只听得背后有人叫道：“都头，好久不见，几时回来？”

回过脸看，是本县一个帮闲的李小二。

“前日才回来家，此行繁累。”

“都头辛苦。都头可知此处近日有个演剧的行院在勾栏里……啊说是演剧……可是色艺双绝，都头可去看一看？”

“哦，有那等行院来此？”

“听闻是东京来的，可是好粉头，说唱弹奏，诸般品调，赚得那乡野农夫都涌来，人山人海般价看。”

“你是看足了吧。真有色艺，也携老母来看一回吧。莫要忘记带饭食去，携老母一起去。”

“……都头？都头？却去何处了……咄，鬼般吓人的雷横，自是个怪人。讲起老母就是胡乱开心。真无聊。”

念想老母的雷横，在老母眼中看来，却有一事总是担心。雷横有一恶习，便是酒性极乱。

“母亲，无须多言嘛。雷横这把年纪，担心做甚。且身为公家人，自新知府上任发令禁酒之后，回来至今连一杯都未曾碰过。”

雷横如此告于母亲。在家中实不曾喝过，但在外头酒友俱在，到底是信不得的。

这一日夜里，由衙门归家途中，雷横又与过往一众恶友在酒店中畅饮。此其本性，难以改易。禁欲之思一破，便反饮至过量。寻思这却不可，醉相被老母见到，只引老人家生气。与友人分手后，酒醉却迟迟不醒。

却听得耳边传来演剧喧闹声，抬眼见适才李小二提到的勾栏。人声鼎沸，旗盖如云。雷横被人流一裹，便如游水般人去勾栏里。官差的一张面皮自有习性。那栏里小厮颇记得，劈头便道：“哦，是雷大官人。”

便引至上等客席里安坐。这座席腰靠木背，扶手圆粗。雷横却只当是来此处醒酒，不一会儿便手杖支脸睡去了。

看戏台上，观客喝声雷动，色艺双绝的白秀英，却还隐身在缎帐之后。

胡弓、长笛、蛮鼓、木琴、铁钲，一齐响动。赤红色装扮童女三人，火焰般乱舞，赚观客欢喜。

才退下，曲风一转。有又一老者把孔雀扇飞舞胸前，白衣黑带，穿尖角皂靴，戏台中央跌倒逗趣，开科道："各位看官，多日来多谢惠顾。老汉我便是白玉乔。女儿秀英，得看官照应，却还不曾露真本事。小女这身艺领，乃是开封东京府花都教坊内得授。此地服侍看官头一遭，愿结吉祥良缘。小女必出浑身解数，献绝代技艺，还望各位看官不吝赏钱喝彩。老汉在此拜谢。开锣！"

声调一变，锣声响起。那雷横却还宛如梦中，受了一惊，想起自身所在处，急抬一双红目来看那戏台，顿又吃一惊。

只见那戏台上，花之精、白鸟灵满台子飞奔，围在内里是众人焦点，歌舞艳丽之女子。这便是大受追捧的女伶白秀英吧。见其身穿雪白罗衣，彩霞凤带，发髻上插珊瑚花簪。樱桃唇、兰花脸，纤手正如兰叶，妖娆婀娜。手中又左右各执两响板，歌声鸟啼，舞腰似柳，步步盈盈，铃铃抑扬，合着台下吹奏的紫竹笛声，舞一曲《开封竹枝》，精彩万端。

"嗯，却值这等好评判。"雷横亦似擦得眼亮，心地舒畅。不须说满屋的观客，掌声雷动。似等着这喝彩声一般，穿尖皂靴的白玉乔又飞奔至秀英身边，拍一拍肩道："我儿呀，却不曾忘记事？"

"这是何来？小女之舞可有错漏？"

"京师中一等一女伶，正是天女云端落，何来半分的差错。忘了事吧？"

"原来如此。"

"我儿专精技艺，却也需时时见客官脸色，取客官心意。喝彩声中，不也有喊给赏钱！转赏盆！承蒙贵言，下出本子转前，且乞客官给回赏钱。"

"好啊！赏钱，赏钱！"

"各位客官，拜谢！"

这白玉乔便单手支腰，抬起尖角靴来待往下走，手中托一薄盘，眼眺客席上。

"吉地上过，旺地上行。此地客官果然不同凡响，看各个都自怀中取赏。便顺序走一遭，盼多多得赏。我儿呀，多谢各位客官抬举，便拿了这盘子，走一遭得赏钱吧。哦，这边厢贵夫人小公子都给赏钱……多谢，多谢。"

拿盘子讨赏乃是行院寻常路数。看客均知必有讨赏，坐于上座之客更是要多多给赏，赚得脸面。这盆子拿到雷横跟前，白玉乔一个深拜，唱喏赐物降福，客官吉利。

雷横呆住。这日喝酒是酒友出钱，虽说得令禁酒，肚皮里酒虫却不得封，见有出钱的自是把持不住。虽愿打赏，身边一摸，并无一文。这可如何是好。“啊，糟了！”雷横手边摸着又缩去，只得道：“今日钱忘在家里，不曾带来，三两日内再来观戏，老母也一并携来，一发赏与你。”

“嘿嘿嘿……多谢官人盛情，却不知官人能否得见第二回。”

“你这厮，贱笑作甚。晓得在客前，却露这口牙。”

“哎呀，哎呀。老夫这口牙天生贱大，有笑的是众位客官。这位官人，坐着门庭上席，实也须给大脸面。削了脸面糊弄小人则个，却是舍不得赏钱，这等吝啬？”

“说甚！我吝啬？”

“这位官人，我等却不是全无道理。卖艺身也有情义。一文两文，小赏也是赏。却似官人这般一文不名，却是不晓事的，来此勾栏里作甚？两足请抬起，却挡小人的道！”

“住口！你这忤奴！”

“便骂你，打甚紧！”

“这，这厮无礼！”

“多说无益。你这等人便是三家村使牛的，要是晓得事，狗头上生角，银子上长疮！”

“竟敢辱我！”

雷横母亲执念担心的便是这桩事。雷横登时暴怒，一把纠起白玉乔，未等其作声，便一拳打飞了出去。勾栏里人登时大哗，那白玉乔泥瘫在地，乐师舞娘等呼喊鼎沸，乱作一团。

第七十九回　木门外母子受辱　狐妖女一击殒命

雷横母亲平日里清早忙前忙后，今日却窝在屋子南廊小椅子里。——原来昨夜雷横喝至烂醉回来，便取了儿子的官服置膝上，拭去泥土，缝补破漏，却见官服上存有血迹。

“这孩儿又做甚了？……禁酒说了几回了，老身面前也赌过誓了……孩儿多大岁数了便是不改。”内心独个忧愁。

猛听得门外大哗。出门一瞧，俱是雷横一起衙内当差的朋友。那婆婆连忙笑脸相迎，请入院内招待。差役捕头一干人却立在门外道：“老娘，自有公事。”没一个抬脚的。

“雷捕头现在何处？”

“昨夜不知是有何事，我儿午夜才回，今早还在睡。”

“请老娘去唤起。有公事，等不得。”

“是，是。”

雷横母亲便快走去卧房。眨眼工夫，雷横便着了衣，肿着双眼步出。

“早。”一声招呼，杵在院内。左右同僚一起上前，登时将具枷来枷了雷横双手。

“对不住，我等下人，并非不愿容情，只知县相公有令在此，不得违抗。且暂忍耐，昨夜看戏的勾栏前去走一遭。”

“勾栏？”

“雷捕头昨夜在那白秀英的勾栏里可大闹了一回，如何忘了？”

“啊，啊……”

雷横张口结舌，登时酒便全醒了。便回脸对老母道：“母亲，无事。昨夜一时酒醉，在那勾栏里与那唱戏的打得数拳。……不需担心，去去便回。”

众差役也端出笑脸道：“新任知府乃是明白人，真是无事，去辨明了便可。”速携了雷横出院门去了。

去那勾栏外一看，事态却是不小。昨夜将那老汉白玉乔打至单臂断折，其余戏班人等也有头上络着白布。因昨夜勾栏唱至半途便散了，清早观客便围至水泄不通喊道：“座席钱还来！今夜勾栏开唱，座席券免费拿来！”

如此这般闹得人声鼎沸。

知县指使差役前来驱散人群，又将戴了枷具的雷横，立于众人面前，大声宣读知县告诫文，下令将雷横绑在街上旗杆下，着日头暴晒。告诫文道：

> 县内捕头雷横，身为治安警吏，醉酒生事，搅散勾栏，打伤多人，紊乱乡里，坠官民望，判于路口示众一日。告之诸民。
>
> 郓城县知县

便将告诫文张贴于旁。雷横不禁羞惭不已，只怕是真如此文所言。昨夜之事却大半记不起了。犹记得那白玉乔在人前侮辱，当时大怒而已。

那却是错事。本性酒癖发作，亦向老母赌过誓不再饮酒……此乃不孝之罚。便在乡人面前忍耐十二个时辰吧。雷横心中打定主意，闭了眼去，默守着旗杆。

原本说来，路口众人便没个热闹去处，平日又受官人欺压，此时便对雷横吐唾，咒骂，扔石子。

“此非雷都头吗？”

“这般沦落？”

众人皆逞意欺辱，大肆嘲弄，以为快意。这也是平日里来，雷横为首的诸位捕头，并非没有做出些公权私用的不正事来，有人知其平常孝顺，锄恶安民，此时也不与这许多泼皮户做道理。

且说雷横在同僚公人间，颇具人望，今日拆解他来此地，实心中不忍如此辱他。眼见得过了晌午，其中一位公人便近在雷横耳旁道：“都头，请多多忍耐。过此一晚便了……话说都头还不知此事原委吧？”便将事情头尾道来。

“哎？此中又有何原委？”

“此番新上任知县大人，与那秀英早有来往。”

“秀英？”

“哎，便是女伶白秀英。她与新上任知县，来往已久。此女娇艳，非特意来此偏僻地方献艺之人。之所以来，却是为她的姘头做了此地知县，便来相会。”

“原是这般事。”

“那两人原俱在开封东京府，旧有来往，也不甚稀奇。”

“无奈何。如此说来，求知县大人贵举，安抚行院人等，大事化小岂不是好？”

“这却难做。昨夜那白秀英携了老父亲白玉乔，撞开县衙后门，去将知县大人行说，看今早模样，被那女子一夜撒娇撒痴，知县也吃她不住……啊，那莫不是白玉乔来了。”

却见老汉白玉乔，肘吊白布，颠足行来路口，见了绑缚旗杆下的雷横，只冷笑道：“哦，原来扒在此处。如何，昨夜气焰何在？……正活该！”

便一口青痰吐雷横身上，施施然入勾栏去了。不多一会儿，咚咚鼓声大作。今夜也似开场演剧，那些个小厮便出勾栏外，扫地洒水，却故意将脏水尘土泼雷横。这雷横咬牙默不作声，不发一言忍耐。

直忍耐到夜风吹来。那女伶白秀英，坐了轿在勾栏前下地，不愧是美名远播，附近民众齐聚而来。

这白秀英却是目不斜视。身上不着戏台舞装，却也是华服艳丽，撒脂粉香，扭蛇腰去到旗杆之下，雷横不由得怒目圆睁，直扎那女脸上。那女忽冷笑出声，竖着脸皮对雷横道：“这莫非是本县大官人？昨夜奴家戏台子上，真是好生凶蛮！怎么！这眼神还凶！……做出这脸来，莫非道我怕了不成。果然是村家莽夫，这等蠢笨，我开封东京府来的名伶，被你这下三等的鸟人搅了场，自然要讨回债来。好好受用着吧。”

雷横见此女，确是美人胚子，自有开封风流女儿气。说是知县旧识情妇，并非虚妄。

雷横自窝着胸中闷气，觑那女子脸，白秀英却以为雷横这目光扫来无礼，自恃身后有知县倚仗，更助其傲心，道：“看做甚！昨夜老娘失了那许多赏钱，却以此罚还，正是气闷！众位看官，对此官人平日价不存怨恨？石泥不论，掷他一脸也无妨！打他笑他，无从还手。”绽开红唇便如此道。

斜旁突走来一老妇，一把抓住那女子胸襟，边哭边大声喝道：“贱人！千人骑万人压的母狗！这般欺辱我儿！”

“放手！放手！你这老婆做甚！何处来的贫乞婆！”

“我便是这雷横的老母。真生错了这娃儿。虽说如此，好歹没生下你这等淫妇贱人！”

“说甚！你再敢说！”

“说便说！看你这红白粉乱抹贼贱人！剥下你身上这张皮来，笃是狐狸精变化妖怪。戏台卖艺是假，背里母狗做贱是真！”

“住口贼婆！好大胆，这众人前敢来辱我！骂我有甚凭证！”

“想要凭证？好，便让各位乡亲都听明白！为保我儿无事，我是一路行来与衙门出入的人都求过了情，哪晓得那些公人俱说自个两难，做不得面皮。细问原委，却是那知县与这贱妇早已勾搭成奸。背里在知县处煽风点火的便是这母狗与其父！”

“我当是啥凭证。行院这行里可无规矩讲不能拿知县做情郎。你这贱婆又待怎的！瞧你缩成老癞猫的模样，莫非有妒心不成，哈哈！”

“畜，畜生！原不是与你来此吵骂！解开我儿！”

“便在你面前，瞧这扒街的伶俐劲儿！”

“你去解开，还我儿回来！告黑状子的是你父女二人，知县晓得是情妇解了人，也不至发怒。”

“我作甚去解！一边儿去！”

“快解！”

雷峰老母爱子心切，一时气血冲头，而白秀英倚仗是知县的婊子，自不让步。老母先一把推了秀英，秀英便抢向前，只一掌将老母瘦骨嶙峋之体推了个踉跄，再赶入去，抓住老母满头白发，恶狠狠道：“这老癞猫，却敢打我！今日叫你见阎王！”

便将老母在地上拖着骨碌骨碌转。此时急转直下，只听那秀英惨叫一声，众人还不知何事，便见那女一口血从口鼻中直喷出来，花容失色，两手空抓不住，仰天扑倒在地。[1]

“大事不好！”

在旁空手看戏的差役，连忙直入到雷横近旁来。

“都头！这却如何是好，这白秀英被你一脚便踹死了！”

“都头，逃去别处吧！首枷与你取下，不逃性命不得保！”

众人一致，其后如何处置也不理论，专促雷横赶紧逃命。

这雷横却不跑，满脸苍白道：“众位兄弟，我逃了你们须有罪，我去知县处自首。只是老母……拜托诸位兄弟照应了。”

便惭愧瞧了老母一眼，由众人押带了，将骚动观客拨开，来县里自首。

原本此时勾栏，正是入客如潮开锣唱戏的时候，今日却降这等事。这戏班子里头一等女伶横死在栏外，自无法开锣。老翁白玉乔赤足飞将出来，见了女儿尸骸，号泣不止。这一夜，雷都头打死白秀英之事在郓城县口口相传，至半夜里仍四处骚动。

1 此处与水浒原文相比缺了雷横打死该女子的动作或过程。作者吉川不只这里，在整本书里面，对于一些针对小孩、妇女的杀伤行为，都进行了淡化处理，所以文中没有出现直接拿枷就砸，砸得脑浆迸裂这样的描写。也许吉川认为，无论任何情况，打死妇女小孩都不是英雄好汉所为。——译者注

第八十回　莲池吞没小衙内　迷途误闯金枝门

这郓城县内另有一位都头，是与雷横故交的美髯公朱仝，素着人望。

那女伶被杀数日之后。朱仝引了十数个牢子，一行人马解押囚人去往济州府。囚人便是雷横。朱仝因与雷横是刎颈之交，因此坐在马上快快不乐，不似平日价模样。

走出数十里，见个酒店。朱仝便请众牢子喝酒，又袖下贿赂银子。朱仝独自带过雷横，来后面杂木林中僻静处，开了首枷。

"朱兄，这是为何？"

"贤弟，我与你十年交情，如何能往死牢里送，快去别处逃难。"

"这却不可！须连累了哥哥。我雷横便是粉身碎骨，不能害了哥哥。"

"雷横，你家中还有老娘，若有好歹，老娘怎生活？"

"……小弟只忧心于此。"

"我朱仝又无父母牵挂。兄弟，你此行去那牢狱，必遭冤杀。我放了你，我须不该死罪……要问为何，那知县虽说怒你打死了他婊子，却也怕世间悠悠众口。我觑准他弱处，必不至死。快，去梁山泊投奔诸位头领吧。"

"去梁山泊？"

"往日得我兄弟二人暗中相助的晁大官人，此时正在泊里做山寨之主，必报我恩情。听闻宋江先生也早去落草了。"

"小弟惭愧。先前奉公差归家路上，便见过梁山众头领。与哥哥也提起过吧。"

"便是了，贤弟去了必受众头领荫护。去吧！其后我自支吾。"

"家中老母又如何？"

"贤弟无须挂念。我出县城时候便立定主意，将你家中老娘托付于旁个兄弟，先往山东去了。你发脚赶去，途中必遇见。你顾前程万里，快去！"

"哥哥！此恩今生必报！"

"身上可带银两？"

"有！有！哥哥，来日必再见！"

雷横因朱仝友情，满面流泪，拜谢了，走偏僻林道向东奔去了。

朱仝出来，对酒店中众牢子说道："不好！吃雷横走了！莫慌莫慌，全罪在我一人。众位兄弟多喝几杯，此刻便是回去也是无人交差。"

便又哈哈大笑起来。众牢子颇心知肚明，却也无人与雷横结交有冤仇，知朱仝与雷横知交深厚，便默默喝了酒，随朱仝回县里出首。

那知县被打死了婊子，自是盛怒。然则知县与那女子勾搭情事也怕众人知晓，便将朱仝发去济州府审理。济州府衙门却也为难，见此案罪状不明，便断了朱仝公务怠慢罪，即刻发配沧州牢城，服苦役七年。——七年苦役在那沧州牢城中，乃是最轻的刑役。

"哦，美髯公。这位美髯公，原为郓城县的好都头，却来此处苦役。打扫间房安顿了吧。"

沧州的知府[1]见了公文如此说道。又见朱仝仪表非俗，不由赞道："果是美髯！"便有八分欢喜。过得数月，连沧州府衙门里公人，也俱一口一个爱称髯公，上下都欢喜他。

忽一日，知府独自在堂内小酌，便唤朱仝近得席来，仔细问及过往身世，流罪情由。朱仝便将友人雷横与那郓城新知县及其情妇之事一一道来。

"这般事……"知府不禁苦笑："这位知县想来是颇熟色道……你却感见雷横孝顺，故放了他逃去。"

"小人怎敢故放了他，只是一时不小心，被他走了。身为公人，惭愧

1 水浒原著就是沧州知府，而吉川的原文是"牢营长官"。如果采用了"牢营长官"，那这个长官和父亲是沧州"牢城管营"，所以称"小管营"的施恩又是什么关系？（这个时点，施恩和武松一起在二龙山上）原著可能就是为了避免麻烦（要说明此人是如何接了施恩父亲之位什么的），就让朱仝直接进了沧州知府家里，所以这里还是遵循原著。——译者注

之至。”

“不须骗我，实出于友情吧。原非重罪，七年转瞬便过，便在此府中忍耐便了。”

“既已如此，小人一生服侍大人。”

“哈哈哈，好个口蜜之徒。来喝一杯！”

正说之间，只见走入来一个小衙内，长得端颜美貌，见了朱仝美髯，顿生好奇玩耍心，便去那朱仝膝上坐着，伸手便扯住长髯。

“大人，这位是世孙吗？”

“休得胡言，我还未那般老。这是我家中末子。”

“见谅，见谅……啊好痛，小衙内，别扯，别扯啊。着实痛啊。”

小衙内从此见朱仝欢喜，每日来都要朱仝抱了去耍，寸步也不离。

天降这件轻松差事，自那以后，朱仝便兼差与小衙内闲耍。时过一月过后，便是七月十五日。

这盂兰盆大会之日，却不料揭开了地狱之盖。

牢营城门外狱神庙与地藏寺处，年例盂兰盆会时节，点放河灯，祭祀鬼魂。

“小衙内，今夜看河灯去吧。”

白日里朱仝便被小衙内纠缠说要去看灯，才交初更时分，河灯未燃，朱仝便将小衙内托在肩头上，转出府衙门前来，往地藏寺里去。

遍地价都是赏灯人，见地狱极乐、取刀玉的大道灯艺，啧啧赞叹不绝。卖面汤的叫卖，炙鸟肉的青烟——山上梵音打钟，反透于池水之中，却是俗众欢乐。正不知是净土极乐，还是地狱四生六道，看了一遭四处人潮。

“小叔小叔你等会儿。”

“小衙内是要小解？”

“不是，我乳母不见了哟。”

“啊，乳母……不好，却是迷路了吧。”

左右探头去看未见那婢女身影，转过大莲池去石拱桥端头，小衙内喊起要小解。——朱仝见此处人少，便从肩头落下小衙内，后背倚扶着令其爬在栏杆上小解。

“小衙内，此处小解吧……快看快看，河上那是红莲白莲的花灯，莲花叶上有琉璃白玉，水落下去开了花哟，哈哈哈……好，撒完了吧。”

这时背后忽来一人。

于朱仝身后道：“兄弟，后面的林子里来借一步说话。”

“何人……”回头看惊道：“啊，是你？”

“此处人多，请来林子里。”

“我便来。小衙内，且下来坐在这里看莲花。……我与兄弟别处去说会话，去去便回，切不要走动。”

话未道尽便返身转去池塘，避开眼目，入林子里去。

“雷横！贤弟因何到此？”

“朱仝兄！无事万幸！自从那日哥哥救了性命，携老母上梁山泊入了伙，保得此身，却日夜担心哥哥。”

“不须如此担心，此地知府相公照应我。”

“小弟得知哥哥发配，念及哥哥厚恩，山寨众头领亦甚想念哥哥，愿一起上山入伙。”

“我现为牢城囚人，如何做这等事！”

直待他这般言语，树背后转过一人来，喝道：“美髯公！英雄好汉，为何甘于囚牢铁锁？便请挪尊步，同赴山寨。”

朱仝又吃一惊。这转出之人，便是山泊军师吴学究。

晁盖、宋江等众头领，均一意相请朱仝上山，便是使蛮也要得偿此愿，教吴用来说。

这吴用说得嘴干舌燥，朱仝坚是不应。虽由官差沦为囚人身，朱仝仍想还乡后复为良民，自不愿抛去清白。

“都头这般不愿，无非是在此服侍他人，非大丈夫男子汉的勾当，何况七年岁月荒废。说一千道一万，这衙门堕落腐败情形，早已如洞烛明火，我等所愿无非除暴安民……”

雄辩如吴学究，搬弄了半晌口舌，朱仝仍是不应，只得缓道：“且一同转去，边行边说。”

三人便一同转来，回来那莲花池畔石桥上，朱仝脸色大变。桥上不见了小衙内。

朱仝叫起苦来，两头没路去寻。吴学究一旁无事人般说道："都头，此处怕是寻不着。多管是我带来的一个伴当，一时兴起，因此抱了小衙内去耍了。"

"吴先生，休得耍我！"朱仝听得此言，立时暴怒，道："这小衙内是知府相公末子，却抱去了何处，快快还来！"

"都头息怒，我们一同去寻。"

便四价里寻了，着实不见人影。——不知何时，已离了盂兰盆会，行至远处僻暗杨柳原。

"雷横！"

"何事？"

"还问何事！怎的寻至此处来了？"

"哥哥有所不知，那带来的伴当，原是没晓的，一定直抱到我们的下处去了。"

"下处？何处客店？"

"转出城去，要离十里地界，门前矗了下马石的，高大庄院。"

"你那伴当姓甚名谁？"

"一见便知的黑煞鬼，其名唤作黑旋风李逵。"

朱仝失惊道："莫不是江州两把板斧杀人的李逵么？"

"便是此人。"

朱仝连连叫苦道："大事不好！只被那黑旋风抱了去，小衙内便要惊哭吓死了！乳母也早迷了路，又迟了时辰，知府相公必定见怪……这要缓缓寻到何时，雷横，我先走一步。"

便落下二人，只一头向吴用所说客店那处奔去。走了数里，只见前面一黑大汉，手持着薄刃双斧，风也似的行走。朱仝寻思此人便是李逵，抢上前去一把拽住袖子，喝道：

"李逵，小衙内在哪里？"

"啊，美髯公朱仝。"

"小衙内贵重，快快还来！"

"那小儿却是可怜。"

"说，说甚？"

“那石桥上，小衙内见了我面，便吓哭逃开了。”

“必定惊吓！现在哪里？”

“吴学究着我抱了小衙内，带旅舍里来，我却追赶得紧，不想小衙内掉进莲池去了。”

“呀呀呀！竟害死了小衙内！”

“这话如何说，李逵便是鬼，那般美貌小儿怎舍得杀。那莲池中定有妖怪，将人拉入去了，尸首也不见浮上来。思量来去，便只得拾了小衙内的头须儿来，留个见证。请见谅则个。”

“畜……畜生！”

朱仝心下大怒，扯住李逵布衫，将其背起投出。

那李逵被一投九尺外，却立时跳起身来，翻一口白牙大笑道：“美髯公，来来来！”

“黑畜生！速偿命来！”

“哦，老爷板斧不曾见得？可不长眼。”

“定要将你千刀万剐！”

朱仝身为牢人，手无寸铁，李逵手上却拍着两板斧，自不当回事。

黑旋风此番托大。板斧八面空舞却不着朱仝衣衫，这朱仝身形如飞鸟电光直入将来。不愧郓城第一捕头，空手捉拿人犯原是稀松平常。

“坏事！”

李逵见情形不妙，转身便逃。原不以遁逃为耻，穿山度岭，直逃出松林外十余里地。耳边簌簌松风。

“这厮走去哪里？”

朱仝赶了又赶，空身也难回知府官邸交代。眼见天色渐明，啾啾鸟音也不入耳中。朱仝只红了血眼，狂奔似鹿影一般。望见前面李逵，赶入一个堂皇大庄园里面去了。朱仝哪肯干休，也直赶入庄园大门里去，叫道：“休走！”

却见庭院中假石涌泉，中间立有一人，趋走如龙，鹤姿回顾，头覆紫纽金凤兜巾，身穿长裾素绢衣，颇有高士风气。

“来的是谁？”

那人眼光如电射扫来。

朱仝心里寻思此君绝非寻常人物，慌忙下跪施礼。如得相助，行此礼并不为耻。

“小人私入贵庄，实出无奈，还请见谅则个。”

只见高士笑道：“美髯公，那黑大汉却是要你。”

“哎？大官人是否知情？”

“实不相瞒，山东及时雨宋江头领写了密书给我。”

“大官人所说黑大汉是何人？”

“便是李逵那厮。……宋公明令吴学究、雷横、黑旋风三人，俱在敝庄安歇。”

“原来此庄便是他们的客店。”

“是。不意添扰足下，三人实为梁山泊人物，愿礼请足下上山，共聚大义。因见足下推阻不从，便教李逵夺了那小衙内，没承想却误杀了。此实为吴学究误算。军师智谋此番失着……”

便转身叫屋后的人出来赔话。

只见屋后转出三人来，便是昨夜同样三人，吴学究、雷横，侧首出来一人唱个大诺，便是那黑旋风李逵。

吴用与雷横倒头便拜，万般乞求恕罪，又苦劝朱仝共上梁山。庄院主人亦从旁相劝。朱仝见事已至此，且感动梁山头领心意，便道：“我去则去……但若要我上山，先依得我一件事。”

吴用道：“兄长能同去，休说一件事，遮莫几十件也都依你。凡我吴用能做到的，立时去做。”

“若要我上山时，只在三位面前，先与黑旋风决斗一回！”

“大官人却仍怀恨？”

“却非为我自个道理。我是发配囚犯之身，得知府大人一时温养，如此践踏恩情而去落草，万万不能。小衙内既已死，只得砍下行凶者黑旋风头颅，呈在知府大人门前谢罪，其后便上梁山！”

李逵听了大怒，先跳将出来道：“你这厮鸟！昨夜便告你知晓，那小衙内不是我杀的，却还纠缠不休！罢罢罢，要恨便恨，要打便来打！”

“还不住手，李逵！”

“军师！”

“大官人也请住手！皆是我吴用吩咐如此。这李逵原本无知野蛮，托付孩子与他，没承想失手致死。全是我吴用之罪！”

“军师！我哪里无知野蛮呀！”

这庄院主人在旁查看朱仝脸色，道：“吴学究，请听我一言。朱大哥也是自责，此心可怜，须相敬之。我倒自有个道理。”

“愿闻高见？”

“李大哥先在我这里便了。朱大哥与你们二位，先自上山去，以满宋公明及一同头领之意。”

闻得此言，朱仝方才有些放心。庄院主人置酒相待，主客围了一桌。

吴用笑道：“这黑厮便放在贵庄，下次来取便了。”庄院主人也大笑起来。

李逵心中积火。无知野蛮黑厮，尽是耍人，侧过脸来觑那朱仝。朱仝心中也是千丈火焰升腾，将将压抑不住，也边喝酒边觑李逵。

“这情势……”

庄院主人便唤来侍女相伴，弹奏舞蹈。主人自拿七弦琴，朗朗咏唱。微吟风流之气氛，终将这一干血性汉子都镇住了。

“辱没诸位之耳。”

一曲终了，吩咐再斟酒来。朱仝心中疑惑，如此宏壮翠丽山庄，究竟是何所在？这庄主又是何人？

开口询问，庄主便回复于他，却又使朱仝吃了一惊。

原来说起此家，祖上于五代之末，宋太祖开朝时落于此地。先祖便是周柴世祖，曾为幼君得帝位。时契丹入寇，幼君难以主持国政军事。大周第一将军赵氏，得全军拥戴，代其帝位，便是宋太祖。这便是史说陈桥让位之事。

却说柴氏先祖让了帝位，以后朝廷曾下赐丹书铁券。证其代代皇统家世，世人崇敬，握有特权。

往世滔滔，至宋末之时，朝廷朝臣皆已忘怀这等古事。独留此沧州片隅之地，祖上留下庭园美馆，保有金枝玉叶之家名。地方上颇是敬畏，门户之内养许多食客、庄丁。说起此庄主人便是：

柴进大官人，诨名小旋风。

听到此处，诸位自然，回想起来。

如今梁山泊上头等战将豹子头林冲，过去也曾发配沧州苦役，受柴进厚待，后来倚了柴进之助，走脱牢城，上梁山入伙去了。林冲以外，梁山上曾得柴进庇护，与其面识者极多。

“原来便是柴大官人。”

朱仝得遇江湖上闻名的小旋风，心下感动。见这般风流人物全力相助并不相识之人上梁山，使得朱仝心中越发向往好男儿聚集的梁山泊。

翌日，吴用、雷横、朱仝三人辞了柴大官人，便上梁山去了。

临别时吴用又吩咐李逵道：“李逵，你且小心，只在大官人庄上住几时，切不可胡乱惹事欺人。”

“军师总道我无知野蛮，哪里得小心。”

“你这厮，总是这般！”

“我便不曾改！”

“唉，前世积得冤孽，与你这厮结缘。那朱仝兄弟，上山后等他性定，晁头领与宋公明哥哥说好时，便来取你还山。住庄上，且好生每日打扫庭院。”

“晓得了！”李逵拍打粗黑额头。

柴进与众庄丁将三人一直送出沧州地界。关界番卒、牢营公人，听说是柴进家送客出界，皆无疑心。

却说这两三日，沧州城内城外，乱成一团。知府大人爱子，盂兰盆会夜间溺死于地藏寺外池中。当夜陪小衙内看灯去的囚人朱仝，不知去向，公人差役四处搜拿。

偏僻野村尽皆搜过，柴大官人家却决计不来的。皆知柴家乃法外之门。李逵在柴进庄上住了四五十日，秋色渐浓。忽一日，见一个人一封书急奔上庄来拍门，叫道：“大官人！高唐州有急书来！”

侍女慌忙取书，送入柴进内室。

柴进接着书，拆封看了，大惊失色，双手战栗不止，似有大事。

“大官人，有甚紧事？”

“啊，李逵，你在此处。”

“我在此屋外打扫门窗。大官人，却有何急事。”

“嗯……此事虽急，与你分教却也无用。”

“何事不肯教李逵知晓？”

“你啰唆作甚，没见我自烦恼。……只怕我得亲身去高唐州走一遭！”

李逵闻得这话，便从窗边足台上下来，绕过庭廊，转头来撞入柴进屋中去了。

第八十一回　狡兽无道夺名园　义军出山惩奸邪

江湖上俱称在野名门，食客三千，便是这柴家。平日里招待酒食之人繁多，似李逵这般的却是少见，便似宅上放了一只黑面猴。

李逵撞入柴进屋内，也不管这急书所为何事，来了便叫道：“我也跟大官人同去！”

如同有甚喜事一般。

“大官人，去高唐州颇要些时日，我便去准备！今日里去呢？还是明早？”

“你怎得也要去？这却不是游山玩水。”

“当初吴军师吩咐我，借住庄上不离大官人左右，已有五十日了。李逵一步也不曾踏出过庄门呀！定要同去！同去！”

“你这厮不顾他人忧心。”

柴进执拗不过，面露忧色，只好令李逵同去。当日便收拾行李，离了庄院。挑担从人三个，庄客七个，黑旋风李逵也是从人打扮，望高唐州来。

路上半月有余，来到高唐州，至城北郊一林子背面大宅前下马。这大宅连林子俱属名族柴皇城地界。——下马后柴进自入叔叔卧房去。

“来迟了呀！你叔叔今早已去了！”

却得噩耗，柴进放声恸哭。大门紧闭，正在举丧。原来柴进此行，因得了叔父皇城病笃之报，急忙赶来。平日价叔父身子强健，却不意已没了命。

问起事情，柴皇城横死却有缘由。皇城遗孀等人，夜间将诸般事情道与柴进听。

——此间地方上新任军都督由东京来此，管本州兵马。此人是东京高太尉的叔伯兄弟，名唤高廉。倚仗他哥哥势要，藐视地方官民，在这里无所不为。又带将一个妻舅，实为混人，人尽称他作殷直阁，又倚仗他姐夫的势要，亦无所不为。那日有献劝卖科的与他一起来看我们宅子，说我家宅后花园精致，水亭阁廊盖造得好，便要发遣我们出去，他要来住。

原以为他是说笑。不承想十日之内，那厮带许多奸诈不良的人，来赶我们出门。皇城闻言冷笑，便对他们说道："异乡来人，却不知我家来历？"

那些奸人哪来理会，再三催促。直阁自身也来怒骂。皇城便告他知晓柴家来历。——柴家代代居于此地，祖上实为金枝玉叶，有大宋太祖皇帝御赐丹书铁券在门，诸人不许欺辱。你如何赶夺占我的住宅？

那殷直阁不容所言，人又高大，上前来要看铁券。答道不在此处，这直阁上来便踢倒皇城，骂道："我朝廷高太尉一族，怕了你等伪造誓书铁券！"从旁奸人一拥而上，将皇城推抢殴打在地，转身便走了。

因此，受这口气，当夜便一卧不起，口中只管叫冤，弥留之际还念叨道："转告我贤侄柴进，我今被奸人殴死，定与我报仇！"言罢便断气了。

柴进闻得原委，肝肠寸断。忍了痛苦道："尊婶请节哀。"

将皇城一族聚拢了来，说道："誓书在我家中，不曾带得来，星夜教人去取，须用将往东京天子殿前告状……大宋朝廷历代，明文尊我世祖让位于大宋太祖。——谓之陈桥让位，而得御赐誓书铁券。必以之惩那殷直阁之暴，慰叔叔尊灵。"安抚了众人。教依礼铺设灵位。李逵在外面，听得堂里哭泣，不顾场合，反笑道："还告甚鸟状！若还依得条例，天下也不乱了！"

一族人等皆转过脸来看李逵。柴进连忙斥道："李逵，休得胡言，不干你事，回屋去。这黑面猴子！"

却说继了七忌，丧奠如仪，移作法事。只见闲汉二三十人，径来到柴皇城宅前。

其中一人叫道："此家主人莫不是已死了。还有管家的人？出来说话！"

庄客见这些无赖汉，手执弹弓川弩、吹筒气球、拈竿乐器，其中一个骑着一匹彩饰骏马，便是军督妻舅殷直阁，一颠颠地来了。

急忙入报，柴进听得说，慌忙出来答应道："不巧家主身故，正做法事。如有指教，请他日再来。"

“你是他家什么人？家丁？”

“小可是皇城亲侄柴进。”

“沧州柴进？”

“正是。”

“那便与你说。前日吩咐皇城道，教他家搬出屋去。已待到今日，快将法事结了，明日便依我搬出去，晓得了吧？”

“您说笑？”

“谁与你说笑！”

“这住宅决不能搬！若是教搬，须得当今天子裁定！”

“放屁！这也须天子裁定？”

“年月虽长，我柴家到底也是龙子龙孙。放着先朝丹书铁券，谁敢不敬？”

“你将出来我看！”

“现在沧州家里，已使人去取来。直阁若是相欺，我也有法！”

“哈哈哈！”殷直阁在马上仰面大笑道：“这厮与死去皇城同样言语！正是胡说！原想放他至明日，却还充作金枝玉叶！左右，与我打这厮！封了住宅！”

殷直阁原意便要强夺这宅。手下无赖汉一拥而上，将柴进直打入宅门里去。柴进抱头挨打，却见那些人忽又飞出宅门外去了。

个个血流如注，手足并断。原来黑旋风李逵直打出来，挥动两面板斧，如同黑面罗刹般，跳将出来。——殷直阁见势不妙，拨转马头要逃。

“死贼休要走！”

李逵一板斧，生生砍断马腿。直阁从马上下来，未及落地，又是一板斧下去，血喷四溅。

闲汉一哄而散。柴进茫然看看地下，见直阁已死，只叫得苦。

“李逵！你砍死他作甚！这可如何是好！”

“大官人，这厮鸟忍不得！”

“这厮作恶，告他便了，杀人却须偿命。多说无益，眼见得便有人来拿你，你快走回梁山泊去！”

“人是我砍的，我不逃！”

“你在这里安身不得！官司我自支吾。你被官府拿了，须连累梁山泊一众头领。我柴进自可去府里分诉。快走！带上路银！”

便塞了盘缠与李逵，推他上路去了。不多时，百余人各执兵器赶来，柴进自甘绑了，去衙门里理论。

这知府高廉便是直阁的姐夫。人皆以为他平日处事公平，却不知他乃是旷世妖人——后文将提。此时小旋风柴信仍信得官衙正道，终遭一场大难，却又在高唐州卷袭来一场大风波。

却说山东梁山泊寨中。

这一日聚义厅上，李逵从高唐州连夜奔回来见众头领。众人见他气喘如牛，两眼珠子乱转。

“你这黑厮又做出来了，到处管不定手上两把板斧！”

听得李逵报说原委，晁盖以下头领，失惊大骂李逵。

“事已至此，须连累柴大官人吃官司，如何是好？”

“柴大官人道官司他自可支吾，叫我只管逃命。”

“柴大官人究竟如何？”

吴用、宋江、林冲等人皱起眉来。众人皆自身亲历，知晓衙门何等糜烂腐败，柴进主张必不能行，须得赶紧去探听恩人柴进消息。

众人便同声托神行太保戴宗：“辛苦兄弟，去高唐州走一遭，仔细探明回来。”

戴宗得了令，即日发动神行之法，飞奔去高唐州，不足半月又回到泊中。

“果然如此……”

众人听得戴宗报说，俱是发愁。想起恩人受难，又颇有义愤之色。

原来戴宗到了高唐州打听，满城人传说李逵打死殷天赐后，负累了柴大官人陷在牢里。故人皇城，一家人口家私都抄扎了，宅邸现已成了知府高廉的别庄。

不但如此，高廉之妻外面如菩萨，实是美夜叉。恨弟弟砍为两截，撺掇高廉狱中日夜拷问，将柴大官人做死了扑杀直阁罪名。柴大官人性命如风中之烛，早晚不保。众人听戴宗细细报来，心焦万分。

晁盖转脸去望高唐州方向，道：“柴大官人自来与山寨有恩。今日他为奸人陷害，又来占他房屋，如何不下山去救他。此事又因我寨中李逵引起。”

众人一声赞同。吴学究定下军案，请二十二位头领，吊引七千泊中军马，离了山寨，去救柴进。

七千泊兵，占寨中兵员大半。为何如此兴师动众，只因知府高廉非等闲之辈。他上马管军，下马管民，帐下都是山东、河北、江西、湖南、两淮、两浙选来的精壮好汉，号为飞天神兵，实属精锐。——此事也是戴宗探听晓得。

第八十二回　高唐州官衣妖道　梁山军三阵皆败

这高廉实为奇异人物。

当时大宋朝廷中，高毬一族便如同正当时日本平家一门，皆是权势熏天为所欲为的大权贵。因此身为高毬兄弟，与京城中白马金鞍求富贵也好，立于庙堂之上做大官也罢，俱非难事。高廉却是无心求权贵。他自壮年起便舞棍弄枪，时常背负一把长剑，叫作太阿剑，又穿着黑衣黑帽，与旁人道："我眼中便无甚列臣勋爵，便是八百万禁军旌旗，也不过倚仗数多罢了。"

如此豪言壮语，实为奇异。可怖之处，在于开封东京一族权势之上，高廉又以军门之令兼管民政，在高唐州地界上实无人敢多言语。

"梁山泊引七千草贼来救柴进？已近此地？妙哉！"

高廉听得军报，张口大笑不止。戴黑纱帽，着黑绢长袍，只卷出袴里是白，便是一口牙也拿黑铁浆涂成亮黑。

"这伙草贼向来在梁山泊窝藏，天下震恐，我兀自要来剿捕，今日倒张旗自来，此是天教我成功。左右快传下号令，整点军马出城迎敌。"

号令发出。

中军以黄底上花了黑八卦为旗，高廉亲自骑马引了列阵。说起高知府装扮，自然背负太阿长剑，平常的黑衣拿金带束了，外套豹皮胸甲，下着锁罩甲。一眼瞧不出这是将军、公卿，又或是军中僧道之徒，令人莫名其妙。

却说其麾下军士，以数段、数十梯队列阵，俱是金甲铁枪之精锐，俱持盾静待敌军——原是些乌合之众——拉紧了弓弩，箭在弦上。

"梁山泊贼将，林冲、花荣、秦明、李俊、孙立、邓飞、马麟等引贼军先锋三千，正杀奔而来！”

斥候飞来报知。只见又飞来一人报道：“贼中军主帅宋公明，并朱仝、雷横、戴宗、李逵。又加张横、张顺、杨雄、石秀，尽皆杀奔而来，已在前面布阵！”

急报流星中，一片肃杀之气四下风止，云中雁不行。忽的擂鼓鸣金，吹响角笛。只见梁山军中分开，头领林冲横丈八蛇矛，跃马出阵，秦明、花荣二将分居左右。

林冲高叫：“高廉！姓高的贼，欺君贼臣高毬之弟何在！我梁山替天行道，来诛杀贼臣，早早下马受缚，省得我污手！”

高廉听得叫骂，纵马至中军，飞天神兵旌旗前立定，骂道：“你这伙不知死的叛贼！休得要逃！”

只见军官队里转出一将，姓于名直，出阵直取林冲。此人绝非林冲对手，矛枪对战不到十合，便被林冲一刺翻下马去。飞天神兵队中，又转出一将，名唤温文宝的。然又被秦明立斩于马下。接着又有两将杀出阵来，接连被斩，高廉见了大惊，青面如墨，忽张口大喝一声道：“疾！”

便去背上掣出那口太阿宝剑来，刀背竖于眉间，口中念念有词。花荣遥遥看见，背上一股寒气，大惊道：“啊！妖人！”便拈弓搭箭，一矢流星般直射高廉前额而去。正要中时——只见高廉背后卷起一道黑气，散至半空里，飞沙走石。撼天动地，怪风吹过，砂石便如落雹一般，直落到军马头上。

“妖法！妖法！”

梁山军七千卷入黑风之中，裹挟蹂躏，与那冬木枯叶无异。梁山将士呼兄唤弟，寻子觅爷。抬头见黑风遮日轮，冰雹沙砾狂舞。且又见其中有飞天神兵，披发恶鬼叫唤，持枪杀将出来。赶得梁山军马星落云散，七断八续，一阵折了一千余人。

“退阵！退阵！”

军师吴用与宋江见事不济，别无他法，一起掉头逃奔。

退回城外五十里下寨，只收得残军六千。

宋江大惊难捱，与吴用道：“军师，那是何神术，至今日那般异变？”

吴用也声音嘶哑道：“想是高廉那厮，会施妖法。此是道家法术，也称幻术。修得之人，与妖人无异。”

入夜，宋江在阵幕后点火把，打开九天玄女所授天书来看，见第三卷上有破邪兵法，其中又有破术破阵之法，再下终见有回风返火之法。

“好！”

宋江回复自信，次日摇旗擂鼓，又杀进城下来。

接连数日冲杀，梁山泊军却连吃败仗。原来这高廉妖法，不但穷究宇宙天色，催动异变气象，忽而又着大地生炎或是洪水滔滔，忽又走出一群豺狼虎豹、怪兽毒虫，一鞭之下直冲敌阵。驱赶至敌阵中，总是千变万化，将宋江众人都惊呆了，宋江活用天书，尽力抵挡，却也是无可奈何。

正是此处亏输，那方大败。

战至十日，人马已折了半数。宋江吴用皆心中忧闷，又无脸就此收兵回梁山泊。

如此勉力苦战下去，莫不是将残余三千人马，也皆化成山野白骨。倘或京师开封别添军马，并力来助，则大事去矣。

“……如之奈何！”宋江、吴用商量多回，已别无他法，终定下一案来。

“宋大哥，我想要破妖法，除非……”

“军师，你有法子？却不早说！”

吴用摆手道：“此法可行与否，我也不知，因此犹豫。”

“是何计策？如此难行？”

“须请一个人来，此人却是行踪飘忽，一时间难得寻见。前番去寻了几时，全然打听不着。”

“哈哈，此人莫不是一清道人公孙胜。你也想起请他来了。”

“正是。要破高廉妖法，自需精通法术神仙，为我强援。”

“甚好！即刻教人去蓟州一趟，八方寻觅一遭。”

“蓟州地界却是宽广。”

“阵中有戴宗在，虽那一清道人于各名山大川、洞天真境居住，戴宗作起神行法来，不愁寻不见他。”

“原来如此。”

“快快唤戴宗前来吧。”

传令出去，戴宗不知何事，急忙便入帐来。吴用、宋江二人便仔细与他商议，托付梁山泊三千人马性命在他身上，必要寻那公孙胜来。戴宗踊跃接令，即刻把甲马拴在腿上出发。

戴宗身边又带了一人。

便是黑旋风李逵。虽说李逵跟了去也不顶事，反将惹出祸来，便劝他不要去。李逵却道今番事情都从打死了殷直阁而起，教柴大官人吃了官司，万般歉意，定要救他。苦苦哀求，只得答应携他同去。

“李逵，有桩事须教你。”

“何事？”

“我作神行法，念起咒语来，使身子如驾云一般，踏步飞行。若不解开咒语，两条腿决不得住。可记住了。”

“院长，想小解，也止不住？”

“还想那作甚。路上要清净斋戒，不然，神行之力就破了。知晓了？”

“酒也得戒，肉也得戒？这却如何忍得？”

“贪婪须得忍！”

两人便如腾云驾雾般，飞走而去。

耳朵边有如风雨之声，双目上睫毛根根向后，刺痛不止。地上万物——房屋、树木、原野、山脉、溪流——连村落牛羊亦似连排价往后倒去，只见点点疏影罢了。

读者诸君，莫不以为此乃奇谭吧。

话说这《水浒传》物语，于百八星故事发端，其骨子里原就有怪力乱神之事掺杂。但其中嵌入宋朝史实，且人物行动也俱依世间常理。但说到高廉妖术、戴宗神行法，这便是大陆古典小说必有题目。一因道教之中原有此种幻想，回溯白居易的《长恨歌》中，玄宗皇帝倚方术，在梦中求得与早已亡故的杨贵妃相会。总而言之，读者在本章中可体验中古大陆民风，共同遨游幻想之空。

“戴院长。已走了七日了。”

“哦，七日了，不知不觉。”

“脚下飞云只管走了来，每日往下看，只见山啊、河啊，也看不清。已是到了荒野地界了罢。”

“你所言也在理。那公孙胜乃蓟州人，即便上了梁山，早晚也留恋家乡老母，必将拜辞众兄弟而归去的。那般修道者，自不会居于粗俗市井。”

“院长，这蓟州田野，除却了山还是山。这山里寻个人出来，便如衣袄里翻找臭虱，难哟！还是去人多处寻吧！”

“你这厮又来了，便想着吃肉喝酒。”

“哥哥饶了我吧！七日里净食些精进素斋，连个干团子也无，昨日起我便头晕目眩呢！”

“如此，则先转去人多处寻他一番吧。”

翌日，戴宗解了咒语，进蓟州城寻了一日。又次日，去城中各处寺院道场寻了一日，路上亦询问路过僧道，并无一个认得公孙胜的。

直寻到第十一日，两人寻到城外，见路旁一个素面店，直入来买两碗面吃。见一碗面把来与邻桌一个老儿。又见里面都坐满，没一个空处，李逵心中已有五分焦躁，只伸臂横夺那老头的面碗过来。一连夺了八碗，那老儿气愤，骂道：“你是何道理，夺我面吃！你这厮，掩死个猪马肚皮不成！”

“猪马肚皮？你这老枯骨寻死，敢骂老爷！掷你出去！”

“黑厮！休得无礼！”戴宗慌忙喝住李逵。

“院长，这厮先来恶言恶语。”

“住口！见你夺面，还讲甚道理。这位老丈，休和他一般见识。”

“承让，老汉只是虚度年月……早吃了面要上山去，听罗真人讲法。”

“听山上法会么？”

“正是。迟了便错失罗真人之法了，因此心焦。”

“小可赔老丈一份面。来来，请吃这碗。请问那讲法会在哪座山上？”

“离这蓟州城野外四五十里，九宫县二仙山上便是。”

“既有真人讲法，座下必有许多弟子？”

“那是自然，那真人乃诸方道仙之中修行最深的。”

“莫不有一个唤作公孙胜的也在那里？”

“哦，是那个有老母在堂，住在庵里的公孙一清？老汉和他便是邻舍。”

“啊！寻到了！”

正是踏破铁鞋无觅处，得来全不费工夫。戴宗雀跃欢喜不已，拜老丈人仔细问了路途。重谢之后，又再拴上甲马，使起神行法来。四五十里片时到了，往九宫县投东五里，早来到二仙山下，幽境之中。

第八十三回　戴宗二取公孙胜　李逵独劈罗真人

见个樵夫，戴宗与他施礼，问道：“借问此间一清道人家在何处？”

樵夫指着白云翻涌山间，道：“见那一条白瀑，过瀑下一条狭路，又过山嘴，见一条琴般石桥，你再寻人问。”

顺指路行去，又见一个村姑，提一篮新果子，由山上栈道下来，戴宗施礼问路，村姑答道：“便在那处，有一处十柱草房，房后又有一堂，便是了。”

“多谢！借问一清道人今日在家么？”

“今日见他在家，屋后炼丹呢。”

戴宗心中暗喜，胸内发热。吩咐李逵先去躲一躲，他一个先入到草房里面求见。口中唤道：“小可失礼。”说了数遍。

只听得不知何处水流淙淙、松风簌簌。等得片刻，却不得回音。

正有些心焦，只见一个白发婆婆从里面出来问道：“何人呀？”身上穿着虽贫，却是皓齿霞颜，姿妆端正。

戴宗当下施礼道：“告禀老娘，小可欲求一清道人相见一面。”

“官人高姓？”

“小可姓戴名宗，与道人旧时相识。”

“却是不巧，孩儿出外云游，不曾还家。”

“刚才请教乡邻，道是在家。”

“不在家里，请回吧。”

不知何时，李逵来戴总背后立着，双斧插在两胯下，大叫一声：“胡说！这妖婆！好言语来请公孙胜，却来欺瞒！”

便要打将起来。婆婆着慌惊叫，戴宗连忙喝止，静寂之所顿时喧闹。只见从后面药园子转出一人，身披白袍，叫道：“不得无礼！母亲，你无事吧？”

脱兔一般奔至跟前来，定眼一看，道：“戴院长、李逵，原是你二人。”

“终是出来了，公孙胜！”

“真无礼，拿两板斧吓倒我老母！”

“哥哥休怪！实无恶意！不恁地你不肯出来。”

“戴院长请先进内坐。……母亲，不须惊怪，他二人绝非恶汉，只来叙旧情。”

入内坐定了，告一别以来思念之情，戴宗连忙求道：“今实有苦处。宋公明哥哥发军攻打高唐州，被知府高廉两三阵用妖法赢了，无计奈何，三千人马化了白骨，如此下去梁山泊也不得保。……请哥哥出庐相救！”

戴宗逐一叙说，苦苦相劝。

公孙胜面上现出难色。

心中虽念：“义友相救之邀难以推却。”却又垂颈叹道：“二位远路急寻来此，旧友危笃，我已知晓。贫道幼年飘荡江湖，多与梁山众好汉们相聚，至今不能忘。自从分别回乡，非是昧心，一者母亲年老，无人侍奉，二乃本师罗真人留在座前，如何肯放？其实去不得了。”

“甚是，甚是。但若是哥哥不肯去时，梁山泊必遭灾祸。哥哥慈悲，只得求老娘放行一遭！”

“便是老母愿意，本师也不肯放。”

“只今我三人便去罗真人座前跪拜哀求吧！”

“且宽心住一宵，明日早去。”

“哥哥，即刻便行！高唐州战况，犹如早霜易逝，冬季降至越发危急。早一日也好，烦请哥哥便去。”

戴宗苦苦相求，李逵也拜倒了哀告，公孙胜便起身引了戴宗、李逵，取路去见罗真人。

路并不远。来到半山谷中，已是秋残初冬时分，红轮西坠，松阴低沉，一条小路直到真人观前。仰头望山门，见有朱红牌额，上写着“紫虚观”三个金字。

步入道观深处，三人见颇有些道士在谈经说法，说的都是修行三昧、宇宙人魂。殿堂中祭虚空三千大世界，天罡地煞之星。罗真人乃乘亲鸾降于此世间之仙，受江湖俗众敬仰，冥想才罢，坐在松鹤轩内云床上。

一童子上前拜倒，报道："真人，一清道长带客人来见。"

"嗯。"

罗真人似早知此日有客。——此时公孙胜引着戴宗、李逵，在着衣亭内整顿衣服，由童子领入廊下，到松鹤轩内，见了真人，慌忙下拜，行了九叩之礼。

"师父！"公孙胜先道："此二人便是昔日弟子曾告我师，旧时义友是也。"

只见罗真人，着仙鹤羽衣，戴七星法冠，将清澈双眸向三人看来。

"一清，无须多言。为师已知是你山东旧友。"

"师父已知二人来此所为何事？"

"正是。一清，你既脱了俗世火坑，学炼长生，家中又有老母，何得再慕此境？"

"这……"

"何来疑惑？"

"真人！"一旁戴宗抢出话头，再拜于地，道："今为高唐州奸臣知府高廉，显逞妖术，泊军三千，俱为公孙先生旧日同伴，生死只在呼吸间！"

"恶相报，业无穷。此非出家人闲管之事。"

"容乞暂请公孙先生下山，破了高廉便教还山！万乞拜伏！"

"不可！吾罗真人座下弟子，如何沾得血污！"

"真人！三千性命啊！"

"无须再言！一清，领此二人出净门去！"

三人无可奈何，只得悄然离了紫虚观，默默于星空下，走下山来。

途中，李逵自气不顺，口中骂道："贼老道！管你罗真人屎真人，装神弄鬼，教不出好徒弟！蓬莱仙人行得恶事，也教云端摔下来！还是寻常人好。不省得情义，便不是人，扒了皮一只禽兽！莫要引老爷性发，一只手提腰胯，把那老贼道直撞下山去！"

"李逵李逵，你住口罢。……一清身为真人座下弟子，不得不从。见他脸色也是为难。"

“真是好弟子！师父便违背不得。我却气不得！公孙胜，我自这般说一声儿要，见谅。”

“哪里，你那番恶言语值得什么。哈哈哈！”

话虽如此，一清公孙胜却着实为难。自然难开尊口。戴宗亦苦于无法回去高唐州交差，心中焦躁。这一夜只得与李逵在公孙胜家草堂里睡。睡前吃了些素斋，几杯酒，三人倒头睡去。

这李逵哪里睡得着，心中想道：“……便如此如此。”

轻轻地爬将起来，摸了两把板斧，开了房门，峰路谷间如风一般，飞驰上山来。便似一只黑猴，掌心里擀着两团白火。

寻路到得紫虚观前，莫至松鹤轩房外。使舌戳破纸窗，见内里面，罗真人深夜中独自一个端坐在椅子上，口中小声念诵玉枢宝经。

李逵闻得香炉熏香，又见两支赤烛火光映着真人白发，勾勒颜色。不由心中寻思，这鸟仙人，不放公孙胜，不误了哥哥的大事？

起了杀心，抢将入去，大叫道：“贼道，老爷来剥你这身妖怪皮！”

提起两把薄刃斧头，便望罗真人脑门上只一劈，脑壳劈作两半。

“哈哈哈，这厮定是妖怪。仙人流白血么？好似清水一般！眼见是常食素的，又不曾沾过女儿身子……杀便杀了，去也！”

只见一青衣童子听见声响，由廊下奔出拦住李逵，喝道：“你杀了我本师，待走哪里去！”

“撒开！与老爷撒开！”

手起斧落，把头早砍下一边去了——这头骨碌碌滚定，却睁眼对李逵笑将起来。

李逵这一惊深入骨髓，叫一声“是老爷杀的！”转头夺路出了山门。回头一望，山上树月青渺。到得公孙胜家里，天未破晓，听戴宗、公孙胜时，兀自未觉。李逵依前轻轻地睡了。

直到天明，戴宗与公孙胜二人起来，对坐谈至晌午，辩说情义。这李逵一旁听了，咬着唇冷笑。

公孙胜安排午饭相待两个吃了，道：“我三人须再行上山，松鹤轩内恳告师父。师父昨日至今，已改其心，也未可知。”

三人依昨日旧日，离草庐，再上山来。途中，李逵却暗暗笑道：“去了便知。这番公孙胜再不去，休怪我板斧不认人！”吐了舌头，跟二人后面迤逦上山。

入到紫虚观，打过三下访钟，见一个青衣童子出来，询问来意。待了片刻，另一个青衣童子出来，道：“请先在着衣亭内整衣净手。”

李逵嗻嗻冷笑，与二人同在着衣亭内整衣净手。又寻二人身后，过廊下，又见一个青衣童子。

公孙胜问道：“师父今日仍在松鹤轩么？”

“真人如平日一般，在松鹤轩内坐着养性，正待各位呢。”

“今日师父安好？”

“与平日并无不同，请入内去吧。”

那童子说毕，与李逵擦肩而过。李逵一瞬间顿吃了一惊，见那童子脸上发笑，直与昨夜用板斧砍下来的童子头颅，分毫不差。那笑颜仿佛说道：“又相会了。”

只听得房内果是罗真人言语，与昨日模样端个无别致。罗真人又道：“且入前来……你二人身后，猥琐一团的黑猴，入前来。”

李逵浑身战栗，惊得身子也趴了。这李逵，原是天杀星之数，上界落下一个魔星，为是下土众生，作业太重，故天帝罚他下来杀戮，以血污荡涤人间，直至江湖上再现文明光亮，为其宿命所在，自然逃不过罗真人神目。这黑面杀人猿猴，在真人眼中，不过孩提一般。

“李逵，为何不上前来？”

“呃，呃。”

“也罢。你二人。”

“在。”

“所请可允。一清老母，我使人早晚看视。你们便去走一遭吧。”

“哎？弟子可以去了？”

“嗯。但你往日修行法术，只与高廉一般。下山前，特授予汝‘五雷天罡’秘法，依此而行，可救宋江，保国安民，替天行道。”

罗真人又道：“汝之宿命，上应天闲星数。在凡间犹如草露，易被人情摇动。世间冥冥混沌，欲彰世道，显人伦，还须五千年。人间沉陷鬼畜业中，杀戮憎恶不休，血腥无尽。——今生之业早注定，正当改造暗暝时。切须专持从前学道之心，不要误了大事。”

如此跪受了真人教诲，次日清早，公孙胜拜辞老母，收拾了道衣等物，与戴宗二人共下二仙山。

李逵如何了呢？从前夜起人影不见。戴宗心中奇怪，问公孙胜。公孙胜只是笑。

“无须忧心。定是罗真人留他在紫虚观。那天杀星正可以由此戒性。师父有神仙法力，那李逵便是不从，也犹如拔却羽毛秃鹰，扑腾不得。此刻那厮定在观内念往生咒，吃菜粥呢，哈哈！”

第八十四回　入云龙斗法破高廉　黑旋风下井救柴进

却说高唐州城外，战阵一望百里，模样却是大变。

只因知府高廉妖术全般失效。飞天神兵魔阵疾驱，太阿剑念咒，尽皆被破，失却威力，连折了数阵。

“这是为何？”

高廉心中惊惧，只得退到城中，守护城壁。见宋江又引军马四面围城甚急。

“大人，依此须另寻他法不可……”

“薛元辉，你以为我战法有误吗？”

“小人何敢。只是贼阵中有一人来添势，不可不察。”

“便是一清道人公孙胜。”

“正是。其乃二仙山道圣罗真人秘藏弟子。想贼寇唤此人来行破血法术，便是大人之方术，此人面前怕也将使不出。”

“哪，哪有此事！”高廉大为惊惧，眉毛上急烧起青火来，叫道：“若紫虚观罗真人亲身下山，吾辈不敌。区区一个弟子，一清道人便来破我方术？以道教方界论之，他与我有何隔差。将我视为修行浅薄之辈不成！”

道教界中存严明阶级。以修行深浅，便知法力高低。只是这番，为斩除世间冥冥混沌，罗真人故将“五雷天罡”秘法授予弟子一清。此事高廉却不知，自以为法术高于一清。

因此所恃妖术被破，使高廉心中大为焦躁。

话说次日城下再战。梁山泊军三千犹如怒涛般，城壁下鼓噪不休。高廉出在城楼上，望而喜道："今日正巧，草贼军师吴用，大将宋江，还有那一清公孙胜，三骑马出到阵前指挥。元辉，你取一军，去割一清首级来！我自在阵后使方术助你！"

便拔出太阿剑，眉间念咒。

只见天昏地黑，日色无光，卷云狂风中数千貔貅（太古时中国养此怪兽驱使战场上，貔为雄兽，貅为雌兽）卷将出来，直奔梁山泊军去。

倚仗助力，官军中一员猛将薛元辉，教打开城门，身着金盔金甲，手持银光铁枪，呐喊飞出城门。

官军大半终不得回城，这薛元辉也被挑落马下而死。

只因妖法所出的貔貅，未及突进梁山泊军内去，便如风中枯叶般乱纷纷俱坠于阵前了。高廉妖术不敌公孙胜，失了自信，只得急急修书二封，使人去临近东昌与冠州二府求救。

"二州这两个知府，都是我哥哥高太尉抬举的人，教星夜起兵来接应。"

此后高廉只管关闭铁城门，守城壁，枣核般紧固。城中却日夜有奇异事。冬日下街市上爬蛇，又有毒蛾红蚁，不知何来的一伙毒虫，搅军马不得休息。此实为一清以妖术相攻。高廉拼死使咒抵御，因已被破邪，并无实效。

忽一日听得守城军兵欢叫："东、冠二州救军到了！"

"苦捱到！"

守城军兵雀跃，亦在情理中。

高廉听了，急忙上城瞻望，只见旷野上梁山泊军，四散奔走。

高廉只道贼众吃救军掩杀，已是支离破灭。红色州军旗帜于朝阳下摇动，只见两路约三四千人马，直进至城下。

"快开门！开门！"

高廉急唤军士。全城上下欢声。两路人马一进城，欢声即刻变为阿鼻叫唤。原来这两路救军，实为梁山泊军，此乃军师吴用之计策，伪举州军旗号，各将统领——花荣、秦明、吕方、郭盛、林冲、戴宗、公孙胜、孙立、马麟、朱仝、欧鹏等率众掩杀。

其间混入一个既非将亦非兵的奇妙大汉，手持两把板斧，纵横无尽，全城军兵被他杀个尽绝，便是那黑旋风李逵是也。

李逵只在昨日回来阵中。当初与戴宗同去探寻公孙胜，在二仙山上却被罗真人留下。旁人问起在山上如何，只答："其后在那观里，真人教吃些热炙肉脯。"

至于是何炙肉，却不细说，想必是真人教他吃些苦难。真人仙术，在他眼中与妖法无异。便如一只黑猴入了十方大宇宙，见罗刹金刚无限变化，也不知是哪路神仙。因此回来，也不知如何道来。

然则他在归途上，带回一个奇人。此人不止面上，浑身都有麻点，人都叫他作金钱豹子，身为打铁匠。

自然金钱豹子非他本名。其人姓汤，名隆，父亲原是延安府知寨官，却因贪好赌博女色，流落在江湖上，去到武冈镇上，打铁度日。李逵途经此镇，与他偶遇。

"不如跟我上梁山泊入伙！"

立时携行来战场。入中军帐内引见了，宋江、吴用等讲礼已罢，见其虽有小癖，亦是一条精壮好汉，便令其入今日战阵。李逵也不将他当新入头领看待。

李逵这厢暂且放下，却说知府大人高廉。——高廉立城上下望，见脚下已化为杀戮血巷，明知中了敌人计策，叫苦不得。

城下众山将，花荣、秦明、林冲等大喊："高廉何在！"

"杂兵放过！逮那妖官！"

梁山军俱引弓在手，四处唤捉高廉。

只听一声"嘀！"见一人似被射中眼目模样，将手肘靠在目上，手指上空。

抬头见一片黑云，包裹于望楼，望楼从中拔地而起。黑云中闪烁有光。众将忍着目痛，凝神去看，认得是剑光闪烁。亦见高廉身姿，持剑望空使咒，脚踏云端，冉冉腾空。眼见飞向西南了。

"妖人！"

"休走！"

云下如雨般射箭去。射入云去都不见了。

此刻宋江、吴用俱无主意，亦不再指挥四下里部军，只口中疾叫道："一清何在？一清公孙胜何在？”

公孙胜此刻正觑那片黑云。

他立于城中一隅，匾额上书雾云观之堂前，仰望虚空，施展罗真人传授五雷天罡秘法，口中念念有词。只见一阵旋风翔空，挑散黑云，露出高廉来。

只见高廉又口中喷出火来，一道流火洒至城头城门，俱延烧起来。公孙胜念咒唤来一场大雨，扑灭火烟，雨中又包裹白电，霹雳一声，爆于云中。旁人只道是一通玉火破裂，只见青空朗朗，一物倒撞下城外二里地去了。杂兵赶去拾回，却是高廉尸首。

城中州兵不能相顾，尽都逃命去城外，如星落云散一般。宋江也不追赶，收军进高唐州城内。

城内扫除终了，传下将令，于路口榜贴安民告示。其文道：

我军无犯良民。犯者即斩。

我军义惩妖官，灭妖法，斩妖民。

我军敬奉天地神灵，使人各有土地，温饱无虞。

山东梁山客宋江

州民拜读，皆感涕称颂。宋公明原为县衙押司，自有约法三章之意。

“各位，且莫管他事，先去救柴大官人来！”

宋江发出严令，急去救人。此方为破城根本目的。

大牢城寨，地上地下搜遍了，柴进何在却全然无从知晓。那些个牢头狱卒已都走了，止有七八十个罪囚，尽数开了枷锁释放，虽加质问，也不识柴大官人。

寻了三日，见着柴进一家老小数十口人，同监在林子深处一处草草造就的茅屋牢舍内，此处押狱禁子仍在，便唤其中一个叫蔺仁的老禁子来问。

“小人已记不得。……七日之前，听闻高唐州将破，心焦不已。见有知府高廉座下心腹，大牢内取出一个囚人来，引去后面林子里。小人以为是施刑，心中不忍，只远远地看。那林子常私斩人首，有阴邪气。……听他们一番争执，随后那囚人被抛入近处一枯井中，知府心腹便回去了。……其余小人不知。”

宋江听了，不禁失声叹道："七日前。确已有七日？"

"许是八日？九日？小人得见安民告示前，心焦甚紧，记不清了。"

"那口井多少深浅？"

"那井黑洞洞的，约有八九丈深。"

"井中无水？……却也难活命。当时得活，又无饭食，也饿死了。"

那老吏终究一体良心，战栗言道："这却未必，兴许还未死。"

"为何？"

"牢子们为减自身罪过，多日来常将狱饭裹入纸团，投入那枯井底下。……只从城破日起，众人惧怕，至今日无人去投过食。"

说犹未了，吴用身后转过黑旋风李逵来，大叫道："宋哥哥休要烦恼。与这老鸟多说个甚。这枯井，我自下去！"

"啊，李逵。"

"当初我生的事，今日报本。"

"你不忘本初之事，值得赏赞。只是……"

"让我下去看一回，比甚法都快！"

"你可要仔细了，那井有八九丈深。"

"无事，无事！"

李逵飞一般去了。教兵卒取来一个大蔑箩，把麻绳络了，入林子深处去。

那老禁子蔺仁在前引路，吴用、宋江等俱随其后，直到枯井边望时，只见暗黯，全不知多少深浅。

"退后，退后！"

李逵意气风发，又吩咐道："你们几个，去伐些树木来，在这枯井上头扎个架子，把索挂在上面。……快挂笼上去，你这蠢鸟，可挂好了，老爷可是要下去井底！闭嘴，照老爷说的做！"

便脱得赤条条的，见一身蛮肉比脸上还黑，便坐在箩里。众人见黑面猿猴坐在那里，都笑起来。只宋江感动李逵义气深重，补偿罪责，眼角有泪。

"好好，如此可行。李逵，往下百尺，通声不得。我系两三个铜铃在这里。听见响动，便教扯索上来。"

"极好！极好！"

众人一同使力，摇晃放李逵下井里去了。放了许久，仍未到底。李逵抬脸来冲井口大叫道："怎得不放了！"

听井口微声传来。

"李逵，你暂且休息片刻。索放不足了，须再去寻索来。"

吃尽辛苦终到了井底。——李逵缓缓爬出箩外，伸手去井壁上摸，只觉逼寒渗肤。只觉此井底着实宽广，又有水洼。摸索半日，忽摸得一物，再摸知是人身。李逵去那人耳边唤："柴大官人？柴大官人？"

那人不应，但口中呻吟呼吸。

李逵心下暗喜，默念吉报。

去箩中摇动铜铃。众人连忙一齐使力扯将上来，只见李逵一个，挥舞两只黑手，细说了下面的事。

"官人还在，体温尚在！"

宋江以下诸人均面带喜色，道："果然天不妄杀善人！李逵，你可再下去，先把柴大官人放在箩里，先扯上来，再放箩下来取你。"

"好是好，哥哥休要弄我！"

李逵便坐箩里，又下井去。如宋江所言，先把柴大官人放在箩里，摇动索上铜铃。眼见得一路铃响，黑暗中一点微微光明，往上升去。李逵心中暗叫快哉，我铁牛过失害大官人一条性命，终救回了！

升出井口，众人欢腾。

宋江早叫请大夫来，检看柴进身体。

"……脉相无碍。"

听得大夫如此说，众人心中又是一宽。

柴进四体遍伤，只无致命伤。微微睁开眼，旋又昏睡过去。众人围在大夫身旁细看一举一动，见大夫往柴进口里喂服一颗银丹神药，也不知是否落腹。皆心中焦躁，不知过了多少时辰。

忽想着那李逵还滞留在井底。宋江急道："啊呀，铜铃竹箩一道扯上来了。李逵必是在底下喊叫。快快扯他上来。"

众人也想到李逵不在，心中暗笑，急忙放箩。李逵在井底已放了半个时辰。扯他由空井口出来，只见李逵满面怒张，发作大叫起来，其态可笑之至。

"你们也不是好人！便不把箩放下来救我！铁牛也有小命一条！宋哥哥、吴军师都在此，全不来救我！"

“好了好了李逵，你是好人，还不成么。”

“铁牛知晓！柴大官人性命着实黄金等同，我不过是铁屑命！你们把我作一个虫子看罢了！”

“哈哈，黑旋风之名，可止小儿哭泣呀！”

“我在那井底可大哭了一场！”

“哈哈哈，见谅见谅。”

宋江一面教柴进疗养万全，一面把城内府库堆积如山的财帛尽皆取出。皆是被官府查没之柴进与柴皇城家财物。又将兵器马俱等拿获物，装有二十余辆车子，下令道：“李逵、雷横、戴宗、公孙胜，及新入头领汤隆，先将车子送还梁山泊。”

众将得令，先回去了。

宋江与吴用处置高唐州，将仓粮米施于穷苦百姓，捉了旧日高廉部下，将其中恶评最甚二三人处斩于市。柴家老小，与病人柴进，一同装载在车子上，大小将校集合全军，奏凯歌得胜回梁山泊，一路行军意气洋洋。

回到大寨，作庆贺筵席，欢呼不绝，不在话下。

晁盖以下一众头领相迎，山呼万岁，当夜至次日举办宴席，犹如过节一般欢闹自不必说。拜谢柴大官人累难之罪。事已至此，全为天意，柴进扶病起来，称谢过众头领。便请柴大官人就山顶风景秀丽处，另建一所房子并家眷安歇。可谓人生如浮云，非人力可加以妄测。

第八十五回　高太尉大兴禁军兵　呼延灼摆布连环马

却道开封府东京城内，汴梁深阙九重宫。

此时殿帅府太尉高毬，权阶已达人臣之极，俨然大宋国宰相。——其人原不过一个市井间浮浪破落户子弟，因踢得两脚好蹴鞠，得攀高位。此也乃人事难测之好例证。

景阳宫殿内，百官各具公服。听得金铃声响，净鞭又三下响，珠帘卷起，天子驾坐。

“高爱卿，有何事急奏？”端坐于宝座上便是当朝微妙道君风流皇帝，大宋第八代天子徽宗，启玉口问道。

高毬出班拜倒于地，奏道：“今有一桩心腹大患，恐扰圣听，因此惶恐。”

“只管道来。难不成又是禁军私相斗殴？”

“乃是天下大乱之兆！”

“乱兆？何来此说？”

“今有济州梁山泊山贼，蹂躏州城，抢掳仓廒，聚集凶徒恶党。早报高唐州及东昌、寇州地方已被攻破，官民杀戮一空，仓廒库藏尽被掳去。更有甚者，高唐州知府高廉，遭贼虐杀！”

“高廉？高廉莫非便是太尉之弟？”

“正是。殉职一弟不足惜。臣所忧之事，乃他日养成贼势，引天下大乱。梁山贼徒先在济州抵抗官军，又闹了江州无为军，其后日益壮大。若不早行诛剿，待其势众至难制伏时，将为国之大患。伏乞圣断。”

徽宗皇帝闻奏大惊。当此天下太平时，天子于宫中画院中聚帝室画师，粉墨盛世。天子也自提御笔作画。如此平和充盈世间，竟有贼寇横行，天子不禁面露忧色，目中焦急。

“这如何是好？高爱卿，朕委你选将调兵，前去剿捕。”

“愿陛下降敕，择得良将。”

“爱卿可有良将保举？”

“臣愿保一人，乃开国之初，河东名将呼延赞嫡派子孙，单名唤个灼字，见受汝宁郡都统制。熟读兵书，使两条铜鞭，有万夫不当之勇，又通天文地理。臣保举此人征剿梁山泊，必得成功。”

“准奏。传朕旨意于枢密院，前往汝宁州宣取此人来朝。”

汝宁地处偏远。呼延灼接得圣旨，火急赴京。早到京师城内，先在殿司府前下马，来见高太尉。

“快快请进。”

高毬亲身相迎，慰问已毕，告知大任。

“足下乃开国功臣之玄孙，人所共知。还望再度立名于朝野。”

当夜便在府内设宴欢待，次日早朝，引见与徽宗皇帝。

天子见呼延灼仪表非俗，风貌音声中皆有万夫不当之骨风，安心嘱道：“望将军奋勇，剿灭梁山贼寇，胜利还朝之时，另当重赏。”

送出天门之外，并赐一匹皇苑秘藏名马，唤作踢雪乌骓。

那马浑身墨锭似黑，四蹄雪练价白，因此名为踢雪乌骓。

“恩相大人，小人拜谢恩相举荐。小人能有今日全仰仗恩相。”

“哪里，将军此后前尘似锦，必立不世之功。请将军早作准备，引军去剿灭贼寇。出兵前还需何物？”

“禀明恩相，小人觑探梁山泊，兵多将广，马劣枪长，似有一大强国之力，不可轻敌小觑。乞保猛将为先锋，壮军士气。”

“将军所报何人，可为先锋？”

“小人举保陈州团练使韩滔，人呼为百胜将军。”

“甚好！”

“还有一人，人呼为百目将军，乃是颍州团练使彭屺。有此二人为正副先锋，梁山泊草寇便有千万军马，不日扫荡干净！”

朝奉圣旨，夕得良将。高毬大喜，次日与呼延灼前往禁军练兵场点兵，又往殿帅府相谈军机。

“恳请速往陈、颍二州调取韩滔、彭屺火速来京。”

不旬日间，两将径来殿帅府参见了太尉并呼延灼。会同枢密院计议兵员、兵器。

呼延灼向高毬求骑兵三千、步兵八千、辎重工兵二千五百，传令及粮草队五百，总计一万四千人。

“甚好。不如说兵数还少。”高毬对此并无讶异，所吃一惊乃衣甲兵器之要求。

呼延灼请求铁甲三千副，熟皮马甲五千副，长枪三千根，滚刀一千把，弓箭不计其数。又要求火炮、铁炮、战车，及禁军甲仗库内锁存大量铁锁马铠。

装载已毕，呼延灼、韩滔、彭屺三个大将军，合帅三军计一万四千精兵，尽皆集于都门之外，威风气势不可形容。天子于凌烟阁上点视大军，卫府以下八省官人，满京师挤个水泄不通，投花鸣炮相送。此地庶民，均不知梁山泊为民除害之本意。皆谓那梁山草寇乃残忍暴虐、四方杀戮之乱贼。

此时正是初春时节，山野间残雪未化，草木初绿。大地上云霞缥渺，青空飞鸿虽不传消息前来，梁山泊斥候却早探知此事，径到大寨报知。

“各位意见芸芸。今日之战非为争夺一州一县之山野村寨。总要商定熟议，慎重为好。”

这一日聚义厅上商议迎敌之策。晁盖、吴用、宋江——山寨中诸位头领均入厅坐定，广集众议。

“军师，军师，叫你这许多声，却不应我！”

“李逵，何事？”

“不过禁军一两万，怕他作甚！我当先锋，砍尽便了！”

“就拿你两板斧？”

“怕他个鸟？”

“我闻官军步骑总指挥，乃河东名将呼延赞之玄孙呼延灼。左右副将亦皆闻名，不可小觑。宋先生，你尊意是？”

“小弟不才，无甚高论。既然官军来犯，自应引军出野迎战。也须教那厮知我梁山威名。”

“正与先生同感。则战法调度如何？”

吴用将出一案来。

先请霹雳火秦明为先锋，打头阵。其后豹子头林冲、小李广花荣、一丈青扈三娘、病尉迟孙立——二阵三阵以此类推。

将前面五阵一队队战罢，如车轮般击敌先锋。

右军武将分引五队。

左军五将分引五队。

即以十队二阵，摆出鹤翼阵待敌。又教两队人马，舟行水路，于敌意想不到处上陆，攻其不备，教为此战兵法。[1]

调拨已定，大寨将兵比照阵法图，早引人马下山，向平山旷野之处列成阵势。早望见官军，似已有所察觉。便扎下营栅，设木门，伏地雷，坚阵厚壁。

“敌已至。”

次日天晓，两军对阵，白刃如林，纹丝不动。

对阵半日。秦明哪里按捺得住，出阵立马于敌前。

“此处活人地界，你等拿百姓贡税私肥盗寇，快快下马受缚！”

“反贼！”

官军先锋将韩滔，怒出阵前来，见其坐一匹朱缨白马、头戴黑盔，手持长枪，大叫道：“反贼莫逃！”

舞起长枪直取秦明。

话说两将单骑对战，实看运道。对战之中，两军将士均不得出手相助。生死胜负只在一线之间。两军对喊助阵，卷起狂飙，声势震天。

斗过数合，胜负便已分出。

韩滔虽说有百胜将军之诨名，却当下力怯，满脸大汗，眼见不支。

“韩滔！退下！待吾来战！”

主将呼延灼中军中喊叫杀出。

见他坐下那匹御赐踢雪乌骓，梁山将兵心中均是一震。

此时第二拨豹子头林冲已到，见得此马，顿生爱意，颇有意取来驾驭。林

1 以上阵法可能是作者吉川取自于日本战国时代中发生于1561年的第四次川中岛合战。在那场合战中，传说武田信玄以别动队出奇兵抄袭敌手上杉谦信本营，而本队摆出鹤翼阵迎击来逃之敌。——译者注

冲挺起丈八蛇矛，奋起马蹄直奔呼延灼而去。

“秦明，你且少歇，看我战这厮！”奔至呼延灼跟前立马。

“哦，这位便是禁军豹子头。今日却沦为草寇盗贼，可笑可笑！”

“朝廷奸臣之鹰犬，吃我一矛！”

发矢。

空中切一闪光，镝鸣如风。

定眼一瞧，见鲸须一般粗细，薄铜捻长两条鞭，上嵌西域模样的金银象。

这两条金铜鞭，便是呼延灼天下闻名之技，对手若不知此兵器底细，一照面便丢了性命。——铜鞭一会儿似车轮，一会儿似波浪，一会儿又似直钢枪。——与林冲蛇矛搅在一起，正是对手：枪来鞭去花一团，鞭去枪来锦一簇。斗到白热，不分胜败。

第三波小李广花荣军到，代林冲出阵。

林冲暂回阵休息。呼延灼见林冲拨马走了，叫一声“来日再战！”，也回本阵去了。花荣眼见呼延灼不拿眼觑他，大怒叫一声“小人！”，挺枪追至敌中军。靠近来官兵，一个个拿枪都挑了去。

“尔等杂兵，莫当花荣老爷的道！退下！退下！”

调拨马头，杀回自军本阵，途中又见一将杀到，便是天目将军彭屺。横着那三尖两刃四窍八环刀，刀口滴血，骑着五明千里大黄马，大骂：“反贼休走！”

便拿刀乱砍梁山泊兵，往自军本阵处冲杀。——见此景，林冲又挺马出阵来，叫道：“彭屺，候你多时！”

“何人？”

“林冲！”

“啊，豹子头林冲？你得罪高太尉，判流刑沧州，却在此做草寇？”

“奸臣犬类，吃惊么？”

“叛国逆贼！”

“莫要小瞧叛贼！”

“便割了你头颅，献与高太尉！”

“头便在此，来取！”

两人战成一团，花荣无隙可进。只见两马交错，火光四溅。

残雪化为黑沫，沾在两人铠甲上，如白面上撒了胡麻。

两个战二十余合，又战三十回合，不分胜负。只见一员飞天女将，战袍裹裳，奔马翻袂而来。

“哦，一丈青，好险好险。”

“林将军少歇，看我双刀捉这厮！”

“好！且看你斗！”

林冲与花荣一起拨转马头，暂转山坡下去了。

“扈三娘之双刀绝技，久未拜见！”

彭屺见眼前不过一女子，却急切战她不下。两个渐渐斗到离本阵甚远处。第五阵病尉迟孙立已到，早作埋伏。“此处有诈！”彭屺自感不妙，露出破绽。间不容发，一丈青一剑飞来。掠过彭屺身躯，又从一丈青手上飞出一把红棉套索来。彭屺措手不及，眼见被索套了首。说时迟那时快，病尉迟孙立大喝一声：“拿下！”众军一发向前。彭屺把持不住，拖下马来，早被捉了。一气呵成，只在瞬间。

“捉到了！兄弟们，唤声！官军大将彭屺被捉了！”

胜利呐喊犹如万雷咆哮般。将彭屺绑缚严实，由兵士押解去阵后。

胜负之手转瞬即逝。回头一望，同伴身影惨然昏暗。鹤翼也罢，车悬也好，何种阵型都无法抵挡，只是支离破碎。只见官军中部精锐，直杀入梁山泊军阵内，左冲右杀，如入无人之境。

“大事不好！”

林冲、孙立眼见此景，顿足哀叹。

“我军中也有宋先生、吴军师等众头领坐镇，竟如此溃败！”

“究竟为何溃败？”

一丈青先将彭屺送后阵绑缚，此时回转马来，道：“全军收转，向本军靠紧。如这般各军分散，恐为敌所乘。吴军师急令！”

“军师怕也是心乱，事到如今变阵有何益？”

“敌军并未使奇计鬼策。乃是敌骑兵队。此骑兵队，唤作连环马军。三千马军，一齐冲来，不可抵抗。”

“是连环马军？”

“正是。泊中众位豪杰，已无可当者。雷横、石秀、孙新、黄信等人负伤，遭碾压中箭而负伤兵卒不计其数，连那黑旋风李逵也负伤了。”

“连李逵也？”

“见他遍身是血，退往阵后去了。此处兵少，二位头领快快一同退后，吴军师正忧心呢。”

“甚为可惜！这连环马军究竟何物？便如鬼神般！”

无可奈何，将此处兵也引回中军阵内。行至中军大帐所在，眼见一片狼藉。

残雪泥淖，死尸铺满地，破旗断矢，折枪与尸骸一般悲惨模样，梁山中军早已退至远方。

官军铁骑大获全胜，已如潮水涨落一般，大奏凯歌退回去了。只残留腥风浮于旷野之上，一轮明月，冷冷映着无情之天。

宋江、吴用堪堪逃得性命。然遭此大败，俱默然无言。林冲、秦明、病尉迟等人，无话可将安慰，只立在宋江面前，垂首不语。

“军师，胜败乃兵家常事，即知敌之面目，可别生良策。宋先生也无须挂心。”

“林教头所言极是。只是此番乃梁山泊首次大败，不由心中甚忧。”

“兵策有何遗算？”

“并无。只因没提防那连环马军排山倒海般杀来，一时难当。”

“那马军究竟是何情形？”

“那马军犹如铁甲战车，三千骑兵作一字横列，每三十匹一连，把铁环连锁。自信满满，二十队三十队直杀来。”

“只是如此？”

“嗯，只是如此倒还罢了。适才虏获一匹铁马来细看，那马全身披挂网锁，只露得四蹄悬地。人披铁铠，面戴薄金颊具，只露着一对眼睛。全身都护住了，箭射不进，直是不死武装。如此奢侈武装，便是禁军也只得三千武士而已。我军阵上，兵卒如同赤膊，难敌那连环马军冲杀，我军尸骸枕藉……”

初知敌军铁骑如此厉害，众人不禁咋舌道：“便如同空了两手与披挂铁甲之猛兽搏斗一般。可有何应对计策？”

“实无良策，因此苦闷。”

听吴用如此一说，众人皆以为大势已去了，不只林冲、秦明，帐幕上下众人，皆低首垂叹，默然不语。

突然间宋江拍掌一击，转过脸来急道：“一丈青，捉来的彭屺在何处？”

“彭屺被放在一处木林内，绑缚结实，决计逃不去。”

“将其带来。”

“可要斩首？”

“非也。”宋江向众人露出怪笑，又转向吴用道：“军师，彭屺就交与我处置便了。”

“如何处置？”

“嗯，我有一计。一丈青，你便引我去那木林见一见彭屺吧。”

女将扈三娘在前，宋江随在去那木林中见彭屺。寻常被俘将军由兵士簇拥过来。众人皆不知宋江真意，也有人怒睁了两只血目，暗中往他身后看觑。

第八十六回　王军新器坚不破　泊军郊野无生地

彭屺大吃一惊，心中疑惑。

被擒之身，理合就死，彭屺并不奢望得救。——却见宋江前来，喝退军士，亲解其缚，倒头便拜，道："彭将军，敢乞恕罪！今者，将军引天兵前来，小人不得不负罪交锋，误犯虎威。"

"宋将军哪里话，时者运也。小人身为武将，断头也是命定。"

"将军尽可放心，我等不好杀戮。如将军这般威武俊杰，决计不加侮蔑。"

"小人被擒，何故将军宾礼相待？"

"宋江原为世间一凡夫俗子，只管平安度日。未曾料世事艰涩，无处容身，暂占水泊。山上众位兄弟，皆为江湖漂泊之人，因缘际会。……如将军得知吾等苦难往事，必晓得吾等不过野性民夫，朴素善良。"

"何谓善良？天下皆知梁山泊是草寇恶巢。"

"将军有所不知，人心中自有魔性。兄弟中有难自制那贼心的，现出反骨面目，不足为奇。追本溯源，当今朝廷庙堂之上、州县乡里，官吏皆腐烂败坏，乃是恶政将善良民夫逼入墨黑无间中来。人皆称梁山泊为恶巢，实乃朝廷腐败逼迫如此！"

"多说无益。我彭屺身为天子将领，至死方休。"

"将军请听我一言。梁山上下，绝不敢反当今天子。只是圣上身边宵小环绕，遮蔽天日，奸臣佞吏世间作恶，吾等仇敌只有那般恶徒。如能荡平宵小，赶尽奸臣，则我等必定烧毁山寨，拜乞朝廷降罪。"

"果真如此？"

“我等真心诚意。口说无凭，因此请将军上山，绝无遮掩，请自看寨中兵卒、组织、纪律，亲眼所见实不为虚。”

宋江当夜就将天目将彭屺使人送上大寨去了。

如此处置颇似宋江平日作风，只是吴用以外，当夜阵内众位头领皆怒发冲冠道：“败军之将，斩了便好，又礼待他作甚！”

众人不满嘲笑，只因此时局面困顿，下回交战再败，则梁山泊陆上守卫将入生死危局。

次日早晓，两军出阵。

以昨日教训，宋江把军马着重构筑厚重，编组“五云十风之阵”。左军为林冲、一丈青队伍，右军为花荣、孙立队伍，中军先锋是秦明。

其后摆开后军，随部二百人组队，得十组分队。军师吴用指挥，可自在变换阵型。——望去重重叠叠，犹如繁枝密叶，厚重无比。

咚咚咚……猛听远方一阵地鸣，泊军头上便落下一阵巨弹，尽是火箭、石炮、药炮，落雨一般。此种新兵器，非朝廷禁军不可持有，此番初见其威力。泊军便乱窜起来，死伤垒叠。

“畜生！下作！”

“远远放炮算甚汉子？近来厮杀！”

对阵叫喊，官军却不进前来。如此两军无从交锋。

宋江心中惊道：“情势不妙！”

官军落炮稍歇，又排出精锐禁军弓箭阵来，如蝗乱射。未等停歇，只见三千骑“连环马阵”，横冲直撞，风卷残云般杀来，自恃不死身，呐喊震天，大乱之中好似战车威猛纵横，蹂躏无方。

这一日梁山军又是拦挡不住，徐徐退却竟不可得，只得各自逃生。

不止于此，呼延灼与韩滔两个大将引着官军，追赶得紧。中军帐中宋江与军师吴用几遭围困。

“军师，军师，宋先生，快来此处！”

逃至水边，现出李逵与杨林前来救应。

“啊，有水军接应！”

往水岸望去，见李俊、张横、张顺、三阮兄弟摆下舟船接应，急令上船，慌忙把船棹到鸭嘴滩，终究救得性命。

那连环马军，强沿水边追行，乱箭射来。战船收容兵卒有限，只见水边许多不得上船梁山兵，左奔右突，无处是救活路。——眼见此景，宋江面色惨白。梁山泊未曾有遭遇如此惨况，陷于大危局中。

俗话道天无十日晴，梁山泊也实有阴惨之日。宛子城中众头领个个愁眉不展，唉声叹气。

“诸位兄弟无须挂心。”

“常言道胜败乃兵家常事。此番吃败，并非我等力不如人，只因敌军甲马实是厉害，又将火炮乱射。”

“说的是！可有良策破这三千骑铁索连环马军？”

众人互相言语慰抚，寨中惨淡氛围，绕于宛子城一带，却是不能散去。

下山出战六千余兵卒，得归还山寨中者不足三分之一，且头领中林冲、雷横、李逵、石秀、黄信等负伤，不能行走，只得使人抬上山来，其状凄惨无比。

晁盖下令带伤者上山养病，教将兵安心，又抚慰宋江道：“宋先生，多多辛苦，下次我去出战便可。如今请先至聚义厅修养，再做理会。”

“这如何使得？一败至此，小弟之罪。”

宋江不肯答应。形势亦令晁盖不得出战。次日，官军旌旗便立在水泊对岸，石勇、时迁、母大虫等水埠茶屋值守头领，渡水逃命回来。此时梁山，只凭借一水芦荡阻隔，威武官军将之重重围困。

却说呼延灼大获全胜，早使快马前去开封东京，直入汴梁宫门报捷。天子徽宗得知奏报龙颜大悦，敕赏黄封御酒十壶，教高太尉拟写了嘉奖圣旨，随即差官捧前去。

呼延灼与副将韩滔已知有天使到，出帐迎接，并报道战果：“我军大捷，生擒得贼寇五百余人。不日必将宋江、吴用、晁盖等贼首捉拿，上奉天京，于午门外斩首示众。”

天使闻言也不胜欣喜，大加赞慰，却问道：“三大将军中，彭将军如何不见？”

“着实遗憾……初战始，他因贪捉宋江贼，探入重地，致被贼军擒拿，此时必缚在梁山泊中。”

“轰天雷，你去哪？”眼前立一人。

“何人？”

“我是彭屺，请莫要惊慌。”

“彭将军！早知你也被贼所擒。”

“说来话说。实为晁、宋二头领尊意，来说你入伙，如何？轰天雷，一同入伙吧？”

“想不到。……你原为颍州团练使，便战死也光耀门第，为何入伙草寇？”

“我原也这般思量。……但亲眼见此山寨情形，入伙却毫无悔意。晁盖乃义气深重之人。宋江之贤，盖为举世罕有。其余众兄弟，皆为英雄豪杰，仁爱有义。绝非奸臣污吏之道可相比。外道邪徒，宁是在王府衙门中！”

“彭将军，你讲的是何怪话？真是彭屺将军？”

“请上座，慢慢听我道来。”

彭屺道出肺腑之言。将宋江说得自身上山入伙的道理，转来说凌振。凌振亦感佩不已，终愿发誓入伙。两人便同起身，去见晁盖、吴用、宋江诸位头领。

凌振行礼已毕，悲叹道：“如得众头领饶恕侵犯之罪，我愿在此效犬马之劳。怎奈老母妻子都在京师，如之奈何！”

宋江执其手慰道：“且请放心，已派人去取彭将军家眷，克日必奉送上山，决计无事。”

吴用一旁道：“先庆贺彭屺、轰天雷二位豪杰上山入伙，虽战事紧急，且教做筵席庆贺一夜。”

此夜寨中大张筵席，一扫近来颓唐败势，士气为之一振。

众人皆从惨淡败北之谷底，慨然奋起。眼见此等热忱，宋江开口道：“炮手凌振已入我方，但彼处仍有连环马队，锁链不死之身，觅不得良法破之，殊为可怖。请诸位有破解之法，尽可道来。”

片刻无声。忽的酒桌最远端处落座的新入头领汤隆一声答应道：“小人有个主意！”

这一声大叫，举座皆吃了一惊。

宋江转过去看，道：“这却不是李逵才引上山来的武冈镇打铁匠，金钱豹子汤隆？”

“正是汤隆。”

“破敌之策究竟如何？且请说来不妨。”

“请听小弟道来。……不是小弟夸口，要破那连环马，须得一种军器，和我一个哥哥。不得此军器与我那哥哥，便破不得！”

“你且说用何等特殊军器？”

“小人亲父祖父，世代打造军器为生。盔甲俱有名工手艺，天下闻名。……祖父遭际老经略使相公，得做延安知寨，抵御外寇之时，遇着连环甲马。祖父苦思破敌之策，终以钩镰枪破之。”

“原来如此。可知那物模样？”

“祖传有画样在此，并无实物。我虽是会打造，却不会使。会使这钩镰枪法，天下唯此一人，便是我那个姑舅哥哥。”

说言未了，林冲问道：“汤隆，你说的天下唯此一人，莫不是禁军金枪班教师徐宁？”

“林教头知道？”

“如何不知，我原本也是禁军中一员教头。在京师时，我与徐宁常相会，较量武艺，彼此相敬。……这徐宁的钩镰枪法，端的是天下独步。只是如何能迎得他上山？想来必是不易。”

“小人倒有一计，只确是不易。”

宋江连忙问道：“是何计策？”

汤隆道：“徐宁祖传一件宝贝，世上无双，乃是镇家之宝。汤隆彼时曾随先父往东京游玩，依稀记得在徐宁家中曾见来此宝……是一副翎砌金甲。用一个朱革匣子盛着，直挂在卧房梁上。这幅甲是他的性命，若是先对付得他这幅甲来时，不由他不到这里。”

吴用点头拊掌笑道：“若是如此，有一妙计！”

“有用兄弟时候，可莫要忘了！”又闻厅内末座传出一声轻笑，一人挺身而出。

却是鼓上蚤时迁。

“原来如此，便是梁上君子。今次用着时迁去走一遭。”

“只怕无此一物在彼。”时迁鼻中轻哼一声道：“若端的有时，好歹定要取了来。”

“好，全倚仗你了。”

“得令。军师，再用得数人，同上京走一遭吧。”

“好，以下头领听令。杨林、薛永、李云、乐和、汤隆，再加戴宗，一同出列！”

得令者各自出列，吴用授了机宜，各人尽其所能，一同去盗取宝贝，引那徐宁上山。所谓“鸡鸣狗盗，也有脱颖而出之时”，时迁不似往常那般，即刻先行下山，往东京开封府去了。

第八十七回　鼓上蚤跳梁如信步　徐教师失宝慌张行

却说汴梁城一片花都景色。虽入冬日，京师之中千街万户仍是灿烂繁华，人头攒涌，日夜喧嚣，四下里尽都是霞彩烟尘。内宫禁卫森严，凌烟阁上煌煌琉璃瓦，乃是八省四十八街外远方汇聚而来。时迁扮作一旅人模样，行于巷间，便如一蚤，毫不惹人注意。

当日，时迁出投宿客店，寻至官厅街，横过太尉府门前。

寻了一个书记官人问道："请问官人，禁门金枪组在何处？"

"并非金枪组。"怀中抱文书的那人答道："大组称班。你若是寻金枪班，那方班门里，禁军枪队群居所在处便是。"

"又请问官人，金枪班教师徐宁先生是否也住那处？"

"入得班门里，拐十字口，靠右最大一家黑角子门便是。"

"那屋房梁可高？"

"你问这个作甚？"

"啊，是那家瓦房漏水，小人来修缮。"

"原来是瓦匠。"

"是，小人爬房梁的。"

"那房梁颇高。"

时迁暗道："已有眉目。"先回客店去。换上夜行衣，待夜色降下，拿米饭来吃了个饱。趁寒冬天色，出客店去。

高大班门于时迁眼中便如无物。不知何时，时迁已爬至大柏树顶上去，犹如一只栗鼠躲于树梢。听得城楼禁鼓，时转初更。云寒星斗无光，露散霜花渐白。万象俱寂，只有一个黑形怪物窥探。

时迁身影，不知何时已不在树上。枝柯上腾挪，溜到屋顶上去，将膊风板悄悄伏作一边，已钻入屋内天梁。

耳边听得似徐宁之人在说话。娘子、婢女，楼上楼下交错足音。与一般人家夜里情形并无相异。

“如何？去安排下饭菜。”

时迁心觉奇怪。今夜若事不成，早有打算两夜也好三夜也罢，要来便来。这一家人此刻却不收拾上床，却刚才起身模样。今夜难不成便是机会。交运与否全在天意……时迁屏气在梁上行走，间隙窥视。

“找到了！找到了！朱革铠匣，如此吊在梁上，便如在我口鼻下般，逃不出掌心去。”

时迁在房梁黑影里，暗自冷笑。

“嗯？”下面夫妻抬脸看房梁。

“怪了，梁上什么响。”

“有吗？……老鼠吧。”

“老鼠……饭菜备好了？”

“外头天寒地冻，为官人们备些热腾饭菜再去吧。”

“天子狩猎，今早未明前便要出宫。要热饭菜作甚，快快准备。”

“却不是还早。”

“先拿杯酒来。用那个琉璃杯，便是先前狩猎时天子赐我之物。当今皇帝陛下，书画皆风流，唯独军机事不挂心。因此才有似梁山泊那般草寇贼巢扎根。高太尉又不放我，否则此时我已在北朔之地，持弓御疆。我等武人军官，谁不想边塞建功。”

言语未定，只听门外一阵人声骚动。原是枪班兵卒前来迎接。侍仆引众人入内，拿酒菜招待。徐宁于二楼房内，早穿着盛装等候。

“娘子，我去了。门户须小心严密。”

“官人不必担心，这班门之内，并无小人。”

“家中有先祖传下密宝，原有贪财之人留意，须得小心。火烛也须在意。”

口中说着，徐宁抬头来望大梁。梁上那朱革铠匣，莫道日间常住坐卧，恁是夜里上床了，也寸心不离看守。

“我去了。”

徐宁引猎户装扮兵卒一同出门，娘子也去楼下相送。

那时迁听得真切，爬出膊风洞口，又从楼上纸窗向内窥探，忽而便打开窗来潜入房内了。动作之迅疾，直如一只壁虎。

“嗯……悬吊如此高。”

梁上所吊铠匣，自然非人臂所能触及。此时楼下传来徐娘子说话。

“官人已出门，你们都歇息了吧。”

时迁心想不妙，时机已然错过，急忙由窗口又爬出去，将纸窗关住。只听得徐娘子独自一人上了楼，铺帐台睡下了。

“天将亮了。”

时迁暗自焦躁。忽悟出一计，去怀中取出异物，颇似一个细苇管。掌中切捏一番自可伸延。由纸窗间隙戳入房内，接近油灯台，一声风响将其灭去了。帐台内全无知觉。

时迁又悄然落至黑暗地上。便如一个毛球落在地上，只扑一声响。过得片刻，暗夜中突听得呼喊。

“起火啦！”“起火！起火！”似非一处，四下里全在喊“起火啦！”

此实为时迁独门绝技，自唤为“拟远发声术”。拟似许多人在多处呼喊，其中也掺杂狗吠声。

时迁平日偷窃，被人发觉，便以此术趁乱逃走。今日却非如此。兼并以火遁之法，讲所持火油撒泼，在徐宁家厨下、茅房里俱引发一两处火事，如狐火一般延烧起来。

家中仆人惊醒，急急奔上楼呼喊：“夫人夫人，不好了！起火了！烧死人了！”

不愧是徐宁家娘子，只道：“莫慌！不用管我。只有那宝物，官人当性命宝贝。快去梁上解下。”

房内黑暗，各人不辨所在，慌乱杂沓。家中无梯子，只得搭成人梯，一片嘈杂之中全不见各人面目。

“小心！”

只听一个落物声响，有人将朱革铠匣由梁钩里勾落，手中不稳，落至地上。这时人梯支持不住，瘫倒下来，都摔了个仰交。时迁早已又爬入房内，虽说万分怪异，却已巧妙混入在人群里，捏了嗓子装作侍仆叫道：“不妙不妙！楼下烧起火来，可怎生得好？不如先将宝贝由纸窗处拿将出去，确保无事！”

不管三七二十一，手持皮匣爬出窗口，脱逃于屋脊上。将皮匣上两条扁担勾带抓着，背上身，脚踏卸下的膊风板，立定屋檐边缘。

“哈哈哈！我走也！”

忽向大柏树杈子一伸手，如跳涧猿猴般纵身一跃，转瞬便消失不见了。徐宁家中慌忙一通，却不知何人掠去了宝贝，更不知宝贝其后所在。

开封郊外之离宫，龙符宫在十里野外，为天子行猎秋场，军阵庄严。

皇帝行阵近处，高太尉坐于帐内，眼看着拜服于案几前面一员武将。

“求太尉放行！”

“莫非是金枪班教师徐宁，你这是为何？”

“小人随游猎御驾，情知擅离死罪，只是家中来急报，我妻突然发急病，生死只在朝夕。家中奴仆外只有幼子一个，无人主张。乞请数日宽宥，使小人回家照看。”

“原来尊夫人急病，不可不回。你且回去便可，圣上此行无碍。”

徐宁再拜，急急与各位班头交付当值，骑一匹疾马，臂夹金枪，转头往汴梁城奔回来。

徐宁直是心中叫苦。娘子急病乃对太尉托词，实是娘子派人来急报，道有贼把梁上家宝盗将去了。

正如晴天一声霹雳。徐宁身穿华丽紫衣猎装、红锦织造披风，头顶红缨珞冠，听罢家宝被盗消息，面色惨白，苦水由丹田底下直涌出口角来。正如龙失珠丹、凤无彩云，惶惶然不知所从。焦躁狼狈之态，言不可表。

“宝贝如何让贼盗了！岂有此理！”

徐宁一头撞入自家屋内，劈头盖脸质问娘子。徐娘子亦是脸上血色全无，哭泣不歇。徐宁教仆众将前夜里有人叫喊起火，引众人慌乱，趁机盗宝事情，询问清楚。究竟何人下手，却全无头绪。

“必然是有人爱你的宝贝，使这个高手贼来盗了去。”

徐宁细想来，平日里爱这宝贝之人不计其数，如何寻得？

徐家这幅薄羽翎甲，京师内何人不知。多少王亲显贵要来看，又以巨资相购，徐宁只推没了。大将军花儿王，曾还三万贯钱来，数回来请，也不曾舍得卖与他。

“啊！愧对祖宗！”

直如割去心头肉一般，徐宁一夜睡不着，左思右想，心下茫然。到天明起来，坐在家中纳闷。早饭时听得有人扣问。

当值的报道：“说是主人表兄弟汤隆，特来拜望。”

“那个金钱豹？”

徐宁暗怪汤隆偏巧今日里来。教请进客位里相见。问及来意，汤隆便去包袱里取出两锭蒜条金子，重有二十两，送与徐宁。

“小弟流落江湖多年，终时来运转，特来京师探望兄长。”

“这金子又是为何？”

“是父亲临终之日，留下这些东西，教寄予外甥需徐宁做遗念。为因无心腹之人，不曾捎来。今次兄弟特地到京师纳还哥哥。”

“舅舅与我金子？感承舅舅归天之际，仍如此挂念。”

“请收下。父亲遗愿，今日终得圆满。”

“失礼了。”徐宁谢过汤隆，交收过了，道：“……许久不见，且同饮数倍。”

当夜两人饮酒。徐宁自然是眉头不展，面带愁容。汤隆问起缘由。徐宁叹气，将昨夜家中进贼一事道来，被盗去先祖留下那副雁翎锁子甲，便如爱儿被人夺去了一般。直想弃了手中金枪，躲入山庙里去出家，免受他人耻笑！

汤隆凝神听得，以同情之色劝道：“原来如此，哥哥却有此一难。那宝贝我在小时，父亲带我探访贵宅时，记得见过一回。便是那个宝贝吧。”

“现今思之，心中作痛不已！”

“小弟隐约还记得，那宝贝盛在一个皮匣子里。”

“是个红羊皮匣子，上面有金箔刺着雷纹，中间有各色精巧彩画，牡丹花，狮子滚绣球……”

“哎？红羊皮匣子上有狮子……”

“兄弟，为何这般神色？”

“我这双眼却不存疑。昨夜方才见到！”

“什么！何处见到？”

“小弟夜来离城四十里在一个村店沽酒吃。……见个鲜眼睛黑瘦汉子担儿上挑着，入店里来与小弟同桌坐下，为着急要酒菜，呼喝店小二。”

“然后？”

“仔细一看，那厮将匣子撂在一边，一只腿架在匣上，防人夺取。我见了心中也自暗付，这个皮匣子着实华丽，与这人实不相称。见那厮也防备我，急急吃尽酒饭，挑担儿拔脚往东面去了。”

徐宁叫道：“直是此贼！往东去了！”

“哥哥，我们这边赶去吧！我见那厮似闪了腿的，一步步挑着走，必未走远。”

“娘子！”徐宁回过神来，转头呼喊家内：“我听汤兄弟说如此如此，快快准备，紧去追赶那厮！兄弟，你也一道去吧？”

“自然要去，那汉子模样，小弟眼中看得真切。”

话分两头。“梁上君子”时迁盗取了宝贝，犹如低飞雁鸟长出翅膀，飞出城外野外去了。

“时迁，等我！”

“啊，是戴院长（神行太保戴宗）。”

“快快卸下挑担。吴军师写来一封书，指明如何行事。还有一事须你行得……”

“原来如此。这匣中铠甲便托付院长了。”

打开匣子盖，将里面捆扎薄羽轻铠拿将出来，交予戴宗。戴宗使起神行法，急赶梁山泊去了。时迁只将空匣子挑着，寻至一个路边茶店里坐下。

这茶店便是先前吴用命汤隆待其相会之处。时迁与汤隆二人早在那时便商定了计策。——先由时迁挑着空匣子，去往梁山泊途上扮作旅人模样，沿途择舍馆歇息。舍馆壁上，必要先画个白圈。途中暂歇的茶店，也一样留个白圈印记。

汤隆去徐宁家中拜访之日，这边厢已安排停当，汤隆暂且与时迁分手，一脸无事模样蹩进城内。如此将徐宁诱出之计已成了大半。

且说徐、汤二人急向东行。汤隆两只眼不住去寻白圈何在。

“啊，有了！”

“兄弟，见什么了？”

“……只见一个村店。哥哥，我肚里饥了。”

“且暂歇一回。”

两人入得茶店，先饮一杯酒。汤隆便问道：“主人家，借问一声，曾有个鲜眼黑瘦汉子，挑个红羊皮匣子过去么？”

“啊，今日晌午，那人便在此歇息，吃了三人量饭。”

“往何处去了？”

“往东去了。”

徐宁听了，急立起身。

“汤兄弟，快！”

汤隆只顾跟着徐宁赶去。路上又见得壁上有白粉圈儿。看看天色晚了，徐宁急切要夜里赶路，汤隆劝现在客店里歇一晚。次日起身来，见店主人家，汤隆又去询问。

“借问是否有个恶相汉子，挑着红羊皮匣由此处过去么？”

“确有这般一个人在此住过。”

“现在何处？”

“天未明时便出店门去了。”

“原来在此住过！”

徐宁失足悔恨。这一日间路上急赶，却无处可打听消息。汤隆也未见有白粉圈儿。

又过一日，路上又见白粉圈儿了。汤隆但见了，便教买酒买食吃了问路。处处皆说得一般，却也总迟了半日脚程。如此随在那人后方赶了几日，徐宁心焦起来。

“这是何道理，至今日已赶了七日，仍赶不着。告离行苑时假托娘子有急病，倘或有人起疑告知禁军。……怎生是好？”

“哥哥恁地忧心，那贼只在前面。”

“总在前面，多次手边漏去了逮他不着。”

“我两个虽疲惫，那贼多日亡奔，端想此时也精疲力竭了。哥哥咬牙再赶一程。”

道入山东，冬日渐渐沉下，路边林木萧条。道路上一走百里，不见个人影……

“啊呀呀？哥哥，哥哥，快伏下身！”

“什么？为何？”

“盗宝蟊贼，在那里。”

“在哪里？”

“前面道路旁有一所古庙，庙前松树下，坐着的便是。”

“好了！我也见了！”

“哥哥请仔细看。夕阳虽炫目，可见那厮坐在庙前石板条上，身边便是哥哥盛甲的红羊皮匣子，似在休憩中。”

“逮到了！”

徐宁哪里忍得住，抢向前来。汤隆紧跟在他身后。徐宁早一把揪住了黑瘦汉子衣襟，却面上吃了一拳回敬，滚落下石板，趴在地上。

第八十八回　钩镰枪法振水泊　宋江大破连环军

这一出戏——戏中俱是梁山泊中人——金枪教师徐宁至此却仍不知是戏。

那犹如胡麻飞蝇一般的汉子，被徐、汤二人轻易制伏，此人便是梁山泊时迁。

徐宁的表兄弟汤隆，遵照早先计议，将徐宁诱至此地，与时迁同演一出大戏。

“痛痛痛……这般掐我脖颈，拿甚说话？放开，放开！我说便是！”

时迁连喊痛，汤隆在一旁道：“哥哥，这贼逃不了。先听他说。”

“畜生，老实招来！”徐宁将时迁掷在地上，道：“你这厮好大胆！如何盗了我这幅甲来！你可休要抵赖，这红羊皮匣子在此，盗贼便是你！”

“我有何可招，这明明是空匣子！”

“说谎！”

“你且看匣子里有甲也无！”

“果真没有！你这厮，把我这幅甲哪里去了！还敢隐藏，切你贼首落地！”

“那副甲早去了泰安州，老种经略相公家要收。”

“他要收？须知是我家祖传铠甲！”

“知道你家有这幅甲，却不肯货卖。特地使了一个本事高的盗贼，唤作李三，来你家窃盗。我不过从旁协助，下手犯人须不是我！”

“那这空匣子为何在你身旁？”

“……我在逃走路上闪了腿，因此走不动。只得先教李三拿了甲去，往泰安州交差。……啊！痛！……腿折了，好生疼痛。匣子便还你们，且放我走。”

“又非做买卖，休走。……汤兄弟，现时该如何处置？”

“哥哥，将这厮抓作证人，只和他去泰安州！”

“其后呢？”

“再捕拿李三那厮。若是李三手中无甲，须有官司告老种经略使！”

汤隆再三催促，其间向时迁使了个颜色，徐宁正自沉思，毫不知觉。

“兄弟说的是，只有如此了。”

便拽了时迁，迤逦往泰安州赶去。三个人只顾往东赶了数日，早行夜宿。

过得几日，这一日昼间，只见路旁边拽出一辆堆积空罐的马车。

汤隆追去问车客道：“借问，这车要往哪里去？”

那驭者大汉身形魁伟，驭台上转过身来答道：“问我么？于郑州做了买卖，要回泰安州去。”

“那最好。我三个因同伴脚闪了，行动不便，要搭车子。”

“哈哈，如多增三个空罐。你们只顾上来，吃力的须不是我，而是马。”

“将人当空罐子。”三人边说边在空罐旁坐定了，道：“莫看如此模样，待得进泰安州，付兄弟坐车钱。”

“先谢过了！”

驭者扬鞭一挥，口中吹呼哨，道：“望有酒钱还，这一路上替客官解闷……”

车子向山东赶去，驭者一路唱山东曲儿。虽是野腔村调，听了也觉颇为美声。

闲气不急，弯道峦嶂。这个驭者颇有趣味。

赶至第三日，车上众人一路闲说，都不生分了。那驭者道：“客官，每日听我唱这些小曲儿，也是无趣。我这红圈儿葫芦里面，还留下半葫芦泰安酒，吃一些？实为我睡前小饮余下的。”

“有酒最好。多谢了。”

汤隆假意来劝徐宁共饮这半葫芦酒，时迁也作喝酒模样。

这酒中实有蒙汗药。时迁、汤隆自是无事，只有徐宁一人麻翻，扑地倒在车子上昏睡过去。

也不知过了几时。众人已将徐宁送到梁山泊岸边，扛扶他下船，昏沉沉间送到金沙滩上岸。待徐宁猛醒，开眼见了四面众人，连那驭者也在。驭者便是铁叫子乐和。表兄弟金钱豹汤隆，途中捕获时迁，俱面上带笑。

“此处是……汤隆兄弟，此是何处？”

“此处是梁山泊上聚义厅。”

“梁山泊！”

“哥哥请恕罪。小弟早已投大寨入伙。至今一体事情，皆为吴军师盘定计策。因我二人兄弟缘故，故教小弟赚你上山来。”

“则盗宝之人也在山寨中？”

“那便是时迁所使绝技。”

“好大胆！”

徐宁登时大怒，挥舞双拳跳将起来。

宋江向前，凛然且并无威压之气，告道：“金枪班师傅徐宁先生，且请息怒，听我一言。”

除宋江外，晁盖、吴用、公孙胜等都来劝说。

宋江将原委一一道来。

今梁山泊军遭官军团团围住。

敌将呼延灼，惯使连环甲马冲阵，威猛无比，无计可破。

这连环铁索之铁马阵若破他不得，梁山泊命运便在旦夕之间。

“因此……”宋江伏首告徐宁道：“徐先生乃禁军枪法教头。此祖传钩镰枪法，只除是徐先生会使。”

“……”

“因此汤隆兄弟献策。……要破那连环甲马，须教使兵卒钩镰枪法。因此请教头上山。”

“岂有此理！”徐宁大怒道：“你们山寨存灭与我何干！却送了我也！”

“万望恕罪！”

“江湖久闻及时雨宋江之名，谁晓得如此不义！”

“宋江非敢行不仁不义之事。山寨众位兄弟，从无互相欺瞒之事。只今燃眉之急，祸在眼前，不得已诈迎教头上山，须得徐师傅钩镰枪制法及使枪法传授将兵救急。”

“我是官家身，妻子俱在京城，如之奈何？”

“贵家眷早取在山寨中了。”

“已在此处？”

“哥哥脱班遁走，这早晚，东京已自遍行文书捉拿哥哥。哥哥已回不去。”

“兄弟，你也害得我不浅！”

“哥哥须知，彭屺与凌振两个将军，今也难举腐败官旗，上山寨入伙了。……哥哥可自观察，便知梁山泊实为好男儿归宿处。请暂且休息，日后听哥哥尊意便了。”

宋江言罢起身。晁盖与众位头领，一起告退。彭屺与凌振两个又来陪话。

徐宁与此二人在京师禁军时多有交往。见二人确在山上，徐宁哑然无语。彭屺渐渐排却忌惮，劝告徐宁。此水泊中兄弟绝非世间寻常贼徒。

各位兄弟皆因宿命所至，为一生悲愿而结伙，因缘际会得此反逆之巢穴，其罪全在朝纲败坏，奸佞弄权。誓不损害世间忠臣烈士，专要膺惩贪官污吏。若此间不行正道，晁天王宋公明吴军师等人，早已烧毁山寨，哄散而去了。

徐宁默默听罢，道：“原来梁山英雄如此良善，是我误会梁山泊。”

徐宁本乃义胆英雄，感动众人义气，便应了宋江所求入伙。

众人皆欢喜不已。

终得拨云见日。戴宗已将薄羽翎锁子甲送还，又取了徐宁家眷上山来完聚。

同时也将凌振、彭屺两人的家眷也取上山。休战一日，做筵席庆贺新头领上山。

由徐宁监造，山中锻铁房内日夜烟火不绝，加紧打造无数钩镰枪。锻造完毕，连忙编组钩镰枪队，教演枪法。

“看仔细，此枪共使九个变法。”

徐宁拿着一把钩镰枪，钩东拨西，自由自在。

“此非直枪，以勾枪长处而言，上下左右，钩镰搠缴，浑身盖护，夺硬斗强。合有九个变化。”

徐宁恳切教众人习学。众人看徐宁，果是好人物，有《雨江月》一首为证：

六尺长身，头上簪花。天子御前，禁门一枪。天下谁不知徐宁？

晁盖、宋江、吴用等在聚义厅前远眺徐宁教习兵卒，各位头领俱赞叹不已。

不到半月之间便教成山寨中枪队七百人，秘定破敌之计。拨步兵人马分作本军、游击、骑队、炮队、潜行队，加泊众水军，无虑有八千之众。趁着夜空中无月，伏行出泊，对敌反击。

却说呼延灼每日心焦，坐立不定。

呼延灼命官军探子常去窥探水寨，往贼军船库上放火。只因贼军防护甚是严密，无一次成功。

彭屺、凌振两位将军，非只折在贼军手中，看其似已落草于梁山泊。自然官军心中惊疑，每夜提心吊胆，防贼军来攻，哪里还忧心去攻敌寨。

“呀呀！贼军渡江来了！”

“奇袭！？”

“贼军众多呀！”

“还有这许多……”

“水边芦荡，皆有贼军擂鼓呐喊摇旗，火光冲天！”

呼延灼正在中军帐内，听得报知，大喝道：“做甚慌乱！鸣号角，全军出阵破敌！”

呼延灼全身披挂，骑了踢雪乌骓马，大声号令。

副将韩滔奔至马前，道：“将军，我见贼步军人多势众，往正南方去了。”

“光天化日之下，”呼延灼咬牙切齿道：“这厮许多时不出来厮杀，如蛇盘踞穴中，今日终爬将出来了。只顾把连环马冲将去，踏平贼军！”

韩滔自引军去了。不多时，满身破创奔回来，向呼延灼哭叫道：“将军！中计了！”

“韩滔，中何计策？”

“我见敌势强在正南，大驱连环马卷地去攻，厮杀声却远，只见左右忽出贼兵，拿将怪枪一齐举手，登时钩倒八十余匹甲马。”

“有这等事！”呼延灼不敢信其所闻，口中连叫：“莫非军乱认错了？连环马阵将一头头马一齐锁甲，何物可伤？”

惊疑未定，只听一声炮响，一弹直落入中军阵内，轰然炸成齑粉。黑烟未散，又有许多炮放来。

“这炮必是凌振从了贼，教他施放！”

呼延灼挽住嘶鸣坐马，道：“炮手凌振既已从了贼寇，须得小心。韩滔，你再引一队连环甲马去冲破敌炮阵！”

此时两方呐喊冲杀之声，充斥四野。负伤者倒伏水边，哀惨戚戚。

平南一望，只见北面又涌起梁山泊旗号。分兵未定，只见东边又是数队人马起来。

又听得连珠炮响，直飞到中军阵内幕帐上。此乃母子炮弹，将官军阵营化为一片火海。那母子炮又名鼠弹，一个弹丸里装着无数个子丸，落时遍地开花。

“韩滔为何仍未得胜？”却不见他归来。

帐下各部将分军往北、南、东向去冲突，也不见有一个回中军来。火焰延烧逼近，呼延灼情知不妙，率本阵人马突围，放一队连环马殿后。

“移阵！望那处小丘上去！”

由金沙滩水边望背后原野奔驰。

梁山军却好似早知官军将往何处。满山遍野，山呼海啸，正入圈套之中。

“啊呀，有伏兵！”

呼延灼不敢投前方路走，转过马头，便望荒草野径投去。芦荡、水洼、泥沼，又见芦荡。

不防纵横无数条绊马索勾住人马。

步军被绊倒无数，骑马的皆落下马来，滚入草中没了影。

只听得梁山兵嗖嗖鸣笛声。忽而无数黑影纵越，几十把钩镰枪着地卷将来，猛然袭击错愕彷徨的连环马队。

马脚被那枪钩住，便是全身批甲号称不死身铁骑，也个个扑地而倒。这人马一倒下去，只顾乱滚滚颠入荒草芦苇，再无法立起，这便是连环马弊端所在。

呼延灼又见手持火仗的梁山兵，层层围将过来，悲鸣惨叫不绝。芦苇荡化为一片火场，滚入其中的人马均遭活烧闷蒸。

“败了！”

呼延灼甩开部将，单以座下名马乌骓之脚力，狂奔逃命去了。

回头张望，只见天地冥冥，无一人一骑相随。

三军尽灭，大败亏输。官军已全遭覆灭。

第八十九回　盗取名马得机缘　三山怪雄共聚义

自始梁山泊又得强助。

金枪徐宁、火炮凌振，又有彭屺将军万年之勇，皆做了新头领。韩滔于败军之中被擒获，夜中解到山寨，徐宁等人说他入伙。彭屺也是七十二煞之数，自然意气相投，就梁山泊做了头领。

官军覆灭，山寨所得甚多。

连环马三千匹中，千多匹好马牵上山去喂养。官军逃命时舍去粮秣、盔甲、刀枪无数，均搬上山去。山寨中三日连做筵席庆功。官军折了这许多人马，却是远路迢迢，将无数武器、粮草送与贼巢，皆出于自慢骄傲之心。

却说败军之将呼延灼，只逃得一条性命，不敢回京。

麾下三军丧灭，独自一人，于路逃难，悲叹道："大败亏输，有何面目回京？"

身心俱疲，一时不知去何处投，路上彷徨二日。

"只得隐入山林，悲苦至死不成？"

猛然想起："青州慕容知府旧与我有一面相识，何不去那里投奔？他与慕容贵妃一家人。打通慕容贵妃的关节，可得雪耻之军，那时再引军来报仇不迟！"

当下定了主意，直觉全身疲倦，又饥又渴。日头渐沉，见路旁一个村野酒店。

"店家，今夜只就你这里宿一宵。"

"官人，此间却非旅舍。"

“无妨，但有歇处便罢。”

“有个置放杂物的茅屋，客官将就下吧。”

“我出军的人，树下也好石上也罢，皆无二言。……肚里饥了，你可回一锅羊肉与我煮了。酒、菜、饭，只管将来。”

“官人稍带，这就将菜来。请先饮一角酒。”

“还有，外面系我一匹好马，名为踢雪乌骓。你好生与我喂养这匹马。牵去旁人眼见不到处系好了，今夜好生看管。”

“客官，要保这马一夜无事，我却无法应承。”

“为何？”

“教相公得知，此间强人盗马出了名的。……若听说哪里有名驹宝马，直是掘地三尺也要取去。”

“难不成此处地方马价高？”

“哪里，只是离此间不远有座桃花山，山上便有强人。”

“桃花山？”

“这伙强人，为头的是打虎将李忠、小霸王周通。两个头领下聚集六七百个小喽啰，时常来打家劫舍。”

“哈哈，我乃朝廷大将，怕他怎生！酒喝完了，再打来，打来……”

呼延灼吃了一回酒肉，醉了过去。酒保摇醒他吃了碗饭，便趴伏桌上，呼呼睡去了。

那店主人吩咐自家小儿，拿将一桶草料，转出店后去喂那马。只听得小儿在那里叫屈起来。

“马不在了！马不在了！相公的马不在了！”

“马怎生不在了？”

“哪里晓得，只有堆马粪在此！”

“已偷将去了吗！”

“篱笆推翻，明抢一般！”

“好似被妖风吹去了……”

这般骚动，呼延灼昏昏听得，猛然跳将起来。

“乌骓！”

飞出屋来，见夜色沉沉，不识东西南北，寒气醒了酒力，两眼四下怒张，如将沸腾。

“店家！桃花山何往？”

“相公，此时已追赶不及。那贼定是骑马跑了，名马脚力又迅疾！”

“若无了御赐的马，怎生是好！……连踢雪乌骓也遭盗了，我辈还有何面目！”

几日后，呼延灼入了青州城。

此城慕容知府，听说呼延灼单身来拜访，大惊不已。连忙令引进府内，见果然是呼延灼。

“将军，你如何到此间来？”

“惭愧！”呼延灼羞耻伏面，道：“请听末将一一道来。”

便把上项诉说了一边。又三叩九拜，乞伏赐予一军，使力再往梁山泊一战，报仇雪耻。

慕容知府同情道：“务须如此跪拜。将军应再立威严，领军再战！”

慕容知府又道：“……只我向朝廷禀奏时，若道将军御赐宝马也被贼夺去了，实难主张。此间青州地界中，除那桃花山外，又有二龙山、白虎山，均有强人盘踞，为害地方，连我这府衙也不得清净。将军可领一支军去，夺取那匹御赐的马，连那些强人一发剿捕了时，下官自当一力保奏，再教将军引兵复仇。”

且说桃花山上，住着打虎将李忠。

花和尚鲁智深仍为鲁提辖时，此人便住对面街角，卖膏药为生。

“大事不好！哥哥，山寨有难了！快快出兵相助！”

“周通，为何惊慌？”

“哥哥！青州军马又来，我原想照例办理，开了山寨门，去退那官军。谁知那领军之将实难对付！”

“他便是前日里在梁山泊吃了大败的呼延灼那厮。……前夜才知此人已至此地。”

“虽如此，却不知他武艺高强那般高强，双鞭舞起，近身不得。”

“他引多少州兵来。”

“约两千兵。”

“如此敌他不过。早晚那匹稀世名马，被那厮夺取回去。连这山寨也荡平了不可。”

“如之奈何！”

“我自有法。先闭了寨门，固守寨中。弟兄你去二龙山走一遭。”

“二龙山？”

“二龙山宝珠寺花和尚鲁智深在彼，你且去向他哭诉。若解得危难，拼得投托大寨，月终纳他些进奉也好。”

“好，小弟就去！”

且说一日之后。

宝珠寺破败大殿之中，此时三个怪模样的头领，正盘着腿乱坐。

为首是花和尚鲁智深，第二是青面兽杨志，第三便是以打虎英雄闻名的“行者二郎”武松。

前面山门下，坐着四个小头领。一个原是孟州牢城管营的儿子，金眼彪施恩。一个是操刀鬼曹正，此时在二龙山下开一个小酒店。还有两个是夫妇，菜园子张青及妻母夜叉孙二娘，原在孟州道十字坡开一个茶店，做杀人买卖。皆与武松鲁智深旧日有交，亦相继来投奔入伙。

“你所求事知晓了，且上山求问各位哥哥如何说。请跟我来。”

曹正在山门前接了桃花山的周通，引至大殿上来，备细原委。

以花和尚为首的三个大头领，得知详细，商议定夺。

“虽说各守山寨，他那处有难，却不能不救应。”杨志先开口道。

武松也点头赞同。唯独花和尚阴沉脸道：“多杀生无益。俺们保护自家山头，不去救应的是。那李忠、周通，不过是悭吝小人。”

“花和尚，话虽说如此，”武松道：“那呼延灼善使双鞭，禁军中亦有威名。为借军去梁山泊复仇，先扫荡俺这里桃花山等。恐那厮得了桃花山，便小觑了洒家这里。”

“此言无差。”杨志亦赞同。

“先下手为强。不如先去走一遭，不坏了江湖上豪杰，也教呼延灼美梦化为泡影。”

“好，便走一遭！”

计议已定，花和尚随即起身。

“多谢大头领相救！多谢多谢！”周通见其罗汉般巨体，叩拜得紧。又打发小喽啰，速回桃花山去通报。

桃花山上李忠得消息，令全山小喽啰呐喊，引军下山策应。

那呼延灼，得了慕容知府遣发两千府兵，立于阵前。见李忠下山来时胯下马匹，急拦路列阵，舞鞭出马。

“偷儿！那是老爷的名马乌骓！尔等盗贼，百姓死敌，何等不知羞耻！”

“笑话！吸百姓膏血的官衙猪猡！梁山泊下苦头不够，还敢来俺这里放屁！百姓死敌便是尔等！”

“你自寻死！尖头虫物！”

“什么！”

这李忠非愚钝之人。虽说原是卖膏药的破落户，家中却有祖传枪棒功夫。面目青黑，四肢修长，正如呼延灼所言，便有如一只披铠甲的虫怪。

当时下山来与呼延灼交战，却如何敌得呼延灼那一对薄刃金鞭。只见两把火花直撺过来，小喽啰挨着便倒，李忠见不是头，连忙逃回山上去了。

呼延灼纵马赶上山来，见贼封住山腹寨门，好似正待此时，满山头飞下鹅卵石来。后面官军又送急报来。

“将军！不好！远望见一彪军马飞奔而来，击鼓呐喊，绕过村镇向此处来，不知有多少！”

“从身后平原来的？”

呼延灼听了，便奔至山坡上看时，只见尘头起处，喧嚣异常。当头一个胖大和尚，袈裟外头披着铠甲，腰插戒刀，手拿禅杖，骑了一匹好生惹人注意的白马，直奔过来。

正是花和尚鲁智深。两军对阵，间隔有五十丈。鲁智深在马上喝道：“听说有个将军是梁山泊杀败的撮鸟，便是你吗？”

“住口！吾乃呼延灼！得慕容恩公相助，举义兵前来将桃花、二龙、白虎山上贼巢依次荡平。纳命来！”

“何其可笑，义这一个字，如何你也使得？可知我便是花和尚鲁智深！”

“哦，便是前年大相国寺菜园中，搅出许多纷扰的那个胖和尚么？”

“花和尚之名，能止小儿夜啼，你这败家丧犬值什么。趁脚下还有路，快快逃命去吧！”

“多说无益，看招！”

鲁智深轮动铁禅杖，呼延灼舞起双鞭，二马相交，一番龙争虎斗，言之不及。

斗至四五十合不分胜负，只得两边鸣金，各自收军暂歇。

“大哥少歇，看洒家去捉这厮！”青面兽杨志杀出阵来。

杨志虎体狼腰，使得一手好刀。

但呼延灼双鞭四面防护住，杨志刀法无从施展，连呼延灼毛发亦不曾触及。

两个斗到四五十合，不分胜败，大汗淋漓。杨志见呼延灼武艺高强，又趁鸣金之机拨马回本阵，见了鲁智深，一同咂舌道：“世上实有高人。我两个轮番斗那厮，却拿将不下！”

同彼，呼延灼回到帐中休息，心中也自纳闷：“好险！这两个贼恁的了得！不是绿林中手段！原以为天下武艺尽收于禁军，实乃大错！”又自惶然。

黄昏时探子飞马报至帐前，是慕容知府差人来。

“知府叫将军且领兵回去。”

“又为何事？”

“今三山贼中一寨，白虎山强人孔明、孔亮知城内兵少，引人马来急袭府库。”

呼延灼听了，仰天蹉叹，带领军马，连夜回青州去了。

路上呼延灼纳闷，即使青州城内兵少，为何白虎山贼寇如此胆大妄为，前来侵扰？便问那探子，才知详细原委。

原来白虎山下孔家素有声望，家里两个儿子，毛头星孔明、独火星孔亮，随身附庸许多壮丁百姓。去年，兄弟两个和本乡一个财主竞争，中了圈套，家传田地山林均被没了去。那对兄弟年轻气盛，忍耐不得，便把那财主一门良贱尽都杀了。

兄弟两个为逃官司，引众去白虎山占住。其后打家劫舍，袭杀官吏。因为青州城里有他的叔叔孔宾，原是店铺主人，遭受累及，被慕容知府捉下，监在牢里。

“……原来如此。他两个觑城内兵少，孔明孔亮便来夺取牢营，要救他的叔叔出去。”

呼延灼知明底细，令全军整队，直杀往青州城下。

但见青州城果然遭贼军围困，慕容知府独守孤城，立在城楼上指挥。

“恩公，呼延灼来也！但请安心！”

呼延灼向幕府知府摆手做势，便直取贼军。顷刻间将贼军冲个七零八落。兄弟两人抱头鼠窜，呼延灼在后紧追，于城外四五里荒僻处追上孔明，将他打落马下，活捉了去，引军回城。

“将军神速！”

慕容知府大喜，犒劳三军，款待呼延灼。

“捉此小贼不足道。说来惭愧，引军去扫荡桃花山，本待是瓮中捉鳖手到擒来，无端又被二龙山强人花和尚鲁智深、青面兽杨志前来救应，终未奏功。”

“此事是我忘了详告将军。二龙山上再有一个行者，唤作武松，原是景阳冈打虎的武都头。……这三个贼武艺高强，直至今日，州城官军未敢去捉拿！”

“恩公放心，呼延灼今日在此，少不得一个个活捉了，解于恩公面前！”

“仰仗将军了！请将军好生休息，养足气力。我自开酒库犒赏帐下兵卒，激励奋勇。待擒获贼首，再祝捷功！”

却说此时，青州城十里野外。

大地昏暗，天上一轮牙月。

只见地上黑流一般行军队伍。当先一个壮汉，身披狭雾薄战衣，外裹镶虎头金革铠甲，用银绳系了须发，手中拿一把搓绒剑带尖刀，骑着马悠悠而行。忽竖起耳来，唤道：“探马！”

“在！”

“远地里有声，探查了来报！”

“遵命！”

那探子骑马去了。少息便回。

“头领，来的是白虎山友军！”

“非是那呼延灼部属？”

“白虎山已大败于呼延灼官军，只孔亮落荒而逃，引了残败人马逃来。”

“孔亮正朝此处来？”武松下了马，系在树上。

原来呼延灼引军回青州之后，武松为探知那厮真意，便领了一军，悄悄摸了黑，行至青州野外窥探。

没料想郊野树林中，撞见孔亮残余人马。兄长孔明被捉入城去，正没做主意处，听闻武松引军来，急来相拜。

“壮士无恙？”

“哦，孔兄弟。一别以来，许久不见。”

“小弟几番要往二龙山拜望壮士。”

“我亦要去贵山拜望足下，却屡次不能行，还望见谅。听闻孔明兄？”

“惭愧，被呼延灼那厮活捉去了，想来羞愧难耐！”

“若是那呼延灼，实难对付。使得一手好鞭，天下无双。你兄弟又为何深入险地？实为无谋之举。”

“只为叔父孔宾被困在城内牢营里，为救他出来发兵。”

“嗯，此事我亦有所耳闻。那时我与宋先生在你兄弟庄上相会，多有打搅。——宋先生此时已在梁山上做大头领。”

“壮士还记得？”

“恩义如何忘却？我时常也想念宋先生。此事先放下不提，足下当前须以救人为先。”

“小弟恨不能立时救出叔叔与哥哥。只恨自身本事低微，白虎山上小喽啰又折损大半，没奈何！”

“兄弟休要惊慌，今夜你先随我来。”

武松便将孔亮残军并作一处，引至鲁智深、杨志两人布阵处。

孔亮拜见过二位，同坐在篝火边，众人一齐撕取羊腿肉，就火上炙了吞食，边吃边商定计策。

“青州慕容知府，恶政害民，涂炭生灵，城中百姓敢怒不敢言，年月久矣。今日正巧要救孔明兄弟及孔宾先生出牢，俺们可以义气为重，攻打青州，杀了慕容知府，擒获呼延灼，取府库钱粮，散与穷困百姓，如何？”

花和尚鲁智深平日里不多言语。今日一说，武松道：“我也是这般思想。”杨志旧日是北京大名府下军官，此时却不敢点头赞同，道：“青州却不易取。恐怕犹如做梦。”

“杨志，如何是梦？”

“以洒家所见，青州城池坚固，堪称不落坚城。又有呼延灼那厮英勇绝伦，慕容知府亦非等闲之辈。俺三山上兵器寒碜，怕也是难取。”

“兄弟言之有理，我花和尚也自忧心此事。”

“杨志，如此奈何？可有计策？我武松必要报孔家兄弟两个的恩义。”

“只除非依我一言，指日可得。”

“愿闻其详。”

“思报孔家恩义之人，还有一个，便是及时雨宋公明。孔亮兄弟，你亲身星夜去梁山泊告知详情，请下宋公明来并力攻城。那呼延灼是攻打梁山官军将首，宋公明又为孔家恩义，必引梁山大军前来救应。”

“正是如此，我等便可投托梁山泊大寨去！”

“此处孩儿们人口大增，小山寨实难以生养。”

“所言甚是！便如此行事。”

“天罡星命数所在，兄弟会首有期！”

“好！此言正合洒家心意！”

花和尚捧腹大笑不止。

第九十回　三山聚义打青州　众虎同心归水泊

孔亮离青州，星夜投梁山泊来。

数日后到梁山泊寨下，宋江慌忙来迎接。

“莫非是孔家孔亮兄弟，缘何到此？”

孔亮连忙下拜，执宋江两手，备述前事。……自宋江离别之后，老父亡化，兄长孔明与叔父孔宾俱陷在青州知府牢里。

宋江垂泪道：“孔家恩人遭此劫难，小可竟毫无知晓，对不住恩家。”

宋江难忘孔家旧日恩义，将孔亮所托告知众头领。众人闻说，皆道如何不去？便定袭取青州之策，全无异议。

更兼梁山军大败官军，却逃了统帅呼延灼。

又兼江湖同道，二龙山上头领鲁智深、杨志，与桃花山白虎山好汉皆望梁山泊大军前来，便教孔亮为使者急赴此地，引颈而盼之。宋江接过话，又道：“晁寨主，如此情形，十万火急。小可愿领寨中泊军三千，举义旗，打青州！”

晁盖摇头道：“宋先生，你连次下山多遍，今番权且守寨，愚兄替你去青州走一遭！”

“这个是兄弟的事。旧日恩人，小可若是不去救出，教哥哥代行，则宋江失却义气。”

宋江为人，义气如此。点起五军，共计二十个头领，马步军三千人，浩浩荡荡前进青州。

到青州，宋江与威名播于江湖之花和尚鲁智深相见，与青面兽杨志亦是首次相见。这两人引三山旗帜，远远迎接宋江大军到来。众人拜过，宋江问青州一节，近日情形。一旁吴学究点头笑道：“青州城果然险峻，慕容知府权势遮天，人所共知，今城内又凭一个呼延灼，想必其势更盛。……宋先生，如先擒住呼延灼，则事半功倍矣。”

“吴军师，用何计策可擒此人？”

“便有一计。我军阵中有秦明、花荣，两个旧日便在这青州做兵马统制。”

“原来如此。”

宋江大喜。便将第四军中秦明、花荣，着往前军，以燕顺、王矮虎、杨雄、朱仝、柴进、李俊等领第二、三军，进至青州城下。

秦明与花荣两个，精通青州地势及城内防要。却不急于用兵，连日擂鼓摇旗呐喊。侵扰片刻又逃去，搅得城内守军疲惫。

城里慕容知府终于中计，教客将呼延灼出战。

“将军，贼军阵中先锋二人，秦明、花荣原是我这里兵马统制，一同背反去落了草，实为可恨。却还连日挑衅，口出污言辱骂，忍不得那厮！”

“小将明白！定要取下拿两个贼首之首级！”

“虽暂逢一败，将军也曾领禁军三万指挥。今日必要擒此两个贼首，献于我慕容面前！”

呼延灼得令，不敢不从。带领八百精兵，开了城门，直往贼阵突去。

“那厮来也！”

秦明与花荣见呼延灼来追，不慌不忙。军阵散开又转回，总教呼延灼望见，渐渐退行已远。

“草贼！莫走！”

呼延灼奋力去赶了一阵又一阵。终踏着陷坑，人马都跌下坑去了。两边先把呼延灼钓起来，解至中军，好似一头大熊，跪在宋江面前。

宋江已知捉了呼延灼，见他来了，连忙起身，喝道：“对将军何等无礼！快快松绑！”

解了绳索，宋江亲自扶呼延灼上帐坐定，倒头便拜。

“今者冒犯将军虎威，切乞恕罪！”

“久仰及时雨宋公明威名。败军之人，请纳首级于帐前！”

“将军，为何如此轻生？量宋江怎敢坏得将军性命？”

“头领莫非教呼延灼活命？”

“将军英勇无双，请在弊山入伙。”

“休得胡言！我呼延灼乃忠良名将之后，教我上山落草，莫如杀我！”

“将军，人生宿命由天定，命不尽，死亦不得。世间称梁山泊做贼巢，却不知我兄弟为天罡地煞之星，为行天道而落于世间。呼延将军！”

“还有何事？”

“你的名马踢雪乌骓，被桃花山上周通偷去，今系在帐外，请将军取回。”

“马可还与我？”

“正是。将军不愿上山，可使宝马去往他处，宋江绝不阻拦！只朝廷官军，尽都折损，连环马阵三千铁骑，亦荡然无存。将军孤身一员败将，以何面目回京师去？”

“……”

“将军再图托付慕容知府，打慕容贵妃的关节？不瞒将军，今夜慕容知府便要丢了青州，或辕门落首，或逃去京师，哪里还顾得将军！”

“岂有此理！你胡说！胡说！”

“将军带出城来八百精兵，俱陷入吴军师八卦阵中，我军全捉下了，一个不落。甲衣旗帜为我所用，今夜中扮作官军，着秦明、花荣两个去赚开城门，一举拿下青州。……将军稍待，那城中已举火，请自观之。”

宋江所言非虚。

青州当夜即陷了城池。城头一团火柱起，照得野外十里红彤彤，城内厮杀喊叫声直达云霄。

探子急报宋江帐前：“火下将孔宾、孔明两个救出牢营了。慕容知府一家老幼尽亡。在城百姓惊慌呼喝，目下正自安抚。”

宋江得知捷报，即刻骑马入城。

着令救灭了火，安抚城内百姓。天色渐明，宋江又回城外中军帐，见帐外呼延灼垂首坐于地上。见宋江来，飞奔来拜倒。

“宋头领！我呼延灼恃才倨傲，今日才知惭愧！原来不知梁山，也不知天下。愿随兄长鞭镫，绝无还理！”

“将军终于明悟！”

“昨夜兄长走后，韩滔、彭屺、凌振三人亦来相劝。……细说山寨内情形。梁山泊替天行道，真尽忠报国，是小弟想错了！”

宋江闻言大喜，笑道：“庆幸！庆幸！请坐上名马乌骓，我与兄弟一同并肩入城。城内兄弟聚集，正盼得相会！”

两人入城，见城内四处青烟未消。路口早立牌安民告示。一拨梁山军正往城头消火，另一拨给散衣服粮米救济与罹难百姓。

打开府库，夺取金帛米粮无数，又得了二百余匹好马，聚拢一处。宋江令将收获半数送归山寨。

“余数尽散给穷民百姓。”

寻来城内五个老长者，托付散财粮事。

至次日，宋江道：“久居无益。回梁山！”

全军即刻拔营，班师回山。一路所过州县，分毫不扰。乡村男女老幼，皆仰慕盛德，路边烧香罗拜，抛花相迎，欢呼称颂。

呼延灼一路上感动不已，暗自付道：“我原是三万禁军统帅，引军一路所过乡村，哪见有乡民欢颂天兵到来？此所谓民心所在么。”

及至梁山上，呼延灼又吃一惊。

宛子城形制庞大，引官军攻打此寨时便已得知。今番入内一看，只见聚义厅上众头领，列位坐定，人人豪迈勇壮，英气逼人，不由得暗暗吃惊。

寨主晁天王以下，从来旧头领不再赘述。连番凯旋，新上山入伙者，以呼延灼为首，二龙、白虎、桃花三山众人——鲁智深、武松、杨志、施恩、曹正、张青、孙二娘、周通、孔明、孔亮——总计十二名新头领，皆入座厅内，好一派壮观气象。

青面兽杨志起身，作礼道：“梁山泊上义结兄弟，今日我十二人上山入伙，得以盛宴相迎，感佩不已。直如鱼儿入水，得新天地。请诸位兄弟今后多予提携。”

晁天王起身回礼，致辞道：“久仰花和尚鲁智深、行者武松威名，早思若天赐机缘，一齐共聚大义。此番大战，终使得各位兄弟上山入伙，汇于一堂，皆天命注定，非偶然也！今日欣喜不能言表！”

花和尚鲁智深又起身笑道：“头领果是义薄云天！未上山前，便闻全天下称颂梁山忠义！各位，今日席上酒肉，俱是头领的，只管吃喝尽兴！来，众家兄弟干杯！”

厅内众人尽皆举杯，共饮下肚，满堂欢笑。

梁山泊上又添了这许多英雄好汉，声势日盛一日。因见器物不足，便教添造三岁、九曜、二十八宿、飞熊、飞豹等旗帜。山边四面筑起墩台，设置狼烟。

梁山泊内除耕种米疏，又添置酒醋酿造。老幼妇女，种植桑林养蚕，抽丝来织衣物，又植漆树采漆。候健管造窑场，烧陶制器。寨内兵器厂日夜营造，连环马铠、勾枪甲衣，以至诸般兵器。

忽一日，花和尚鲁智深来对宋公明道："宋头领，洒家有事相求。"

宋江见智深礼数周到，正色道："吾师有何事？但讲不妨。"

"花和尚近来此身得以安歇，全靠哥哥。……只有个相识，旧有聚义恩情，自从离别后，无一日不在心上。"

"不忘旧日恩情原是美事，却挂念哪个相识？"

"江湖人唤九纹龙，姓史名进。"

"原是史进兄弟，我也曾闻得他的大名。"

"洒家曾在颠沛之中得史进相救。自从瓦罐寺与他别了，不曾相会。今日听闻他在华州华阴县少华山上聚义。今洒家要去那里探望一遭，取他同来入伙，未知尊意如何？"

"若得吾师请他来，最好。"

"多谢。洒家即刻动身。"

"虽然如此，不可独自前往。"

"武松兄弟愿与我相伴走一遭。"

"如此正好，专侯吾师吉报。"

宋江自鲁智深、武松去后，常自放心不下，便唤神行太保戴宗随后跟来，探听消息。

第九十一回　赦使大臣失金铃　宋江赚取华州城

再说鲁智深、武松两个，行者打扮，日夜赶路，来到少华山下。

山寨以九纹龙史进为首，又有一个神机军师朱武，一个跳涧虎陈达，一个白花蛇杨春，四个头领聚义。下山来接的头领却只三个，唉声叹气。

“时机不巧，史大官人此时并不在山上。”

“不在山上？那在何处？”鲁智深愉悦问道。

原委道来却是不易。这华州华阴县西面，有个天下闻名的灵庙。此处所在西岳华山，乃天子祷天之所。

前一日，史进前往华山朝拜，归路上撞见一个人哭泣，便取他上山来。

细细探问，原来此人是北京大名府画匠，因许下御山上金天圣庙内装画影壁，前去还愿。带将一个女儿，名唤玉娇枝同行，数日间朝拜还愿。

谁知路上撞见一霸，见他女儿有些颜色，强要娶她为妾。

父女俩不从，哭泣哀求，未料那厮趁夜施暴力，把他女儿强夺了去，掳去远方。那个恶霸，便是华州第一的狗官贺太守。那厮鸟因来华山灵地行香，不想见了玉娇枝，便淫从胆生强抢民女。

史进听王画匠如此说，义愤不能忍。

“我便下山去，与你夺回女儿……”史进孤身一人，直去华州府里救人。不想从此不曾还山，消息全无，不知性命如何。……余下三个头领逐一说毕。

“嗬……”

鲁智深吼了一声，满面通红，与背上绯樱花瓣文身[1]一般模样。

“武松，你可听得！”

“这太守实是可恨。”

“我等江湖上行仗义的，不杀他又待杀谁！兄弟且去报知梁山，洒家便去走一趟！”

“和尚今走去哪里？”

“还问，自然是狗官的太守府！”

“这却不可！只身如何救得史大官人！同陷牢营岂不坏事。”

“只身又如何！我花和尚不能放下史家兄弟性命不顾！”

“息怒！武松也急盼去救史大官人出来！今须星夜回梁山泊去，报宋公明，领大队人马来相助，方可救得……”

鲁智深跳将起来，叫道：“都是你这般性慢，直娘贼送了我史家兄弟！今性命在他人手里，若有个三长两短，我花和尚只顾兄弟情义，绝不苟活于世！我这便去，休得拦我！”

朱武、陈达等目瞪口呆，随即差两个伶俐小喽啰，随在鲁智深身后下山去了。

那花和尚实是个精细人，并非莽撞之徒。

次日午后，鲁智深步入华州城里。这个怪模样大和尚，提禅杖，杂闹处探问消息。

“这位施主，借问州府衙门在哪里？”

问得道路，这大和尚一阵风似走没了。往来路人瞠目讶异道：“哪来的怪和尚。”

当日那个贺太守，正巡城归府途中。却无人告知花和尚，那个便是太守。

太守那乘轿子，却是五色媛轿。轿窗两边，各有十个虞候簇拥着，人人手执鞭枪，轿后又有骑马虞候守护，呼喝沿途百姓退让。

轿子上了渭桥，贺太守却在垂绢窗眼里，看见了鲁智深，急忙吩咐停轿。叫一个虞候在窗眼旁说道：“可曾见桥上一个面目怪异的胖大和尚，尾随本官？”

---

1 这个绯樱文身显然是作者吉川杜撰的日式文身。——译者注

“见有一个，似图谋不轨，小人自提防着。”

“如此这般。……莫要差错。”

太守吩咐完了，便令起轿子回府。只留那虞候一人，领了言语，骑了马回到桥上，鲁智深面前立定，行礼道：“大和尚，你往何处去？”

“我？一介旅僧，天涯漂泊而已。”

“大和尚莫非是名寺高僧？请你到府中赴斋，讲法却灾。”

“是往何人府中讲法？”

“太守相公。”

“哈哈，适才桥上行过舆轿，果然便是太守相公。……我原本寻思是否便是太守相公，尾随而来。”

“大和尚原有何事？”

“区区小事，与太守相公见了，言语几句而已。”

“即如此，事正凑巧。太守相公佛心深厚，不论有缘无缘，路上只见了法师行者，少不得请至府中，布施积德。你且跟我来。”

鲁智深心想：“我却才正要寻他，他却来请洒家！”——便随了虞候径到宏壮府中。太守已自吩咐下了，叫放了禅杖，去了戒刀，赤手空拳，又赴中廊下深入后堂。

“和尚来了？”

贺太守掀开帘现身，不待鲁智深开口，把手一招，喝声：“这厮是梁山泊贼寇！捉这贼！”

只见两边走出三四十个虞候捕手，恁是鲁智深小山一般巨躯，被围作一团。鲁智深嘶吼犹如猛虎，震响堂外，却不敌公人众多，仍被捉了，空自愤怒。

“呵呵呵，好个愚僧蠢汉！”

贺太守大笑。他一早回府内，连忙取他州通缉文告，见过鲁智深画像，叫一声“便是此人！”

这鲁智深原是渭州提辖，杀了卖肉的镇关西，为逃官司去往京城大相国寺出家，却又大闹山门，江湖传闻此人近在二龙山结寨，发兵与梁山伯贼军一齐打烧了青州，天下震动，却不知为何来尾随贺太守。以贺太守却才将那史进打入牢中，心下自有提防。鲁智深却自行踏入此处，却着实是浅虑鲁莽之举。

却说梁山泊上，聚义厅内。

“兄弟有难，不可耽搁！”

山寨中人马尽起。宋江心下忧虑，不幸成真。神行太保戴宗见了武松，得知史进、鲁智深两个陷在城里一事，急作神行法，回梁山泊来诉说，惊动众人。

当日大将宋江便点起人马，军师吴用、花荣、秦明、徐宁、林冲、杨志、呼延灼，另有二十个头领，领一千甲马，三千步军先行，辎重数百车，战船百余条，共计五千人马，离了梁山泊。

疾风云行，逢山开路，遇水叠桥。踏破荒野，昼夜不歇，直取华州来。

戴宗又如飞鸟一般，先奔回少华山上，告知消息。——武松及陈达、杨春等三人，下山迎接梁山军到来。

再说宋江引军马都到山下，先问道：“今花和尚与史进兄弟性命如何？”

陈达答道：“两个陷在城内死囚牢里，想来仍得喘息。”

“从何推知？”

“五日前，那太守打发一使者急往京师了。想来是去请降两人处置。得朝廷旨意前，想必两人性命无碍。”

宋江听了，与吴用说道：“军师，怎地定计去救取便好？朝廷处置降下，两个性命便在旦夕之间。”

“莫急。明日且去城边，看那城池中气象，却再商量。”

吴用与宋江夜里共骑下山，身边数人护卫，初更时分已到华州城外。在山坡高处，立马望华州城里时，正是二月中旬天气，月华如昼，远远地望见城池背后重峦叠嶂，西岳华山矗立齐天。

天上无一片云彩，地上粼粼如泛水光。看见华州城外堑壕深阔，曲折护卫。

周围有数座城门，城高地壮，塔楼巍峨。灵山华狱上仙掌峰、云台观，月下观来如鬼斧神工。李龙眠水墨卷“月夜山水图”之宇宙至境，便如此景。

“此城地势果然坚牢。”

“城壁也坚固？”

宋江直觉如此坚城，无计可施。只得与吴用连夜回到少华山上。宋江眉头不展，面带忧容，亦不知如何与武松等商议对策。

两日内，忽有一个小喽啰由州境远方打探得一个消息，飞奔回少华山上来，报道："此事要紧。如今朝廷差个殿司太尉[1]，从东京来将领御赐金铃吊挂来西岳降香。……此事绝无虚妄……只因太尉人马所过之处，惊惧骚动。今已上船，由黄河入渭河来华州，船上插着朝廷黄旗。"

吴用听了，击掌笑道："宋先生休要忧虑，计在这里了！"

"有何计策？"

"妙计自天而降，成竹于胸。只需如此如此。"

次日天明，便有三个人急下山去了。

这三个是白花蛇杨春引路，李俊、张顺随后。到渭河渡口，三个已夺下十余只大小船在彼，只在河中准备。

又过一日，花荣、秦明、徐宁、呼延灼四个率部来，埋伏在渭河两边岸上，潜藏身影。

宋江、吴用、朱仝、李应等人，下在张顺等人船里，分船都去滩头藏了。船近水埠，只作寻常货船模样。

一夜无事。

第三日天明，河上雾霭未散，鸿雁远飞。听得远远地锣鸣鼓响，船艄公歌声响亮。只见三只官船下来，太尉所乘船上，插着一面金绣边黄旗，上写"钦奉圣旨西岳降香太尉宿元景"，风中猎猎。

"啊？"宋江见了黄旗，回想昔日曾得九天玄女三卷天书，书中有遇宿则喜之语。当时不解其意。莫非便是此宿？与吴用两个，催船上前。

"暂请停船。"

太尉船到，从斜旁拦住。

"何事？"太尉船中一阵骚动，走出银带金剑，着紫衫虞候二十余人，一齐在钦差黄旗下喝道："你等什么船只，竟不见这天子御旗！"

"小人惶恐，借问此是殿司太尉宿大人水路行船么？"

"什么惶恐。尔等寻死不成！"

"尔等贱民，好生可恶，快快将船支开！"

吴用见客气不成，一旁苦笑，口气虽缓，却道："梁山泊义士宋江在此，谨

---

1 吉川原文官职为"内殿司大臣"，此处采用原著官职。——译者注

参只候。只要求见太尉尊颜，有告覆的事。若是惹起骚动，只怕惊了太尉。”

“啊？……”太尉船上众人脸色顿时煞白，道：“梁山泊宋江？你是那个宋江？”

“宋江便是这位，小可是梁山泊上吴学究。”

“你等这般见不得光的草寇，竟敢来此造次！”

宋江见话不投机，朗声道：“太尉！我等只求见面告禀。请太尉暂且到岸上！”

“休胡说！太尉是朝廷命臣，如何与尔等草贼商量！”

宋江立起身来道：“太尉不肯相见，只得顺从。却只怕生出一场祸事，惊了太尉。”

“你，说甚……”

“请太尉早做主张，我等专侯太尉！”

两个人身后李应、朱仝等头领，一齐拿明晃晃刀剑比画。

岸上花荣、秦明、徐宁、呼延灼引出军马，一齐搭上弓箭，瞄住三只官船。伏兵影影绰绰不知有多少。这一番恐吓立时奏效。

“啊呀呀，这……这……”

船楼帷帐揭开，宿太尉亲身出到船头，和气言道：“义士！有何要事？我是朝廷重臣，今特奉圣旨，自去西岳降香。”

宋江躬拜唱喏，道：“宋江等早已知晓，特在此地恭迎太尉。”

“迎我又有何干？却要迎我去何处？”

“欲求太尉往山寨一行，别有禀覆。”

“朝廷大臣如何轻易去山寨！”

“如此……”

“我重任在身……”

以下却只听见太尉上下牙齿间吓得颤响。只见一条小船飞靠来，顶住官船中腹，船上李俊、张顺、杨春几个，早跳过船来，手起先把两个虞候丢下水里去，江水直溅飞入官船。

“李俊、张顺，休得胡做，惊了贵人！”

宋江连忙喝止。李俊、张顺扑通地跳下水去，早把这两虞候又送上船来，自己两个也便托地又跳上船来。李俊、张顺、杨春三个，人唤作“扬子江三霸”，在水里如履平地，自然不在话下。——这宿太尉自不必说，众位官人也早吓得魂一著体。

若天下不以衣冠华贵为显耀，则荣华富贵之价值又如何及得上一个木上果实、一枝缤纷花草。

大臣宿太尉及供奉随员、宫廷武官、客帐司人，总计六七十人，不得已一同上了少华山，沦为人质。自是意气消沉，米粥不进。

“我等于太尉身上并无侵犯，请在此山上静养几日。”

“宋江，你须适可而止。遭你掳至此山，明日事露，如何向朝廷交代，须连累下官！”

“太尉回京，都推罪在宋江身上便是了。”

“回京船也散了。”

“李俊、张顺两个，手下三百余水上骄子，渭河上往来无碍。太尉回京时，叫他两个恭送便是。”

“至关紧要，天子御赐的金铃吊挂，还有贵重御香及无数供奉御品，你如何将去！”

“太尉无须忧心。我等将去，不碍灵山降香之事。”

“请早放下官下山！耽误西岳行事，天子降罪，难保身家性命！”

“正因天子遣太尉降香，因此我等斗胆，替太尉去行事。将太尉及带来的人所用衣裳、旌节、仪仗、法物，俱借来一用。”

“做甚？尔等要变化演戏？”

“太尉事后自可明了。我等演这一出戏，恳请太尉将回京师博贵人一笑，哈哈。”

宋江拿言语揶揄了他，又宽言抚慰，吴用则依计准备停当。

俗话道人靠衣装马靠鞍。众头领剃了髭须，配金剑银带，穿着宫廷武官之紫辰衫。真好似戏班台后一般忙乱。

于小喽啰内，还拣一个俊俏的，穿了太尉的衣服，扮作宿元景。

“似极，似极。”众人见了拍手笑道。

执着旌节、旗幡、仪仗、法物，擎抬装御香、祭礼、金铃吊挂的金螺柜匣，一行人等离了山寨，径到渭河渡口，下船而行，寻例坐着御使官船。——

却教武松引一队人马，风一般先潜行去西岳山门下，只听号起行事。

这一日，华狱中院云台观（道观）门前，忽来一人大声报道："观主、院司，朝廷御使已过渭河，缘何还不来迎接？休得轻慢！"

寺内听说，一同骚动。几个道士转出去看，却不见有人。原来那便是神行太保戴宗，早使起神行法，风一般又下山去了。

天子代行西岳降香，观内自不可等闲视之。仪式奉迎万端头绪，须无丝毫疏漏。只未料到御使已到，大为吃惊。云台观主并庙里职事人等急急下山，直到渡口，迎接上岸。

香花灯烛，幢幡宝盖，摆列在前——船已靠港，太尉上岸。

先头一客帐司朗声道："让开，让开……太尉一路旅途劳顿，染病在身。观主，且容后再叙。"

这客帐司便是吴学究。

吴用、宋江，皆扮作客帐司。假太尉身旁虞候、抬旌节旗幡的力士，俱是平常熟知的梁山兄弟，自不必言。

偶有人发一声讪笑，遭同伴一齐瞪眼。原来装扮更巧妙者是轿子里，把靠褥围定了坐，手中拿个白绢遮口的小喽啰。原非容易冒充，却极力扮演神似。轿子抬将起来，一摇一晃。

一行人踏上西岳参道，一路吹笛奏乐，金铃音澄。满山芳香袅袅，宛如仙境，道僧徒众，俱在路两边肃然等候迎接。假太尉装作染病，轿子径到岳庙官厅前。推官一眼看那来内府官服、门旗、牙仗等物，如何不信。

"观主何在？"吴用在客殿前喝道："太尉奉旨来与圣帝供养，缘何轻慢！观主为何还不来迎接？"

"万乞恕罪。观主忙于准备，请稍候。"

"竟还在准备，岂非怠慢！"

"请恕罪……"

"太守为何也不来迎接？"

"太守还不知消息，已差人奔去报知，想必亦吃惊。"

"已差人去？"

"想必太守随后便到。"

“尔等今日交运。天子钦差宿太尉虽怒，今染病困倦，只在轿子里休憩。……若太尉今日无贵恙，必责尔等无礼。”

“小人惶恐！请赐见太尉尊颜，拜请大罪……”

“不要近前！徒烦扰清静！尔等远远地参拜太尉便可。”

——说犹为了，华州府贺太守，到了阶下，三叩九拜，诚惶诚恐。

假扮的病太尉坐在轿子里，只把手虚空伸出垂帘，弱弱比画，并不听得说什么。

客帐司口中道声：“遵命！”只在阶下叩额于地。

贺太守既然到来，自须另行对应。原来这客帐司，便是宋江装扮的，引着贺太守转入正殿内廊，来看文书与御赐宝物。

宋江与吴用喝道：“中书省公文拿来！”

远远一声答应，转眼抬进一个赤红皮箱，打开来看。扮作中书省官人，默不作声将皮箱抬进来的，却是花荣。

宋江又喝道：“御赐金铃吊挂拿来！殿司虞候奉钥匙来！”

又听远远一声答应，转眼进几个宫廷打扮官人，抬一个金螺铁柜匣进来，殿司虞候手持钥匙红锦带，一步一个小心，直到贺太守身前立定，请了钥匙开锁。

眼前缤纷绚烂，果然好一对八角金铃吊挂现身！质地纯金自不必说。浑是七宝珍珠镶嵌，镂空雕迦陵频迦，中间点着白金莲花、青金翠叶，装饰万花彩饰，琥珀珊瑚珍珠吊挂，缨珞七个小金铃，又吊着数串宝珠。精致巧妙，直让人看得恍惚，口中无言。

“天子圣德，赐见如此宝物，实为贺某此生荣光。”

“你可知恩德。”

“不胜荣幸之至。”

“虽说如此。”宋江转话头道：“太守，你又为何怠慢天使？”

“贺某未见文书来城内。……知太尉将到，心下讶异！”

“什么讶异？中书公文，御赐金铃吊挂俱在此，有何疑惑！”

“下官只有一事相求。”

“何事？”

“太尉既身在临屋轿内，请容下官亲向太尉请罪，礼仪上也好做安排。”

贺太守果然聪明，口中言语，两只眼却骨碌碌地转。不由宋江分说，起身便临屋走去。

却不知这一举动，正是与敌一个好机会，登时便断命刀一闪。

那掌奉钥匙的殿司虞候便是徐宁，飕地挚出一刀，把贺太守当场便割了头。以此为号，其余梁山头领一齐向前，云台观登时化作人间地狱，抛去官服的梁山好汉把跟贺太守来的人四下赶杀。

入夜时分，只见华州城中两路火起。武松一路人马，扮作贺太守手下混入城中，另一路解珍、解宝、杨雄、林冲、石秀等引藏在城下，亦杀将入来占领全城。先去牢中，火炎下救了史进、鲁智深。

却说那画师小女儿玉娇枝可怜。城中遍寻不着，次日捉了一个公人拷问，方知玉娇枝自被贺太守掳来，日夜被那厮逼迫，早投井而死。

第九十二回　丧旗之下改名主　高僧道出玉麒麟

华州上下数日之间乱成一锅粥。

这正是前所未见一场骚动。——城内街市半数一夜间化为灰烬，太守死于灵庙内，宿太尉被囚于少华山上，数日之后终得以下山，星夜急急回京师奏佑此事。世人眼见此景，深觉国崩法坏，暗无天日。

而梁山泊却以此为“替天行道”。

宋江带了众好汉，旋风一般回梁山泊来。交付虏获钱粮，新旧头领相见已罢，做庆喜筵席。山寨上自有“兄弟之规”、制裁之度，却也有仅醸于兄弟之间的“春芳”。

过得数日，梁山泊军马又下山去，攻打徐州沛县芒荡山中一伙强人，将为首三个贼将尽捉了，收服其志，同回梁山入伙。这三个新头领：

樊瑞，绰号混世魔王；

李衮，绰号飞天大圣；

项充，绰号八臂哪吒。

这三个能使标枪投剑。单说混世魔王樊瑞，仗一面团牌，又能呼风唤雨，用兵如神。

“好一片丽春景致。想必当下已无杀戮战祸。”

“正是如此，厮杀也已颇让人厌烦。”

“看水泊岸边，杨柳发新芽，桃杏满开好似笑颜。”

“妇人与老汉们忙插秧播种哩。”

梁山好汉攻伐杀戮，眼见此春色，心中亦多愁善感。青青草原上行走，连身上血腥之气也退去了。

却又生一事。

山寨脚下酒店中接待来往客人的朱贵，某日将一个长瘦汉子送上山来。此人是涿州人氏，名唤段景住，人都唤作金毛犬。

“小可一心一意要上梁山入伙，无路可见，愿将两匹天下无对稀世好马前来献与头领。”

那两匹好马却未能携来梁山，不期在途中被横夺去了。段景住只身逃走来梁山，哭诉告知。

细问之下，原委如此。

涿州边近金国，北边地面上有一处牧场唤作枪竿岭。

那是大金国王子放马处，其中一匹王子最爱的骏马，唤作照夜玉狮子马。段景住对那马喜爱无限，如盗得来献上梁山泊，想必也可入伙做一个头领。如此投奔之意无法遏止。

段景住盗马虽得成功，路过凌州西南上曾头市。不期被那曾家五虎兄弟，号称“曾家五虎”的横夺去了。愤怒不已，只得来梁山求诉。拜请梁山膺惩“曾家五虎”，夺回那绝代名马。

“小可万乞！”金毛犬段景住聚义厅上叩拜央求。

寨主晁盖听得详细，道：“此事须放心上。”咨询宋江与吴用，先教段景住在寨内住下。又教神行太保戴宗去曾头市探听虚实，戴宗回来说段景住之言并无虚妄。又说起坐于曾头市里茶店里，闻那街上小儿们都唱道：

曾家摇铁铃，神鬼尽皆惊。
铁车并铁锁，上下有尖钉。
扫荡梁山清水泊，剿除晁盖上东京！
生擒及时雨，活捉智多星！
曾家生五虎！天下尽闻名！

戴宗又对众头领道：“这曾家府老子原是大金国人，已老态龙钟，不去说他。他生下五个孩儿，号为曾家五虎：大儿子唤作曾涂，第二个唤作曾密，第三个唤作曾索，第四个唤作曾魁，第五个唤作曾升，俱有万夫不当之勇。为将来荣华富贵，誓要捉我山寨中头领，押去朝廷邀功。因此造兵器、战车、陷车，武库中直是堆积如山。亦遣探马来窥伺我梁山要害，可谓虎视眈眈。”

众头领闻言，皆大惊震怒。

不止如此。又听戴宗说，曾家府中又有一个教师史文恭，勇力无双，又熟谙兵法，一个副教师苏定。曾头市上聚集着四千人马，扎下寨栅，营盘铁打般稳固。

“这贼用心险恶，是我山寨大患。”

“曾头市虽远，此时不去拿他，直待养成那厮气势，却去进兵，那时迟了。”

众位头领异口同声，出兵之事已决。

晁盖立起，向宋江道：“宋先生，你下山多遍了，厮杀劳困，我今替你走一遭。宋先生且权守山寨。”

“如何使得？”宋江打断话头道：“哥哥是山寨之主，不可轻动，这八百里水泊全靠哥哥主持。小弟愿与吴用军师前往，尽可放心。”

“我虽说是寨主，却未曾下山立得寸功，心下不安。不是我要夺你的功劳，下次有事，却是贤弟去。今日且随我的心意罢。”

众人苦劝，晁盖不听，宋江亦无奈何。晁盖欢喜不已，启请二十个头领相助，点五千人马，次日清晨便领三军下山。

忽起一阵狂风，吹倒许多旗帜，把梁山军象征的大将旗也半腰吹折。众人见了，尽皆失色。

吴学究谏道：“哥哥才出军，风吹折大旗，此非吉兆，于军不利。”

宋江吴用等都来劝晁盖，不若停待几日，今日莫要出兵。

“哈哈哈哈。”晁盖却不以为意，道：“天地风云，何足为怪。这般在意，只教部下士气沮丧。只莫去管他。”

晁盖意气扬扬，引兵渡水，踏上征途。

却不料折旗实为恶兆。晁盖领军到曾头市，只经一战，便正中一箭，重伤落马，众人死拼将他救出乱军，送回山寨来。

曾头市守备坚固，固若金汤。五虎兄弟英勇，又有两个兵法教师相助，守兵堪称强悍。因此晁盖苦战不克，反于脖颈处中了一箭，凄然抬回梁山。

"……大事不妙，原来是一支药箭！"

众人听了脸色煞白。入宛子城病房内看视，只见晁盖将金疮药敷贴上，又喂了煎药汤，着人日夜看护。然已气息将尽，病情时时刻刻恶化。林冲、徐宁、呼延灼等部将，失了领军大将，曾家军又马背后卷杀，只得且战且走，大败亏输，回梁山来。

"万分惭愧。不听贤弟忠告，落得如此下场。"

忽一日，晁盖支其身来，气若游丝，圆睁两只浊眼看着宋江与吴用，嘱咐道："贤弟最后听我一言：若哪个捉得射死我的，便教他做梁山泊主！"

射中晁盖那一支箭矢，众人为日后复仇，早做保管。那箭上有"史文恭"字。

"哥哥，休要说此不吉之言！"

"人寿天命所定。我的天命已尽了！"

话音刚落，晁盖便从容死去了。宋江、吴用放声大哭，如丧考妣，晁盖魂魄却不复归还。

哭罢，便教发丧。山寨中头领并众小喽啰皆戴孝头巾。宛子台上立起黑布丧旗，漫山遍野哀哭。

择日于聚义厅搭起灵帏祭台，中间设神主位牌，上写道：

梁山泊主　晁天王灵位

四周摆置香花灯烛自不待言。又把支誓箭，就供养在灵前。这把誓箭是将那刻有"史文恭"三字毒箭，折了箭柄而来。

入葬之日，请附近寺院僧众上山做功德。当日场景，一州太守下葬亦有所不及。众头领每日举哀，连做七日供养。

这一日清晨，林冲与吴用并众头领，请出宋公明道："国一日不可无君，家一日不可无主。……请哥哥为水浒大寨之盟主，诸人拱听号令。"

宋江力辞道："万万不可。晁天王临死时嘱咐'如有人捉得史文恭者，便立为梁山泊主'。小可才疏德浅，如何便居得寨主之位？"

“寨中众望所归。晁天王虽如此遗憾，今日又未曾捉那人，山寨中岂可一日无主？”

“恐难服众。”

“若哥哥不坐时，山寨无主，必生混乱。为晁天王复仇之前，哥哥便可权且尊临此位坐一坐，待日后别有计较。”

昔日晁盖亲密部下众人也一味劝说，当然已无可推脱，宋江便道：“今日小可权当此位。”

黑旋风李逵在侧边叫道：“甚好！哥哥休说做梁山泊主，便做个大宋皇帝，又有何怪？”欢喜地乱走。

这一番讨人喜的怪谈，宋江却厌之尤甚。坐了第一把椅子，即教众头领都来聚义厅上两边坐下。

“不肖小可，今日权居此位，一时重任在肩，并无鬼才神技，全赖众兄弟扶助，回心合意，共为股肱。如今山寨上下一心，翻新气象，可编职制，请众兄弟分部署驻扎。且聚义厅今改为忠义堂，一同替天行道。”

宋江环顾左右，又道：“今在忠义堂左右两壁，张贴寨内交椅排名及部署，请众兄弟自尽忠职责。”

非人力所招，非意志所引，天命地宿，不期然而然，百余天罡星、地煞星，共聚于梁山泊。

其全名张贴于忠义堂壁上，在此抄录一份，亦不为无益。

忠义堂上头一位，宋公明。第二位，军师吴学究。第三位，法师公孙胜。以上三个居尊位。

第四位，花荣。第五位，秦明。第六位，吕方。第七位，郭胜。以上兼管水船水寨，于右山寨驻扎一军。

左军寨内以林冲为首，以下刘唐、史进、杨雄、石秀、杜迁、宋万。

正面守护大寨门一军，以呼延灼为首，以下朱仝、戴宗、穆弘、李逵、欧鹏、穆春。

往内进二寨门一军，有李应、徐宁、鲁智深、武松、杨志、马麟、施恩。——前后坚固。

宛子城内直护头领，有柴进、孙立、黄信、韩滔、彭屺、邓飞、薛永。

水军寨内，库船皆备，船头领有李俊、阮小二、阮小五、阮小七、张横、童威、童猛，俱能大江上飞来去。

又有唤作“山上大队”之游击一军，于烽火台上瞭望巡戒，头领有雷横、樊瑞、解珍、解宝。左右翼令项充、李衮把守。

金沙滩令燕顺、郑天寿、孔明、孔亮四个把守。

山后小寨，左一个令王矮虎、一丈青、曹正，右一个令朱武、陈达、杨春把守。——以上配属完毕。

除军务外，又分置军需、庶务、主计等人，不存疏漏。

先于忠义堂内左边耳房中设文书课，萧让为首掌文卷，裴宣掌赏罚，金大坚掌印信，蒋敬掌算钱粮。

大炮铸造及教师，此职自然唯有凌振一人。

孟康掌造船厂。

候健掌造衣甲旗帜。陶宗旺掌造房屋。

汤隆为铁匠总管。

朱富监造酒醋。宋清监备筵宴。一应什物由杜兴、白胜掌管。

山下四路作眼酒店，原拨定朱贵、乐和、时迁、李立、孙新、顾大嫂、张青、孙二娘，朱贵为一团之首。

山寨规模由此可见，直如一小国。然犹未言尽，油、漆、皮革、药剂、砂铁、糖蜜、马匹等多多益善之物，令杨林、石勇、段景住，扮作旅商往各地收买。

“尊迎新寨主！”

式终，诸位头领一同起立，称道：“我等欣喜无穷。必各自遵守部署，绝不违犯。在此立誓。”

宣誓拜礼，一同饮酒干净。

宋江便与众人商议道：“愿即刻兴兵下山，去打曾头市。”

宋江为先主晁盖报仇而提议。亲自引军下山，打下曾头市，捉曾家五虎，将发药箭取晁盖性命之史文恭擒来报仇。

“哥哥听我一言。此时举兵，为时尚早。”

吴用起身反对道：“曾家此时气势正盛，又加路途遥远，山寨中军马，自从冬来连番下山征战，俱已疲惫，前番又折损许多。不得天时地利则无胜算。今日观之，兴兵实无胜算。请先于寨中养精蓄锐，日后时机成熟，却去取他。”

宋江依吴用言语道：“军师所言甚是。”

众头领皆依吴用之言。自此之后，每日只做功果，追荐晁盖。眼看七忌法事将近，请到许多法僧上山，其中一僧法名大圆。

这大圆和尚乃是北京大名府在城龙华寺法主，只为游方来到济宁，经过梁山泊，就请在寨内做道场。原不是乡间野和尚，实乃北京大城内博识高僧，宋江与吴用煮了好茶，将来与大圆和尚兴谈。

闲语间谈起北京风土人物，那大圆和尚忽圆睁两眼，说道：“头领如何不闻河北玉麒麟之名？”

“那是何人？”

“这等人物头领如何不晓得！其名卢俊义，绰号玉麒麟，勿论河北，天下四百余州何处不闻其大名？”

“有这等人物？”

“绝无虚妄。此人祖居北京，家中许多土地当铺，却无丝毫铜臭气味。一身好武艺，棍棒天下无对！”

大圆和尚一口一个天下，吴用听了苦笑，宋江作吃惊模样。——卢员外名号自然早已听闻，只一时忘却。听大圆和尚说起，猛然想起。其后与吴用独处时，便道：“军师，今日听说起玉麒麟，才觉恁地忘事！梁山泊中若得此人，还有什么烦恼不释？”

“正巧，与大圆和尚闲话间，我也忽醒起此人来。”

“他是北京大名府第一等长者，如何能够得他来入伙？”

“人各有法。吴用有三寸不烂之舌，必教他上山。”

“只凭言语说服？”

“仅凭言语，自然无法教他上山，小生再略施小计。只是少一个奇形怪状的伴当和我同去。”

说犹未了，只见一旁黑旋风李逵踊跃在两人面前，高声叫道：“军师哥哥，小弟与你去走一遭！”

宋江喝道：“你如何去得！你这性子，毛躁嚼舌，好滥饮打人，团身一无是处。北京大名府乃北地一等大城，绝非你李逵可去。退下！”

第九十三回　算命先生做神卦　卢俊义疑惑离家

遭宋江一通喝骂，李逵抱了头，蹲地愤怒。——吴用见了笑道："李逵，你真是要去？"

"我也晓得那北京城，是大名府所在。恁得去走一遭看一回。"

"也非决不能带你去。"

"带我去！果是军师哥哥待铁牛好！"

"你却须依得我三件事。第一件，自今日去便断了酒；第二件，于路上作道童打扮，随着我，我但叫你，不得违拗；第三件……最难，你从明日开始，并不要说话，只作哑子一般。依得这三件，便带你去。"

对李逵而言，哪一件都难依得。但这条汉子本性忍不得无事无聊，便痛快应道："莫说这三件，便是三十件也依你！"吴用便答应携他同去。次日众头领都在金沙滩送行，两人辞别，挑担下山往北方去了。

穿山越河，路上行了二十余日，赶到北京城外店肆里歇下。当晚只见店主人一头撞房里来告诉吴用道："客官，你家哑道童忒狠，打得我店里小二吐血！"

吴用大吃一惊，忙下楼去看。原来那小二见李逵哑巴，把他嬉笑，被李逵一拳打倒在地，兀自爬将不起。

"这哑厮！"吴用慌忙严叱李逵，与店主人赔话道："请恕罪！这些银子与你，请他疗伤。"便将银子把与店主人和小二将息，早将李逵拉回房里埋怨。

"李逵！"

"军师……"

“便知你这厮要露出本性！明日要入北京城，万一露馅，不是耍处，你休送了我性命！那三件事你若是依不得了，快快一个人回山上去吧！”

“军师我依你，再不敢犯了！带我入城去吧！”

两个就店里打扮入城。吴用戴一顶乌纱抹眉头巾，穿一领皂沿边白绢道服，一手里拿渗金熟铜铃杵，一手木藜杖。李逵却扮作道童，头上几根蓬松黄发，两枚浑骨丫髻，穿一领布短无袖褐袍，勒一条杂色短须条，脚上穿黑素靴，担一条过头木拐，挑着个纸招儿。上写着：

运势判断　八卦神如　卦金一两

两个便扮作云游江湖算命子模样，出旅舍，往北京城南门来。此城不愧是河北第一个去处，紫金盖瓦，鼓楼旗卷。城下万户人烟，更兼又是梁中书统领数十万大军镇守，北御夷狄，非是他州城门可比。

“道士，你哪里来？”

“官人，小人是泰山儒者，诸州游历，卖卦营生，充作旅费，兼究学诸山学问。”

“秀才好学问，你身旁作黑一团是什么？”

“这是我的哑子道童，唤作李童。”

“原是哑子，怪不得鸟眼贼般看人！你可有旅牒？……好，放行。”

吴用一颗悬心放下，带李逵悠悠入了城。只见大名府巍峨，城里繁华喧闹，李逵止不住四下里张望。

“李童，跟来跟来。”

“军师等我！”

“你这厮怎张口说话！”

“……不说话真苦也！”

“休离我身边，紧闭了嘴跟来！”

吴用手里摇铃杵，沿街行来，口里唱算命歌道：“甘罗发早子牙迟，彭祖颜回寿不齐。此乃时也，运也，命也。知生知死，知贵知贱。若要问前程，先赐银一两。”

却好转到紫金街上一个最大店铺门首，见挑着个招儿写一个“卢”，卢员外——绰号玉麒麟——正在解库前厅前坐地，看着那一班主管收解、盘算账目，只听街上喧闹，心下厌烦，唤当值的问道："如何街上热闹？"

"小儿遇上怪人，跟定了笑。"

"是何怪人如此好笑？"

"员外，端的好笑！一个别处来的算命先生在街上摇铃卖卦，口中叫唱，小儿们因此跟他身后啰唣。……员外你听他唱。"

"原来如此。甘罗、子牙、颜回，俱是史上英杰。此先生如何出大言。与我叫他进来，戏耍他一回。"

"员外，他要金一两算一命，大吹法螺呀。"

"试试便知。快去请来。"

当值的慌忙去叫来，回道："卢员外，八卦先生来了。"

吴用与李逵一同入到厅前，向卢员外施礼。

"是这位官人招我入来？"

"正是，烦先生算我一卦。"卢俊义欠身道。

两个眼光相对，卢俊义直视吴用眼瞳。两边对视，言外亦察其人。

卢俊义摆手道："先生请这边来。"

便揭起帘子，请吴用在客间鹅项椅上坐定。出言询问道："先生贵乡何处，尊姓高名？"

"小生姓张，名用，别号谈天口，祖贯山东人氏。本在乡间教小儿读经，因游历天下少旅资，便算卦占卜。非是有缘人不算。"

"原来如此，先生与市街上寻常算命子风采大异，烦先生看贱则个。"

"请贵庚月日下算。"

"在下今年三十二岁，甲子年生，乙丑月，丙寅日，丁卯时。……先生，君子问灾不问福，不必道在下豪富，只求推算下行藏。"

"知晓。"

吴用借了香炉熏香，取出一把铁算子来，置于桌上，祈念三礼，屏息入无思想境，观其颜貌如仙人一般，非为肉身，一股清澄圣者之气呈现。卢俊义亦是屏息而待，口中共念伏羲神农之咒。

吴用拿其算子来，反起一拍，露出卦象来，大叫一声："怪哉！"

卢俊义失惊问道："贱造主何吉凶？"

“员外！”

“如何？”

“小生见员外人物非凡，这神易算告却殊为不利。若员外不当见怪，则小生可直言不讳，将卦象原本道来。”

“正要先生与迷人指路，但说不妨。”

“小生便说了……依此卦象，员外这命，目下不出百日之内必有血光之灾。家私不能保守，死于刀剑之下。”

卢俊义笑道：“原道是中是八卦，不中亦是八卦。卢某生于北京，家中老铺已传数代，从无惹人怨恨之事。……今日便教春日闲暇，看一出好戏。一两金子，请先生笑纳，请回吧。”

“不取！”

吴用改容变色，付还金子，起身便走，面露悲悯颜色，蹉叹道：“原道是如何天下一等的人物，今日所见原来如此。都要阿谀奉承！罢！罢！小生便演了这一出戏吧。告退！”

“先生留步！”

“又有何事？”

“先生息怒，卢某偶然戏言。待煮好茶来，愿得先生指教。”

“不可。世人原爱听妄言。如何神算，入耳只得仇来。运势原不易信。”

卢俊义听这番言语，心下不安，正是人之弱点，越发惊惧灾祸近在眼前，试看吴用绝非凡庸卖卜之人。却不料正因此中了吴用计策。

“卢某专听先生指教，愿勿隐匿。适才卦象所现血光之灾，天意注定，如何回避？”

“员外莫忧。易者，能算先天神数，自然亦知未来生死，得以驱凶避祸。非如此不为易者也。”

“便如何是好？愿先生指教避祸之术！”

“员外既然恭谨问来，我自告知。”

吴用手指巽方（东南方）道：“只除非去东南方巽地一千里之外暂避，可以免此大难。然亦还有惊恐，却不得大体。自然运势解开，明年以后便可得无事。”

又写下一首诗，交与卢俊义，道是日后必然应验。写罢便飘然而去了。回到旅店中，急收拾行李包裹，次日一早便与李逵两个还梁山泊去了。

“李固，”卢俊义探问头管家私的主管，道：“那算命先生近日还在城中与否？”

“那日以来却已不见了。”

“玄妙，玄妙……”

“主人指何事？”

“无事……”

卢俊义自送吴用出门之后，每日独自个忽忽不乐，好似心中有所亏缺。

难不成那算命先生来护我身家，垂降神启？心中暗自如此思量。

吴用留下一首诗，将其贴于卧房内白壁上，每日价看。

> 卢花滩上有扁舟，俊杰黄昏独自游。
> 义到尽头原是命，反躬逃难必无忧。

反复口中吟诵，却不解其谜。

这一日忽耐不得，恐怕血光之灾降临，悔之无及。烦恼引烦恼，迷惑终无果。终于定下主意。

“大小管事之人，今晚都来堂前，我有事要说。”

主人却有何事？想必非是小事。李固以下，管着四五十个行管干，俱不知所为何事，排了两列，都随李固来堂前声喏。

这李固十年前来北京，冻倒在卢员外门外，卢员外救了他性命，养在家中。因见他为人勤谨，写得算得，抬举他做了都管。因此这家中大事，此人自然是最为认真计较。

“李固，人都来了？”

“都来了。”

“怎生不见我那一个人？”

“只燕青一个未见……”说犹未了，阶前走过一人，口中连道：“小人来迟！”

到李固身边来站住。

细瞧此人，身材不高，朱唇皓齿，惹人爱怜，二十四五年纪，十分年轻。穿一领银丝纱团领白衫，系一条蜘蛛斑红线压腰，脑后一对狮子头金环，着一双土黄色夹靴，衣襟上缠一条香罗手帕，插一把扇子，鬓畔斜簪四季花朵。见他一身雪练也似白肉，遍体花绣，却似玉亭柱上铺着阮翠。

这人是北京土居人氏，自小父母双亡，卢员外家中养得他大，直如亲生儿一般。

卢员外叫一个高手匠人与他做了这身花绣，若赛锦体，由你是谁，都输与他。更兼吹得弹得，唱得舞得，琴笛胡弓，无所不能。此人亦百伶百俐，道一知十。更有一身本事，拿着一张川弩，只用三支短箭，郊外落生，并不放空，箭到物落，晚间入城，少杀也有百禽在手，神乎其技。赛相扑、骑锦马、逛青楼，北京城花柳街巷里人口皆顺，都叫他作浪子燕青。

许多女妓只见他身姿，便欲醉不省。此时燕青一张净脸，两目生精，与诸人一同看着卢员外。

“燕青也到了。……我意已决，你休逆我。”

卢俊义便将前日算命一事，百日血光之灾娓娓道来：“自思先祖留下海阔一个家业，才德俱丰，却想来无德行以报，此即逆天意。那算子所言可谓解天意。也是自我心意。此去巽方一千里之外，想起那里有个去处，是泰安州东岳泰山灵地。一者，去那里烧炷香，消灾灭罪。二者，是众生喜舍净财。三者，做些买卖，亦观看外方景致。……李固，你与我觅十辆车子，装山东货物，你就收拾行李，跟我去走一遭。燕青小乙代我看管家库房，掌管钥匙。如此缕缕言毕。”

李固第一个反对道：“主人误矣。常言道，卖卜卖卦，转回说话。休听那算命的胡言乱语。”

“这是我自发心愿。常言也道，富贵如浮云。便是生意折本亦不怨，必要去走一遭。”

“主人在上，”燕青亦不能捱，开口劝道：“这一条路东南方去山东泰安州，却正打梁山泊边过。”

“哈哈哈，我亦知梁山泊。世间愚民怕那贼，我却不怕！那伙贼男女打什么紧？我看他如水浒里一只草蛙！”

说犹未了，屏风背后走出娘子贾氏来，楚楚可怜，也道：“出门远行，绝非易事。”劝卢俊义只在家里静住。

贾氏嫁与卢俊义五年光景，此时二十四五岁，姿容俏丽。

卢俊义却道妇人家省得什么，休多言语。燕青又道：“如非要往那东南凶险处去，请务必携小人同去。”

卢俊义一口回绝道：“便是我买卖上不省得，须带李固去，因此留你在家看守。”

被择同去的都管李固却是百般不愿同去。与其伴随主人涉险，须保自身安危，推诿道：“……小人今日有些脚气的症候，十分走不得多路。”

卢俊义听了又一番大怒，李固吃了一喝，吓得再不敢多言语。

三日之后。

先行上路的李固与十数辆车子人夫，把行李行货拴缚完备，车仗都停在卢家西南道上。

娘子贾氏看了车马仗出城，流泪而入家门去了。这卢员外却不知晓。

卢俊义于夜中将家中诸事都嘱咐过留守诸人。次日清早，卢俊义起来，到后堂里辞别了祖先香火，更换一身新旅衣，取了一根棍插腰间，出门上路，吩咐娘子道：“我去去便会。小心火烛，莫生病体。”

贾氏漾漾地无力道：“丈夫路上小心，莫要吃不净的。一日也好，尽早回来！”

“放心，至多百日必回……燕青，大小事体托于你了。”

“主人尽管放心，只愿主人一路无事，早早回来。”

“你在家里须凡事向前，不可以出去三瓦两舍打哄，又去色街调戏。”

“小人如此出行，燕青怎敢怠慢？”

“与你说笑。要与诸人和气度日。”

卢俊义骑上马，转回头看一看娘子。贾氏与燕青均流泪拜别，远去不见了才起身。只是贾氏脸上，却并无昨日见马车出行时所流泪水。

街上天色，朵朵白云，一只孤雁向着东南方飞去不见了。

第九十四回　江上扁舟唱妖歌　芦花早待人落来

李固早一日押车仗出北京城，到约定歇脚客店，等候主人卢俊义赶来。

“主人，家中诸事都已交付妥当？”

“家里自有燕青看管，我已嘱咐他小心万端，无须忧心。”

“只此番赴泰山，十日二十日不能回，实在遥远，昨夜夫人也……”

“不必过多忧虑，我一行脚夫、车仗如此众多，非是孤身。你是总管，须立在前头，便是为此教你来。好好用心看顾了。”

旅队夜宿晓行，都在客店里大张宴席。

卢俊义不愧北京一等豪富商人，做行旅买卖兼上泰岳朝拜，每日吃饭喝酒，众人无不欢畅。

卢员外在途中又道：“将近五月。看这山明水秀，新绿葱葱。千山万水，此时最佳。我若是在家，只是迷惑度日，那里见这般景致！”

便又路上迤逦一日。

南下已经二十余日，这夜来到一个客店里宿食。店主人脸色上忧心，教说来日路途上须小心。

“离此店两三日路程，正打梁山泊便口子前过去。山上宋公明大王，虽然不害来往客人，却须悄悄过去，万万小心，休得大惊小怪。”

“多谢主人家。”

天明正要与众人启程，卢俊义忽想起一事，便叫取下衣箱，里面取出四面白绢旗。只见那旗每面墨迹淋漓写道：“慷慨北京卢俊义，金装玉匣来探地。太平车子不空回，收取此山奇货去！”

李固与众人看了，脸色发青，一齐叫起苦来。

“主人，将这旗子做甚？”

“十二辆货车中择四，各用一支竹竿缚起一面来。”

“主人，莫不是要招惹山上盗贼来？”

“便敢来，知晓我武艺……”

卢俊义原非大言不惭，自信北京城内名头响，看水浒草贼如同草芥。

天色已名，卢俊义将家传朴刀横在腰里，手中持棒，赶着车子奔梁山泊路上来。一日无事。次日行到一座大林子前，有千百株合抱不交的老树，犹如青色之海。只听得一声怪鸟似的呼哨响。

车夫众人齐喊“贼人来了！”便都吓得躲在车子地下，连天叫苦。原都是雇来杂人，李固亦吓得没躲处，卢俊义见此七窍生烟。

“你等燕雀，这些年不知家中主人平生学得一身本事！倘若这贼们当死合亡，撞在我玉麒麟的手里，一刀一个砍翻，收拾车子装贼，解上泰山祭拜，解回北京府请功受赏！”

说犹未了，林子里砰地跳出一个大汉。手搭双斧，貌似黑猿猴，厉声高喊。

“北京的员外！候你多时了！”

“你是那个哑道童？”

“亏你还认得，哑道童便是我，大爷原名黑旋风李逵！”

“你有何事！”

“员外，今日才知被算计！”

“你莫要逃！”

卢俊义大怒，著手中棍子来斗李逵。李逵抡起双斧来迎。

两个斗成一团，树梢上叶子如雨飘落。李逵跳出圈子，转身便走。卢俊义随后赶去，又见一个胖大和尚，身穿黑直缀法衣，倒提铁禅杖，高声大叫：“花和尚鲁智深在此！员外不要走！难得到此，认认洒家去！”

“认你作甚！”

“奉寨主将令，著俺来迎员外。请罢兵器，与我辈同上梁山入伙！”

卢俊义焦躁，大骂：“秃驴敢如此无礼！”

著棍直取鲁智深。鲁智深却反将铁禅杖往下一扫，舞着风起，却将棍子粉碎了。卢俊义又拔起朴刀，将出浑身本事，将将擦过鲁智深袖边。

“着实厉害，和尚去也！”

鲁智深拨开朴刀，回身边走。又走出行者武松，直奔将来，与卢俊义斗不到三合，武松拨步又往密林里去了。

不好！卢俊义见势不妙，反身往林外去。又转过赤发鬼刘唐、没遮拦穆弘、扑天雕李应，轮番与卢俊义交锋，斗不过数合便隐身而去。卢俊义也自一身臭汗。

这如何是个头。卢俊义擦了汗，向高处立定，四下里打望，只见远远地山坡道路上，一伙小喽啰把十二辆车赶在前面，李固一干人缚在后面，鸣锣擂鼓，解投松树林那边去。

卢俊义心头火气，直赶将去，大喝道：“哪里去？”

因数队人马驱赶货车的两个好汉，一个是美髯公朱仝，一个是插翅虎雷横。

两人见卢俊义赶到，大笑道：“卢员外，事已至此，你夺回车仗又能如何？”

“住口！赶车人夫却无罪，好好都还我！若是不还……”

“不还如何？”

卢俊义越怒，理说不通，须得教草寇见血知分晓。想着对手是小觑己身。此刻他才是人如其名，河北三绝之一的玉麒麟。平常隐藏的武艺与肝胆爆发，与朱仝、雷横两个相撞出火花来。但片刻之间，卢俊义面前的两个敌手与小喽啰都不见了。只听得山顶上吹奏萧、弦、板、笛，奇妙乐声灌入耳来。

回过神时，立在一条溪流近旁路上，见溪流上游，犹如石砚板绝壁当中，以红罗销金伞为中心有百多个人立在那里，风刮起那面杏黄旗来，上面绣着“替天行道”四个大字。

貌似嘲笑其处境，一行部从一齐声喏道：“卢员外，且喜无恙！”

那红罗销金伞下盖着的，便是宋江，左一个公孙胜，右一个吴用。

望见吴用，卢俊义直忘记已身为何身处此地，梦幻感与愤怒俱在心头火炽。

“你那个厮便是算命子！怎敢赚我！可恶！”

“员外气愤么？”吴用大笑，笑声回荡于山谷，道：“员外，我便是伪称算命子的，实是此水浒中一人，智多星吴用。寨主宋公明久慕威名，特令吴某亲诣门墙，迎员外上山，因此吴用巧用一策。请休见外。”

“做你白日梦！竟敢戏弄我！山野鼠类！”

“员外，天下遍野遗贤，世道不容。请一道座于此旗下，替天行道！”

“教我做盗贼？吃屎去！”

“卢员外休要逞能。花荣，员外双目未明，且先教他看神箭！”

宋江身后花荣得令，说犹未了，拈弓搭箭，飕地一箭。花荣神技，绝无虚发，这一箭正射落卢俊义头上毡笠儿的红缨。

卢俊义吃了一惊，回头边走。山上鼓声震地，只见前方霹雳火秦明、豹子头林冲、金枪手徐宁等引各路军马，摇旗呐喊，轮番杀将出来。各自叫一声“莫走！”便施展武艺与卢俊义较量一番。

卢俊义斗一阵走一阵，终走至一处，但见芦花水荡。却不知已身处水浒近泊，鸭嘴滩前。月小星稀，正是慌不择路，望小径只顾走。茫然四顾，路至尽头，只见芦花。

“客官，你怎地来到这里？”

见一只小船摇出来，那渔人倚定船来问。

“……客官是迷途了吧。这是梁山泊盗贼出没的去处，舍的命至此，客官好大胆。”

“莫要说笑，我如何舍得性命。迷踪失路，寻不着宿头。”

“此处却无宿头。此间向大路转去，须走三十余里路程。”

“你若渡我过去，寻得市井客店，银两无算！”

“你上船来，我载你过去。须先拾得十贯钱与我，银子亦可。”

卢俊义大喜，连连拜谢。那渔人摇开船头橹，约行三五里水面，只听得前面芦苇丛中橹声响，一只小船飞也似来。船上有两个人，前面一个拿着一条长木篙，口里唱着山歌道：

英雄原来不读书，
只合梁山泊里居。
准备窝弓收猛虎，
安排香饵钓鳌鱼。

音虽美，词却古怪，卢俊义听得吃了一惊，默不作声。又听得左边芦苇丛中，也是两个人摇着一只小船出来，其中一个也唱山歌道：

虽然我是泼皮身，
杀贼原来不杀人。
手拍胸前青豹子，
眼见船里玉麒麟。

只见当中一只小船，飞也似摇将来。卢俊义心中只叫得苦。三只船在水上纵横交错。

“船家，快与我拢船近岸！”

“船家？客官，是船家不假，却不知我本名。上是青天，下是绿水；我生在浔阳江，来上梁山泊，三更不改名，四更不改姓，绰号混江龙李俊的便是！多番请员外上山入伙，还这般不知大体！”

“你欲何为？”

“员外还不肯降，枉送了你性命！”

“不是你，便是我！”

卢俊义拿着朴刀往李俊心窝里搠将来。李俊却一个背抛筋斗，扑搠的翻下水去了，只将飞沫溅入船中。朴刀又搠将下去，却哪里还有人影。

“在何处？在何处？”

卢俊义只望着水涡打转。那只船滴溜溜在水面转。船上亦见功夫，卢俊义生养于北京城，自是不识水性。只见船尾一个人从水底下钻出来，叫一声：“员外，我是浪里白条张顺，来引你去水底一游！”

河童一般脑袋露出船尾，话犹未了，把手挟住船艄，把船只一侧，暗淡星光下只见船底朝天。水面上只见几条青涡荡漾，除此便不见一物了。

第九十五回　忠心护主燕小乙　一把川弓放冷箭

卢俊义昏昏过了一夜，次日夜中方醒。宋江教众人不得惊扰。尽脱了湿衣服，换了锦衣绣袄，口鼻中拿神药香薰。

“卢员外，可安好？”

“你是？”

“我便是神行太保戴宗，请员外上轿。”

“上轿？”

“请先上轿，此间说话不便。”

只见八个小喽啰抬过一乘轿，眼见此地便是梁山泊脚下一寨。

众人推卢员外上轿便行，只见远远地早有二三十对红纱灯笼，照着宛子城前关。入了关门，只见一簇人马前来迎接，为头宋江、吴用、公孙胜。又入二关三关，见城寨构造严密，巍巍峨峨，来相迎者亦愈聚愈多。直到忠义堂前下马，请卢俊义到庭上。卢俊义只顾茫茫然。

厅上明晃晃地点着灯烛。送上请卢俊义坐入厅上中央一椅。卢俊义却两脚立定，见宋江落座，道：“休多烦扰。此身即被擒捉，只求早死！”

“这如何说起？我等本望员外恕罪。”

宋江先跪，后面吴用，连同众头领排排地都跪下，口中皆道：“万乞恕罪！”

宋江起身执卢俊义手，请卢俊义坐第一把交椅。

“小可久闻员外大名，如雷贯耳。今日幸得拜识，大慰平生！却才众兄弟甚是冒渎，万乞恕罪。正因众兄弟皆敬慕员外高才，如饥儿望食，请员外一笑了之，宽恕则个。”

“你等捉我上山，又以礼相待，究欲何为？”

“便是要请员外做山寨之主，常住泊中，共聚大义。”

卢俊义大笑道：“此话从何说起！卢某答应不得！”

“请员外三思！”

“卢某昔日在家，并无死法。今日到此，并无生望。要杀便杀，要从实难！”

“员外稍安怒气，来日却又商议。”

当时置酒备食管带。众人满堂欢声笑语，卢俊义无计奈何，只得默默饮数杯。次日，宋江又教杀牛宰马，各种山珍佳味，只顾排来，请出卢员外来赴席。酒至数巡，宋江起身道：“此厅原叫作聚义厅，前寨主晁盖天王归天之后，改叫忠义堂。小可权当寨主之位，自知无德无能，愿早让位，休得推却。”

“咄！头领差矣！卢某也知礼数，挑明来说。吾虽不肖，却一身无罪，薄有家私，世代居于北京府。所谓生为大宋人，死为大宋鬼！头领所请，恕卢某绝不能应。”

“小可越发仰慕员外。我等亦只求报效国家，此心皇天可鉴。”

“任你如何说，卢某即被囚于此山上，自是无法。便是身首异处亦不改志……哈哈哈！”

众人轮番起身，把盏来陪话，或以江湖情义说之，或以世情艰难、官府腐败说之，卢俊义一概严词拒绝。

吴用终起身道：“员外既然不肯，难道逼勒？只留得员外之身，留不得员外之心。……只是众兄弟难得员外到，且请小寨略住数日，双方不存芥蒂，却送员外还宅。”

“略住数日不妨，却恐家中老小不知这般消息。”

“这事容易，现教李固送了车仗回去，告知员外消息，教家中安心。”

吴用便唤来李固，教拜见了卢俊义。问过车仗人马都无缺少，卢俊义亦稍自安心，便令李固先还家去。

“我便在此间逗留数日。你回家去说与娘子与燕青，不要忧心。”

“知晓了。小人先回去，头领如此错爱，主人多住两月，但不妨事……小人这便告辞。”

李固归心似箭，转身便下忠义堂去。次日一早，李固便坐船离了鸭嘴滩。

见一个小喽啰来，道军师有事唤你来。行去一看，见昨夜厅上那个军师吴用，坐在柳荫树墩上。

“李固，多劳烦你。”

“头领唤我来何事？”

“实话道与你知晓，仔细听好。你家主人不回北京了。”

“此事当真？”

“员外已和我们商议定了，今坐梁山泊第二把交椅。虽说我等恳劝，实乃你的主人早有此心意。你可回去后看你主人房内壁上，未曾上山时预先写下四句反诗。你要保得性命，却不能透露风声。”

“有这等事！”李固眼见脸无血色，只顾下拜。好似拔除钓针的鱼儿又入了水，仓皇坐船过渡口，一行人上路奔回北京。

常言道恶女情深，实兄弟情深，非是恶女寻常可比。前世命定，卢俊义上梁山泊来，却决计不应坐交椅之事。

“请再留一日。”

宋江、吴用劝说不成，便教水浒大寨各处部署头领，每日轮一个做筵席。

这些个头领，分属军帐、文书、印章、赏罚、算笔等等，不一而足。又加宛子城三关、山上大队、烽火台、教师队、巡戒队，又有金沙滩上水军、造船、酒醋、缝浆、粮秣、斥候、鼓乐等，言之不尽。

卢俊义既在山上，不得推辞，便每日赴席喝酒。见山寨中各部头领，均非凡将，谈笑里指点江山，颇觉痛快。

豹子头林冲原为禁军教头，花和尚曾大闹五台山，行者武松则打死猛虎而名扬天下。又或有九纹龙史进，皇胄后裔柴进，名匠手金大坚，铁笛子乐和，大炮火药名家凌振，个个俱为奇才豪杰，神技在身。正是一夕欢谈望星月，未知天明再举杯。每日如此欢愉，卢俊义心中亦渐渐摇动。

宋江、吴用每日从旁将言语说他，自不待言。

卢俊义但每思北京府内娘子，便惊觉心中伏魔，自醒道：“不可不可！我意已决，决不受其口舌动摇。”

如此一来，便又归心性发，如箭矢袭来。

光阴荏苒，日月如流，自离北京是晚春五月，不觉此时早是深秋时分。

卢俊义便题下一诗，拿与宋江看，诉说归心，恳求放还。

金风淅淅玉露冷，
昭思暮念恨无双。
天怜降下双羽翼，
飞渡水泊好还乡。

宋江见了，道："员外心境已是知晓。怎奈急急要回，不能苦留，来日忠义堂上安排薄酒送行。"

便安排最后大筵席，把一盘金银相送。次日一早，全山众头领都送卢俊义下山。

"但得度到北京，不缺钱财。这金银财帛，卢某不好受。"

卢俊义如此说道，谢绝相送，感慨梦游梁山百余日，便坐船渡过金沙滩，上了岸，星夜奔波回到北京府。

日已薄暮，好歹于城门将闭前赶入城内。借着路上灯光，拽开脚步，急往家里奔去。忽转出一人，拉住卢俊义衣角不放。

"主人！你终究回来了！主人，小乙等的好苦！"

边说边伏于地上，大哭。

"你这乞食作甚？……到底是谁？"

"主人，我衣实用褴褛模样，你自认不出来。我是小乙（世间对总领小子的爱称），燕青小乙啊！"

"燕青？……是燕青。你怎地这般模样？"

"主人去后，燕青被赶出家门，不得安生，沦落至此！"

"何人赶你出来？"

"便是娘子与李固，将我赶出。……主人！此时若入城中，必中圈套！可先回来处，别做个商议。"

"休胡说！我不得入自家门？"

"主人且听小乙言语。夏初时分，那李固回来对娘子说，主人已归顺了梁山泊，坐了第二把交椅，再不回北京了。当时便去官司首告了。他已和娘子做了一路，将一并房私，尽行自取了。……主人若是回去，必遭毒手！原不知他二人有何圈套！”

“你这厮休来放屁！”卢俊义只道燕青是失心疯了，道：“我的娘子不是这般人！且我家五代在北京住，谁不识得！家法尚在，量李固有几颗头，敢做恁勾当！”

“主人脑后无眼，怎知他人心隔肚皮？”

“住口！走时便教你不得怠慢，莫不是你色街狎妓，生出歹事来，今日倒来反说明！”

“主人，小人句句是真啊！不可去啊！”

“我的料想不差。放开！千辛万苦回到家来，听你这般昏话实在不愉快！”

卢俊义一脚踢倒燕青，不管燕青在身后痛哭，充耳不闻，便慌忙奔到城内。北京府当中大街上，高悬金箔招牌一大户，便是卢家，上前便拍门。

“我回来了，快快开门！”

家中一番骚动，气氛古怪。无人答应，大门紧闭。

李固终来应门，慌忙迎接卢俊义入来，请到堂上。众家丁神情恍惚，好似被狐精附了身，都来纳拜。走入屋内，见娘子贾氏哭泣不止，诉说丈夫走后，苦等不回，心中酸楚，端的一言难尽……

“莫哭了……燕青安在？为何不见他？”

“主人，”李固插过话头道：“燕青那厮之事，多有不周边处，日后慢慢说来不迟。……辛苦风霜，且请换了衣服，今夜歇息定了却说。”

娘子亦从旁相劝，李固安排下酒食。卢俊义羞耻于适才心中疑虑，心情转好，睡下了。

午夜时分，只听得前门后门喊声齐起，二三百个捕手抢将入来。却不是要处。瞬间屋内喊声震梁，卢俊义惊得呆了，就被做公的绑了，深夜中一步一棍，直打到管领厅上来。

其时北京府首梁中书在公厅上冷笑，把卢俊义拿到当面。

又取李固和贾氏两人来，也跪在侧边。

“卢俊义！”厅上梁中书大喝道：“你这厮是北京本处五代良民，如何却去投降梁山泊落草，坐了第二把交椅？如今倒来里勾外结，要打北京！今被擒来，有何理说？”

“这从何说起？”卢俊义闻言大惊道：“小人一时愚蠢，被梁山泊吴用假做卖卜先生来家，口出讹言，赚到梁山泊，软禁至今。”

“如何说得过去！你在梁山泊中，若不通情，如何住了百余日？见放着你的妻子并总管李固告状出首，怎地是虚？你家书斋壁上题了反诗，便是老大的见证！”

“那诗非小人所做，乃是吴用题写，陷害小人！”

那李固却在旁干笑数声，道：“主人不必叫屈。这番抗辩好似戏本，谁能信得。既到这里，招伏了罢。早早招了，免致吃酒。”

贾氏亦道：“丈夫，你招了吧。你若做出事来，送了我的性命。常言道，一人造反，九族全诛。求你早招了，痛悔前非，也好不连累于我。把真相都讲了吧。”

看着贾氏满面流泪，卢俊义愕然，道：“你这是何言语！……娘子背叛我？”

李固厅上厅下都使了钱，通了气息。此时看准机会，一个姓张的孔目上厅禀道：“大人。这个顽皮赖骨，不打如何肯招！”

“说得是！打！”

左右把卢俊义捆翻在地，不由分说，打得皮开肉绽，鲜血迸流，惨叫连连。卢俊义打熬不过，屈招了口供，押去死囚牢里监禁。

那死囚牢里押牢节级兼充行刑刽子是一对嫡亲兄弟，一个唤作蔡福，一个唤作蔡庆，都如恶鬼一般。坊间传唱道：

凌云青带，押牢蔡福。走过草木枯，夜止小儿啼。

人呼他为“铁臂”。

其弟蔡庆，坊间亦传唱道：

毛虫涂眉，金绣蔡庆。爱带一枝花，人怕鬼亦愁。

这个小押狱，惯把一枝花插在帽旁鬓间，河北人顺口都叫他作“一枝花”。

“蔡庆，这个新来死囚颇是个人物。你且把他看紧了。我回家去走一遭便来。”

蔡庆把卢俊义且带去了。蔡福边哼着曲边出牢门来，只见墙下阴处转过一个蝙蝠似的人影来，跪在地下。

“节级哥哥！可怜见小的主人卢俊义员外吃屈官司，望得见主人一面！”

“你莫非是浪子燕青，手上是何物？”

“是粥。愿送与主人食。……城外叫化得这半罐子粥，权与主人充饥！”

“忠心可嘉。……你可自去送粥把与他吃。”

蔡福撇下燕青自去了，心下颇感同情。正行过州桥来，只见一个相熟的女子，叫住唱喏道：“节级，有个客人在茶房内楼上，专等节级说话。”

蔡福来到楼上看时，正是李固。关严房门，李固施礼，出五十两蒜条金置于桌上，口中道：“奸不厮瞒，俏不厮欺。蛇行必往蛇道。小人的事都在节级肚里，多说无益……”

蔡福佯作不知，笑道：“主管有何见教？”

“自然是牢里卢员外之事。岂不听俗话说，一个洞里不住两只狐狸。”

“什么狐狸。李固，你不见府衙正厅戒石上刻着‘下民易虐，上苍难欺’？你那瞒心昧己勾当，怕我不知！如今把金子与我，结果了他性命，日后提刑官（监察官）下马，我吃不得这等官司！”

见不成事，李固连忙再添金子。两人相论，一百两、二百两，直加至三百两金子，蔡福才缓下脸来。李固便催促道：“金子都送与节级，只要今夜首尾都做成。”

蔡福收了金子，藏在身边，立即起身道：“明日早来扛尸。”

蔡福兴高采烈，一路摸黑回到家里，却才到门口，只见一个人影立在当场。

蔡福见时，那一个实非常人：身穿黑襟绣服，腰系羊指玉闹妆，佩一把细身短剑，头戴金羽翅俊莪冠，足蹑珍珠履，遍身王侯气。

“这位……官人高姓？”

“你是蔡福？”

“正是。有何指教？”

“可借里面说话。”

蔡福便请那人入来一个密阁里坐下。那人告以来历，却原来是沧州横海郡人士，大周皇帝嫡派子孙，姓柴，名进，绰号小旋风的便是。

“幸或不幸，我一向好义疏财，结识天下好汉，因此得遇机缘，上梁山做了个头领。……今来贵地打探卢员外消息，谁知被奸夫淫妇，通情陷害，被赃官污吏监在死囚牢里，一命悬丝。……特奉梁山寨主宋公明密令，来到贵宅告知，若是留的卢员外性命在世，足下侠义，梁山必不忘大恩大德。今将一千两黄金薄礼在此。倘若要捉柴进，就此便请绳索，誓不皱眉。”

柴进一番言语道来，堂堂气魄。蔡福听罢，吓得腋下生冷汗，半晌答应不得。龙凤与鸡犬有别，这一股威严实当不得。

“久闻河北铁臂是个仗义全忠的好汉。好汉做事，休要踌躇，便请一决。金子且请收下。”

说犹未了，柴进便起身出门，门外一个从人将一袋沙金往地上一掷，两个如风走了。何等肝胆英雄气魄，这边厢哪堪相比。

蔡福心中主意不定，思量半晌，回到大牢中，却对兄弟蔡庆说一遍。蔡庆拍手笑道：“这等好事此生初见，有何难哉？两边的金子都拿了便可。梁山泊送一千两金子在此，又未教我两个生生将卢员外救出牢去。……替他上下使用，必然周全卢俊义性命。提配将出去，救得救不得，自有他梁山泊好汉，俺们干的事便完了。”

“原来如此。兄弟这一论正合我意。你且把卢员外安顿好处，早晚把好酒食将息他，传个消息与他，教他放心性命无忧。”

自然，蔡氏两兄弟要保他性命，暗地里把金子买上告下，关节已定。只是压服不得的，只有那个李固。李固不见动静，前来催问。

“李固，你休要急，不是我们不愿下手。今日天明时，我们正要在牢饭里下药结果他，中书相公却突叫人吩咐要留他性命。中书相公肚里是何主意，我们哪里得知？只道中书相公此时无意教卢员外落命。你自去上面使用，嘱咐下来，我这里何难？”

李固随即又去上面使用。色与欲，好利之徒生涯所求。李固舍了半个家私，原是卢家之财，即日便送与梁中书府里。连着数日，那李固上下里外活跃不已。

却说张孔目及下面若干人等，早已得了蔡福袖下送金，只管把文案拖延了日期。自然北京府内，谣言四起。人皆道卢俊义为小人所害，实有冤情。梁中书亦自思量如何决断。

各位读者，可曾想起前章中这位梁中书之事？曾经为蔡京祝寿，以夫人之名，送生辰纲十万贯金银珠玉往京师。押送的便是那青面兽杨志。梁中书与梁山泊宿怨非浅，虽为朝廷要员，对卢俊义之处置只得小心从事。北京府城内城外，公舆卢员外冤枉入监，万一有所差池，亦难对处。

“俗话道眼不见，心不烦。将他刺配千里外，自不与我相干。”

便决意处以刺配流刑。唤牢中取出卢俊义来，支配沧州沙门岛，终生苦役。差董超、薛霸两个管押前去。原来这两个自从开封府做公人，押解林冲去沧州，以后林冲在沧州草料场杀了官差逃去，这两人亦不得高太尉喜，打发来北京。

梁中书因见他两个押送囚犯颇为能干，途中可以安心，就留在管领厅勾当。两个人得令，即刻取了文书，办了手续。

将头枷与卢俊义钉了，拿了两根水火棍，押解卢俊义启程，徒行三千里。

天色傍晚，寻觅客店安歇，两个只管将囚犯做奴仆使唤。以两个公人而言却已是发了善心。路上行了四五日，卢俊义早已面饥体瘦、疲饿无力，凄惨形容不尽。

“董超，歇一歇，你先拿着腰锁。”

“薛公，这山林子里，何事？”

“人有三急，我去林子里小解。”

“便只是你事多，边行边解不就好了。”

“又非囚犯，如何那般不知体面。”

“哈哈哈哈，我催得你。给我吧。”

便接过腰锁。董超立起，往林子深处行去，忽听得他惨叫一声，扑地一响。

薛霸急忙回看，口中啊一声未出，便也倒地，滚落在旁。见他喉上，那边董超的尸首上，各插着箭羽。深秋密林中，琼黄柏叶纷纷落下。

只见空中落下一个童子。定睛一瞧，这红颜童子实为年纪十八九少年，破衣烂衫，乱糟糟入鸟巢，把残下一箭插回腰间，手上拿一把川弓。

“主人！我是燕青啊！我背着主人，快快离此地。”

“你是……小乙！果真是小乙！我无面目见你啊。”

“主人为何如此说，小乙至死服侍主人。请稍待，我将两支箭取回来。先解开主人身上这把锁。主人被罚冤罪苦甚。”

燕青使尽浑身力道，撬开卢俊义枷锁，将三支箭都插了腰，背着卢俊义，往东便走。只见主仆二人如飞鸟般行过山道、谷路，逃去无踪了。

第九十六回　书下留命谁敢杀　蒲东悍将无人敌

见一个小小草屋似是采山药的居所。深山幽谷中采集仙药，位置“挖药种”的乡民，数十日才入山一回。推门入内，见有碎碗盏与烧火痕迹。

“天可怜见有个歇脚处。”燕青将卢俊义驮入草屋里面放下，道：“主人且安心，此地并无人迹。”

燕青自此便日夜服侍卢俊义，如同小鸟服侍鸟巢中弱病老鸟一般，朝夕用心并无他虑，与往昔在北京府时无异。

卢俊义羞惭万分，执燕青两手大哭悔恨。燕青拿笑颜宽慰，道小乙自小受主人恩顾，十九年养育恩情，不能还与万一，何足道来。

燕青又时常拿了川弓，去射几只鸟雀归来。谷地河川里亦可采来小鱼苔藓。只是单食野味，不知主人体力何时可稍复。寻思须下山去寻个村落，买些粟米。

不料村落入口张榜处贴了告示。

兹有个北京囚人卢俊义，及杀害护送公人，将卢俊义夺去之强人，大罪合死，晓谕远近村房捕捉，重金悬赏。

“好险！好险！”

燕青急转回头，去另一处村落，却见那里亦有北京府来的捕吏。万般无奈，只得放弃买米粟往回走，却不知该行往何处去置办果腹之物。

只得依旧在林间射了鸟，捉了鱼，天色渐晚，待回来草屋，却不见卢俊义身影。只见草屋内狼藉一片，四处染血。燕青仰天叫苦，急忙抢出去，为时已晚。看见山路上一二百个乡民与捕手，把卢俊义缚在马上，行下冈去。

“畜生！这可如何是好？”

燕青手中又无军器，无法救得主人。崖边痛哭一场，恨天悔地，直欲跳下崖去自尽。

……至夜中，白月朗朗。

有两个人从山冈下向北行。前头一个，带顶范阳笠，穿半膝软袜麻鞋，腰间插一把镶银短剑。

后面一个，腰系古旧销金带，提一把大刀，脚穿踢土皮鞋。两个人皆身形粗壮，一路说笑，自山崖北边过。

“哥哥，那里有个怪小哥，坐在崖上哭泣。”

“那小厮，莫不是走投无路，跳崖寻死？”

“原委不知，言语惊吓了他，便落崖下去了。可悄悄去他身后扯住。”

小心上了岩头，燕青立时警觉，将出那把川弓，搭了箭立住。

两人吃了一惊，忙问道：“你这厮，原不是要跳崖寻死？”

“哪个要寻死。”燕青放下心来，缓弓弦，唱喏道：“对不住，两位是行商客官？误会是北京来的公人，要捉我去。”

“听你的言语，似是北京人氏。莫非你便是卢员外身边燕小乙哥？且安心，我两个自梁山泊来。”

“果真？”

“我是拼命三郎石秀，他便是病关索杨雄。我两个得了小旋风柴进的消息，为寻机救卢俊义上山，前往北京打听卢员外情况。”

燕青听得是梁山泊来人，伏地大哭道：“迟了！迟了！”杨雄与石秀吃惊，忙扶他身起，询问缘由。

燕青便将整件事都对两个说了。卢俊义才出虎口，又入狼穴，两个得知，亦仰天蹉叹。万幸在此地遇得小乙哥，实为天佑。杨雄急忙带燕青回山寨去报知，教石秀一人去北京府打探消息。

石秀探得了消息，自然来回报，再做定夺。却不知石秀这一去，引发奇祸，又生出一场大波澜。

这一日，却说石秀急来到北京城外，换身装束，入得城来。

只见家家闭户，铺铺关门，街上聚众往十字路口涌围。

询问路过的人道："这莫不是盆会游街？"

"客人说笑了……"那路人两眼骨碌碌地转，瞪视石秀，道："你不知这北京有个卢员外，吃了一场屈官司，今日解来这里斩他。刽子手便是蔡福、蔡庆兄弟两个。何等惨事啊。"

"什么？今日处斩！"

街上人山人海，尘烟四起。空地杂草上，临近正午处斩时刻，公人正等发令，将一口法刀浸水。

法场前十字路口，一个街角酒楼上，许多客官正望下看。其中便有石秀，双目中有异样光芒。

不多时，只听鼓楼鸣声。无数对刀棒侩子，正午炽阳下蚂蚁一般前排后拥。正到时刻，锣鼓声响一起止住。正要动手，只见一个怪汉由街角酒楼窗口跳将出来，一脚踏厢房定尖端，一手持钢刀，一手做拳挥舞大喝道："住手！休得害卢员外性命！梁山泊好汉全伙在此！"

自然此为虚言，值此性命关头却别无他法。只见石秀大喝之下，楼上跳将下来，直杀入法场。杀人似砍瓜切菜，杀翻数十个邢吏狱卒。一阵风似将卢俊义拖于肩上，投南便走。

石秀这一声喊："梁山泊好汉全伙在此！"果然机智，公人尽皆失色。蔡福、蔡庆兄弟收了梁山泊密使柴进一千两沙金，亦寻机要放他逃去。

却说这石秀冒险救得卢俊义来，终逃不脱，一会儿工夫便被逼在高城墙根下，四下里人马合来，两个当下尽被捉了。只因石秀不识北京的路，又兼光天化日，无处躲藏。梁中书教把二人同下死牢，改日一同处斩。

次日，城南王太守送来一枚帖子与梁中书看。其后城北与城中各处，均送来同样帖子，不下数十贴。

梁山书看了，顿时大惊失色，只见帖子上写道：

梁山泊义士宋江，仰示大名府官吏与天下士民：今大宋国中，布满滥官污吏，恣权妄为，陷害良民。

北京员外卢俊义者，天下豪杰之士，名扬天下，如何妄狗奸贿，屈害善良，不杀奸夫淫妇，却反瞒天作恶！吾今启请员外上山，一同替天行道。

倘若故伤员外与石秀二人性命，便当拔寨兴师，同心雪恨！十万大军到处，玉石俱焚！剿除奸诈，天地咸扶，鬼神共佑！

此番宣言，梁党须得铭记，如有触犯，必行天惩。

又，城内义夫节妇，孝子顺孙，安分良民，清慎官吏，誓不相扰，切勿惊惶，各安职业。谕众知悉。

“此事实在难以剖决……王太守，意下如何？”

“只不可意气用事。梁山泊这一伙，朝廷天军前往扫荡，尚且兵败而回，何况我这里一郡之力量？”

“北京府军马无法抵挡？”

“绝不可行。倘若这亡命之徒引兵到来，朝廷救兵不迭，那时悔之晚矣！若论小官愚见：且姑存此二人性命，一面写表申奏朝廷；二即可教本处军马出城下寨，堤备不虞。若行事不及，诚恐寇兵临城，一者无兵解，二者朝廷见怪，三乃百姓惊慌，城中搅乱，无法收拾。”

“吾亦同感。快唤押牢节级蔡福、蔡庆来，教如此如此。”

次日，北京府兵马总指挥使——大刀闻达、天王李成两个正副将军，点起本部军兵离城百余里，至一处地名飞虎峪靠山布阵，将槐树坡街道封住。

转眼秋行过半，却说神行太保戴总云上奔走，撒放告贴已毕，梁山泊大军向北京出发。

众头领皆道大名府所在非比别处，须得备足马匹粮秣，梁山泊半数军兵下山起程。

军中为首大将，寨主宋江，其下军师吴用。

麾下历战猛将如云，分做数十拨，其中一拨，只见绿叶丛中一点红，乃女头领一丈青扈三娘统帅。

引军红旗上金字大书“女将军一丈青”，教敌军莫名惊诧。

梁山泊大军先锋所向，先战于槐树坡，又大战飞虎峪。

大战数阵，北京府官军尸横遍野，大败亏输。大刀闻达与李达冲开残兵，夺路而去，只以身免。直奔回北京关门下，计点军兵，三分去二。

“竟得如此惨败！与全军覆没何异！”

梁中书得这个消息，惊得三魂失二，踏地怒鸣，脚上皂靴飞脱，直中阶下失魂落魄的李成面门。

“末将无颜再见中书相公！”李成捧起皂靴送上阶去。

“只是贼兵临城，未敢先死。可修告急文书，早奏朝廷，调遣精兵前来救应，此是上策；第二作紧急报邻近府县，亦教早早调兵接应；第三，闻达已备有第二新军，可教北京城内加固城池，准备檑木炮石、强弩火箭、灰瓶金汁，晓夜堤备。”

且说宋江引军围城，不教短兵每日急攻，只东西北三个城门外下寨，空南门不围，城内军民可自由往来。故留交涉余地。城中死牢内二人性命因此无碍。

双方处境颇为微妙。梁中书为拖延时日，亦不杀牢中二人。

梁中书差下首将王定，领了密书，潜出南门，飞马往东京飞报声息。王定直奔到东京宫内御门前，刚停下脚，竟至于气绝昏去了。

蔡太师眉间重忧，坐于白虎节堂中。

堂下坐五位朝廷重臣，东厅枢密使童贯，引三衙太尉，各司厅、司署，都到节堂参见太师。

“想必各位已知晓。”蔡京沉痛说道：“……今北京府急使王定，飞马来报知。草寇围城，搅乱一州。此为天下凶事，事关大宋朝廷威严，不可等闲视之。”

这蔡太师，亦是梁中书岳父，即中书夫人之父。私情既在其中，自然爱痛不已。

然则蔡太师心中至为不安，只因当今天子徽宗，夜夜笙歌，日间又移步画院，执着于丹青，不理天下异变。早先闻得报来北京府急求禁军相救之事，急奏上知，却不举廷议决之，今番王定又来求援，不料徽宗下旨道“先着枢密院众议”。

“诸位。”蔡太师忧国忧民，言毕，环视众官，续道：“如今无计策，第一只在用人。发兵前去，如无良将，终不可退贼兵。诸位可知用何良将，切莫迟疑，唯才是举。”

说罢，众官互相厮觑，各有惧色，无人敢担责举贤。

只见衙门防御保义使宣赞，末席出班来禀太师道：“太师，小将愿保一人。此人虽屈在下僚，实为英杰。”

这宣赞一开口，众人便暗笑不止。因这宣赞不得重用，只做得个兵马保护使。其人又是西藩胡人后裔，卷发赤须，鼻孔朝天，面如锅底。

宣赞先前在西藩王府曾做郡马，便是那黑皮郡主，亦嫌他丑陋，驱赶他出来，人皆以“丑郡马”诨名称之——因此众人不以其言为意。

然则蔡太师知宣赞忠直，便问：“果有良将推荐？快快道来。”

宣赞直立不动，朗声道：“此人见为蒲东巡检……”

“只是个巡检？”

“正是。此人家系，乃是汉末三分名臣，关羽嫡派子孙，姓关，名胜。幼读兵书，精通武艺，虽为巡检小吏，实有万夫不当之勇。若以礼币请他，可以扫清水寨，保天下太平。”宣赞极力推荐。

蔡太师听罢大喜，以为天降此人来助。只是事关重大，便先散去众官，调了人事文书，差宣赞为使，就往蒲东礼请关胜赴京。

蒲东为京城外一小村。宣赞来到蒲东巡检司前下马。

关胜立于狭小司内，忙起身迎接，执宣赞两手道：“故人久不见，今日何事亲自到此？”又请宣赞着座。见那座椅却颇脏污。

“为因……”宣赞正待说，见关胜身旁立一个汉子，不知何人？

关胜介绍道：“这个是我拜义兄弟，叫作郝思文。当初他母亲梦井木犴，因而有孕，后生此人，因此人唤他作井木犴。这兄弟，十八般武艺无有不能。今后亦请赐教。”

“最好。……小可是关贤弟故知，保义使宣赞。今日好时机，便请二位起程，蔡太师在京师专候。效力朝廷之良机，此招文中写明。”

关胜读过招文，感激拜谢，便与郝思文议定了。其后吩咐老小，委托家事，三个连夜起程赴京师。

来到太师府下马，蔡太师得知，教先将关胜一人唤进白虎节堂。拜见已罢，立在阶下。蔡太师看了关胜，端的伟丈夫：堂堂八尺五六身躯，美髯凤眼。——蔡太师心中不胜欢喜。

“关将军青春少多？”

“小将三十有二。”

“闻将军幼读兵书，精通武艺，却为何屈为巡检小吏？”

“蛟龙在渊，未逢其时。若得相助，升天遨游。”

“便与将军吉时！今梁山泊草寇围困北京大名府，百姓甚苦。请问将军，施何妙策以除其害？”

“此事甚易。久闻草寇占住水泊，今擅离巢穴，便是其自取其祸。若救北京，虚劳人力。乞假精兵数万，先取梁山泊，教他首尾不能相顾。量其乌合之众，其后必一举扫清，又有何难。”

“原来如此！此乃围魏救赵之计，正合吾意。今日便举你为征讨大将军，此生涯腾达之机，将军切莫错失！”

随即上奏圣上，行枢密院任命仪式，数日之内调拨精锐军兵一万五千，集于都门外。

教郝思文为先锋，宣赞为后合，关胜为领兵指挥使，统领大军。

京师满城欢呼雀跃，日下起程。汴梁城中皆传唱道：

汉忠臣，三国良将香火传。
今日又胯赤兔马，绣旗金甲照征途。
云深搏浪水涯险，大刀关胜须自爱。
无愧美名关铺扫，再世好汉勇无敌。

第九十七回　呼延灼月夜赚关胜　义兵法宋江不杀降

北京城外已入荒凉冬日，远山覆雪，天地皆白。

且说城外野地里，军幕帐下。宋江今日亦苦坐沉思，耳听朝夕寒风呼啸，心中纳闷不已。

“如今可行何计。一气攻入城去，又怕害了卢员外与石秀两人性命。……若不攻城，各府县官军来助，城壁亦自加固……若是朝廷遣来救军，如何是好？”

此时吴用入帐内。

“宋大哥。”

“军师先生。”

“兄长请勿惊慌，突有急变。”

“有何急变？”

“梁山泊有难矣！适才神行太保戴宗来报。”

“莫不是山寨里有人作反？”

“非也。乃是东京蔡太师拜请蒲东大刀关胜，引一彪军马，飞奔梁山泊来。那关胜乃是后汉名将，关云长玄孙，勇武奇略，不来解北京之围，却直取梁山泊。”

“啊呀！此为围魏救赵之计，梁山危矣！”

“莫急，寨中守卫头领张顺、张横、李俊、童威、童猛、阮氏兄弟等皆死命固守，未陷落山寨。请早早收兵！”

然则收兵亦非易事。

北京城中已得朝廷密令，知宋江率部退军，必然从后追赶。若是如此，阵脚先乱，大军必然有失。因此收军前须有所准备。

宋江便差小李广花荣、豹子头林冲、双鞭呼延灼等为殿军，一面传令步军队里，分队次第而行。……城上官军见了，猛追至飞虎峪，被伏军左右杀出，杀得衣甲飘零，退入城中。其后梁山泊数千兵马与众位头领，一路急奔梁山泊，以解眼前危局。

将近水浒山寨，先使探马去探关胜大营。

探马回来报官军防的严密，道："沿岸诸地被关胜大军营帐围得紧，蝼蚁不得过。"

宋江只得拢住军兵，思量如何先与泊内约兵。正巧当夜有一人从偏僻小路赴水路赶来，去捉来一看，原是己方头领，浪里白条张顺。

"张顺，泊内士气如何？关胜未可打破我寨栅？"

宋江一问之下，张顺垂头道："虽经连日克守，由鸭嘴滩至金沙滩岸边都得保全，却陷了张横与阮小七两个，今被关胜捉在帐里。……寨里上下，无不引颈企盼哥哥回来。"

"什么，张横、阮小七二人被捉了？我等轻易动兵，他二人必吃他斩首祭旗。"

细问究竟，原来是张横以为水战定胜官军，夜里去劫敌寨，不料中计被捉。阮小七为救他回来，又杀奔敌寨，又遭关胜奇计陷阱，横拖倒拽捉去了。

"敌将关胜如此奇谋诡略，军师，可有良策？"

吴用一旁捻须沉思，道："容我慢慢想来。须知己知彼，可决胜负。……其人虽有智谋，然兵略有界，弱点必存。见其有何绝技，便可以对应计策攻之。"

次日天明。

两军对阵。小李广花荣先出阵，持枪直取敌坚阵。

只见丑郡马宣赞，举枪来迎。两个一来一往，乱战半日，花荣看个破绽，拈弓取箭，只听一声脆响，一箭正射在宣赞背后护心镜上。

宣赞心慌，急驰回内阵。

前阵虽溃，后阵却替来展开。如蜘蛛逃亡般散去军兵侧旁展开两队门旗开出，旌旗、弓矢、铁霜枪矛各俱肃然。一将骑火炭马，绰青龙刀，眼中冷冷威光，扫遍敌阵。其天表亭亭，阵容赫赫，如深渊不可探其底，何人敢近。

其时夕霞紫云，水浒上风波萧萧，一轮红日落处，薄暮已近。两军相持皆不动，自鸣金收兵而去。

大军露营，星夜霜降。宋江帐中念及关胜英姿，不由私叹道：“果然是汉代功臣末裔！”

又对帐下众将道：“关胜英雄，果然名不虚传，世所罕有！”

只这一句，林冲不快，心中暗道：“宋头领今日何故灭自己威风！只向人示好，不论敌友。待林冲明日出战，与那关胜厮战！定要在寨主面前，捉那关胜！”

次日两军再战。林冲挺枪出阵，来取关胜。不料关胜不拿正眼瞧他，大喝道：“宋江出来！”

又勒马至阵前多番呼喝：“草寇喽啰，我不值得便凌逼你！单唤宋江出来！与我决一胜负！”

宋江听了，纵马亲自出阵，关胜面前下马，犹如平日一般，欠身施礼道：“郓城小吏宋江谨参。得见汉良臣嫡传子孙，极至荣幸。”

“汝便是宋江，你安敢紊乱世间，背叛朝廷？”

“紊乱世间者并非我等。盖为朝廷不明，纵容奸臣当道，不许忠良进身，为害百姓。宋江等替天行道，并无异心。”

“住口！天兵锦旗在此，鼠辈安敢巧言令色！若不下马受缚，教你粉身碎骨！”

听得关胜这般辱骂，宋江又卑躬，梁山泊众将大怒，林冲、史进、秦明、马麟等一起出阵，前后左右夹击，共斗关胜一人。

关胜青龙刀虽强，却挡不住一齐攻来。自然官军也发喊：“助关将军！”

要上前相助，却看关胜已自斗不过。

正在此时，宋江忽然便教鸣金收军，令诸猛将归阵。诸将纳闷，回到中军帐前，一起叫道：“正待擒捉这厮，兄长何故收军？如此征战何以得胜！”

宋江见众将面上愤愤不平，宽慰道：“诸位贤弟，莫要以杀人为胜。敌将命存是为我方之胜。我梁山兄弟，俱以忠义为先，仁义处世，莫非忘了么？吾看大刀关胜，世本忠臣，乃祖为神。义勇双全，德才无两，若得到此人上山，宋江情愿让寨主之位。”

诚心相待必有所得。宋江这番苦虑，必将摇动关胜心意。

当夜关胜于中军帐内暗暗沉思：“宋江不知是什么意思？我力斗不过，看看将输了，他倒收了兵马。”

心中着实在意宋江气魄，却苦思不明。便教小军推陷车中张横与阮小七过来，询问宋江为人。

两个毫无惧意，张口大赞宋江道：“当今天下，还有何人不知及时雨宋公明大名？你这厮，身为朝廷大将，惭不知世事。俺哥哥，山东、河北地界里三岁小孩亦知。情义忠厚，万民仰慕，正是百姓光明所在！”

关胜低头不语，且教推过陷车。只觉不该来问二人，心中又有惭意，走出中军看月，见寒色满天，霜华遍地，心中嗟叹。

“元帅，您在这里。”

“你是步哨小校？何事？”

“见有个贼将，仪表堂堂。”

“贼阵中来。”

“是。他又没衣甲兵器，似私出敌营，只言要见元帅。”

“一个人？”

“匹马单鞭，只他一个。”

“既是如此，与我唤来。”

没多时，来到帐中，拜见关胜，原是呼延灼。

两个虽初次见面，关胜亦知其名。呼延灼原是禁军将领，前日曾与朝廷统领连环马军远征梁山泊，兵败被捉，投入贼寨中，做了一个头领。

“你有何话？”关胜冷眼相对。

呼延灼低声道：“我只待今日将军到来……”

“这岂不怪哉。今你身为贼将，吾乃朝廷领兵使。你既自来此地，休怪我捆缚了，押解京师。”

“将军且慢动手！我非真心落草，今日早间阵上，救将军之急者便是小将。林冲、史进、秦明待捉将军，小将诚恐伤犯足下，私自鸣金。……其后宋江震怒，不在话下。”

“原来如此。”

“将军若仍存疑，却失了时机。寨内愿投官军归顺之人，实不在少。林冲、秦明等人，原本皆是禁军出身。……将军若是听从，不惟将军建立大功，亦令我等得赎重罪。”

呼延灼以旧日同根情义相说，终使关胜心动，渐渐入其圈套。当夜关胜备下筵席，与呼延灼大饮，大赞此番相遇难得，旧情新情共鸣。

关胜便按呼延灼提议，次日二更前后先去布阵。关胜单骑轻装，叫呼延灼引路，直奔宋江寨中。

“杀……”相会处，呼延灼先按住关胜马头。

原来此处还需点火为号。

火光一起，原青州都州黄信，与前来投诚之林冲、秦明一道引军杀出，大叫一声：“等候多时！”反了贼军。

又见宣赞、郝思文两路接应，引军杀奔敌寨左右，一起攻入。贼军猝不及防，鬼哭狼嚎，四散奔逃。宋江、吴用以下贼寇之首，一网打尽，只在今夜。

此偷营计策虽妙，却未能捉到贼首。

宋江、吴用却似早知军中叛意，并不在阵中，远远地逃往一处小山岭上，点点红灯所在之处。

“将军恕罪，宋江那厮机敏，杀入阵中前已逃遁那里去。”

呼延灼虽下马请罪，毕竟已夺下贼军阵，官军大胜。诸投诚贼将，黄信、林冲、史进、秦明等，俱至关胜马前，拜首投降。

关胜勒住马，环顾众降将问道：“红灯处可有防备，寨栅稳固否？”

“那处乃荒山，并无他物。”

呼延灼道：“宋江等贼，仓皇之中逃去，只在那里收拢残余军兵。若此刻一鼓作气，天明之前必得生擒宋江！”

急催动人马再潜行，宣赞、郝思文亦跟随前来。未知已中宋江计策。关胜途中连人带马落入陷阱中。黄信、史进、秦明等人，一拥而上，卸去衣甲捆缚了。

郝思文亦在别处遭山兵埋伏。天明之时，丑郡马宣赞被追至湖畔，原望固守湖畔官军本寨，却见扑天雕李应早引领大小军兵，夺占了本寨。

先救了寨内陷车里阮小七、张横二人。

清晨向芦苇对岸的梁山泊起烟送信。战已止，我军全胜，船行。水泊沸腾而起，固守山寨将士，欢呼声震天。

金沙滩一日之间，大舟小船往来不绝。所夺冠军军器粮草马匹，数之不尽。

已教吴用与各头领收拢山兵，先归去泊内检看无事。宋江于忠义堂上分开座次，早把关胜、宣赞、郝思文分头解来。

宋江见了，慌忙下堂，亲解其缚；把关胜在正中交椅上，道："小可冒犯将军虎威，望乞恕罪！"

关胜吃惊道："这却为何？"

"宋江流离亡命，无可奈克，权借山寨容身，冒犯锦绣帝旗，多有无礼，请将军万万恕罪。"

呼延灼亦向前来道："关元帅，小可即蒙将领，又敬爱元帅，行此计策。万望将军免恕虚诳之罪！"

关胜默然不语片刻，回顾宣赞、郝思文道："你二人被擒在此，皆因我中计，致军败身陷，惭愧！还望你二人宽恕。"

"将军，我们为朝廷，为世间百姓而战，生死早已置之度外！"

"已有觉悟？"

"并听将令！"

"好！"关胜转身来对宋江道："败军之将，无话可说。我友一齐愿赐早死！"

"何故发此言？将军性命，宋江如何敢处置。"

"吾今为被囚之身，只求速死！愿头领念及吾祖上关菩萨义气，莫加耻辱于我！"

"将军之言差矣！轻言弃命，关菩萨在天之灵，听之必哭矣！如今世间昏暗，官吏贪腐，百姓穷困，比比皆是。我等兄弟举义旗，聚于此天星庙，只为替天行道。关将军，请看座下前后，皆为不可长生之热血好汉。如何可言弃命？请闻呼延灼、黄信、彭屺、林冲等兄弟身世。倘蒙将军不弃微贱，可以一同在此水泊中，替天行道，结为义友，生死与共，绝无反悔！"

关胜听了，低首蹉叹。郝思文与宣赞亦颇心动。

三人既知梁山泊忠义为先，自幡然悔悟，答应上山入伙。被俘官军数千人，亦得宽大处置。

军中有老幼者，随即给散银两，便放回家。有愿上山者，便招入梁山军中。一边差薛永、时迁往东京蒲东，搬取关胜家中老幼，都不在话下。

渐渐冬寒已深。

宋江蓦然想起卢员外、石秀两个陷在北京牢中，心中痛楚。

吴用安慰道："兄长不必忧心。今日关将军与我说，为报答不杀之恩，又得暖衣饱食，心下愧疚。愿与宣赞、郝思文共为先锋，攻打大名，必然成事。春日未远，待冰消雪解，自可再起军兵。"

"但望雪解之日。"

"雪中行军，必至折损。去北京府路途遥远，须早做准备。"

这一日亦大雪纷飞。水泊远山，莽莽一片洁白。雪声朔朔，空渡鸿啼，灰暗天下，每日皆不变。

第九十八回　安神医妙手除病　杀淫妇出诊不还

北京城下，战局仍是胶着。

连日大雪，严冬时节攻则无路，守则多利。须引得敌军出城，方可灭敌。

城外三十里野地扎寨，大风呼啸。宋江感风寒，身体发热，水米不进。

终于支持不住，一日于中军帐中一卧不起。宋江素来严谨，引兵在外，于帐中白日里卧榻，原非寻常。

见中军守卫使张顺入帐来禀，只得将宋江摇醒道："寨主，吴军师与那关菩萨子孙关胜二人，已到帐外，报说战况。"

宋江听了，忽地起来，穿戴盔甲严整，道："请入来。"吴用与关胜入来。

关胜先请罪，道出兵至今，未有功劳，实羞愧难当。吴用在一旁道："非也非也，宋先生，关将军自谦如此，实早已立下大功一件。昨夜撺那官军先锋官索超出南门，一举将其擒获，并已说服其一同入伙。果然是汉名臣末裔，手到擒来，何谓无功劳？"

宋江闻言大喜，赞关胜义勇，语调却显古怪。众人见他唇焦舌燥，面无血色，不似平日模样。

吴用道："宋先生，你身上可有疾？"

"并无大碍，七日间身体微热，难以进食。"

"这却不妙，必生大热，且兄长眼中猩红。"

"眼赤只因今日午睡，做得一个怪梦，被张顺摇动，方才醒来。"

"是何怪梦？"

"便是天王晁盖，灯影下立于枕边，手指梁山泊方向，叫我快回去。"

“后来如何？”

“便醒了，惊得一身汗。此梦着实古怪。”

“既是天王显圣，不可不信其有。寨主身负重责，须好生保重，切莫操劳。”

“梦者，五脏疲怠所致。此是风寒，莫要担心。”

宋江虽不以为意，夜间排下筵席与新降的索超饮酒，却未去赴宴，身体转恶，痛苦万分。众头领都到帐中看视，见宋江背上红肿起来，原是一个疽。若不急救，堪忧性命。

吴用愕然道：“兄长梦晁天王所言，果是应验。今兄长有疾，此处难以施救，军马亦难在此久住，正宜回山。”

当夜吴用传令诸将，火速收军，罢战回山。众人又议梁山上并无名医，如何是好？

浪里白条张顺举荐旧日在家乡时，浔江上曾遇江南第一名医安道全，若得此人到山上，可手到病除。

“有神医在，可速速去请来。一日也耽误不得。切忌切忌。”

吴用连忙叫取金一百两，再将三十两碎银作盘缠，吩咐张顺急往西方去了。

即日，梁山军野营千旗尽收，徐徐退走。北京城中见梁山军去了，因曾中伏兵之计，只猜道“又诱我等出城”，因此狐疑，不去追赶。

张顺连夜疾行。几十日雨即雪，艰难奔至扬子江边，大雪如梨花飞散，只见江岸败苇里面有些烟起。

“艄公，快把渡船来载我！”

“客人，这却不是渡船。”

“你要多少船钱都与你，只需渡去浔阳江。”

“我渡你过去，只要多出些船钱与我，不能反悔！”

“多少都不悔！”

“上船吧。”

见一只盖苫渔船，船头上立二人。

其人颇为亲热，便叫张顺把身上湿衣裳脱下来，就火上烘焙。天寒地冻，又请他吃杂煮锅里的菜，又将个木枕出来。

“至浔阳江还早，客人请先在内舱歇了。”

张顺一来连日辛苦，二来感动人情，有些托大，便江波上睡着了。

——好觉醒来，惊觉双手被缚，挣扎不得。船头上一人，夺了张顺怀中包裹，衔在口里，手拿薄刃尖刀切开。

“畜生！那杂煮锅莫非下了蒙汗药？”

另一个后生将张顺踏在船舷上，笑道：“那是自然，与你素不相识，亲热做甚。大哥你瞧，这人看似破落户，身上金子倒不少。”

“闲话少说，看我割了这厮的头。你稍探出舷去，按住这厮脊背。”

“好！按住了！”

话音刚落，不料被那艄公一手揪住伴当，一刀落下将他斩杀了。即刻又将刀往张顺头上砍来。张顺身子起不来，只得左右一晃，险躲过这一刀，往那艄公腰间踢一脚，自身落入扬子江水中去了。

却说张顺生长于斯，这扬子江水便是他羊水，正是大河中一条河童，便是水底伏两三夜亦是不妨。

虽手脚被缚，就河流中咬断索子，鲛鱼般劈波斩浪，直游上南岸。

“好歹到岸上，好冷。”

爬上岸吗，见半夜里一点火光，转去看时，却是一个酒店。

“得救了！老丈快与我热酒吃！”

“客官，你莫不是江中被人劫了？”

“老丈，小人实是不幸，江中撞着两个歹人，把我衣服金银尽都劫了。”

“听你口音，是山东人氏？”

“小人从山东来，却是此地生人。”

“原来从山东回故乡。”

“实不瞒老丈，小人要去建康府，那处有个太医安道全。……前来迎先生。”

“你果真从山东来？”

“确从山东来。”

那老人沉吟片刻，又问道：“如此明白了。”

“老丈，明白什么？”

“若我说错你莫怪。你莫非便是浪里白条张顺？”

张顺大惊道：“老丈如何得知？”

“从山东来，必经梁山泊道。那梁山泊上，可孤身游渡扬子江者，除去浪里白条还有何人。”

“果然瞒不得。小人便是浪里白条张顺。因为山寨之主宋公明哥哥害发背疮，教我将金银来迎请太医安道全。谁想托大，被这两个贼人夺去金银，无法请医人上山。小人已走投无路！”

“你既是那里好汉，无须忧心。我教儿子出来，自有道理。”

“令公子？”

“小儿排行第六，名叫王定六，诨名叫作活阎婆。他每日在扬子江边挑担儿，卖酒与渡船。他与那些个艄公消息灵通，想必有所耳闻。”

“如此甚好。快快请来相见。”

张顺便在酒店里睡一夜。次日，活阎婆王定六转来，与其相会。据定六所言，昨夜江中为害者叫作截江鬼张旺。

“还有一个年轻后生呢？”

“那后生唤作油里鳅孙五。”

“那截江鬼为何杀了伴当孙五呢？”

“这两个时常在这江里劫人。许是见哥哥身上多有金银，那张旺不愿与孙五分赃，便出手杀人罢。”

“原来如此，果是恶汉。”

“哥哥放心，我定寻见这厮。如今宋公明之病甚急，哥哥应早入城去请安太医。那安道全虽说医术绝顶，却是无决断的人，又喜出游，何时在家亦难料知。”

当下王定六将出自己一包衣裳，十两银子与张顺。

张顺谢过，入建康府城中，问询得槐桥里巷在何处，便直奔到安道前宅前。正见安道全在店里，手持药研磨药。

“与先生久别，还记得小弟否？”

“你是……”

“先生不记得了？小弟老母曾患背疾，百药不能得治，幸得先生救助。我是浔阳江上张顺。”

“啊！你不是已上梁山了么？”

“先生低声！宋公明今患疾病，生死在旦夕间。特地来请神医，拜请即刻上山！”

“我去不得啊。”

“情知无礼，拜乞先生救命！”

“家中拙妇亦染病卧榻。”

“尊夫人之病在旦夕间么？去去便回，望兄长勿要推托！”

“去山东路途遥远。”

“兄长不愿去？若如此，小弟只有一法。愿兄长莫怪。”

“你，你要如何？”

“小弟便在这店里自尽了。招来官人，见梁山泊上张顺在此，必道安道全亦是山贼，你却脱不了干系。”

“你莫害我！见官便是祸，却砸了我金招牌！”

“若无先生相随，小弟一人亦回不得山东。若死于此地，兄长须陪我。便道这店是山东梁山藏耳目处。如何，安道全？”

“罢了罢了！我随你走一遭便是。”

“多谢兄长！”

“若论宋公明，天下义士，无第二个似他的。如此只好陪你走一遭。只是今夜须回家去住宿。”

“兄长莫非寻隙遁去？”

“这哪里话？你一起随我来。”

原来家中拙妇染病卧榻云云乃是胡言。这安道全颇好女色，新和建康府一个烟花娼妓，唤作李巧奴的时常往来，正是打得火热。

那李巧奴唱得好曲，善讨人喜，睫毛深影水灵灵，端的是勾引男人的好色相。

“……我不要你去！不要你去！”

此处是新道路旁一个春楼，吹奏声不绝于耳。安道全入夜起便饮酒不休，迷糊成一团肉。

这李巧奴所在春楼，安道全早做自家一般往来。嘴上撒娇，又兼百般手段，安道全好生愉悦，更是不舍。

“巧奴，为何不饮一杯啊？”

“还问我为何。反正在你心里，小女子又值得什么。”

“你这是何话。去山东来回不过一月，至多两月路程。已说了便去也不耽搁，立马便回。我要舍得放你一人在此，今夜又何必来。好了好了，来饮一杯。”

“若不舍得我一人孤单，便不要去那山东！”

“着实别无他法，才这般辛苦呀。”

“哼……”

李巧奴拿眼来觑座席一角上独自默默饮酒的汉子，目光流转道：“倒忘了还有这个不知人情的。喂，你啊。”

“何事？”张顺面上带冷笑道。

“你这小厮，假作礼数，却不知人心痛苦。将人郎君带去山东，一月两月，却不知何时再见！”

“这却不需谢我。”

“瞧瞧这人如何说话！”

“请今夜好好歇息。有多少痴言浪语，说毕了便可。”

“还需你多嘴。……若你在意，还不速速出去。”

“果然利索。……安道全先生，小弟明早来迎。”

心中却道需看住安道全。虽说心中忧煎，却无奈何，只得暂时忍受。虔婆亦嫌张顺，只教他在门首小房里歇，房里又无火，身上寒冷，忍受着睡去。

初更时分，正迷迷糊糊时，听有人说话。中厢屋里，起火点灯。

“……又有何事？”

张顺心想大意不得，便溜出在院子里张望时，只见一个人闪将入来，又见下人端酒肴去招待。这个客人好似暗中接来，虔婆也颇在意。

“张旺，你却何须要嫉妒。女儿巧奴片刻就来。”

“她房里来的又是哪里的情夫？”

“说什么情夫……便是那个槐桥边上卖药的。道是要出远诊，路上两月才回。”

“原是安道全那厮，他倒颇有些金银。婆婆，我截江鬼张旺终究也要得富贵。这里有几两金子，先送与姐姐。”

“啊呀，这许多金子！”

“莫要大声！你快教巧奴来和我厮会。相比巧奴也盼着。”

那虔婆兴高采烈出去了，不一会儿一个女人身影便入张旺屋里去。张顺见了，悄悄折到厨下，拿一把油晃晃厨刀，又折回来。既然在此撞见江上杀人越货的恶艄公，这截江鬼张旺必放不过他。

一脚踢开房门，房中灯却已灭了，张旺迅疾推开后窗，跳墙便走。“站住！”张顺大喝一声，正待追赶，那女人却死死抱住张顺不放。张顺焦急，虽无杀人之意，却手起刀落，将女人砍杀了。——此事不妙！一瞬心中悔恨不及。

听里厢动静，安道全慌忙起来。吓得浑身麻木，虔婆呼喊也不应。又传入耳中的是张顺言语。

“先生，醒了吧？”

“是何声响？”

“正与巧奴相遇。先生还是早早上路为好。”

“巧奴却在哪里？”

不意尾随去一看，见桌上有男人烂醉之物，两个枕头并在帐台上。

安先生被吓得瘫了。自然除了地上血淋淋的女子尸身，还见张顺在墙上沾血写道：

杀此淫妇者，槐桥安道全也！

第九十九回　瑰丽元宵千万灯　地狱火烧大名府

这一日清早，江畔一个村野酒店，王老汉与小儿王定六一开门，只见两人并肩行来。

“老丈，前日多谢了。”

“原来是张顺，终是首尾妥当，请来安太医了。”

张顺身后的安道全，身穿旅衣，摇着头，哀叹不已。

“你等这般短命见识！却苦了我也！多年与人诊脉，却不想今日落到这番田地！”

“先生，可压下怒气。”

“压什么！俱是尔等害我！还令我忍气吞声？我那个窈窕花妓死了，却将杀人罪名做在我头上！此生是回不去家乡了！”

王定六笑道：“有何不可？建康府内人人都知槐桥先生，手到病除，却只好野游，钱财俱散在娼妓身上了。这花费可就断了。小弟终有一日也关了此店，上梁山去，再相见。”

“你也上梁山？”

“前日已托付张顺哥哥引上山。差点忘了，昨日见截江鬼张旺，慌慌张张从这里走过。”

“那厮已走远了么？”

“只差一步，殊为可惜。”

“先了大事要紧，寻仇之事无关紧要。”

“只是逃去了那恶人，却是难酬天道。我已拿言语欺瞒那厮，道是今日要去北岸买酒，将船来渡我过江去。想必那厮现时正在渡口等候。”

“甚好，着实是渡命舟。如此我去会他。”

自然张顺与安先生都带上了头巾和遮尘暖笠影身，一见之下谁也不识。装作酒店客官，与王定六和老丈一同上了正等候的截江鬼船上。

不一会儿到了江心中，见截江鬼正在收帆，张顺悄悄摸近张旺身旁，将蓑笠一起扔了，喝一声：“张旺！认得前日雪天乘船，吃你杂煮的客人么！”

“你，你是？”

“好好记住了！”

便手起刀落，杀了张旺。看着那扬子大江，脚踹尸首下去。

船到北岸，叫王定六与老父先坐船回去，收拾起酒店，安顿家人，从后追赶。

“老丈，贤弟，恩义生死难忘！早上梁山泊来，再谢大恩。”

张顺挥手作别，与安道全一道急急赶行。虽然行急，至山东却前途遥远。

梁山泊众头领因宋江病势加重，昼夜心急如焚，便教神行太保戴宗赶来接应。——两人与戴宗途中相会。戴宗便只携安道全，作起神行法，连夜先回山东去。

水浒泊众大小头领口称庆幸，接着两人，连忙拥到宋江卧榻内。花街柳巷中只是一团肉的安太医，见病人命悬一线，即改换颜面，凛然名医风范。

“原来如此，好险好险，却还未迟。”

诊脉已毕，安先生一副胸有成竹模样。众头领见了，心中石头落地。

安道全先把吸膏，即贴了炼药的黑布，用以引出毒气。将一把兽爪般利刀切开疽来，施以灸治之法，然后内用长托之剂。宋江渐渐体态转好，不过二十日，饮食如旧。

且说张顺已接着王定六并其父亲，一同投梁山泊来，已是冰雪水融之时。

眼看冬日将尽，一旦康复，宋江便望着北京方向，思念不已：“卢员外与石秀仍陷牢中，怎堪在此蹉跎！”

便将心意告知吴用，愿自引军再去攻打。

安道全急忙谏止。吴用也劝道道：“万万不可！寨主仍需休养，请留寨中。那二人性命却是无碍。闻开封府的蔡太师，见说降了关胜，寄书与梁中书，恐怕已自示弱。梁中书必不敢取卢俊义、石秀二人性命。如此必有机会交涉。”

转头又过半月。

吴用对宋江道：“今冬去春来。小可存有一计。”宋江忙问何计。

“入春早晚元宵节将近。北京大名府年例，元宵节要大张灯火。我欲趁此机会，先令城中埋伏，外面驱兵大进，里应外合，可一举事成。”

闻知此计概略，宋江击节称妙。此计规模之大、出敌意表，妙用天时、地利、人和，必至成功。

且说北京大名府内，大名梁中书坐于堂中。兵马总指挥使天王李成、大刀闻达，与南北两知府及以下官人，排列堂下。

“我意欲止歇放灯，闻达、李成，你众官却与我意相反？”

李成道代表众官道：“相公高见。只是去年以来，人心不稳，官府威严大损。……若今年不放灯，百姓蹉怨元宵欢愉成空，街市又将一年不得安稳，恐怕难以弹压。”

“愚昧草民，实难相与。”

“所谓民心者，主政不可缺失。不如传下钧旨，教比上年多设花灯，添扮社火，通宵不禁。”

“如此甚好。”

“祝祭由一月十三十七,五日不绝。又在城内添搭两座百千灯笼鳌山，衬红花绿叶。相公亲自行‘春祭行礼’，公示与民同乐之景。”

“我北京大名府是河北头一个大郡。地处要冲，四面州县有诸路买卖，不可失却威严。好，诸位必要使今之元宵盛大庆贺，强于例年！”

时光飞逝，已至元宵数日之前。

听闻今年元宵盛况空前，四邻州县皆来看灯，各地客商云集于北京一城内。

旅馆、旅舍、暂歇脚处，早在五日之前，早皆景气冲天，无从再接客官。由近县来看灯的，也各携乡村土产货物。使尽手段城中找到沾亲带故者，以投家中歇宿。及至放灯当夜，城内人口倍增，一片喧嚣。北京满城上下点灯不计其数，鼓乐之声，酒水芬芳，真乃极乐世界。

富豪之家，扎起灯棚，摆放五色屏风炮灯，四边都挂名人书画并奇异古董玩器之物，又或者摆放酒器，贴示随意，招过路人享用，以为散财之举。

各街坊内围圈舞蹈，口中呼喝，昼夜歌唱无休。小儿欢跃看焰火，投掷爆竹声不绝于耳。

祝祭又复祝祭，五日内无片刻止歇，人多处自不必说，那州桥边之拥挤直叫人无从言语。社火行列（假扮祝祭行列）、鳌山（搭灯笼花车）又加鼓乐，言语形容不尽。铜佛寺亦打开山门，亦扎起千百个灯来。翠云楼名贯河北，号为第一，原是大商人玩乐处，花街美娇娘齐奏弦乐，夜空照如白昼，昼间这酒楼上却似飘荡彩云一般……

虽说城下欢闹，北京城头上遍立五彩祝旗，大名府以下该管衙门，亦无例外，搭建绿门，装饰花伞，骑马厢官（左右南北知府公人）于十字街口点视，整治酒醉之人，疏导城内诸街。

五日欢庆已过。这一夜正是月十五日。

城中居民连日里饮宴游玩尽，至黄昏时，俱已疲惫。

“只余今夜！明日不知如何！”

“跳吧！跳吧！”

“不跳不行！”

“不跳是傻子！”

城中男女如着魔一般，社火行列汇于一处，北京一城到处是狂舞衣袖与舞蹈围圈，本性爆发之景染遍这一片大地[1]。

只见一个年纪轻的汉子转出舞圈，往另一个舞着灯笼卖货商汉子肩头上一拍，凑到耳边道：“青面兽杨志，到时辰了。”

“花荣？”

“小声！厢官走来了。”

两个各自抱起灯笼，飞燕一般在人群中隐去踪迹。

忽又有一人从后追上。

“吓人一跳。原来是你啊，鼓上蚤时迁。”

1 以上一长段对北京城元宵灯会的描写，事实上较少带中国节日色彩，基本可以看作是作者吉川对日本焰火灯会祭典的描述。如全城百姓狂热地围圈舞蹈，并大叫“不跳是傻子”，非常类似日本德岛县传统祭典上全民跳阿波舞的场景，跳这种民间舞的群众口中都按节拍喊“都是同一个傻子……”——译者注

“哈哈，杨雄也在此。”

“都随我来。”花荣领头走去。

片刻之后在铜佛寺前，取换了衣裳的鲁智深、武松两个正在等候。

见扮作求乞者的刘唐，卖糖的夫妇王矮虎，卖茶的一丈青、顾大嫂，扮作大商人的邹渊、邹润，其余还有十来个扮装的人影聚集。不一会儿，见天色已暗，又各自散去了。

看看相近上元。

小旋风柴进走入城来。自是帝王末裔，衣冠带剑透一股贵人气，身后跟着两个从人，便是九纹龙史进与浪子燕青。三个已立于大名府旁街边多时。

当夜，梁中书享用“初春飨宴”后，亲引铁骑马军五百，全身华彩披挂，以“元宵行列”环城巡视，居民俱在路边喝彩。终于满街人散去后，梁中书早回入府厅。

“……”厅前门卫军官虽行礼，心中却对列中一人似怪非怪，必是何处见过的一个大官人。

转眼来到厅内，过大牢门旁边时，正与一个押牢节级擦肩。

“待住！”节级眼中放光，转头喝道。

柴进立在当场，这节级原来便是管死囚的蔡福。前日里柴进曾访蔡福蔡庆兄弟私宅，拿千两金子贿赂。蔡福将史进觑了半晌，默不作声，脚边丢下一物，转过身来走去了。

拾起来一看，原是大牢钥匙。“好！事成了！”柴进心中大喜，忙与燕青、史进两个一起往死囚牢奔去。

“来者何人？”

“原来是蔡福之弟蔡庆。”

“我便是一枝花蔡庆。”

“我是梁山泊柴进！”

“啊？柴进？……曾听我哥哥说起你。”

“如此请听原委道来。这位是浪子燕青，你认得的。快快打开大牢，将卢员外、石秀交与我手。”

“钥匙却不在小可手上，我哥哥随身携带。”

“钥匙在此。”

“果真？如何一回事？”

“你哥哥蔡福，已有心上梁山。料想他此时正在家收拾细软，安顿老小。你快随你哥哥去吧。须臾之间，北京全城便要化作修罗地狱！”

柴进这番言语，蔡庆虽是不信，然所言非虚。此刻夜空中怪火与黑烟如魔云一般升腾。

原是城楼火起。日间“初春飨宴”，许多插着花蝶祭簪的花篮送入城楼里，里面都是硫黄、硝末、火药，如此便潜入来了。

解珍、解宝、铁叫子乐和等，扮作掀云闹社的卖艺人，围绕花篮做戏，趁机一起混去楼上。

又有道士公孙胜，带同火药名手凌振上楼。时迁施展功夫，亦爬到阁楼顶上。

总之，梁山泊众人各自变换模样，以元宵为时机，混入各色人群中上下埋伏，先在北京城头三层楼上，一齐放火，以为信号。

城外军马望见，昏暗中擂鼓呐喊，施逞骁勇杀将出来。

第一队，豹子头林冲、马麟；

第二队，邓飞、孙立；

第三队，大刀关胜、宣赞、郝思文；

以下至第八队——各有秦明、欧鹏、黄信、燕顺、雷横、施恩、穆弘、郑天寿、黑旋风李逵等引来。——其后中军内，军师吴用坐阵，左右斐宣、呼延灼、韩滔、彭屺等随从。

“勿杀无辜居民。”

“放火可止！”

“速着一队往卢府，勿教那奸夫淫妇脱逃了！”

“捉梁中书那厮来！”

“再着一队速往监牢！”

呼喊声不绝，立时南门城破，余下东门西门皆被破，五千余步骑军兵一拥而入，如洪水猛兽，席卷城内六街三市。

此时大名城内万灯俱灭，歌舞弦乐，化为阿鼻叫唤。百姓黎民呼爹喊娘，举目望去，四下里火光冲天，有两匹马飞驰而过，身后十数骑跟随保护，其状形如十二天兵铁骑下凡。

却原来是浪子燕青背负卢俊义，石秀也得柴进、史进等人保全。

卢俊义往日家中已墙郭倒坏，李固与贾氏正欲出门奔走，却不知去往何处隐藏，早被强掳而去。近邻人家虽说怕得紧，见奸夫淫妇落网，却无不拍手叫好。

且说那梁中书九死一生，狼狈窜到西门，接着李成军兵在此守候，脱离死地，撇下满城火光在后，只顾往西舍命夺路而走。梁中书家中一门良贱，恐怕下场皆惨。

蔡福、蔡庆兄弟两个，急忙到家中收拾家资老小，同去山东。先寻着军师吴用，求道："军师，北京百姓无罪，如此牺牲过分。可救一城百姓，休教残害。"

吴用急传下号令去："我等决无意为害百姓，实盼百姓日后增福，已救得卢员外，全军即扑灭城中各处火头。"

及至天色大明，城中各处大火渐渐平息。北京城五彩琉璃瓦、黄金柱、官衙朱府，俱成灰烬。

吴用传下将令，把大名府库藏打开，应有金银宝物、谷米绸缎，济满城罹灾百姓，余物及军资亦装载上车，将梁山泊贮用。

水浒大寨上欢声鼎沸，迎接凯旋将兵。北京大名府乃大宋四百余州中，屈指可数一大城，今陷此城，虽有牺牲苦难，实扬梁山之威，因此山寨上下欢喜不已。

令大宴三日庆贺。

宋江请卢俊义坐于忠义堂，请罪道："宋江不想令员外陷此难，寸心如割。请员外见谅则个！"

"如今还说此话作甚。付水东流，已不知何事。"

"宋江之志早已言表，这山寨头一把交椅，还请卢员外坐，休得推却！"

"卢某是何等人，敢为山寨之主？"

"吴用以下众位头领，皆望员外！"

"无论如何，卢某坐不得此位！"

宋江再三拜请，卢俊义哪里肯坐。吴用出面，请卢俊义先在东边耳房安歇，宾客相待；等日后有功，却再让位。如此安顿下来。

“员外，李固与员外原配贾氏，擒捉在此，听候发落。”

卢俊义怒道：“奸夫淫妇，虫豸不如，我不愿见。任由燕青处置罢了。”

燕青得令，次日将奸夫淫妇绑到山寨水畔柳树干上，用小刀杀死。

蔡福、蔡庆兄弟，在山里得一块田地耕作，安顿老小。兄弟两个在北京大牢中如鬼神可怖，这梁山上却无牢狱。

第一百回　直言明臣下朝去　山东义士进四方

却说转眼月末，加急飞报入京城，使者直至太师节堂下。首个知晓消息的便是蔡太师，自不必说。

密书乃太师之婿，梁中书所写。

梁山贼军打破大名府，北京城中大半化为灰烬，官民死伤千万。梁中书与妻侥幸存活，实堪奇迹，至今噩梦不绝。——密书中如此凄惨道来。

“贼寇竟如此浩大！强伏下此事，亦不可行也。”

蔡京惊疑不定，却不只为梁山势大。北京战乱之事朝廷中仅蔡京一人承责，初意欲将征讨功勋归女婿梁中书身上，因此至今未曾调遣援军，只向朝廷道“既有梁中书在不妨”。半是谎言，半是信他过甚。

仓皇中，蔡京只得向天子奏表，鸣响景阳楼钟，文武群臣陆续聚来。

玉阶上御帘卷起，道君徽宗皇帝于龙椅上端坐，逐一览奏，虽御体风流，亦面带忧愁。有谏议大夫赵鼎出班奏道：“此番大名城破，不可轻视。任其祸患，恐令天下凶乱。”

“可有谏议？”

“以暴伐暴，如火上浇油。那贼盘踞水浒要害，野性放纵，前者一味调兵征剿，只折兵将，未得一胜，实为愚行。”

“究竟如何灭贼？”

“以臣愚意：不若降赦罪招安，诏取赴阙，命做良臣，以为朝廷效力。则天下称颂圣上皇德无边，又将原本一路草莽，驯为阙下恩宠人士，立功劳于世间，为社稷幸！”

赵鼎乃朝廷直臣，为天下公理而谏议。

蔡京满面怒气，呵斥道：“汝为谏议大臣，反灭朝廷纲纪，猖獗小人！”

蔡京又出班指赵鼎骂道：“你欲令水浒草贼，做官人相，入堂升殿不成。何等愚蠢！我大宋朝廷，其可令贼匪涉足！圣上！”

拜倒玉阶下，奏道：“此等妄议，毁灭朝纲，其存心之诛！罪合赐死！令此人出朝列班，必荼毒列臣纲纪，实为可怖！”

天子道：“着革去赵大夫官爵，罢为庶人。赵鼎，你退殿吧。”即座免去赵鼎官爵，悄然出朝。

蔡京又奏道：“微臣愚见：今凌州有二将，现任本州团练使。一人姓单名延珪，一人姓魏名定国，勇名遍于远近。伏乞升下圣旨，星夜差人调乡勇大军，合禁军精锐，克日扫清水浒。想必此番定无败退之事。”

“果然大宋天下，英雄尽藏。依爱卿所言。”

天子大喜，随即降写圣旨着枢密院调遣，差捧圣旨投凌州来。

却说此事风传，不日早入梁山之耳。

蒲东关胜闻得，因上山入伙时日非长，自荐先锋。

“凌州团练使单廷珪乃天下将才，魏定国也有勇名……小弟与他二人同为少年军官时，多曾同釜共食，其为人志向亦久知。小弟愿领军兵前去，说他两个来降。”

关胜这番言语，虽说并不易行，引军至凌州郊野交战两月有余，又得吴用领兵接应，终得成功，将魏、单两个说上梁山入伙。

非止如此，黑旋风李逵为凌州之战独自下山，又结交了枯树山上一个山贼，唤作丧门神鲍旭；一个相扑名手，唤作没面目焦挺，俱投上山来。

山上众头领见了，俱笑道：“咄咄怪事。李逵这黑厮，见人杀人，见鸡宰鸡，今日却下了蛋，多增两个伴当上山，莫非天地异变不成。”

这一年中，梁山泊中又有一大快事，奏响凯歌。

便是在初春时分，早遗恨郁郁的曾头市被一举扫平，曾家一门皆亡，为已故晁天王雪恨报仇。

这曾头市早被曾家一门占为私领，化作一大要塞，总寨内是教师史文恭执掌，曾涂、苏定、曾密、曾索、曾魁等一族守把，未可轻动。

卢俊义言道："卢某得蒙救命上山，未能报恩，今愿尽命向前，为前部攻打曾头市。"

卢俊义得任先锋，努力向前，一番苦斗之后终取下曾头市。

曾家一门老小尽数不留。史文恭被卢俊义生擒，绳索绑了，解上山寨处斩，剖腹挖出心肝，拿来与其首级一同享祭天王晁盖之灵。

泊众大小头领，人人挂孝，个个举哀。宋江教圣手书生萧让作了祭文，在晁盖之灵前宣读。众头领皆垂下男儿之泪，悲哭难捱。

——已罢，宋江就忠义堂上道："诸位兄弟，不可忘晁天王遗言：但有人捉得史文恭者，不拣是谁，便为梁山泊之主。"

卢俊义不待宋江言毕，便起身道："不可不可，陷落曾头市，绝非小弟一人之功，又兼德薄才浅，怎敢承当此位？"

宋江道："非宋某多谦，请卢员外看卑下宋江，有三件不如员外处：第一件，宋江身材黑矮，员外仪表堂堂，凛凛一躯，众人无能得及。第二件，宋江出生小吏，犯罪在逃，感蒙众兄弟不弃，暂居尊位；员外生于富贵之家，长有豪杰之誉，实蒙天佑，天运又非众人所能得及。第三件，宋江浅学；员外通今博古，又兼力敌万人，智略勇胆，才德大器，一发众人无能得及。正当为山寨之主，舍员外何人！"

"兄长枉自过誉。"

"非是过誉。兄弟们原不可此地终生，他时必将归顺朝廷，建功立业，除去罪恶，甚或官爵升迁，光宗耀祖，亦未可知。宋江腹中主张已定，山寨上下一同推举员外，休得推托。"

卢俊义却起身，拜于地下，道："卢某宁死，只此一事，实难从命！"

举座骚扰，众头领交头接耳。

其实众人心中皆以为宋江人情为高，相较卢俊义而言，与宋江一釜同食日久，非论理可服。以军师吴用为首，众人皆愿宋江为尊，坐寨主之位，如此神色俱现。宋江见众人必不干休，便道："如此，且看天意是如何，是教卢员外居此尊位，或教不肖宋江坐此尊位。"

"如何看天意？"

"我闻梁山泊东，有两个州府。一处是东平府，一处是东昌府。我们自来不曾搅扰他那里。"

“原来如此。”

“两个州府，原本沃土肥美，物产丰富，官民和睦。近年因当地官府苛政，施以重税，污官酷吏横行，良民饥瘦，令无赖小人得志。”

吴用看着宋江道：“今可去问两府借粮。”

“官府绝不答应。”

“只以此为口实。得出兵名分，可分为两路，两军同时打两个州府。我和卢员外各领一军去。如先打破城池令其降服的，便做梁山泊主，如何？”

吴用又看着卢俊义问道：“如此可好？”卢俊义还要推辞，无应承之意。这一军案又不得施行。

又过得半年有余，已是晚秋时节，山寨中各处再度报知缺钱少粮。

原来年中盛夏旱魃猖獗，至秋又泛滥洪水，梁山泊四周方圆五六百里颗粒无收，饥馑袭来。宋江教打开山寨内藏库，将积蓄米糠、鸡羊乃至耕牛，俱救济灾民，以渡时艰。

“如此，只好去东昌府与东平府两州就食。”

“还去借甚钱粮，再虚度时日，实为愚蠢。”

“梁山泊上下人等，若无饭充饥，如何抵挡官军？”

梁山泊中炊烟日渐稀少。众人皆愿趁还有些粮秣时，快快下山去打下两州。

卢俊义终领一军大将，宋江领另一支军兵，重拾原先军案。约定领军所向，先打破城池者，便是梁山泊主。

宋江道：“先在晁天王灵前，各拈一处。”

抓拈结果，卢俊义往东昌府，宋江往东平府。

卢俊义麾下有吴用、公孙胜、关胜、呼延灼、朱仝等头领，水陆军兵七千人。

宋江部下有林冲、史进、花荣、刘唐、徐宁、燕顺等头领，亦有水路军兵七千人。

两军过汶上县七十里，到安山镇外山岭上。

“卢员外。”

“宋公明先生。”

“我们先在此分别，日后再会。”

“祝先生旗开得胜！”

“彼此彼此。”

两大将抱拳致意，别过马头，分西、北两路去了。

话说宋江攻打东平府，前后厮战二十日余，终将城池打破。

这东平府绝非易取之地。城中一个兵马都监，姓董名平，善使双枪，人皆称为“双枪将”，有万夫不当之勇。用兵神出鬼没，使两支短枪，人不可挡，宋将帐下将兵亦多有损伤。宋江知晓敌军弱处，善用其弊，终得取胜。

原来东平府太守程万里，原是京城童贯门下门馆先生，根子里便是一个佞臣，自到任以来，盘剥民脂，从不顾百姓饥寒。

兵马都监董平却是心灵正直，只以军旅为乐。程太守有个女儿，十分颜色，董平心中对其有意，因此对太守贪渎，不发一言。

程太守为人狡狯，自然会意。

“董将军，如今贼寇临城，事在危急。待得退了贼兵，拿来宋江首级向朝廷请功，那时议亲，将我家中爱女与你为妻。”

好似驱使猛兽，教董平奋战沙场。

董平几番陷死地而奋战。宋江见其骁勇，心生爱惜，修一封密书与他。

董将军。小可闻人皆称将军乃“英雄双枪将，风流万户侯”。怎奈将军年少，被那老贼太守蒙骗。若程太守有意将女儿相许，却如何驱使将军陷入死地，他却藏身城头，阵前从不现身。

梁山泊决不行不义卑劣之事，只为替天行道，拯救黎民百姓脱离涂炭之苦。恭请将军同上梁山，程太守之女必夺来与将军，在水浒中别做和美之家。望将军早择明路。

董平读了密书，如梦初醒，立至宋江军门前拜降。

宋江急令卫士退下，示并无他意，遂与董平谋计，将程太守骗出城外，一举擒杀。董平径奔私衙，夺了这女儿。

——如此无须交兵，便攻陷东平府。开府库，尽数取了金银财帛，又尽取程太守掳民私财，装载粮米上车，先使人护送上梁山泊。

收拾已罢，拔营回到安山镇，未见卢俊义一路军兵得胜凯旋踪影。

“众位兄弟，变道西进！”宋江扬鞭指西。

“东昌府仍未城破，我等不可自回山去。且跟宋江来！”

一口气行七十余里，宋江内心忧道：“若非卢员外谶缘不佳？吴用与公孙胜俱在左右，为何仍不得取胜？”

急加鞭催进，直到东昌境界，才知战况究竟。只见东昌府上空战云蒙蒙，四下里喊杀声不绝，敌方旗帜遍地。

“吴学究，今战况如何？”

“宋先生到了，东平府如何？”

“已破城池，此地战况究竟如何？”

“如先生所见，东昌府仍无撼动。我军已连输了两阵，只因城中有个猛将。”

“猛将？”

“便是彰德府虎骑队军官，姓张名清，人呼为‘没羽箭’。”

“吾亦曾闻其勇名。”

“此人手下两员副将，一个唤作花项虎龚旺，一个唤作中箭虎丁得孙，俱有虎威，气势非凡。……只昨日引两人落入陷坑，生擒在此。那张清却在乱军中战尘漠漠，纵横驰骋，未有可当者。”

“愿见一见这员猛将。”

“今敌还未知先生引援军前来。不如另寻偏僻小路，教新来军兵转行至敌军腹背。”

“此计甚妙。”

宋江即领部下花荣、史进、林冲、一丈青、解珍、解宝等，潜行至敌阵腹背。

天初明，旷野上战尘又起，鼓声喧天。

这一日厮杀惨烈，非前日可比。

敌将没羽箭张清，拼死冲杀，因左右副将龚旺与丁得孙被梁山泊捉去。不止如此，贼军兵数又倍加。前日仍太平无事的后方，梁山泊大军鼓噪如万雷轰鸣一般。

张清却不似猛兽入陷阱一般慌张失措。

直至殒命，多携一个山东贼寇同死亦好。

次日，张清虽上下驰驱，官军却已遭四面围困。宋江大乐，道："今日定要亲眼得见张将军身姿。"

时近黄昏。

张清被追至河边，只见河中下一支梁山泊水军来。张清马蹄陷于河泥中，好不容易走脱。虽奋战至最后，却大势已去。与手下残数精锐士卒，作势最后一搏。

"卢俊义何在？吴用何在？"

直指梁山中军，直向旗门奔杀而来。

"果然豪勇！"

宋江见没羽箭张清身姿，感佩不已。

世人以一首《水调船头》填词歌之：

头巾掩映茜红缨，狼腰猿臂体彪形。
锦衣绣袄袍中，微露透深青。
雕鞍侧坐，青骢玉勒马轻迎。
葵花宝镫，振响熟铜铃。
倒拖雉尾，飞走四蹄轻。
金环摇动，飘飘玉蟒撒朱缨。
锦袋石子，轻轻飞动似流星。
不用强弓硬弩，何须打弹飞铃，但着处，命归空。
东昌马骑将，没羽箭张清。

宋江急传令旗下："勿使弓箭！勿要伤他！定要生擒！"

虽说如此，梁山泊众头领此刻却拼死守护门旗，无一人可挡张清。

卢俊义耐不得，叫道："不可于敌前败退！"拍马向前取张清。

众人皆喊"莫陷了卢员外！"一拥而上护卫。阵里一个英雄，愤然跃马，出到阵前，乃是金枪手徐宁。没承想刚近其身，忽仰天大叫一声，捂面门反身落马。锦毛虎燕顺抢上前去，接住张清，无数合，也似遭对手掷中一物，拨回马便走。

原来张清善会飞石打人，百发百中。若近他身，他便左手使刀接住，稍一远离，便飞出一小石。那飞石虽小，却属矿物，坚固无比，又有棱角，中则轻者断骨，重者丧命。

梁山诸将，纷纷遭飞石击中。先是彭屺、韩滔、宣赞，后是呼延灼、花和尚鲁智深。刘唐被打得单目生花，青面兽杨志也被一石子，铮地打在盔上，杨志胆丧心寒，伏鞍归阵。

梁山泊头领前后十五六人，轮番上阵格斗，竟不能胜，个个负伤逃回。

宋江惊见，咋舌不已，与吴用、公孙胜道："我闻五代时，大梁王彦章，日不移影，连打唐将三十六员，搭箭便倒。今日张清这飞石绝技，连打我一十五员大将，真是不在王彦章之下，也当是个猛将。"

如此无语，众人只是无语。——虽说如此，张清到底并非天神下凡，终在日落之时力尽，梁山军兵黑潮般涌上，将张清捉住捆缚了。

第一百零一回　梁山伯英雄排座次　宋公明慷慨话宿缘

宋江见张清解入营来，下堂阶迎接，亲解其缚，自不必说。

然而营内至旗门，众多兄弟咬牙切齿，不平怒骂声四起。

“宋头领，没羽箭不死，我等怨气不平！”

只见花和尚鲁智深使手帕包着头，伤了单目的刘唐，还有为活捉张清断骨折筋之人所在多有，自不肯罢休。

宋江连声喝退，道：“众兄弟不知敬重勇武么？在此天罡星重聚，共行大义之机，若要如此报仇，皇天不佑！”

张清已万念俱灰。他亦知东平东昌两个知府素有恶性，暗中可怜百姓，官途也不安稳。

“小弟只放不下东昌府一个人，愿引此人来一起上山。”

问举荐何人，答其姓皇甫，名端，是东昌府马厩中任职的一个兽医。

“此人原是幽州人氏，为他碧眼黄须，貌若番人，以此人称为紫髯伯。……此人当代伯乐，善能相马，知得头口寒暑病症，下药用针，无不痊愈，实为天下属一。”

宋江闻言大喜，便教张清即去城内唤到兽医皇甫端来。其人果然是碧眼红毛，面貌虽奇，却有神医风范。

皇甫端闻张清招说，即来宋江帐下拜见，发誓入伙，并从马厩拽来吐蕃斑白月毛、北地卷毛骏两匹，献与宋江，权当见面礼。

宋江欢喜，向众人道：“如今东平、东昌两府已平，又迎数位新入伙英雄，两匹绝世神马，实乃皇天护佑。我等畏天，不能不救无辜百姓。令急相救良民后，班师回山！”

皆无异议。全军先入府库，打开官仓，去米粮救济穷苦百姓，余数钱粮积载车马，运回山寨。

回到梁山泊，遍山上下凯旋庆贺，忠义堂上众头领排筵席庆贺。干杯之时，宋江点众多头领，却好一百单八员。

“一百单八！”

宋江好似闻得神圣天音一般，遂对众兄弟道：“我胸中感慨万千，油然而生，请诸位兄弟听我一言。”

“兄长有话请讲。”众头领正襟危坐。

“卑之无甚高论。”宋江遍视座下，道：“今座下一数，共聚得一百八员。其数可奇，端的宿缘。”

众人皆闻聚得一百八员，亦环顾左右，感慨不已。

“兄弟之中，只少了一人，便是前任寨主，托塔天王晁盖。现今想来，此亦属天意。晁天王上天，冥冥中公然保全我等。……若非如此，如何使一百八人经历种种磨难，聚于一堂？此是上天护佑，非人之能。”

“……”

“我等只因世事昏暗，从前兵刃到处，杀害生灵，罪业实可畏。战死，横亡，火烧，水溺，一应被害之人，无数冤灵，无可禳谢。我心中欲建一罗天大醮，一则祈保众弟兄义气正心，磨炼至强；二则唯愿朝廷警醒政治浊恶，早降恩光，赦免逆天大罪，众当竭力捐躯，还一个清白世道。所思凝于下天，所誓达于上天。七日七夜，诚心行服超度，未知众位兄弟意下如何？”

众头领都称道叫好：“并无异议，此是善果好事，哥哥主见不差。”

因已近年关，便商议选定次年四月十五日为始，七昼夜好事。

先请道教中道位一等的一清道人公孙胜，主行醮事。向那忠义堂前，挂起长四首。堂上扎缚三层星辰台。堂内铺设七宝三清圣像。两班设二十八宿，十二宫辰，一切主醮星官真宰。

一应香烛、纸马、花、祭仪、素馔、净食，摆放罗列，不在话下。

是日，夜间凉风习习，白月悬于空。

早邀请远近得道高士上山，连同公孙胜共是四十九员。宋江、卢俊义为首，吴用与众头领于台下长拜。

于瑶台上发一应文书符命，又拈香十拜，献净水瓶花，悄然退下。

顺次一百八人皆按此行醮，每日绕台，并跟随高士念诵。

念诵每日行两回，众头领皆去污秽，慎言语，虔心念诵念诵两回，并不出忠义堂一步。亦无闲人近忠义堂。

却好至第七日，三更满愿时分，众头领都在恍惚之际，宋江忽似梦中听得天上一声响，如裂帛相似，卷出一团白火来，直滚下来，竟钻入忠义堂前地下去了。此必是上天启示无疑，宋江随即叫人掘开泥土，跟寻火块。公孙胜以下道士，将铁锄头来掘开，不到三尺深浅，只见一个石碣。

“此石似是古物。”

“上有天书文字，谁人识得？”

众道士内，有一人姓何，名玄通，祖上留下一册文书，专能辨验龙章凤篆，太古文字。便叫来何道士，取过石碣看。

“看得明白。此石侧首一边是‘替天行道’四字，一边是‘忠义双全’四字。顶上皆有星辰南北二斗，下面却是尊号，都是义士大名，镌在上面。”

“竟有此事？……”宋江看石碣道：“吾看碑上名号，正百八行。”

“确是如此。这太古文字前面有三十六行，皆是天罡星；背后也有天书七十二行，皆是地煞星。各星宿下面注着众义士的姓名。若不见责，当以从头一一敷宣。”

“万望尽情剖灵，休遗片言。众兄弟皆在此肃听。请圣手书生萧让，用黄纸誊写。”

读者诸君，在此可回想起序篇水浒传第一章，一百单八天上星宿汇于人间，共聚大义之题。

当时何道士辩验石碣星宿名号，教萧让写录于黄纸，将前世天变地异而落于世间一百单八星宿，一一记下。

梁山泊天罡星三十六员：

天魁星 呼保义 宋江

天罡星 玉麒麟 卢俊义

天机星 智多星 吴用

天闲星 入云龙 公孙胜

天勇星 大刀 关胜

天雄星 豹子头 林冲

天猛星 霹雳火 秦明

天威星 双鞭 呼延灼

天英星 小李广 花荣

天贵星 小旋风 柴进

天富星 扑天雕 李应

天满星 美髯公 朱仝

天孤星 花和尚 鲁智深

天伤星 行者 武松

天立星 双枪将 董平

天捷星 没羽箭 张清

天暗星 青面兽 杨志

天佑星 金枪手 徐宁

天空星 急先锋 索超

天速星 神行太保 戴宗

天异星 赤发鬼 刘唐

天杀星 黑旋风 李逵

天微星 九纹龙 史进

天究星 没遮拦 穆弘

天退星 插翅虎 雷横

天寿星 混江龙 李俊

天剑星 立地太岁 阮小二

天平星 船火儿 张横

天罪星 短命二郎 阮小五

天损星 浪里白跳 张顺

天败星 活阎罗 阮小七

天牢星 病关索 杨雄

天慧星 拼命三郎 石秀
天暴星 两头蛇 解珍
天哭星 双尾蝎 解宝
天巧星 浪子 燕青

又将石碣背面地煞星七十二员，也一一记下：

地魁星 神机军师 朱武
地煞星 镇三山 黄信
地勇星 病尉迟 孙立
地杰星 丑郡马 宣赞
地雄星 井木犴 郝思文
地威星 百胜将军 韩滔
地英星 天目将 彭玘
地奇星 圣水将军 单廷圭
地猛星 神火将军 魏定国
地文星 圣手书生 萧让
地正星 铁面孔目 裴宣
地辟星 摩云金翅 欧鹏
地阖星 火眼狻猊 邓飞
地强星 锦毛虎 燕顺
地暗星 锦豹子 杨林
地轴星 轰天雷 凌振
地会星 神算子 蒋敬
地佐星 小温侯 吕方
地佑星 赛仁贵 郭盛
地灵星 神医 安道全
地兽星 紫髯伯 皇甫端
地微星 矮脚虎 王英
地慧星 一丈青 扈三娘

地暴星 丧门神 鲍旭
地然星 混世魔王 樊瑞
地好星 毛头星 孔明
地狂星 独火星 孔亮
地飞星 八臂哪吒 项充
地走星 飞天大圣 李衮
地巧星 玉臂匠 金大坚
地明星 铁笛仙 马麟
地进星 出洞蛟 童威
地退星 翻江蜃 童猛
地满星 玉幡竿 孟康
地遂星 通臂猿 侯健
地周星 跳涧虎 陈达
地隐星 白花蛇 杨春
地异星 白面郎君 郑天寿
地理星 九尾龟 陶宗旺
地俊星 铁扇子 宋清
地乐星 铁叫子 乐和
地捷星 花项虎 龚旺
地速星 中箭虎 丁得孙
地镇星 小遮拦 穆春
地羁星 操刀鬼 曹正
地魔星 云里金刚 宋万
地妖星 摸著天 杜迁
地幽星 病大虫 薛永
地伏星 金眼彪 施恩
地僻星 打虎将 李忠
地空星 小霸王 周通
地孤星 金钱豹子 汤隆
地金星 鬼脸儿杜兴

地短星 出林龙 邹渊
地角星 独角龙 邹润
地囚星 旱地忽律 朱贵
地藏星 笑面虎 朱富
地平星 铁臂膊 蔡福
地损星 一枝花 蔡庆
地奴星 催命判官 李立
地察星 青眼虎 李云
地恶星 没面目 焦挺
地丑星 石将军 石勇
地数星 小尉迟 孙新
地阴星 母大虫 顾大嫂
地刑星 菜园子 张青
地壮星 母夜叉 孙二娘
地劣星 活阎婆 王定六
地健星 险道神 郁保四
地耗星 白日鼠 白胜
地贼星 鼓上蚤 时迁
地狗星 金毛犬 段景住

读罢，众人看了，俱惊讶不已。

本身名号，早于远古之时，便以古文字书于石上。

“实不可思议，宋哥哥原来上应星魁首座，我等座次也早排定。”

“如此上天显应，分定次序，理当各守其位，各休争执，不可逆了天言。”

且不说这一日，公孙胜以外众道士，都飘然下山去了。只说翌日，宋江与军师吴学究、朱武等计议，除忠义堂以外，断金亭也换过大牌额。

又在忠义堂后建筑灵庙一座，正厅供养晁天王灵位，大厅一所，东边西边八面房内，供宋江以下诸大将居住。自然各水寨烽火台中部将住所，因地而建，不在此处。

入秋时分，山上景观已是大变。断金亭前，立绣金字红旗二面，一书“山东呼保义”，一书“河北玉麒麟”。

忠义堂为中心，各营外设朱雀玄武旗、青龙白虎旗、白旌、青旌、黄旌、绯缨，自梁山脚下直至山腹中，星点插遍，又有北斗七星旗、八卦旗，乃至一百二十四面镇天旗，举目望去皆随风而舞。

不止表象整顿，梁山阵容亦定。

山寨最高之位，梁山泊总兵都头领二员：呼保义宋江、玉麒麟卢俊义。掌管机密军师二员：智多星吴用、入云龙公孙胜。神机军师朱武一同参赞军务。

掌管钱粮头领二员：柴进、李应。

——五虎大将、八彪骑先锋将、步兵、斥候、输送、探马、水军等，均以各人专长各任其职。

“诸多结义兄弟，各个管领，悉宜遵守，毋得违误。如有故违不遵者，定依军法治之，决不轻恕。”

宋江令将书张贴于断金亭内，携众一同对天盟誓。此为宣和二年九月秋。

各人异口同声，誓愿各无异心，生死相托，患难相扶，以答天星地曜相会美意。

不觉九月九日重阳节近。誓愿已毕，便叫安排月下风流筵席，会众兄弟同赏菊花，唤作“菊花之会”。马麟品萧，乐和唱曲，燕青弹筝。

一曲《菊见酒》，道是：

喜遇重阳，更佳酿今朝新熟。见碧水丹山，黄芦苦竹。头上尽教添白发，鬓边不可无黄菊。愿樽前长叙弟兄情，如金玉。

统豺虎，御边幅，号令明，军威肃。中心愿，平虏保民安国。日月常悬忠烈胆，风尘障却奸邪目。望天王降诏，早招安，心方足。

宋江大醉，一时乘着酒兴，合燕青弹曲，正唱道望天王降诏早招安。

只见末席上立起武松、李逵等，无礼愤懑叫道：“好生无趣！宋头领如何又礼赞天子。今日也要招安，明日也要招安，岂非梦中昏话！”

“武松哥哥快哉！无趣无趣！谁偏要唱这晦气！”

这菊花之会，一番美意便淡了。

第一百零二回　簪翠花冠入禁院　刀取御笔四字去

“武松兄弟，你如何也这般不晓事。”宋江放下酒杯，先叫武松道：“与这黑厮无异。我主张招安，实为大义。兄弟若不懂大义何在，岂不令人生悲？”面上沉痛，心底蹉叹。

鲁智深便道：“宋头领，众兄弟中并无小觑圣上的。只恐怕亦无人以为天子将要将诏，招安我等。李逵与武松虽然蛮横，惊扰座下，亦情有可原。”

“究竟为何？”

“只今满朝文武，多是奸邪。边土下民因恶政苦楚，哭泣无休，着实可怜。皆因天子治理不当，又有何错？”

“世间嗟怨，皆归于天子，此乃实情。”宋江正坐道：“今佳节良机，我有一言。今皇上虽暂时昏昧，行无德之事，原本性情公正。虽过于倾心文雅风流，至圣至明，天下共知。只被奸臣闭塞，徒令政治陷于昏暗。”

“那便是个瞎眼皇帝老儿！”

“天下至尊，除圣上外还有何人？大宋开朝以来，绵延百年圣祚不绝，天下繁盛。国力不可谓不壮大。若任由帝统断灭，则天下必崩坏支离，大乱纷扰，百姓陷于水火，更甚于今日。……更有甚者。”

宋江面色庄严，言语中饱含忧国之意。其余一百七个头领，俱屏息静听。

大宋国北接燕山，彼方胡境之内有一大国，称辽国（亦称契丹）。

那辽国素有南下野心，累累侵犯边疆，扫掠山东、山西，以至祸害河南、河北。见大宋锦绣河山、物产丰美，辽国自有侵略并吞之意。

当此社稷危亡关头，大宋朝廷上下却是日益糜烂，腐败乱象丛生，贪图长梦欢愉。长此以往，必遭北虏大举入侵，国将不存矣。皮之不存毛将安附焉？众兄弟若不做大宋人，安可居于天下？

“我本意如此。”宋江又道：“适才所歌愿早早招安者，实乃我多年夙愿，然此愿并非为我一人荣华富贵而发。只盼有日云开见日，天子知我等替天行道，不搅良民，赦罪招安，同心报国，青史留名，有何不美！诸君可知我心意？”

“……原来如此！”

一百单七个首领皆点头称是。

自思宋江原本胸怀至诚，各人脸上均有惭色。当日重阳饮酒，终不畅怀，席散各回本寨。

梁山泊上此番重阳会，绝非小事。此为宣和二年九月九日故事，转眼宣和三年正月将近。

宋江自有心愿，便要去大宋京师，开封府东京城内走一遭。自然须乔装打扮后前去。

同行十个兄弟，分两个一组，戴宗与燕青、武松与鲁智深、朱仝与刘唐、史进与穆弘，宋江则与柴进合伙，年暮时下山，于正月十五元宵节前，一行入住万寿门外旅舍。

宋江本意自不在看灯，只为后日计较。金銮之下人心如何，皇城内外情状究竟，须亲眼见得。

宋江生长在山东，本是地方小吏，不曾到京师。犯罪之后，又成文面的人，额上有金印，如何去得京师？原来得神医安道全上山。安道全上山后，把好药调制，唤作“美玉灭斑”，自然消磨去了，旁人看来并无异常。

且说宋江与柴进扮作非在值的地方官吏，在万寿门外客店里安歇一夜。

柴进进言道：“为防万一，小弟今日先和燕青入城去探路一遭。哥哥明日正月十四日夜，人物喧哗，此时方可入城。”

“如此最好。”

柴进与燕青两个，先入东京城内，看街上风景，果然好去处。

怎见得：州名汴水，府号开封。上接黄河，下连渭水。逶迤接吴楚之邦，延亘连齐鲁之地。实为天下水陆要冲。——山河景胜无可形容，郊外千里仙阁、大路小路、万民庶户屋脊如海。大宋朝繁盛之色，天街上佳人仕女亦可望知。

“燕青，先寻个落脚处歇一歇吧。”

“此处是东华门宫墙外，那墙内便是宫城内苑了。”

“看得呆了，乡野哪有这些。”

“那里有个小酒楼，颇为闲静，可歇息一晚”

柴进引燕青径上一个小小酒楼，临街占个阁子，凭栏望时，见一班直官等多从宫内里出入。——其人头边俱簪“翠叶花”一朵。

“燕青，我有一计。”

“何计？”

“附耳过来。……此计如何？”

“果然妙计，便戏他一回。”

燕青点头会意，下楼出店门，恰好迎着个东华门出来的班直官，燕青唱个喏道：“这不是张先生么？”

那人讶异道：“面生并不相识，我自姓王。”

张青随口应道：“原是王先生，小人贪慌忘记了。小人的东人和先生是故交，特使小人来相请。”

“原是个仆役。你家东人是谁？”

“说是旧日与先生相识，随我来一看便知，请上酒楼来。”

此时柴进自排下酒肴，垂帘等待。那官人跟随着燕青来到楼上。

“幸会。”柴进起身施礼道：“是王君吧？长久不曾相见。不知兄长任官，飞黄腾达，为兄长庆贺。”眯起眼来与王先生亲近。

“在下眼拙，失忘了足下，愿求大名。”

柴进满脸堆笑道：“兄长却忘了？小弟与足下童稚之交，且未可说，兄长熟思之。”

“是本乡邻里？”

“正是。”

“足下也是楚州人氏？”

“兄长仍未省起？小弟在北京府听闻兄长进士及第，步入官途，忽想起与兄长曾同学于童塾。”

“哦，原是淮安小学塾？”

“正是。兄长，话不嫌多，请先饮这一口……”两个殷勤相劝，巧妙接补话头。

柴进做不意状问道：“请问头上这朵翠花何意？”

王先生得意道：“今上天子庆贺，我们左右内外共有二十四班，通类有五千七八百官吏，每人皆赐衣袄一领，翠叶金花一枝。”

“金花上似有小小金牌一个。”

“金牌上凿着‘与民同乐’四字。”

“原来如此。当今圣上仁心宽厚，足可见得。……小乙，你去与我旋一杯热酒来吃。”

“是。”

王先生见柴进一表人才，小乙也是奴仆模样，心下不疑。未料知燕青在酒瓶里混了麻药，即刻被麻翻倒下。柴进去了他的锦袍、锦带、佩剑、鞋袜之类，从头穿了，戴了花帽，全身更换了。又将王先生的御用锦袋也夹在腋下。

“燕青，这里托付你了。”

“不必吩咐，自有道理支吾。”

柴进悄然离了酒店，店小二亦不知。

柴进身上服色，比之万先生更具贵人模样。过东华门、正阳门两卫府。只见：祥云龙凤阙，瑞霭罩龙楼。琉璃瓦砌鸳鸯池，生殿长廊不知尽头，实令人不知身在人间天上。

转过文德殿，直到紫宸殿。禁门锁着，不能勾进去。且往后深入至凝晖殿，从回廊桥上转将入去，到一个偏殿，殿上金书“睿思殿”三字。见侧首开着一扇朱红窗子。

“啊，这是天子执御笔处。”

柴进已忘我，闪身入去看玉座。案几上放着文房四宝，端溪砚、龙华纹墨等。正面屏风上有“大宋国山川社稷之图”，转过屏风后面，但见素白屏风上，天子御书“四大寇”姓名：

山东宋江　淮西王庆　河北田虎　江南方腊

“啊……”

柴进看了，心中暗忖道："国家被我们搅害，因此时常记心，写在这里。"

便去身边拔出短刀，正把"山东宋江"那四个字刻将下来，急出内苑，回到酒楼上来。

"燕青，你速去和酒保计算酒钱。说我们这个弟兄醉了，剩下钱都赏他，留这弟兄在此。"

"晓得了。"

燕青下去算钱打赏完了，回楼上一看，柴进已换了衣服，将借来服色号衣放在王先生身旁。这王先生仍旧昏昏沉沉，未曾醒来。

待他醒来，已是日没时分。不知是何意，并无一物遗失。酒保说柴进的话，王先生似醉如痴，整服色衣冠，出店门去了。

次日在自家宅子前听有客人说："奇哉怪也。睿思殿上屏风御书，不见了'山东宋江'四个字。今日各禁门好生把得铁桶般紧。"

"有这事？"

王先生恍然大悟，如芒在背，哪里敢说。

再说柴进回到店中，取出御书大寇"山东宋江"四字，与宋江看罢，又对宋江备细说内宫之中情形。

宋江亲见宸笔，叹息不已。十四日黄昏，来看灯的四方人流汹涌，宋江也杂在其中，直往城内去了。

伴当有柴进、戴宗及浪子燕青，余人自去耍玩。宋江等看遍六街三市，果然是大宋帝都气派，赞不绝口。皓月当空，人挤得气息可闻，哄入封丘门，转过马行街来，四处扎缚灯棚，赛悬灯火，只是一个不夜之城。

"这里莫非便是青楼街？"

"便是了。"燕青答道。其在北京府精通此风流之道——道路两行都是烟月牌，上书花魁[1]艳名，以四季纸花装饰。

"经由如许多，这两行皆看似茶屋。便寻一个店，登上楼小酌一杯吧。"

众人想宋江此事罕有。燕青扮为小闲，宋江、柴进、戴宗三个都扮作游闲

1 此处吉川原著中对李师师使用了"花魁"、"大夫"这些称呼，属于日本江户时代游郭中高级游妓的称呼。原著中也有"风流花月魁"的句子，因此沿用这些称呼。——译者注

官人，茶店见了以为上客，急忙引上楼。

过了片刻，唤来歌女唱了一回《好游曲》。见前面斜角，有一个大藩篱妓家，歌舞人影绰绰。

“那一处颇有风流气，他家中花魁是谁？”

歌女面面相觑一回，低声向宋江道：“那家是街中第一，唤作大夫李师师。”

“哦，大夫李师师？”

“官人，不可存心。”

“为何？”

“那李师师，是和今上打得火热的。高岭之花，哪堪摘取？”

“哈哈哈，原是如此，我等自无此妄想。”

“官人，便由奴家伺候吧！”

“我这般模样，真是高攀了各位姐妹。”

“官人哪里的话！请引这一杯。”

这边厢喝酒唱曲，燕青却已不见了。宋江暗地唤燕青，附耳低言了几句。燕青得令离去，径到那家大藩篱门首，转入门里去。

见此处青楼，由内庭前栽至玄关，实为上品。长廊遮掩花蔓布，四处挂着娇艳鸳鸯灯。

“这位哥哥高姓？哪里来？”

“哦，姐姐。相烦姐姐请妈妈出来，小闲自有话说。”

“妈妈在那里与客人说话呢。”

“晓得了。……那个肥硕女人。”

燕青往天井里面看去，见斑竹帘内，放着花瓶、香炉、交椅，挂着四幅山水画。燕青便往丫鬟手中塞一把银子。

“相烦姐姐叫妈妈到别处屋里说话。”

不多时，那妈妈来到燕青所在屋里，看燕青讶异不止。

“老娘，许久不见。与那时相比，老娘今日稍有些增重吧。”

“你却是何人？”

“如何忘了，是小张啊。”

“小张？……世上遍是姓张姓李姓王的最多哟。”

“小人是那帮闲老张的儿子，叫张二的。”

“啊，你不是太平桥下小张闲么？那个留胡须的老闲人是你爹？”

“便是小人，来到东京，看望老娘。”

“你哪里去了？”

“小人在北京府紫云楼做个帮闲。”

“那紫云楼乃是北京府里首要茶坊，听说去年遭兵灾，烧为平地了。”

“小人正因此流落乡野，幸遇到一个客人，乃是燕南河北第一个有名财主，有的是家私，说不能尽。如今服侍他，来到此间。……也有老娘一件美事。”

“有何美事？”

“那千万家私财主，来京师特要求见李师师娘子一面，同席一饮，称心满意。那人华礼无数，千百两金银，欲送与宅上，还请老娘成全。”

青楼中人如何不好利，那虔婆更是出名的爱金银。忙叫李师师出来，与燕青厮见。李师师听燕青说与备细，婉声道：“便请那员外方便时过寒舍拜茶。”

燕青径回茶坊里，将宋江、柴进、戴宗引到李师师家内。

李师师在房里设席，果然富丽。见房内摆放乐器，搭设芙蓉帐，艳品言之不尽。却并不斟酒，拿金栏边的茶碗来，李师师亲手与众人沏茶。茶水亦只得碗底少许。“原来是四川名茶。我等乡野粗陋，如此玉茶，今生初次得尝。芬芳无比啊。”“此乃某官家赐予小女子之物。员外大雅之人，今辱左顾，绮阁生光。”

“我等不过是近日得财。大夫享誉名高，我等得睹花容，共饮此茶，生平幸甚。”

“员外请慢饮。”

李师师相陪众人片刻，一个丫鬟与小厮奔入来报：“大夫，那大官人越后门来了。”

“真不巧。”李师师露惋惜之情，对宋江等道：“其实不敢相留。本思圣上驾幸上清宫，必然不来。却不知又来。”

云鬓花颜，一顾万金，对宋江等嫣然一笑，金簪瑶瑶起身行礼，离席去了。

宋江带了三人出门，走过小御街，径投天汉桥来，道：“实是天姿绝色。”

口中谈论李师师，正打从桥畔的樊楼前过。

只见樊楼里出来两个壮士，喝得大醉，作歌道：“浩气冲天贯牛斗，英雄事业未曾酬。手提三尺龙泉剑，不斩奸邪誓不休！”

“莫不是史进、穆弘两个，这大道上吓杀人也！”

宋江咂舌，柴进走近前去，拍两人肩喝道：“你两个这般无知！休要惹祸！”

两个默默无言，随宋江回了旅店。旅店里还留有一人正在打困，便是黑旋风李逵。虽未携他来，他却从后追至。

见了宋江，李逵抱着头连声抱歉：“我也知晓要挨骂。宋哥哥，我既然来了，就携我去吧。”

宋江苦笑道：“这黑猴子。”心想梁山头领一百单八人，各个样貌品性不同。只有这个李逵，莫说遵循集团之规，便是拿棒子教训，也无法教他不惹祸。

第一百零三回　徽宗皇帝遁地行　燕青泰山角力雄

过了一夜，次日正是上元节候，美丽明月看去比平常大出许多。

“这不是昨夜的张二兄弟吗？”

“老娘，昨夜多谢了……”燕青扣开朱红门，弯腰拜谢。

“主人再三上覆妈妈，全因妈妈人情，启动了大夫李师师，这趟东京之行实甚满足。昨夜匆忙，未向妈妈还礼。海僻之地，无甚稀罕之物，便有些出产之物将来，也不中意。只教小人先送这些与妈妈，以表寸心。”

便从袖里将出白银二百两，又帛纱包了五十两给楼中诸人。

“这许多？”

“请妈妈一定收下。”

“哎哟，实在是过意不去。如今员外在哪里？”

“未过河岸，只在巷口茶屋里小坐。”

“员外还要见外作甚！既然已到那里，如何不来相互。张二，快去请员外过来。”

“不知方便？”

“原本今日上元佳节，惯例大夫并不会俗客，便教她来与我饮杯。”

燕青说定了，转身飞奔回到茶坊，说与宋江这话了。自然首尾都是宋江教他去说的。

这一晚，宋江带柴进、戴宗等人来，惹祸的李逵也带来了。

却教戴宗同李逵只在门前小屋里等。三个人入到里面大客位里，却是比昨夜饮酒处更往里厢去了。今夜又捧出美酒，虔婆在一旁赔笑说话，李师师嘴中轻吐娇柔言语，均更为自在。

“夙世有缘，今夕相遇大夫，此梦中难圆。”

“员外奖誉太过！好似以为妾身是天人一般。”

“绝非过誉！如此美丽，天仙模样，这地上下界哪里得有。”

“怎生只有银杯。妈妈，琉璃杯、金盏都将来吧。”

这时一个丫鬟奔进来哭诉。说门前小屋里两个伴当，一个叫“丫头”，一个叫喊为啥连个坐垫也无，扬起手来作势要打。

柴进想莫要闹出事来。宋江也做个颜色，燕青心领神会，去引两个人进来。

李师师见了李逵风貌，不由拽宋江衣角问：“这汉是谁？恰像土地庙里对判官立地的小鬼。”

“虽面貌丑恶，为人却不坏，无须害怕。这个是家生的孩儿小李，充作下人。”

“原来与奴家同姓。我倒不打紧，辱没了太白学士（李白）。”这一笑，花颜月色，又道：“小女子说笑，请见谅。”

“讲得好！讲得好！”

众人皆大笑，只有被调笑的李逵却不省得说什么。

又对坐饮酒，似起争胜之心，又或是心情实在欢愉，戴宗大杯畅饮，柴进亦不甘落后。平常并无滥饮的宋江也大醉，乘着酒兴，索纸笔来，写成乐府词一首。

正在这时，有人在外叫道：“大官家自地道中来至后门。”[1] 只听这一声，大夫李师师心便不在此地，急立起请罪，转身便走。一时间身后服侍的众女子都走散了。

“……静声！”

宋江与柴进趁此机会，却闪在中间庭院里，隐藏身影。当时天下皆传风流天子徽宗，禁宫中有一条地道，专与夜间临幸青楼之用。

只见珠光兰灯，闻得名木麝香，御帘之后依稀可窥。黑暗中人影绰绰，李

1 此处吉川原文如果照直翻译，是“圣上正由惯例御门驾幸而来”。但无论原著中的情况，还是吉川上下文描写的情况，显然徽宗不可能这么正大光明地走过来，也不知御门是哪个门，所以这里还是采用原著中走地道的描述。——译者注

师师正向着那人，白净侧脸也好似于纱中朦胧。偶尔可闻庭院黑暗之中，有男女低声私语。

“圣上今日幸上清宫方回吧？”

“寡人每年今日，在宣德楼赐福万民，祈祷四季风调雨顺。”

“圣上万分辛劳。”

“那是自然，被群臣围着，终日不得闲。便思来此，虽只可相聚片刻。”

“实妾身荣幸，欣喜无比。”

“寡人并无虚言。便回宫内，也不过在画院内执笔，消磨终日而已，不如来见爱卿。”

“何日可拜见圣上御笔？”

“近日寡人便有一幅画将成。那葡萄美酒琉璃杯，爱卿玉手执盏与寡人……”

宋江在庭院树影里，胸中主意已定，向柴进耳边说道：“今番天赐良机。只需近前一尺，就此直向圣上表述衷肠，告一道招安赦书，有何不好！”

柴进忙摇头道：“如何使得？另寻良机吧，此处难为！”

正在此时，却听别厢房里有人喝问道：“你这厮是谁？”又听有人厮打作响。

原来是天子护卫杨太尉，过长廊入一厢房里看时，见喝醉酒的李逵睡在那里，大吃一惊。李逵跳起，将杨太尉一副巨躯打翻地下。

“不好！”

宋江与柴进急忙赶出来看时，只见李逵正在那里行凶，将杨太尉手下宫内尉士都打翻，屋鸣震动。又不知何处跌落火烛，黑烟火苗四起，惊得皇帝一道烟从地道里走了。

“救火啊！”

“是李师师家里啊！”

青楼街上呼喊一片，四下慌乱。回头一望，当空明月亦被点点火星遮蔽，禁军军马早赶到。

自禁中睿思殿中起怪事以来，禁军警戒便极严厉，高太尉自枕戈待旦——天子徽宗的武二宠臣，自统御京师内外军兵。

“燕青，你可略等李逵一等，随后与他同来。再有拖延，东华门走不过了。”

京师诸城门其时已关闭了。护卫宋江在后，史进、穆弘两个一齐助力，直杀出血路来。朱仝、刘唐正在客店里等待，连忙一齐逃出城外去。

高太尉军马直出城外八道关门，搜遍街道上旅店客舍，四处搜拿，不知宋江等人从哪路走去。宋江等人从小路到往陈留县去，忽听前面有人喝道："宋头领，我们来护你！"

却原来是梁山泊上兄弟来迎。

山上五虎将——关胜、林冲、呼延灼、董平等引来一军。军师吴用已预知此事，早差五员虎将引领马军前来接应。

"难得入京一回……"

宋江大悔。然事已至此，只得脱了虎口，由鲁智深、武松等护着，众人集聚无事，寻路回梁山去了。

"凡事须得天时。我等谨慎等候，天子必降招安赦书，勿要焦急。"

回梁山泊后，自是无话。春日时光中，只有李逵被罚禁足百日。好歹捱过百日去，飞出来一看，已是三月韶华时节。

"啊，闲出鸟来了……"

某日，李逵闲极，打个哈欠。

忽见山头上走来一个后生，腰间插着一把串儿鼓，肩上斜挑一挑杂货担子，扮作山东货郎。

"我还想是哪个货郎走来这里。这不是小乙哥嘛，你去哪里，这身打扮。"

李逵飞奔去追燕青询问。

原来例年三月二十八日，泰安州东岳庙祭天圣帝降诞，要行"奉纳相扑"[1]仪式。

今年"奉纳相扑"有个扑手好汉，乃凤州人氏，姓任名原，自号"擎天柱"，弟子、从人数百人相随。

"已连胜三年，今年堆积如山一般利物又要归我。可惜天下无人。"小觑世间，如此大言不断，好似已手握悬赏。

1 相扑是诞生于中国，传至日本后发扬光大的竞技活动。所谓"奉纳相扑"则只在日本存在。日本江户城于宽永元年即公元1624年开始，以建造、修缮寺庙为名义收取入场费而举办"奉纳相扑"，相扑选手成为全国知名的明星，惯例春秋两季在回向院举行。——译者注燕青对李逵说："我自不忿，泰州便在山东境界吧。"

"那厮便如此得意。"

"因此小乙请愿宋头领、卢员外，今日便去泰岳走一回。三月二十八那日奉纳相扑，万人面前好歹攀那个天下无敌的任原颠一跤。否则胸中难平。"

"你且住。"

"何事？"

"人称你浪子燕青，虽射得好川弓，这般瘦小身材，与那金刚一般的大汉跌跤，何来自信？"

"黑旋风，却小觑我也。须知我北京府里春秋例祭，相扑不曾逢着对手。"

"万一有事，我来帮你！"

"我这里用你不着。人都说黑旋风一来，麻烦上门，从无例外。"

"我也有自省。这百日困守，实在受不住了。带我去吧，燕青！这时节，好歹闻世间气息呀！"

燕青拗不过他，只得叮嘱了一番，便带他同去了。

且说这一日两人入了泰州。

这东岳庙乃是四山六岳之首，到菩萨圣节之时，街上摩肩接踵，也没安著人处。街头巷尾皆谈说相扑如何。寻到山麓下，见一面大旗上书"兹有太原之力士 擎天柱任原"。旗下立牌，书两行字"拳打南山猛虎 脚踢北海苍龙"。

"好生碍眼。"

燕青把立牌拔起，抽弓一射，直射庙壁内里，破坚石而入。

"厉害，这等好箭术！"

"今年有人劈牌了！"

东岳山上数万香客俱风闻了。

燕青却无事人般，只回旅店歇宿。

原来燕青与李逵相约，教他扮作病人，被褥盖头，亦不得多言语一句。便是相扑当日去看，亦须老老实实。

只听外头脚步嘈杂，许多人赶来，还有一个是引路的部署。

"哦，都是力士的弟子吧。要说腰里插串子的年少行商客人，便在这个屋里。"

"此人？好生年少。"

"尔等闯此屋作甚。"

“哪里来的不知性命，竟敢将教师的立牌劈去了！”

“我原不知此事。”

“还说谎，满街人都见了。竟敢如此非为，你是要向大力士任教师挑战吧！”

“哈哈哈。”

“还敢笑！便为确认此事而来。你相扑名号为何？到了那日，想撒腿逃去也无门，我等眼光雪亮！”

那部署插话道：“各位，莫非弄错了？这货郎二是一个小小后生，寻常旅客模样，任原教师动动小指头便对付了。”

“看来确是如此。……这里蒲团上又睡着个人，是谁？扒出来看看。”

其中一人当即人将李逵的被褥扒了。

“……”

李逵滚将出来，抬起头，正坐面前。皮肤油光黑亮，两个白眼仁直转，下面是一张赤红厚嘴。

原来与燕青约定，权充哑巴，不发一言。任原的弟子们心下古怪，骂骂咧咧，教燕青当日去台上受死，慢慢都出门去了。

“哈哈哈！”

“哈哈哈！”

部署见众人走后，燕青与李逵两个笑得岔气打滚，吓得奔入账房里去了。

次日早晨，燕青先去寻部署问道：“这相扑任教师在哪里歇？”

“在迎恩桥下那个大客店里便是。”

“迎恩桥？”

“就在近山腰处。他在那里教着二三百个上足徒弟，每日总有半日功夫哎呀呀地练习相扑。”

“着实有趣，我去看他一回。”

“客官那位黑伴当呢？”

“他身上染病，今日教他在房里歇息。”

燕青径来迎恩桥下看时，见桥边大客店被任原一行包租，面前遍插铺金旗牌，锦绣帐额，果然装饰华丽。

客店内庭里一群弟子在相扑，四周看的人欢声拍手不绝。因客店可自由出入，燕青也闪入客店里去。

“便是此人了。”

燕青两眼只盯着任原。

其人有霸王拔山之势，这番形容实无不妥，大力士之威势十足。弟子们大汗淋漓时，他侧坐胡床上休憩，真有巨大金刚貌相。

燕青还在看时，弟子内有人认出燕青，暗暗咬耳报与任原。只见任原跳将起来，直走入砂场里面，虎啸一般口里吼道：“劈我牌者今日在此，赞一声果然不怕死，明日不要逃脱，来我手里纳命！”

说着便怒眼瞧着燕青那边，脚踏晃动地面。

燕青急出来回到旅店。李逵见了他，便愤愤不平道：“忍不得，闷死我也！来此地只为睡觉？”

“明日便是奉纳相扑。你这厮好歹忍耐至今。”

“只有今夜了？那饮酒吧！”

“可少饮一些，我只要食些素斋，为明日养着身子。”

当下闲话。睡下至夜半时分，燕青爬将起来，先洗了面，喝一口汤水，梳光了头，将带来的练娟搭膊穿了，又将崭新腿护膝扎起了，一应脏物都换过了，吃了早饭，教李逵道：“黑旋风，去走一遭。”

李逵道：“我带了这两把去也好。”

原来是拿两把板斧，取出拿在手上。燕青却令其放下，被人看破是梁山泊黑旋风，要误了大事。

“果如此？”

李逵只好将板斧裹了布，放在旅店账房里。这里部署为首，也有三四十个烧香住客，见两个人穿八耳麻鞋，都道：“后生，老汉原不讲恶言，看任原可吞得你在肚里。”

“与那任原跌跤，枉送性命。”

燕青笑道：“多谢诸位。那堆作小山的利物，可入小人手中吧。日落时分，众人可与小人分些利物。”

“这俊俏后生，口气恁大。……这般年少，今年却也要跌倒吐血！”

众人哑然，露出可惜神色，燕青自顾捆腰系鞋。听泰岳上破晓时分，一派鼓乐响，玲玲神乐，宛如霞彩。

第一百零四回　燕青智扑擎天柱　李逵寿张乔坐衙

那日烧香的人，云集而来。偌大一个东岳庙为中心，附近屋脊梁上树上都是看的人。

奉纳大相扑循例朝着嘉宁殿，扎缚起山棚，州府尹亦携带妻女仆役来殿门外月台上观看。四面人如潮涌，每对扑跤汉子决出胜负，便是一片喝彩叫骂声。

四周围勾栏，这座高耸的献台，便是土俵[1]。

仪式推进，勾栏一角竖起锦绣大旗。却早四山六岳都欢声大张。——号称天下无敌之擎天柱任原终于来到献台上。只见嘉宁殿前棚上都是金银器皿，堆作一个小山。

“退后！退后！”

弟子们高声吆喝，在众人间扒开一条路来，送任原从献台一角登场。任原先解了搭膊，除了巾帻，从弟子手上拿过蜀锦袄子虚笼着，水桶里受了两口神水。

喝了一声参神喏，将神水吐了两三口，最后一口咽下，任原朝着东岳庙拜了一拜，脱下蜀锦袄子，口中叫道：“今年敢有出来争交的么？”

在高台上绕了三圈，拍着手掌，呼喝不止。

看那任原时，怎生打扮：头绾一窝穿心红角子，主腰上薄革短褂拴玉蝴蝶

1 这是作者吉川向日本读者进行的说明。日式相扑都是在一块名为“土俵”的土质场地上进行的。——译者注

牙子扣儿，巨体健肉，直如仁王降临世间。

一个年老行司立在旁道：“东西四百座军州，好事香客，都助将利物来。任原两年连胜，今是第三年。便要辞了圣帝还乡，再也不上山来了。若有本事的，今朝一世，无论几人，便请出来！”

任原接口道：“若无人挑战，利物只白受了。这堆积如山的利物，谁人敢取？来与我任原争一交！”

行司又道：“东至日出，西至日没，两轮日月，一合乾坤。南及南蛮，北济幽燕，天下相扑好汉云集于此，便无一人出来么？”

“痛快些！”任原豪语震天，只顾吼叫。

“想是都怕了。天下无双的擎天柱在此，莫说争交，听此名号便立不住！这两年上来争交的，无不骨碎筋断、头破吐血。话已说尽，果然无人敢上来吗？”

“有，有！”

“谁说有？”

“我说的。任原，你休道天下无人！”

只见一个汉子由献台旁一个高处，从人头上好似泳水一般跳登上勾栏。

“任原，我与你争。”摆出挑战姿态。

满山众人定睛一看，齐声发笑。这跳上台的后生，不过一个白肉后生，背膊只及任原三分。且打扮看来不过是个客商。待嘲笑声止歇，行司绷紧了脸来问道：“这个后生，你姓甚名谁？”

“我是山东张货郎。”

“你可知此不是耍处！”

“耍一耍有何不可。小人便是要赢那些利物。”

“你莫不是失心疯？”

“行司大哥，你只顾司会！说此话作甚！”

“让开！”任原一把推开行司，道：“小子！你自来寻死，须怨不得我！今日教你晓得跌跤，断骨吐血皆是相扑平常事，你家老娘莫要不舍得！”

“还未开争，你知是谁赢谁输！莫要输了作死面！”

“好！做准备吧！”

“何须你多说！”

燕青解了头巾，将今早盘起的长发放下，把布衫、腿护膝脱将下来，揉作一团，向远处一扔。

瞬间庙里的看官迭头价喝彩，众人都呆了。只见燕青一身白练肉上，赤蓝两色花绣，煞是好看。任原看了，心里也道“这人实不一般”，倒有五分怯他。

献台上两人正欲争跤，却又不得动手。原来殿门外月台上本州太守坐在那里，叫一小厮走到献台下叫两人。

“稍待！”

原来太守夫人出了个主意。见燕青是个俊俏后生，又这身花绣，心中大喜，好似一块好肉投在虎身前。如有不测，实在惋惜。便差人下去，道山棚上应有物件，分一部与燕青，教两个分了罢。尊义如此。

“如何？任原，你无异议吧？”

“谨遵大人所愿。只这个后生，今可捡回一条性命回去。须得三叩九拜，便不干事。”

“谁拜谁？”

“自然是你拜我！”

燕青笑道：“这利物倒不打紧。今日既然上台来，便无退缩之理。……这位小哥。”转过身躯向着月台微微欠身道：“虽辜负一番盛意，请小哥转告知府大人，这个目下无人、畜生一般的东西，满嘴天下无敌，定说世上无人！今日这里就有一条汉子！”

燕青终究不应承。数万香官齐声和道：“两个争一跤！”“白白各分一半利物，我们可不答应！”将树枝折断，捡起小石掷的四处乱飞，直似暴动。

月台上又奔下一个使者，道：“既然如此，你两个便跌跤一回。”两个使者不同奔回去。香客两边洋洋得意，万雷喝彩，无限欢喜。献台上，任原先在左边立个门户，对面一团花刺青，向着小山般对手，看觑得弱小。

行司先对着看客，宣告相扑开始，对两个力士，宣读相扑道文：“赛这对，献于圣帝，各个在意，莫行狡诈。”完毕，又对看客道：“左手任原，右手山东张。”

报了名姓。喝一声：“看扑！”

行司手中拿着青竹批，往献台中间一拍，教两个相扑。

四下里一片山呼海啸，看客都似狂醉模样。任原巨体猛然飞起，扑向燕青，就把燕青压在体下，教他不得动弹分毫。只有二三寸脚踝还露在外，肤色都变了。众人皆担心起来，如此下去这后生必窒息而亡。原来这一扑胜负。

却不料一瞬间，两个身子直翻转来。原来是燕青先顶住任原腰间，稍顶他浮起。又趁隙肩头一顶，往对手软腹部冲突。任原又巨足踏地。看客看得尽兴。任原以猛虎扑食架势，又来扑燕青。

“嗬！”正要扑倒时。

燕青早等着借对手之力。看他又逼将来，低头虚跃一跃，用肩胛顶住任原，跌他一跤。任原亦有功夫，单足竟又立稳，奋然再度扑来。那燕青又在瞬间低头一钻，却撞在碍事的大肥臀上。任原早已气急败坏。无论如何去扑，总不能将燕青压在腹下。这燕青犹如磐石下的小龟，跌他不得。更甚于此，燕青抢将入去，任原磐石般巨体，竟被直托将起来。燕青将他顶在肩上，真是好生怪力，沓沓几步走至献台勾栏边，朝下望去，叫一声“胜负已分！胜负已分！下去吧任原！”由栏上撺下。

那个勾栏外乃高耸悬崖。任原直摔下去，到地下摔成一团肉糊。香客都呆住了。那任原的徒弟们见了，先一愣，便喊：“混账！”

一拥而上去围住燕青。有手脚麻利的人乱抢起利物来，将山棚拽倒。

一番大乱斗，乱得无法语言形容。见燕青有难，献台边立着黑旋风李逵，叫道：“该我出场！”

便一跃而出，忍耐之后暴勇非常。直打将来，与燕青两个所到之处，便如旋风走过一般，人人倒于地。

香客内有人认得李逵的，大叫道：“梁山泊！那是梁山泊贼人！那后生也是！”

这一声喊犹如旋风，又正在这时，有人分开人群杀将入来。原来是玉麒麟卢俊义、九纹龙史进、鲁智深、武松、解珍、解宝等人携手下，为忧心燕青安危，秘出山寨来策应。刚一现身，便叫道：“此行无亏，快快回梁山去吧！”不多杀戮，只护住燕青与李逵两个便往泰岳山麓下奔去。

只因燕青与李逵两个什物都放在旅馆，途中两人道：“我去取了便回！”其后燕青虽又追上众人，一同回山，其后却不见李逵。

此时济州府尹听闻有梁山贼寇出没，急整点得满山官军来，四下里防得紧。卢俊义心想若不急行，城门关闭，李逵一人必陷了。

"各位兄弟先行。"穆弘道："那李逵必定又去不相关处厮耍，我去带他回山。"

"有劳你了。"

卢俊义等人托付了穆弘，引众先还梁山泊去了。

却说李逵回了客店，取回双斧，拿在手里，却走岔路，直到寿张县去了。来到县衙门口。只因一路行错，并无捕手跟来。当时午衙方散，李逵透门缝往里看去，不见一个差役。

"都在吃饭？老爷我也肚子饥了。"

便踢开衙门，直入内里，道："便无一个值守的么！"

李逵两手挚斧，交在胸前，直立于县衙大门口。

一个小差役出来看时，吓得手足麻木，动弹不得。原来这寿张县贴着梁山泊最近，黑旋风李逵之名无人不晓。也无言语，那小差役慌里慌张逃进去了。

李逵嘟嘴道："这小差役见了老爷就跑。黑旋风李逵老爷在此，为何里面的人不出来迎接！"

廊下左右乱转，听闻李逵来了，书屋也好文房也罢，突然间欢笑杂谈声皆无，连一只猫的声响亦听不见。

"好！好！都怕生不见人！……这是知县屋子，知县总归在吧！"

叉开门来，往里面看情形。

县衙角落里有几个差役，身子颤抖躲藏，探脑袋张望一回，商量道："这黑厮，有何事来此？"

"知县在哪里？"

"知县相公听说麻烦到来，开了后门，骑马不知走往哪里去了。"

"走得好快！"

"他是走了。李逵在此，不生出些事来绝不会走，此处如何是好？"

"听凭他乱闹亦非办法。听他在叫人，趁他并未发怒，只得着三四个人出去答应。"

四个人战战兢兢出来看时，只见李逵将革扎的公文散掷一地，自取出绿袍公服穿上，腰上挂着革带配件，脚上穿官人皂靴，拿着槐木简，道："啊！忘了帽子帽子！"

又折回去，寻了官帽，摁在头上。走去旁边一屋中，道：“这个就是知县老爷的案几了。果然不赖！”

便坐入公椅里，手撑额，看官印公文。自拿了一枚官印，往公文上乱捺，又掷去一边。

“吏典等人，好歹来一个参见！”

“老爷有何吩咐？”

“你们怕成如此做甚！拿饭来，老爷饥了！”

“是！是！”

差役松一口气。仅仅如此还容易应对，慌忙去将些饭菜来。

李逵瞥一眼，叫道：“好不晓事！无酒吗？”

李逵的酒量又大，差役将来一斗酒，斟给他吃，都吃光了，又几口将饭菜吃尽了。吃饱喝足立起来道：“你们都与我去审案子。一个不许走，若走一个，这县都翻做白地。”

声似破钟一般向前声喏已毕。李逵坐于大堂中，中间知县椅子上，一本正经，手中将着笏木。

汤水婆婆、小使、书记等一干人众，只好都到公案下来叩头。李逵自以为有趣得紧，看众人又道：“诸位，我这打扮也好么？”

“十分相称。”

“好，也着打一场官司吧。你们众人间必有偷鸡摸狗的。”

“这……头领，我们都是公家人。”

“老爷自晓得。……只是无做贼的，哪里来官司？前面站在第四个的，你这长相奇怪。来人，与我枷了！谁敢庇护，同罪！”

“老爷！冤枉啊！”

“住口！你这不知死活的，四处偷抢害人，不知王法！枉你生为人子，竟当贼盗，活该死罪！”李逵拍打公案怒骂。

“啊，说起贼盗之事我也做过。放了放了！偷贼并非恶徒。官司不审了，你们自散！”

李逵立起身，因空腹喝了许多酒，踉踉跄跄出县门去了，心情却甚好。公差捕手只躲在后面探头张望相送。原来这县里因近接梁山泊，荒灾饥馑之年反得山上头领拿米粮救济，因此官民不抱敌意，只是不去招惹便了。

“哦，这里有一处学堂。好生怀念。”

李逵看见一个村塾学堂，醉醺醺揭起帘子就走将入去。吓得那先生和众学生哭的哭，叫的叫。

“静声！”李逵拿笏木拍打教案道：“你是教师？”

“是，是我。”

“知晓我是谁？”

“是何处来的知县老爷么？”

“正是，正是！今日我来检视小学塾。你在教什么？”

“只今在教晓神农故事。”

“神农？何人？”

“乃是天地初始时，遍尝天地百草，为民除却病灾的仙人。”

“那等古语讲他作甚。你们都有笔墨，给老爷习字！”

“适才习字完了……”

“再写！就给老爷在那壁上写黑旋风三字，叫小儿们学着写！”

“黑旋风？”

“就是老爷名号！老爷还不会写自家名，正好学一回！”

李逵就坐在一把空椅子上，拿笔写字。众学童都拥来看，见李逵的字歪歪扭扭，辨认不出，都笑起来。

“不要笑！”

李逵拿墨汁来泼。众学童却以为这条汉子并不可怖，也将笔墨掷过来。学堂里桌倒椅散，一片狼藉。

李逵被椅子绊跌在地，学童都拍着手走了。

此时穆弘正寻过来，叫道：“众人忧得你苦，你却在这里疯！快上山去！”拉住李逵臂膀，拖着他醉步，遮二无三，带回山寨去了。

“李逵，你这是何打扮？”

“好似知府死去变了妖魔。”

梁山上见了李逵模样者，无不发笑。

卢俊义、燕青等人，都早还山上，坐在忠义堂中。穆弘拉了李逵来相见。众头领见了李逵都捧腹大笑。

“李逵，禁足百日虽解，谁允你下山的？”

宋江一声喝骂，李逵顿时醉意消解，喏喏连声而退。又吃一个百日禁足令，每日无趣。

燕青见他可怜，频向卢俊义求情道：“此番听穆弘所言，李逵下山未杀一人，还被学童泼一身墨还山。也算一桩善行，就请谅他则个。”

众人都省起，原来李逵那日脸上都是墨汁。原本一团黑肉，自分辨不出。宋江亦笑，李逵露着一口白牙大笑。

便免他罪责，解了禁足令。

李逵此番奇事过活，梁山泊又迎来浅春二月，实美不胜收。梁山泊人马平安，水寨不发响箭，烽火台不升狼烟。然自京师至各军州，官军动向，却绝非如万里春风下的山野一般平静。

（完）